云南大学哲学社会科学创新团队研究成果

叙 事 研 究 丛 书

丛书主编：谭君强

叙事学研究：多元阐释

舒凌鸿　王浩◎主编

中国社会科学出版社

图书在版编目（CIP）数据

叙事学研究：多元阐释／舒凌鸿，王浩主编．—北京：中国社会科学出版社，2023.6

（叙事研究丛书）

ISBN 978－7－5227－1994－8

Ⅰ.①叙…　Ⅱ.①舒…②王…　Ⅲ.①叙述学—研究　Ⅳ.①I045

中国国家版本馆CIP数据核字(2023)第097303号

出 版 人　赵剑英
责任编辑　慈明亮
特约编辑　史慕鸿
责任校对　王　龙
责任印制　戴　宽

出　　版　中国社会科学出版社
社　　址　北京鼓楼西大街甲158号
邮　　编　100720
网　　址　http://www.csspw.cn
发 行 部　010－84083685
门 市 部　010－84029450
经　　销　新华书店及其他书店

印　　刷　北京明恒达印务有限公司
装　　订　廊坊市广阳区广增装订厂
版　　次　2023年6月第1版
印　　次　2023年6月第1次印刷

开　　本　710×1000　1/16
印　　张　18.25
插　　页　2
字　　数　291千字
定　　价　99.00元

总 序

叙事是一个古老的话题，也是现代关注的焦点，它在人类历史的长河中流淌，从未间断。作为人类的言语或其他形式的交往行为，作为传承人类文明的记载，叙事所累积的成果，以各种语言文字和其他媒介方式形成的叙事作品，犹如恒河沙数，难以计数。

人们何以要叙事，以何种方式叙事，叙事如何才能最好地达到其目的；叙事的产物，与之如影随形的叙事作品，它们有何独特之处，它们无限丰富的内蕴透过何种方式或隐或显地展现出来，什么样的叙事作品不至稍纵即逝，而或多或少有可能成为时代的经典，它们如何不断扩大自己的媒介行列，形成丰富多彩的叙事作品……都是人们广泛关注并引起持续兴趣的问题，在中外古老的典籍中我们不难发现对这些问题的追寻，而在现代和当代的研究中依然是受到持续关注的重要问题。

与有着悠久的叙事传统和丰富的叙事作品实践相比，当代意义上的叙事研究，或者更为狭义地说，叙事学研究，作为人文科学领域的一门学科，它的兴起尚不过半个多世纪。然而，时间虽短，它发展的脚步却十分有力。就一门学科而言，它在结合对叙事作品的分析与研究中，逐渐形成了自身独特的理论体系，构建起一系列越来越为人们广泛接受的核心概念，它既拥有无限丰富的研究对象，又有独树一帜的理论视野，因而，在众多理论和实践研究中，尤其是在文学艺术研究领域中显得不同凡响。

在诸多形形色色的理论中，不乏维持不了多久便成明日黄花之论，在理论的潮流中连一阵涟漪都无法激起。而叙事研究或叙事学研究，却远非如此这般面相。在数十年的时间里，它稳健的发展所表现出的状况值得引起我们注意，也值得引起我们深思。就它所受到的关注程度而言，可说是从涓涓细流的流淌，到日渐融会，直到汇流成河。这一轨迹，可从最近对中国知网的检索中，看出其基本的状况。笔者分别输入“叙事”/“叙述”这两个检索词，得出的结果是，自1950年开始，以“叙事”/“叙述”作为标题的论文共计54957篇。其中，最早的一篇出自1950年，是这一年唯一的一篇。由此到1979年，每年的相关论文不足10篇；从1980年到1987年，每年不足100篇；从1988年到2001年，每年不足500篇；而从2002年到2004年，3年时间就达到一年1000篇以上；2006年超过每年2000篇；2008年超过每年3000篇；2011年超过每年4000篇；2014年超过每年5000篇；2015年5435篇；2016年5548篇。这样一个数据，再形象不过地展示出这一研究的发展趋势。如果做一个预测的话，有理由相信，它多半会继续延续这一发展势头。

从叙事研究的发展景象来看，人们不禁会问，它何以会出现这样一种良性的正向发展状况，何以会历经数十年而不衰。在这里，应该说，叙事理论本身所具有的科学性和适用性，及其研究对象的大量存在无疑是一个重要因素，它使乐于进入其中的研究者都可以寻找到自己的兴趣点，可以做出与以往研究不相雷同的新的探索。学术研究的生命力在于创新，在于具有学术和科学意义上的创新，在这方面，叙事研究、叙事学研究所具有的力量不可低估。除此之外，还可以举出许多理由，但在笔者看来，其中两个方面的原因尤其引人注目。

第一，叙事理论在发展的过程中，不墨守成规，不故步自封，而具有开放性、包容性的特点，能够不断对理论本身进行必要的修正与调整，使之在发展的过程中得以保持理论本身的敏锐性，具有丰富的阐释力。叙事学这样的发展路径，在它许多理论发展的关头展现出来。比如，从这一理论开创之初固守于文本之内，不逾越文本的界限，到后来突破这一人为的藩篱，获得新的生命力；从长时期将自身限制在叙事作品，尤其是叙事虚构作品的研究范围，到打开大门接纳其他不同的文类；从单一的叙事学理论视角，到在保持其基本理论导向的基础上，不吝吸取其他有价值的理论资源，形成理论的合力，等等，从中都可看出它对理论本身的不断革新、发展、完善，而这样的结果往往是令人意想不到的。举个例子，叙事学的跨文类研究现在已经成为研究的重要方向之一，并取得了丰硕的成果，然而，其中的一些文类界限曾经在长期的研究中都难于突破，比如，抒情诗的叙事学研究，就在很长时间内被排斥于叙事学研究之外，笔者在 2008 年出版的《叙事学导论：从经典叙事学到后经典叙事学》一书中，就曾明确地将抒情诗歌排除在叙事学研究的范围以外。在叙事学跨文类研究的背景下，21 世纪以来，抒情诗的叙事学分析和研究悄然起步，进入研究者的视野，笔者被这一富于新意的研究方向所吸引，对这一新领域进行理论探讨与实践分析，仅仅在最近三四年时间就集中写出了十余篇诗歌叙事学的研究论文，发现它潜在的研究空间居然如此广阔。

第二，叙事理论从某种意义上说，具有十分抽象的理论维度，但与此同时，它又是十分形象、最富于实践性的理论之一，是最注重将理论与文本分析实践密切结合、融为一体的理论之一。它不以一幅令人生厌的僵硬的理论面孔示人，而往往伴以大量形象的文本例证，增强其理论的可信度与说服力，具有一种理论的亲和力。18—19 世纪的德国，在哲学、美学中不乏众多高深理论之作，莱辛一部篇幅不长的著作《拉奥孔》却给人印象十分深刻，原因就在于它的理论源自文学艺术的实践，源自对形象的文本的分析与阐释中，字里行间往往跃出令人信服的理论描述，却又让人感到十分亲切。打开任何一部中外叙事学著作，都可以看到，在其中条分缕析的理论描述中，往往伴随丰富的文学艺术文本例证，读来让人兴趣盎然。

在叙事学研究的不断发展中，我们推出这套“叙事研究丛书”，就是希望总结近年来在这一研究领域所做的工作，并不断将这一研究向前推进，继续结出新的果实。自然，其中也包含借此获得学界同仁批评指正的殷切期望，以使我们的研究做得更为扎实，更为合理。

这套丛书由云南大学叙事学研究中心主持。丛书的作者主要为中心的成员，同时也不限于此，欢迎叙事学研究的同行加入这一行列。云南大学叙事学研究中心成立于 2014 年，时间虽然不长，却已做了不少力所能及的工作。2015 年承办了在云南大学举行的第五届叙事学国际会议暨第七届全国叙事学研讨会；同年主持了另一套丛书“当代叙事理论译丛”，已由北京师范大学出版社陆续出版。前面谈到中国叙事学研究旺盛的发展势头，国外的叙事学研究，同样呈现出一派繁荣发展的局面。这套译丛选取的就是21世纪以来国外重要的叙事学著作，翻译出版以引入国外新的理论资源，更为及时地介绍来自国外的声音。两套丛书可以说互为补充，我们衷心希望通过这两套丛书，促进国内外叙事学界的交流，繁荣学术研究，为中国叙事学的发展尽绵薄之力。

谭君强

2017年7月于云南大学

序

叙事学理论自20世纪八九十年代引入国内，已经有三十多个年头了。在经典叙事学到后经典叙事学的发展过程中，从关注文学文本到其他类型的跨媒介、跨学科文本，开拓创新从未间断。叙事学研究关注点也在修辞叙事学、女性主义叙事学、认知叙事学、非自然叙事学等方向上此起彼伏。世界叙事学发展是日新月异，各领风骚。

在这样的背景中，中国叙事学研究者也从未停止脚步，研究也是苟日新，日日新，又日新。拿云南大学叙事学研究来说，早在1992年，叙事学课程便于云南大学中文系开设，几乎与中国叙事学研究同生共长。从历经对外国叙事学理论借用、移用，到中国叙事学理论的思考、研究和创新，云南大学一直都在路上。

就笔者而言，在2002年考入云南大学比较文学与世界文学专业之后，就未曾离开过叙事学研究的田地。回想起来，所有开设的课程中，我最感兴趣的就是谭君强老师开设的“叙事学”研究生课程。谭老师在课堂上，常常运用叙事学理论对文本进行精细而卓有见地的分析。2020年，同样站在“叙事学”这门课程讲台上的我，讲到从经典叙事学到后经典叙事学研究的例子的时候，不由得想起多年以前谭老师分析鲁迅小说《在酒楼上》的场景。在这样一篇大家熟知的小说中，讨论了一个叙事学理论至关重要的对隐含作者与叙述者的关键问题。谭老师论证并得出结论：隐含作者是文本阅读和分析的结果，而不是文本意义的来源。在研究中，他强调要结合作者的思想和生平来对文本进行叙事学分析。今之视昔，这就已经明显突破了经典叙事学往往集中于对文本形式进行研究的藩篱。在众研究者还在单纯聚焦于叙事作品其叙事形式研究的时候，在谭老师的研究和教学中，对后经典叙事学的思考和探究早已经开始。

撒播叙事学研究的种子，并进行辛勤的耕耘，收获自然是一件顺理成章的事情。包括作为学生的我在内，已经记不清每年毕业的云南大学中文系硕士研究生有多少写叙事学理论或者运用叙事学理论来进行文本分析的。也偶尔听到其他专业导师抱怨，为什么学生老喜欢用叙事学理论写论文。我知道他的意思并不是不可以用，而是用得“太多”了。从某种意义上说，固然与谭老师的授课有关，其实更与这门学科本身有关。叙事学的生命力与影响力从云南大学中文系学生蔚为大观的论文，就可见一斑。目前已经收集历届已毕业的硕士、博士研究生在就读其间撰写的叙事学论文的《叙事学探索集》，已经结集完稿并送交出版社，将于年内出版。

在2018年云南大学的教学成果奖评审中，“叙事学学科建设与培养体系创新研究”被评定为教学成果特等奖，对此有人曾提出疑问。有位了解情况的评委说了一句：从某种意义上说，这门课程培养出来一大批优秀学生就是这门课程最大的成果。疑问顿时被打消。在高校教育界在强调破五唯，重新树立新的教育、教学理念的今天，这门课程就从一开始到现在都不需要去强调这个问题。因为，从来就不曾缺席研究，更没有缺席教学。

在这30多年的发展中，谭君强教授开云南大学叙事学研究的先河，培养和影响了一批云大研究者进行叙事学研究，突破学科的疆界，进行多个学科跨越和拓展，取得了长足的进步和发展。2014年元月正式成立了“云南大学叙事学研究中心”，谭君强教授担任中心主任。2015年11月，由中心筹备并参与主持，在云南大学召开了“第五届叙事学国际会议暨第七届全国叙事学研讨会”。在此之后，研究中心成员再接再厉，系列叙事学研究丛书和一批海外经典及前沿理论译著诞生。经过多年在教学上的努力，已经陆续开出来三门研究生系列课程“叙事学”“民间叙事学”“文学叙事研究”，两门本科生课程“叙事学”“叙事与生活”。教学与研究相长，教学促进科研，科研又指导和引领了教学。

这部论文集的诞生，就是一项对云南大学校内各学科叙事学研究的总结。时至今日，叙事学研究在云南大学多个学科都开花结果，进步卓著，充分显示了叙事学理论不仅有利于文学研究的拓展和深化，也能有效促进其他学科的发展，为其提供实用的分析工具。论文集主要包括叙事学理论、外国文学作品叙事阐释、民族学、人类学、民间文学叙事研究和跨媒介叙事研究等。研究者来自文学院、外语学院、民族学与社会学学院、新闻学院、艺术与设计学院等云南大学各学院的教师。不同学科的同仁不约而同，不同程度运用叙事学研究方法，汇聚于叙事学研究领域，展现出不一样的风采。

论文集在叙事学理论方面，不乏对理论发展方向具有真知灼见的论文，也有就某一叙事学问题探讨的文章。如谭君强的《发展与共存：经典叙事学与后经典叙事学》，就是一篇在中国叙事学研究重要节点发表的论文。在当时，后经典叙事学异军突起，热闹非凡，趋之者众。对这种现象，国内多位重要叙事学学者也深表忧虑，担心叙事学研究若脱离经典叙事学将会动摇这一学科本身的价值。谭君强在这篇论文中明确提出经典叙事学理论是后经典叙事学发展的基础，二者发展是并行不悖的。谭老师此篇论文的发表，恰逢其时，确有启迪学人思考叙事学理论发展方向的重要作用。实际上，无论“忒修斯之船”上的木板如何被替换，其本质还须是船。否则理论将是无源之水，无本之木，树木若离开了坚实的土地，就难以长成参天大树。除了这样的理论文章，还有对一些叙事学基本理论问题的探讨。谢雪梅的《虚构叙事中时间的分形》运用现象学探讨了虚构作品中的时间问题。文章从现象学的视角展开新的研究空间，将现象学深化成为“意识”的现象学、“身体”的现象学与“话语”的现象学，分别以《喧哗与骚动》、《追忆似水年华》与《尤利西斯》三部现代经典小说作为研究个案阐释相应内涵的时间艺术。舒凌鸿的论文《“故事”与“话语”的别样风景——中国古典诗歌的认知叙事研究》对诗歌叙事理论建构的问题进行了一点探索。论文从认知的角度，对中国古典诗歌中的“故事”和“话语”进行了诗歌叙事学分析。相较于西方近现代抒情诗强调进行英美新批评的阐释不同，中国古典诗歌的读者必须深度参与诗歌的审美过程，要完成一审美过程必须涉及读者对诗人的创作过程、生平的了解。作者生平与诗歌文本已经形成一个不可分割的整体，是完整理解中国古典诗歌之重要一途。

叙事学理论指导阐释实践，阐释实践又反哺理论建构。除了理论问题探讨，对具体文本的叙事阐释与研究，将叙事学理论运用于不同学科领域，既是后经典叙事学研究发展方向，也是叙事学理论建构不可或缺前提和保障。本论文集既包括对中外文学的叙事学研究，也在民族学、民间文学、电影、绘画对叙事学理论运用上进行了呈现。

中外文学叙事研究主要包括两个部分：外国文学和中国女性文学。在外国文学研究领域，云南大学的学者们视野开阔，涉猎广泛，对传统欧美文学、拉丁美洲文学、俄罗斯文学的叙事学研究均有涉及。一共有三篇论文涉及美国文学。在王浩《〈宠儿〉中的视角差异和文本意义重构》中，论述了《宠儿》通过精心设计的视角差异使文中的两个同名人物的两种身份发生叠合，凸显了文本的意义。骆洪的《〈最蓝的眼睛〉中的叙述者及其文化内涵》则重点分析了叙述者克劳迪娅，认为既是作者叙事策略一种体现，更体现了作者的文化取向。刘志成在《海明威小说的叙事艺术探索》里分析了语言艺术大师海明威小说的叙事艺术。

另外，张震的《〈鼠疫〉中的叙述者、叙述接受者与叙述人称》分析了作品叙述者、叙述接受者和叙述人称的叙事特征，肯定了采用这种叙事策略所产生的独特的艺术效果，并强调与作品“反抗”哲学的思想主题紧密相关。张计连的《魔幻现实主义小说的“陌生化”叙事语言》运用叙事学理论对《佩德罗·巴拉莫》和《百年孤独》两部重要的魔幻现实主义小说进行了陌生化艺术特征的分析。孔朝晖的《〈黑桃皇后〉的符号学解读》分析了普希金重要的短篇小说《黑桃皇后》，巧妙地从纸牌切入，解放了读者的经验语境，把故事的意义带到了社会批判的深处，显示出其小说创作中诗歌般无限的意义衍生性。

在女性主义叙事学的启发之下，云南大学的女性文学研究获得了新的理论武器，运用到女性文学作品的解读，产生了许多独到而新颖的见解。降红燕的《中国女性小说的开端与“家”叙事》，认为广义、狭义的中国女性小说的起点都在清代。具有现代意义的女性小说的大量出现是在五四新文化运动后。顾太清的《红楼梦影》开启了中国女性小说关于“家”叙事的书写母题，家族（家庭）和家国的书写在中国现当代女性小说中连绵不断，不绝如缕。曾文蕊的《“一幅多彩的风土画”——对萧红〈呼兰河传〉的叙事解读》，认为《呼兰河传》以空间布局形成叙事大框架，当空间叙事成立后，文本中才产生有一定因果联系或情感、情景相关性的时间叙事。此外，叙述者视线的既在其中又在其外所带来的对叙述对象的深刻表现，也使得每一章即使分立，却仍具有内在的逻辑相关性或情感相关性，从而使文本叙述充盈饱满。杨晓雯的《男性：女性心灵史中的行动元——对〈私人生活〉〈与往事干杯〉的男性形象分析》运用叙事行动元理论，分析了男性在陈染小说中影响女性心灵成长中的重要作用。

在跨学科、跨媒介叙事研究包括民族学和民间文学叙事研究、电影叙事研究和图像叙事研究等。民族学和民间文学叙事学研究已经开辟了一条新的路径。陈庆德、郑宇的论文《民族志文本与“真实”叙事》中，运用叙事学理论探讨了以“真实”为标识的传统民族志存在的素材与文本相混淆的问题。话语实践使民族志得以表述并成为可能，但对民族志文本的自我批判和再审视，也应该成为民族志文本研究的应有之义。陈芳的《〈圣经〉中的“场景”》中，对《圣经》神圣叙事聚焦感知的呈现方式，主要从场景构建、神圣叙事以及感知生成三个层面渐进分析其叙事层面的聚焦感知特性，从而探讨在有限的叙述形式中所隐含着的特定时空建构和人物关系下神圣叙事的最终价值和意义指向。黄静华在《个体的民俗叙事：“日常生活”视角中的研究实践》中，认为个体的民俗叙事指向对民俗经历、经验的回忆和述说，将目光凝注于民俗主体的实践，重视“我们关系”的建构，其间的各种呈现包含着双重或多重主体的意义交往。在内含着多重描述的话语中，这种写作是交往过程中的彼此敞开和融入，写作者的凝视不止于望得见的对方，还有自身作为“民”或“人”的心性，显现着一个无限趋向找寻和分享同质情感的行走过程。张多的《民间叙事研究的对象、方法和路径》探讨了叙事学在民间文学研究中的重要意义。认为在民间文学研究中，民间叙事也是其核心的研究领域。但是，长期以来叙事学的理论和方法未能真正意义上融入民间叙事研究。事实上，叙事学和民间叙事研究共享着许多的学术原则，在研究对象、研究方法和理论路径上都有许多可以对话的结合点。这些论文都在试图探索和实现叙事学理论对民族学、人类学、民间文学可供借鉴的可能。

在当下这样一个“读图时代”，云南大学叙事学研究同仁，自然也不会缺少对图像和电影综合艺术的学术耕耘。他们尤其重视当今时代最关注的问题的研究。林进桃运用叙事学方法对中国电影进行了研究。在《21世纪以来主旋律基调下中国电影底层叙事探析》中，作者认为21世纪以来中国电影中的底层叙事掀起新的高潮。主旋律基调下中国电影底层叙事以道德叙事为特点，以回顾式自述、诗性讲述作为叙事策略，肯定传统伦理，弘扬真、善、美，使之符合主流意识形态所倡导的社会秩序与价值观念。

金晓聚聚焦于电视剧研究。在《〈黑镜〉与西方自反性现代化社会中的媒介政治》一文中，金晓聚以《黑镜》这部兼具英国电视剧和美国电视剧双重身份的视听媒介的文本叙事作为研究对象，经过研究揭露出《黑镜》叙事的政治自反性——左翼媒介政治文本的成功表意实践中自发产生了摧毁左翼价值观根基的意象，并进一步论证媒介自反性是《黑镜》叙事政治自反性的根源，说明了自反性现代化社会中媒介政治与现实政治复杂的互动关系。

图像叙事研究一直是近年叙事学研究的热点。龙晓滢的《威廉·霍加斯“生涯”系列绘画的图像叙事学研究》通过分析威廉·霍加斯的《妓女生涯》和《浪子生涯》系列绘画，将新闻报道案件分为“女人”的故事和“男人”的故事，进行了图像叙事的分析研究。在具体的图像叙事当中，呈现出固定主角的重复出现、顺序的情节叙事、剧场视点的戏剧性片段定格、叙事图像之世俗性的特点，极大地拓展了绘画的表现力。这些论文对叙事学理论与实践问题的思考已经大大超越经典叙事学研究的界限，具有相当明显的时代性和前沿性。

在这部论文集收录和编撰的过程中，可选材料众多，让人眼花缭乱，编者常常陷于难以抉择的境地。因此，这些论文对于整个云南大学叙事学研究状况只是管中窥豹，花中一朵而已。很多重要论文都无法收录进去，只能选其代表。而且，编者的识见有限，也难免有相关学者论文的遗漏。俗话说：甘瓜苦蒂，白璧微瑕，没有任何事物是完美的。因此，这份力图呈现云南大学叙事学科发展的多元面向的成果，这本精心选择又不够完美的论文集就在此得以呈现。

没有耕耘就没有收获，没有今天，也难以成就明天。对于云南大学叙事研究而言，这部论文集既是过去叙事学研究的一项总结，也是继往开来，一个新的学术起点。“会泽百家，至公天下”是云南大学的校训，也是我们云南大学叙事学人的共同学术理想和目标。在彰显中国气象的叙事学研究路途上，我相信云南大学叙事学研究团队将再接再厉，继续发出属于我们未来的绚丽之光。

舒凌鸿

2021/3/22

目　　录

叙事学理论探讨

外国文学作品叙事阐释

女性主义叙事学研究

民族学、民间文学叙事研究

跨媒介叙事研究

叙事学理论探讨

发展与共存：经典叙事学与后经典叙事学

谭君强*

在叙事理论的发展中，尤其是20世纪90年代以来的叙事学研究中，伴随着范围广泛的文化研究的盛行，出现了由原先的经典叙事学，向所谓后经典叙事学（postclassical narratologies）的转变。这一新的理论范式，可以说在叙事学研究中吹入了一股新风，它促使叙事学研究跳出了长期以来将自身限定于叙事文本之内的封闭研究的窠臼，而与诸多外在要素相关联，并与已经存在的大量其他的研究方法，诸如女性主义、巴赫金主义、解构主义、读者反映批评、精神分析、历史主义、修辞学、电影理论、话语分析以及（精神）语言等相沟通，从而形成叙事理论研究融会贯通、向纵深发展的局面，由此相应出现了叙事学研究中的各种变形。大卫·赫尔曼1999年主编出版了《叙事学：叙事分析的新视野》（*Narratologies: New Perspectives on Narrative Analysis*）一书，书名中的“叙事学”一词使用了复数就是对这一状况的最好反映。在赫尔曼看来，叙事理论所经历的不是它的终结，而是持续的、有时令人吃惊的变形，这种变形自里蒙-凯南出版她的著作以来就开始了。“在互相渗透的年代里，单一的叙事学（narratology）实际上已经分枝为多重叙事学（narratologies）；结构主义关于故事的理论构建发展成为叙事

---

* 谭君强，荷兰阿姆斯特丹大学博士，云南大学文学院教授，博士生导师，云南大学叙事学研究中心主任。

分析中的多重模式。”① 他认为，这些模式与结构主义传统或多或少保持着一种批评与反省的关系。在这种情况下，过去单一的叙事学出现了诸如电影叙事学、女性主义叙事学、社会叙事学、音乐叙事学，以及在一个因特网盛行时代的电子叙事学或电子网络叙事学，等等。这些叙事学的分支在各自关注的领域里开展着自己的研究，它不仅丰富了叙事学，也为叙事理论更好地适应和反映这一迅速变化的时代而作出了自己的贡献。

在这些研究中，人们力图对叙事学研究的经典模式重新进行思考与构建。从而，叙事学在理论与实践方面都出现了引人注目的变化和拓展。我们可以看到，人们已经倾向于摒弃传统叙事学研究中将叙事文本视为一个封闭体系的模式，而按照认识论的标准重新界定叙述性，并超越形式叙事学而进入语用学、接受理论的领域，强调读者和语境的重要作用，以及读者的接受所具有的重要意义，试图构建出一种有机的阅读状况。

后经典叙事学的发展使叙事学出现了一个异彩纷呈的局面。那么，这一变化是否意味着原有的经典叙事学理论已经过时，而为后经典叙事学的新理论所完全取代了呢？或者换句话说，在后经典叙事学的时代，经典叙事学的理论是否已经毫无用武之地了呢？在经典叙事学与后经典叙事学这二者之间，究竟存在着一种什么样的关系，这些都是引起人们广为关注的问题。

实际上，无论后经典叙事学试图扩大原先的研究范围也好，调整其研究重点也好，都从来没有脱离叙事学理论数十年来发展的轨迹，两者之间所存在的关联、继承、互补与共存关系是十分明显的。后经典叙事学不是要摒弃经典叙事学，完全取代经典叙事学，开展一个与经典叙事学理论毫无关系的新方向，而是在已有基础上所进行的范式（paradigm）调整与转换。我们知道，在科学研究，包括人文社会科学研究中，当原有的学科研究范式不再能完全适应新出现的状况时，新的范式会冲破原有的范式，应运而生。然而，新旧范式的转变与交替，其间不

---

① David Herman，“Introduction：Narratologies”，*Narratologies：New Perspectives on Narrative Analysis.* ed.，David Herman，Columbus：Ohio University Press，1999，p. 1.

一定有一道清楚的界限，而是如库恩所说：“在这个转变期间，新旧范式所能解决的问题之间有一个很大的交集，但并不完全重叠。”① 而且，即便是新的范式确立之后，旧有的范式也不见得一定会失去其作用。经典叙事学与后经典叙事学之间的关系，可以说，与上述这样一种关系是相吻合的。

无论是从理论还是研究实践中，人们都可以看到，由经典叙事学所形成的理论模式与要素，在后经典叙事学时代，不仅没有消失，而且依然在后经典叙事学的研究中起着重要作用。在后经典叙事学的时代，当人们在扩展其研究范围，拓宽其研究对象，以及在进行实践分析时，在很大程度上，仍然以经典叙事学的理论资源作为基础，仍然沿用经典叙事学所确立的一系列概念，只不过这些原有的理论资源与概念均在新的条件下，根据其不同发展而有了进一步的意义，从而，在新的基础上，对对象进行一种后经典叙事学的研究。比如，就电影叙事学而言，它所依据的理论基础无疑就来源于经典叙事学。加拿大学者戈德罗与法国学者若斯特成书于20世纪80年代末90年代初的《电影叙事》（*le Récit Cinématographique*）②，所关注的主要问题与经典叙事学所关注的问题十分类似，只不过在针对不同的研究对象的基础上介入并探讨电影这一艺术形式所特具的问题。对此，作者自己有十分清醒的认识。在叙说了电影领域的“符号学”最初的关注点与叙事学的关注点之间的相互影响后，作者指出：

> 在此历史背景下，我们同时遵循热奈特开创的途径和符号学的基本途径，也就是将我们的思考同时建立在表现形式与视听材料上。换句话说，本书在讨论我们根据《公民凯恩》所提出的主要叙事学概念（叙事、叙述、时间性、视点）的时候，也将考虑到电影

① ［美］托马斯·库恩：《科学革命的结构》，金吾伦、胡新和译，北京大学出版社2003年版，第78页。

② 戈德罗与若斯特的《电影叙事》（*le Récit Cinématographique*）2000年出版第2版，该书中译本经作者同意，更名为《什么是电影叙事学》，2005年由商务印书馆出版。

语言的特殊性（词语和画面的关系、言语和声音的作用，等等）。[①]

从中不难看出，作者所进行的涉及电影叙事的研究，是在包括热奈特在内的经典叙事学家的研究基础上进行的。可以说，正是由于经典叙事学长期以来所进行的研究，为电影叙事学开展行之有效的叙事研究提供了理论依据与解决问题的方法。比如，该书提到，研究电影叙事的先驱之一阿尔贝·拉费在其1964年出版的《电影逻辑》一书中，对叙事所下的定义是建立在与“世界”的对比上的，拉费认为：（1）世界无始无终，相反，叙事是按照严密的决定论安排的；（2）任何电影叙事都具有一个逻辑的情节，这是一种“话语”；（3）叙事由一个“画面操纵者”、一个“大影像师”安排；（4）电影既表现又讲述，与仅仅存在着的世界不同。拉费的上述论述是在经典叙事学的理论形成以前所得出来的，而“最近20年来叙事学的进步，有可能从根本上对拉费停留在纯直觉上的观察作出系统地阐述”。[②] 从而使人们在不止一点上离弃他的某些思考，沿用叙事学的理论成果作某些修正。

再如，女性主义叙事学的力作之一，苏珊·S. 兰瑟的《虚构的权威——女性作家与叙述声音》一书，同样也以经典叙事学中的一些重要概念来贯穿全书，但作者对这些概念作了不同的阐释。在书中，作者开门见山地说：“对于当代女性主义者，没有任何哪个词比‘声音’这个术语更觉得如雷贯耳的了。这个词出现在历史、哲学、社会学、文学和心理学中，贯通不同学科和理论的不同观念。”[③] 而声音，我们知道，正是经典叙事学中一个十分重要的概念。只不过在经典叙事学的研究中，声音主要用于确认和区分存在于叙事文本中的不同声音，以及诸如声音来自何方、谁将它说出来等。兰瑟显然已经注意到这一点，她明确地指出：“在叙事诗学（即‘叙事学’）里，‘声音’这一术语的意义

① ［加拿大］安德烈·戈德罗、［法］弗朗索瓦·若斯特：《什么是电影叙事学》，刘云舟译，商务印书馆2005年版，第13—14页。

② ［加拿大］安德烈·戈德罗、［法］弗朗索瓦·若斯特：《什么是电影叙事学》，第13—14页。

③ ［美］苏珊·S. 兰瑟：《虚构的权威——女性作家与叙述声音》，黄必康译，北京大学出版社2005年版，第3页。

虽然更狭窄一些，却同样至关重要。它指叙事中的讲述者（teller），以区别于叙事中的作者和非叙述性人物。"① 她注意到，在叙事学家（应为经典叙事学家——笔者）眼里，他们的声音通常是指形式结构，与具体叙述行为的原因、意识形态或社会寓意无关。正是在注意到这一点的基础上，兰瑟才超越了经典叙事学研究中"声音"的纯粹意义。因为在她看来："叙事载负着社会关系，因此它的含义远远不止那些讲故事应遵守的条条框框。叙述声音和被叙述的外部世界是互构的关系。"从而，兰瑟将原先毫不相关的两者结合起来：女性主义批评通常不涉及叙述的技巧方面，而叙事学研究一般也不讨论叙述声音的社会性质和政治寓意。而她所做的是"把社会身份和叙述形式联系起来"②，并在这样的基础上，建构叙述声音的女性主义理论。通过兰瑟在该书中所作的理论探讨与作品实践分析，我们也可以很好地看出经典叙事学与后经典叙事学之间的关系。

库恩曾经说道："科学哲学家们已经一再论证过，对于任何一组已知的资料，总可以建构出一个以上的理论。"③ 对于同样的对象，人们可以从不同的理论角度去进行研究，这样的研究可以并行不悖，并各自取得其有意义的结论。对于经典叙事学与后经典叙事学这样属于同一理论渊源的不同阶段的理论发展，其不同阶段各具不同重点与范围的研究，自然也会显示其各自的理论合理性、不可替代性，以及其合理发展的内在必要性。

在后经典叙事学的研究中，尤为引人注意的是，它力图扩大自己研究范围所做的努力。这种扩大研究范围的努力，不仅表现在与文化研究这一潮流休戚相关的对于众多对象，包括对于荷兰学者米克·巴尔所说的"'讲述故事'的文化产品"④ 的研究上，也表现在它力图超越纯粹的文本范围，而将文本与围绕文本的语境相互结合的研究上。我们知道，就语境而言，其涵盖是相当广泛的。至少，它可以区分为两大类：

① ［美］苏珊·S. 兰瑟：《虚构的权威——女性作家与叙述声音》，第3页。

② ［美］苏珊·S. 兰瑟：《虚构的权威——女性作家与叙述声音》，第3—5页。

③ ［美］托马斯·库恩：《科学革命的结构》，第70页。

④ ［荷］米克·巴尔：《叙述学：叙事理论导论》（第二版），谭君强译，中国社会科学出版社2003年版，第1页。

“一是‘叙事语境’，二是‘社会历史语境’。后者主要涉及种族、性别、阶级等社会身份相关的意识形态关系；前者涉及的则是超社会身份的‘叙事规约’或‘文类规约’。”①经典叙事学所关注的，主要是叙事语境，而对社会历史语境，则采取一种视而不见的态度。而后经典叙事学在它的研究中，一如我们所见，是将对二者的关注结合起来。这样的结合，显然更为合理，也可以预示将出现更多的成果。在对二者的关注中，哪些方面可以在进一步的研究中引起人们更多的关注，并提供一条有益的途径呢？在我看来，可以在以下这样一些方面作出努力，这些研究的切入可以说是在叙事学已有的发展基础上，作一种适应性的变化，即开始叙事学的某种新的“变形”。

如前所述，经典叙事学所关注的叙事语境，更多涉及的是其形式层面，这依然是一个不可或缺的重要研究内容。然而，这种研究，完全可以在审美意义上进行。我们知道，在传统的叙事学研究中，研究者被要求以一种客观的态度去对待其研究对象，对诸如叙事作品的结构形态、叙述语法等作客观的描述。这种描述注定要忽略决定每部作品艺术价值的具体成分，注定要避免对作品作出审美的价值判断。但这样一来，它却忽略了这样一个事实，那就是，在文学作品，包括叙事作品中，涉及价值的、审美的、心理的这样一些文化意义上的因素无所不在，去掉这些因素，文学的魅力就将丧失，文学作品就不成其为文学作品。而完全抛弃审美价值判断的文学研究不仅将使研究的价值减色，使研究的路子越走越窄，也会令研究的成果逐渐趋于枯竭。实际上，这也正是传统叙事学研究在取得一系列成果之后，难以在原有的轨道上继续向前发展的重要原因之一。乔治·桑塔耶纳在谈到美感的时候明确指出，美的哲学是一种价值学说，判定任何事物的美实质上是建立一种理想。应该说，人实际上是难于不具情感、不带自身的意识去面对其对象的。这就如桑塔耶纳所说：“抛弃了意识，我们就抛弃了一切可能的价值”；而“没有任何意识，这世界便没有任何价值”。因此，他提出：“为了这世界还有任何形式的美可言，我们就不但需要有意识，更需要有感情的意

---

① 申丹、韩加明、王丽亚：《英美小说叙事理论研究》，北京大学出版社 2005 年版，第 308 页。

识。只靠观察是不行的，必须有欣赏。”[①] 传统叙事学那种对对象不带主观感情、不具个人意识，而只作客观描述的观点，也就是只进行“观察”而不作“欣赏”的态度，我认为是不足取的，至少可以说是不全面的。

就形式美而言，它无疑是审美研究中的一个重要而有机的组成部分。桑塔耶纳指出，存在一种形式美，并认为“美学上最显著最有特色的问题是形式美的问题”。[②] 在文学艺术作品中，一些较易于察觉的形式层面上的东西，诸如几何图形、对称等自然具有形式审美的意义；而一些更为复杂的形式，如词句的形式、情节的形式、人物性格的形式等，仍然具有形式审美的意义。经典叙事学以对叙事文本形式意义上的研究而著称，它深入叙事文本内在的组织结构，探究其内在的形式上的构成、组合，各个部分如何发生作用，各个部分组合在一起如何产生效用；也就是说，在叙事作品中叙述故事的时候，探讨它是“如何说”的问题。这样一种探讨，本身就具有形式审美的意义。[③] 只不过在经典叙事学研究中，这种探讨被视为研究的目的与终点，而在后经典叙事学中，可以将它看作一个重要的、基本的层面，但却不是唯一的层面。一般说来，我们在探讨任何一个时期的文学现象时，只有落实到相对稳定的文学形式层面，才能够描述一个时期的文学发展规律及其特有的审美内涵。在探讨特定的叙事作品时，形式层面本身同样是一个十分重要的问题。形式从来不只是一种表层的文学象征，而是在更深层次上标志着某些本质性的内蕴。透过叙事文本形式审美的层面，我们完全可以从中发掘出审美意义上更多深层次的内涵。我们可以在形式层面的探讨中，在原有的基础上，将相关的研究继续进行下去。

就研究范围而言，后经典叙事学实际上将其范围延伸至文化意义上的叙事作品，无论这种叙事作品是以什么样的媒介形式出现的。这就意味着，众多具有叙述性的文化产品均可进入研究的视野之内。除了以语言为媒介的叙事作品，如小说、戏剧、叙事诗、神话、史诗、童话、民

---

① ［西班牙］乔治·桑塔耶纳：《美感》，缪灵珠译，中国社会科学出版社 1982 年版，第 12—13 页。

② ［西班牙］乔治·桑塔耶纳：《美感》，第 55 页。

③ 见［西班牙］乔治·桑塔耶纳《美感》，第 59—122 页。

间故事等，还包括诸如音乐、绘画、建筑、电影、电视剧、民歌、舞蹈等文化产品，只要在这些作品中包含有“讲述故事”的意义。当然，从实践的意义上看，以语言媒介为载体的文化产品免不了仍会在研究对象中占据重要地位。

在对文学艺术对象进行研究时，不应该回避对叙事文本的审美价值判断，应该有意识地探索叙事文本中所存在的这种审美价值意义，以透过形式意义之外的诸如心理的、意识的、思想的、社会的意义，也就是广义上的文化意义。这样一来，就可以在坚持叙事学研究视野的基础下，使这种研究变得更为深入、透彻，不仅具有形式上的价值意义，同时也具有更大范围内审美文化上的意义。这样的研究可以在叙事学的构架下，从相互关联的不同层面去对对象加以把握；同时，将这些相互关联的层面视为一个有机的整体，它可以从诸如社会历史层面、精神心理层面、文化积淀层面等方面去对对象进行审美意义上的分析和研究。

比如，就文本与社会历史层面的关联来说，任何叙事文本，都不可避免地存活在人类所生活的时间与空间中，它既是由人所创作也是为了人而创作、为了人而存在的，而人是历史地存在的。因而，成功的艺术作品不仅具有永恒的审美艺术价值，也是与特定的社会历史不可分离的，是一定的社会历史文化氛围下的产物。莫妮卡·弗鲁德尼克在其《走向“自然”叙事学》一书中明确宣称，要按照认识（“自然”）的标准重新界定叙述性，而且，“不像大部分其他的叙事理论，这一新的模式是一种明确而又有意地属于历史的”。[①] 这种历史性从标题中的“走向”一词中就已经反映出来。在她的书中，不仅反映了所提出的这一认识与有机的模式开始具有的性质，同时也涉及了各章构成的时间先后顺序的轨迹，从口头语言的故事讲述到中世纪的、早期现代的、现实主义的、现代主义的以及后现代主义的写作类型。按照历史地出现的不同的叙事作品来进行研究，在这一广阔的历史背景下来探讨不同的叙事作品所具有的特征，这本身就具有一种浓重的历史感。

这种历史感不仅体现在从一个广阔的历史背景下来概括叙事理论所具有的基本特征与原则，也表现在人们力图将注重形式特征的叙事学理

---

① Monika Fludernik, *Towards "Natural" Narratology*, London: Routledge, 1996, p. xi.

论和与社会发展密切相关的意识形态内涵和社会历史语境相互结合起来的努力。这种努力在诸如女性主义叙事学与社会叙事学的研究中明显地表现了出来。后者在其“社会叙事学”的名称上就已昭示了这一意图,前者则将叙事理论与含有特定的社会历史意蕴的女性主义结合在一起。

在这一研究的扩展过程中,我们还可以看到,人们不仅在进行着叙事理论与其他学科之间的交叉研究,以扩大其研究的视野;同时,也将叙事学研究中叙事文本的范围加以延伸,扩展到那些传统的经典叙事学很少涉及的领域。这种努力,在上述莫妮卡·弗鲁德尼克的《走向“自然”叙事学》一书中也有明显的表现。作者声称,在该书中,“与‘经典’叙事学相反,不是从现实主义和现代主义小说占优势的观点来探讨叙述性,而是从那些迄今为止较少吸引人们进行分析的话语类型来探讨叙述性”,这就是口头与拟口头故事讲述类型,包括会话叙述和口头讲述史、历史写作、书面叙述的早期形式(中世纪诗体史诗,中世纪历史与圣徒行迹,14到16世纪早期书信中的故事讲述,伊丽莎白时代到贝恩[①]时的叙事文);以及属于另一端的范围,即后现代主义文学。后一领域包括一些广为人知的写作模式,诸如中性叙述与现在时态小说,此外,还包括第二人称小说与用“我们”形式叙述的小说,或以“它”“一个人”“人”叙述的文本,以及自贝克特到莫里斯·罗切,和由克拉丽斯·利斯佩克托尔、克里斯塔·沃尔夫的实验写作。作者指出,强调这些被称为非正典形式(non-canonical forms)的叙述(非正典,指的是在现今小说理论研究的范围里),“旨在引起对现行的一系列叙述范式的某些修正,同时也对关于经典模式的基本设想提出某些重要的方法论问题。这样,非正典叙述的分析就为故事讲述模式的新的重构开辟了道路,从而提出一种基于认识标准和读者反应框架的新的叙事学范式,它对于虚构与非虚构的叙事类型都是适应的。从这一视野出发,经典叙事学的现实主义基础就可以超越将现实主义作为特定模式范例,也就是让模仿阐释的阅读策略得到充分运用的分析方向”。[②]

---

① 贝恩(Aphra Behn,1640—1689),英国戏剧家,小说家,诗人。

② Monika Fludernik, *Towards "Natural" Narratology*, London: Roytledge, 1996, pp. xi－xii.

在这种不人为地割断叙事文本与产生它的社会历史关系、与历史的人之间的关联的研究中，人们往往可以将对叙事文本内在的形式审美作进一步的扩展，并可以与文化积淀层面密切地关联起来。任何一种文学艺术形式都是特定社会历史条件下长时期文化积淀之下的产物，表现在叙事作品中也不例外。这种文化积淀造成不同的历史文化背景下的不同国家和地区会产生某些特定的文学艺术形式，或者某种形式盛行而其他的形式却受到抑制。正因为如此，人们往往可以看到不同地区、不同文化背景下所出现的独具特色的艺术形式与无限丰富的叙事文本。比如，在谈到中国传统叙事作品时，所谓零聚焦叙事在长时间里几乎一统天下。叙事作品中的叙述者几乎都以第三人称出现，通过所谓无所不知的叙述者来进行讲述。即使是某些带有自传性的叙事文，大多数也将第一人称让位于第三人称。在司马迁《史记》结尾部分的《太史公自序》中，作者司马迁以第三人称自称为“迁”，如“迁生龙门，耕牧河山之阳”[①]；而在用到第一人称“余”时，也往往以“太史公曰”作为先导。在蒲松龄的大量短篇小说中，叙述者往往在结尾以作者的身份和口吻发表意见，以作针砭论赞，这里的叙述者同样避开了第一人称的形式，自称为“异史氏”，冠之以“异史氏曰”作为引导。这种情况的出现就具有深厚的社会历史渊源，它可以说是与中国传统的“中庸”道德观念分不开的，与老子“道可道，非常道”那种真相只能暗示而不能直接表达的观念是联系在一起的。将这种哲学与道德观念运用到社会生活领域，就意味着各方面要适中；将这种思想运用到美学领域，就意味着重要的不在于艺术家能表现得多么细致详尽，而是通过细节能暗示出多少启示。[②] 因而，在中国古典文学，包括古典小说中，含蓄是一个十分重要的审美概念。公开地、直接地、详尽地谈论自己，并不符合传统的中国思维方式与美学方式，也不符合传统的道德观念，这可以看作中国传统叙事作品中第一人称的使用十分欠缺，而第三人称叙述者广为流行的原因之一。

其他比如在叙事文本与诸如精神心理层面等方面之间的关联进行探

---

① （汉）司马迁：《史记》卷一百三十，中华书局 1959 年版，第 3293 页。

② 见王靖宇《〈左传〉与传统小说论集》，北京大学出版社 1989 年版，第 14—16 页。

讨，以及在注意不同语境之间的关联的基础上进行具体的文本研究等方面，后经典叙事学研究都可以大显身手。在这一研究的过程中，必定会使叙事学的“变形”更为完备、更富于科学性。申丹在谈到与经典叙事学相比，后经典叙事学在探讨不同体裁的叙事作品的共有特征时，提到后者在着眼点上至少出现五个方面的转移：（1）从作品本身转到了读者与文本的交互作用。后经典叙事学家认为叙事作品的阐释有规律可循，并承认文本本身的结构特征，着力探讨文本结构如何引起了规约性的读者反应。（2）从符合规约的文学现象转向偏离规约的文学现象，或从文学叙事转向文学之外的叙事。（3）从单一的叙事学研究转向跨学科的叙事学研究，注重借鉴别的学科和领域的方法和概念。（4）从共时叙事结构转向历时叙事结构，关注社会历史语境如何影响或导致叙事结构的发展。（5）从关注形式结构转为关注形式结构与意识形态的关联，但对结构本身的稳定性没有提出挑战。[①] 上述这些方面的研究都是值得人们关注的。当然，在进行新的理论探讨与叙事作品分析时，同时也必须注意到，在任何时候，都不能脱离叙事学作为文学理论研究与叙事作品作为文学艺术作品分析所应具有的内涵与意义。在后经典叙事学语境中所作的研究，并不是要以其他与文学研究不相干的研究来取代这一研究，也不是要脱离文学研究，削弱文学研究，而向其他外部因素转移，更不是回到曾经盛行一时的以政治研究、社会历史研究等取代文学研究的状况。申丹所提到的下述美国学界出现的情况，应该引起人们的高度注意：“近几年来，越来越多的美国学者意识到了一味进行政治文化批评的局限性，这种完全忽视作品艺术规律和特征的做法必将给文学研究带来灾难性后果。”[②] 因而，始终不应该忘记将后经典叙事学的研究作为一种文学研究来进行。

任何一种理论既有其特定的发展方向，同时这一理论本身也是一个开放的体系。在某种意义上，后经典叙事学研究所渗透与扩大的层面，除了形式层面而外，都在消解传统的经典叙事学所赖以存在的二元对立法则这一基础，以及一些人为地设置的限定。只有消除这些构成传统叙

① 申丹、韩加明、王丽亚：《英美小说叙事理论研究》，第209—210页。

② 申丹、韩加明、王丽亚：《英美小说叙事理论研究》，第221页。

事学理论基础的限定，才有可能使叙事学理论和研究在理论的潮流中得以有效而又富于成果地继续发展下去，而叙事学以它的理论和实践，事实上已经在它的各种“变形”中被证明是充满生机、富于活力的，这样的发展将会继续下去。

虚构叙事中时间的分形

谢雪梅*

一 叙事时间的范式转换

热拉尔·热奈特的《叙事话语》可以称为经典叙事学的基石之作，热奈特在其中运用索绪尔语言学理论所确立的二元对立的结构主义模式将叙事时间预设成为线性时间，以《追忆似水年华》这一蕴含着时间主题的20世纪经典小说作为研究个案，从中引出三个基本概念：时序、时长与频率。它们分别表示故事事件所发生的实际时间即故事时间与故事事件被叙述的实际时间即叙事时间在实际的顺序、长度、频率之间的对比关系，由此架构结构主义的叙事时间理论。这一理论成为库恩所说的范式①理论。

然而热奈特合乎逻辑的精致剖析将《追忆似水年华》缩减成为"主人公马塞尔成为作家"，这种缩减几乎消解这部经典之作的真实韵

---

* 谢雪梅，女，云南大学文学院副教授，文学博士，主要研究方向为比较诗学、跨文化研究。

① 科学哲学家托马斯·库恩指出，"范式"是指某些实际科学实践的公认范例，包括定律、理论、应用与仪器在一起，为特定的连贯的科学研究的传统提供模型。这是一个与"常规科学"密切相关的术语。本文借用这一术语说明叙事时间的研究视角的转换。参见［英］托马斯·库恩《科学革命的结构》，金吾伦、胡新和译，北京大学出版社2003年版，第9页。

味而使其成为让人不忍卒读的枯燥之作。因为马塞尔在历经人世的沧桑变化之后，最终迎来生命的顿悟而成为伟大的作家，这一生命的时间历程实际上被小说家的天才创造赋予极其隽永的诗意。经典叙事时间理论因此与叙事经验产生背离，正如热奈特在《叙事话语》的绪言中的自白："在希望理论为评论服务时我不由自主地让评论为理论服务。"[①] 这正是经典叙事时间理论自身所固有的悖论与内伤。

本文因此转向在现象学视野之下的叙事时间研究，以此寻求新的可能。现象学时间的基本观念滥觞于胡塞尔关于内在的时间意识的分析。胡塞尔现象学的宗旨在于尽可能地清除种种偏见从而正确地认知人的精神或者生命行为，所要反对的是科学主义而不是科学本身，反对的是经验主义而不是经验本身，"意向性"因此成为核心概念。"意向性"是指人的意识总是指向某物的精神特征，其本质在于意识的客体关联性，即主体意识与客体对象的共生[②]，是相互依存而不可分离的。时间因此被看作成为意向之中的对象。

进一步讲，知觉、回忆与想象所支撑的在感觉上的保持与延伸，使得过去、现在与将来的事件可以在当前同时绽放。作为意向对象的时间成为一种内在的知觉事实与主观时间，呈现出"形成了作为现象学的时间统一性的表象"[③]。这就是现象学著名的时间图式。这一时间不再是线性形态的客观时间，因为客观时间是从过去到现在再到将来均匀地流逝。现象学的时间图式表明总是有着过去或者将来投射在我们所处身的现在之上，这就仿佛我们聆听音乐时的感觉，在当下延续着先前的音乐感觉之时预期着此后的音乐之流。

过去、现在与将来因此可以集合在一个统一体之中，可以被看作一

---

① ［法］热拉尔·热奈特：《叙事话语　新叙事话语》，王文融译，中国社会科学出版社1990年版，第4页。

② 徐岱：《美学新概念——21世纪的人文思考》，学林出版社2001年版，第70页。

③ ［德］埃德蒙特·胡塞尔：《内在时间意识现象学》，杨富斌译，华夏出版社2000年版，第96页。

种非线性的时间形态，即是表现成为一种分形[1]的时间场域。本文即是从分形这一数学概念的特定视角描述现象学时间所表达的思想观念。正如数学家塔西奇运用数学语境对于哲学思想的影响广泛的阐释：数学家出身的胡塞尔发现数本身是带有原始的直觉的东西，对于这一现象所展开的哲学思考从而成为现象学总体构架的最初胚芽。[2]

胡塞尔正是在这一基础上建构超越日常经验的生活世界以及内在的时间意识构成，这一时间意识的构成又同时成为生活世界合理存在的根本。现象学时间作为内在的时间性可以打开主体的知觉经验，使得主体能够进入深层次的生命体验与生活世界。这一生活世界孕育着我们的真实生命，这一内在的时间性又可以称为真正时间。

现象学时间因此打破结构主义对于时间的形而上学的总体性预设，突显出人的主观性与人的存在，更适应作为现代小说时间艺术的研究工具。描述多元性实质即是开放性的分形概念在于描述这一真正时间的具体形态，从而与经典叙事时间理论所设定的线性时间相区分。此后海德格尔、梅洛－庞蒂、德里达从不同的视角展开胡塞尔现象学时间理论，不仅是从认识论的角度，而且更为关注从本体论的角度探究在时间的基本形式之后更深层次的东西。

海德格尔将其师胡塞尔的现象学理解成为诠释对象的有效方法，由此进入诠释如何超越日常生活的具体研究。“向死存在”在海德格尔看来就是实现这一超越的根本路径。“向死存在”即是我们坦然接受终有一死的必然事实，有着本体性的主体意识。它可以赋予我们相当的精神力量，领悟自身的有限性以及由此更新过去或者当前的东西，从而在决断之中从沉沦于世趋向本真境域的自我存在。海德格尔的存在论因此可以称之为“意识”的现象学。

---

① “分形”这个名词由数学家曼德布罗特（Benoit B. Mandelbrot）提出。他的专著《大自然的分形几何学》确立了分形理论。分形的原义是“不规则的、分数的、支离破碎的”物体，可以把分形看作一种非线性的构造与现象。参见［英］伯努瓦·B. 曼德布罗特《大自然的分形几何学》，陈守吉、凌复华译，上海远东出版社1998年版，第6页。本文借用该名词来描述现象学时间的样态与性质。

② 参见［加拿大］弗拉第米尔·塔西奇《后现代性思想的数学根源》，蔡仲、戴建平译，复旦大学出版社2005年版，第81—85页。

进一步讲，我们可以面对将来的死亡而在当前重新演绎过去的生活事件，过去、现在与将来同时绽放于时间性的整体结构之中而呈现出分形的时间场域，这一真正时间成为敞开本真境域与真实生命的路径。《喧哗与骚动》则是在本真境域中建构的时间经验范本。

梅洛-庞蒂作为胡塞尔最为忠实的追随者，将胡塞尔现象学发展成为活的体验的科学，其中，最基本的思想是给予我们的身体在本体论上的意义。这一身体既是作为器官的身体，也是作为思考的身体，梅洛-庞蒂称之为身体-主体，并进一步将其演化成为“原初肉身”。“原初肉身”作为身体与世界的共同基础，更有普遍性的存在理论上的意义，这就是梅洛-庞蒂所谓的知觉信念。梅洛-庞蒂的知觉现象学因此可以称为“身体”的现象学。

梅洛-庞蒂在此基础之上思考时间的意义，认为时间应当是在“原初肉身”所生成的体验之中诞生。这意味着过去与将来可以通过这一肉体的感知作为非现在的东西涌现到现在，构成一个分形的时间场域，这一时间性因此表现成为真正时间，从而发现真实生命的存在空间。《追忆似水年华》则是在知觉信念中建构的时间经验范本。

德里达则从解构主义的视角读解胡塞尔的作品，确认其创造性在于确立现象学的还原方法，即是原初知觉成为我们认知与存在的起点。德里达认为原初知觉的起源点就是我们的话语。德里达为此自创一个术语“différance”，就是用字母 a 替代“différence”中的一个字母 e，在于解构语言的能指/所指所构成的结构主义整体。这一术语表明的即是“分延运动”的解构活动，强调符号的能指可以无限延伸自身的存在，从而衍生出意义狂欢的网络。

话语因此成为这一分延运动的空间，包容着我们的生命意识与体验，“分延运动”上升到一个本体性的地位，德里达的解构主义因此又可以称为“话语”的现象学。进一步讲，“分延运动”不断撒播话语的多重意义，过去、现在或者将来的事件可以在当下同时在场，呈现出一个分形的时间场域即真正时间，话语由此在开放的意指过程之中滋养着真实生命。《尤利西斯》则是在意义狂欢中建构的时间经验范本。

上述研究视角的转向，因此发生一个理论的范式转换，从而争取填补这方面的研究空白。

二　经由“向死存在”建构的时间经验

威廉·福克纳的《喧哗与骚动》通过小说名称已经暗示出其中的美国南方世家的没落故事。小说分为四个部分并以康普生家的女儿凯蒂的故事为中心展开，因为每一部分的叙述者的不同视角而产生完全不同的叙述效果。

小说第一部分标示的时间是1928年4月7日，叙述者是康普生家的幼子班吉。班吉是一个先天性白痴。1898年大姆娣去世，1910年6月昆丁自杀，1912年父亲去世，1909年夏末凯蒂失贞，1910年4月凯蒂结婚，1900年班吉的改名，1910年班吉的阉割，这些主要事件不断在班吉的意识之中反复转换与跳跃，从来就没有具备任何意义上的逻辑。

班吉对于姐姐凯蒂的唯一清晰的印象就是她有着一股树的香味。当凯蒂穿上成人的装束，搽上成人的香水，与男人接吻还有打秋千的时候，树的香味就会消失，只有凯蒂恢复从前的样子，这一香味才会再次地恢复。直至凯蒂在十七岁那年失贞的那一天，永远的离家成为凯蒂丧失“南方淑女”身份的终局，这一珍贵的气味最终在班吉的感觉之中彻底地消失。班吉从此只能沉沦在当前永不休止的号哭之中。

树的香味实际上并不存在，它只是存在于班吉的感觉之中。相对于花的美妙的芬芳，这一气味作为白痴的感觉之物注定只是晦暗不明的知觉对象。这一香味既不能在过去留存，又不能向将来拓展，只能暂时存身在当前。因为没有过去与将来时刻的支撑与充实，这一当前，实际上是一个意义虚无的绝对孤独的无根之物，班吉永远囚禁于这样的当前时间之中。

小说第二部分标示的时间是1910年6月2日，叙述者是康普生家的长子昆丁。昆丁曾经与凯蒂的情人达尔顿·艾密司展开决斗，他在决斗的时刻就像女孩那样晕了过去。昆丁曾经用刀对准失贞之后的凯蒂的咽喉，当凯蒂要他用刀刺穿她的咽喉时，昆丁手中的刀掉在地上。昆丁曾经向父亲编造他与凯蒂乱伦的谎言。昆丁围绕着妹妹凯蒂的失贞事件展开迟缓沉重的思绪，这位哈佛学子最后磕碎表的玻璃蒙子，把表针拧了下来，却永远不能破坏表的心理形式，这意味着他在每一分钟必须面对过去的创伤。

昆丁从来缺乏的不是思想而是行动的力量，仿佛一个转世再生的哈姆莱特王子。其精神虚弱演变成为不可更改的东西，昆丁最终成为一个想要有所担当而实际上不能担当的悲剧人物，终于在凯蒂结婚六星期之后，在河流之中彻底终结在时间之中所感受到的强烈痛楚。

小说的第三部分标示的时间是 1928 年 4 月 6 日，叙述者是康普生家的次子杰生。杰生从未真正同情父兄的悲剧命运，内心充满的只是怨恨。杰生因为凯蒂的失贞错失姐夫许诺的银行职位而不得不在店铺做帮工，从此费尽心思地侵占凯蒂历年寄给私生女小昆丁的赡养费。杰生不仅是有计划地实施自己的复仇，而且他的所作所为都是装扮在一个受害者的表象之下。杰生仿佛自始至终是在为他人牺牲自己，终身不娶更是成为杰生自我炫耀的标志。

杰生总是反复清点在攒钱箱中的存款，包括他将近二十年来自我克制、自我牺牲地一角两角省下来的钱。攒钱箱实际上凝聚着杰生过去的仇恨并转化成为在当前的这一物质形式。小昆丁最终与人私奔并拿走杰生藏匿的攒钱箱，这成为他内心深处无法愈合的永久创伤。

小说的第四部分标示的时间是 1928 年 4 月 8 日，这一部分通过第三人称的叙述者讲述康普生家的老女佣迪尔西的故事。迪尔西从心底里怜悯康普生母子，并且总是尽心尽力地照顾他们。比如，迪尔西步履艰难地上楼下楼给康普生太太送热水袋，在杰生每天回家之前为他准备好饭食。迪尔西总是竭尽全力地呵护着班吉与小昆丁远离任何的伤害。迪尔西想着通过种种方法抚慰班吉心灵的创伤，甚至不顾众人的议论带着班吉去黑人教堂听牧师布道。

其中最重要的事件就是迪尔西在希谷克牧师关于耶稣复活的布道之中发现一个重要的顿悟，她自白说“我原先看见了开初，现在我看见了终结”①。死亡作为承受终结的方式在迪尔西那里成为一种存在方式，

① ［美］威廉·福克纳：《喧哗与骚动》，李文俊译，上海译文出版社 2004 年版，第 314 页。

将来正是从这一存在方式出发显现出来的，生命因此拥有珍贵的意义，这一“向死存在”的意识使得迪尔西的生命处境发生根本转变。

迪尔西最为牵挂凯蒂热爱的亲人班吉与小昆丁，在内心深处认同凯蒂是康普生家族命运的产物，凯蒂是真正需要关怀的受难者。迪尔西重新演绎并最终还原凯蒂的真实面目，人与人之间的关系呈现出新的伦理意义。凯蒂作为小说的联结中心展示出一个精神升华的过程。

如果说凯蒂在康普生兄弟那里是投射主体欲望的客体对象，那么凯蒂在迪尔西那里就是拥有同等地位的主体。迪尔西因为“向死存在”的生命意识使得其精神根源是朝向将来的东西，可以对于过去与当前的现实事件作出真正有意义的决断。正是这种非常充实的、内在的精神力量穿透强加给凯蒂的客体性的面具。

迪尔西在康普生家族成员遭受挫折与哀伤的时刻比起任何一个家族成员都能包容康普生家在心灵上的破碎，从而承担起康普生家的看护者的角色。[①] 迪尔西的宗教经验实际上已经摆脱了本体神学的影响，转化成为一种宗教性的产物。迪尔西犹如一道可以驱除阴霾的阳光，在康普生家的阴暗冷酷的存在空间散发出人性的温暖，成为一道照亮康普生家的阴暗的存在空间的光线。迪尔西最终突破个体生命的有限边界成为一个充实的人，这一充实的精神力量使得康普生家发生在过去与当前的悲剧成为暂时的与部分的东西。

如果说班吉的沉沦在当前的喧哗就是他的死亡与葬礼，那么因为迷失过去的骚动，过去成为昆丁与杰生永远走不出的深渊与噩梦。康普生兄弟的存在时间是死亡的线性时间，迪尔西的存在时间则是一个真正时间，具有一个分形的时间场域，成为意味着真实生命生成的本真境域。可见“向死存在”的本体性意识使得迪尔西从自身的生命深处更新生成一种能力，这种能力进一步推动着生成对于生活乃至生命的期望，从而在某种程度上生成超越日常性与现实性的可能性。[②] 福克纳由此在本真境域中完成关于人的存在与时间的文学性建构。

---

① 参见 Gary Storhoff，“Caddy and the Infinite Loop：The dynamics of Alcoholism in The Sound and the Fury”，in *The Faulkner Journal*，12（1997），p. 3。

② 参见 Iain Thomson，“Can I Die? Derrida on Heidegger on Death”，in *Philosophy Today*，43（1999），p. 29。

三 经由“原初肉身”建构的时间经验

马塞尔·普鲁斯特的七卷本小说《追忆似水年华》别具风格。小说开篇的玛德莱娜点心事件与主人公马塞尔即小说叙述者的最后顿悟支撑着小说叙事的统一性，普鲁斯特所虚构的音乐家凡德伊的乐曲则在小说中间部分反复出现，成为两者之间的重要中介，形成小说的基本叙事结构。马塞尔在这一叙事结构中寻回曾经失去的时间。

小说第一部《在斯万家那边》的开篇部分描写展开叙述者追忆长卷的偶然事件。在一年冬天，从浸泡一块小玛德莱娜点心的那一口茶的味道中为已经成年的叙述者带来顿悟式的回忆。童年的叙述者从前在贡布雷的一个星期日早晨，向莱奥妮姨妈请安时曾经吃过姨妈给他的浸过茶水的玛德莱娜点心，那种味道与他现在正在品尝的完全一样。

关于玛德莱娜点心的知觉与经验再度唤回关于过去的幸福时光，这就是贡布雷的生活世界从那个茶杯中诞生出来的真实意义。普鲁斯特着力于身体－主体的支点，返回到实际看到与经验的东西之上，通过想象超越现在与过去的分界线，超越回忆的事件本身。小说的时间发生一个性质的转变，呈现出非线性的分形的图式，由此展开普鲁斯特式的回忆画卷与时间主题。这一知觉事件打开叙述者的回忆之门，凡德伊音乐此后反复出现在其爱情生活之中。

在小说的第二部《在少女们身旁》，叙述者在巴尔贝克海滨邂逅如花少女阿尔贝蒂娜。当叙述者回想起阿尔贝蒂娜时，他不能确定阿尔贝蒂娜的那颗美人痣在何处，先在面颊再到下巴。这就仿佛凡德伊奏鸣曲中令他陶醉的一个段落，在他记忆中从行板到乐曲的游荡不定。此时的凡德伊音乐只是反映叙述者情绪波动的表面形式。

在小说的第三部《盖尔芒特家那边》、第四部《索多姆和戈摩尔》、第五部《女囚》，叙述者察觉阿尔贝蒂娜与其他年轻女子包括凡德伊小姐的暧昧关系。叙述者在嫉妒与愤怒中把阿尔贝蒂娜囚禁在巴黎之后，感觉凡德伊奏鸣曲中快感的主题与焦虑的主题的组合，十分切合自己对于阿尔贝蒂娜的爱。努力要当作家的叙述者尚有艺术的灵性，当他在维尔迪兰夫人的音乐沙龙第一次听到凡德伊七重奏并将对于阿尔贝蒂娜的思念融入其中的一个行板时，感悟到凡德伊音乐之美，其中的音乐构成所包含的强烈的生命张力赋予叙述者特殊的陶醉。

这一微妙的喜悦触发叙述者在过去经历的一系列印象：夕阳在马丹维尔教堂钟楼塔尖的斜坡上的嬉戏，巴尔贝克海滨附近的树木的诡谲景观。音乐作为一种表现动力的样式使得叙述者在声音世界中感知一个精神世界，叙述者因此穿越一层薄薄的客观时间，从而与过去尤其是贡布雷的生活世界建立联系。叙述者身处的时间不再是线性的客观时间，而是分形的时间。叙述者对于阿尔贝蒂娜的爱情发生微妙的变化，他的生活重心开始发生偏离，从爱情生活转向艺术生活，实际上就是转向精神生活。

如果说玛德莱娜点心的味觉经验为叙述者打开回忆之门，打开贡布雷的生活世界；那么凡德伊音乐的听觉经验为叙述者拓深回忆空间，从嫉妒型的爱情生活转向以音乐为象征的精神生活。经由身体－主体的这些知觉事件与知觉经验，叙述者所转向的这一分形的时间场域在本质上是一种存在关系，叙述者由此发现一个精神存在的空间。在小说的第六部《女逃亡者》，叙述者遭遇阿尔贝蒂娜意外夭折的悲剧，历经一段十分痛苦的岁月，这一新的发现却使他向精神上的彻底顿悟迈出重要的一步。

在小说的第七部《重现的时光》，在阿尔贝蒂娜意外夭折的多年以后，早已疾病缠身的叙述者怀着绵绵愁思去参加盖尔芒特亲王府邸的下午茶会。当他走进庭院时，踩在一块比前面那块略低的铺路石板上。叙述者曾经踩在圣马克圣洗堂两块高低不平的石板上，正是这种被唤醒的感觉把整个威尼斯还给了他。当叙述者在盖尔芒特亲王府邸听见汤匙敲击碟子的声音，用着一条餐巾擦过他的嘴唇，再次唤醒他曾经拥有的类似的生活情境与生活感受。身体作为主体的种种感觉与触觉使得叙述者存在的某个时刻在本身之外包含一系列开放的其他时刻。

叙述者曾经在家庭生活、个人生活与社会生活中经历失望与痛苦。叙述者的外祖母颇有哥特式的古风，成为贡布雷世界的精神中心，这一世界随着外祖母的死亡而沉入消逝的过去。叙述者曾经经历阿尔贝蒂娜意外夭折的悲剧。叙述者曾经想要在向往已久的沙龙世界寻找一个生活的支点，最终发现文学艺术只是修饰资产者－贵族世界的虚伪与冷酷的面纱。正是这一世界造就同性恋者德·夏吕斯男爵的失败人生，朋友德·圣卢侯爵与希尔贝特的爱情悲剧。叙述者从此退隐出这一世界，直到十几年以后重新面对自己生命中的裂缝。

叙述者在茶会上看见时间为阔别数年的老友刻下难以相认的痕迹，意识到时间的巨大跳跃。叙述者开始通过时间性重新理解自己所遭遇的重大事件。叙述者发觉一杯茶、一座钟楼、一朵花、一支乐曲、一片云、一棵树、一个三角形、一块砾石，这些贯穿在贡布雷的生活世界中的事物经由"原初肉身"的知觉经验向他揭示一种更为深刻的意义。"使我的生命在瞬息之间能够取得、分离出和固定它从未体会的东西：一段处于纯净状态的时光。"①

贡布雷的生活世界随着那种至福的感觉开始重新降临，贡布雷花园的铃铛丁冬声仍然绵绵不绝，在叙述者当下的精神世界中无限地展开全部的往昔。这些印象意味着生活不被时间所侵蚀的真实性，暗示着一种哲学意味，就是人作为主体的观念的真实。②

贡布雷的生活世界显现出形而上学的意味，其实就是那种至福的感觉的本体所在。普鲁斯特所领悟的"原初肉身"实际上是富有表现力的本体。这一肉体无疑是带着器质性的基本特征，但是可以通过一种起伏不定的特殊韵律使得世界的某一独特之处具体地呈现出来。③ 叙述者觉悟这一世界意味着真实生命，从而升华成为一个创造的人，摆脱现实生活中的一个个悲剧事件，在分形的真正时间之中走向一个纯粹的生命世界，从此打开通向永恒的那扇门。普鲁斯特由此在知觉信念中建构独特的时间艺术。④

---

① ［法］马塞尔·普鲁斯特：《追忆似水年华》（下），李恒基等译，译林出版社 2001 年版，第 1710 页。

② Joshua Landy, "'Les moi en moi': The Proustian Self in Philosophical Perspective", in *New Literary History*, 32 (2001), p. 91.

③ Alia Al-Saji, "Merleau-Ponty and Bergson: Bodies of Expression and Temporalities in the Flesh", in *Philosophy Today*, 45 (2001), p. 110.

④ 本文作者从"身体"的现象学视角研究《追忆似水年华》时间艺术的文学评论文章《在知觉信念中重构的世界——〈追忆似水年华〉的时间艺术研究》，发表于《外国文学评论》2006 年第 2 期。

四 经由“分延运动”建构的时间经验

乔伊斯的《尤利西斯》描写的是1904年6月16日的那一天，以及几个都柏林人物的日常生活情景。小说的大部分篇幅是描写利奥波德·布卢姆的游荡，其余的主要人物斯蒂芬·迪达勒斯与摩莉·布卢姆实际上是布卢姆这一中心人物的陪衬与烘托。

年青的历史教师、学者与诗人斯蒂芬是小说前三章的故事主角。斯蒂芬因为放弃罗马天主教信仰拒绝为临终的母亲祈祷，从此总是梦见母亲的幽灵形象，宗教的绝对权威迫使他在内心深处产生负罪感。这一创伤成为小说的第一章“帖雷马科”所表现的主题。在小说的第二章“奈斯陀”，斯蒂芬应学生们的请求说出一个包含“灵魂”字眼的母亲幽灵故事的谜语。这一谜语的话语“灵魂”此后从一件事牵引出另一件事。

在小说的第九章“斯鸠特和卡吕布狄”，斯蒂芬在国立图书馆听人议论哈姆莱特王子犹豫不决的灵魂，斯蒂芬联想到作者莎士比亚曾经被自己的妻子与兄弟所背叛，因此写下大量的作品，成为一个伟大的创造者，因此，莎士比亚是国王又不是国王。这一话语再次延伸成为爱尔兰19世纪自治运动与民族主义领袖巴涅尔的对应物。巴涅尔因为婚外恋情被敌人尤其是战友毁坏功名与生命，有着类似是国王又不是国王的双重身份。“灵魂”这一能指衍生在当下，挟带着斯蒂芬对母亲亡灵的追忆，同时将过去历史的伤痛投射在他的心灵之中。

“灵魂”这一话语在小说的第十五章“刻尔吉”部分频繁地出现，处身妓院的斯蒂芬眼前在这一时刻出现在学生时代所抗拒的多兰神父的幻影。多兰神父的幻影成为宗教的幽灵渗入母亲的回忆，实际上是渗入宗教权威的一种精神压迫。

在小说的第三章“普洛调”，斯蒂芬曾经想要摆脱幽灵的噩梦而转向艺术生活，这一倾向在“斯鸠特和卡吕布狄”部分成为渐强音。莎士比亚的灵魂因为自己的艺术得到永恒，艺术在斯蒂芬看来可以成为安放灵魂的处所。“灵魂”在“分延运动”之中衍生出发生在过去、现在与将来的历史、宗教与艺术事件，在当下发生冲突与碰撞。醉酒的斯蒂芬打碎妓院吊灯而激发出狂欢的力量，在一个分形的时间场域即精神狂欢的时间之中努力治愈心灵的创伤。

布卢姆的妻子、半职业的歌手摩莉是小说的第十六章至第十八章的故事主角。故事的主体是摩莉躺在深夜的黑暗之中回忆过去的一段意识流。摩莉想到丈夫布卢姆，就想到自己过去的恋人与生活，有时难以确定摩莉意识流中的不定代词“他”究竟指的是哪一个人。

其中有一个“他”就是摩莉现在的情人博伊兰。摩莉因为爱子鲁迪在出生十三天之后不幸夭折而损害与布卢姆的夫妻感情，从而转向与花花公子博伊兰的情人生活来缓解现实生活的苦闷，这一个“他”就有亡子鲁迪即过去生活的悲剧的影子。然而精神的空虚已经完全破坏肉体的愉悦，这一个“他”因此转向年轻的斯蒂芬。摩莉并未见过年轻的斯蒂芬，当摩莉幻想着从未谋面的斯蒂芬这一充满哲人气质的性伴侣时，其精神素质起着根本的推动作用。摩莉的身体开始追求精神成分从而产生情感上的诉求，一幅温情的面纱完全遮蔽张扬的肉欲。

摩莉的身体因此在最初代表反面经验的肉欲的身体之中衍生出情欲的身体，这一个转变成为摩莉的将来生活的能指象征的“他”却是一个抽象范式，曾经指向过布卢姆的“他”再次指向布卢姆。布卢姆在历经生活的沧桑之后没有走向博伊兰式的庸俗人生或者斯蒂芬式的抽象精神。布卢姆即使与摩莉发生感情的危机，始终不能忘怀摩莉的可爱与善良。摩莉通过女性的身体感知这一发现，展开以布卢姆为主角的充满激情的性憧憬。摩莉此刻的身体因此成为爱欲的身体，指向布卢姆的这一个“他”成为摩莉超越过去的生活创伤的能指象征。

不定代词“他”因此在“分延运动”中撒播着多重意义并呈现在多元化的身体之中。多元化的身体携带着摩莉的当前、将来与过去的生活事件在当下发生碰撞与融合，摩莉通过身体在一个分形的时间场域即身体狂欢的时间之中生成一个女性的新的历史。

小说的第四章至第十五章叙述犹太人出身的广告推销商布卢姆从上午八点到午夜的游荡。这位异族人思绪纷繁，常常从一件事暗示出另一件事。布卢姆对于亡子鲁迪的回忆从一开始就充满着伤感。“鲁迪”指代着布卢姆夫妇的过去生活的一个阴影。布卢姆从此陷入妻子移情别恋的痛苦境地，他开始与另一个女人玛莎互通情书，甚至在海滨想要诱惑美少女格蒂。

布卢姆在下午大约四点钟跟随博伊兰走进奥蒙德饭店，小说进入第十一章“赛仑”。博伊兰正准备去赴摩莉的幽会，布卢姆听见的每一种声音演化成为内心的创伤，在内心向亡子倾诉忧伤与痛楚。“鲁迪”这一能指符号交织着过去、现在与将来的爱与恨的故事。

小说第十五章“刻尔吉”中的游荡主题转向新的阶段，布卢姆在一个节日的欢庆场面中扮演着伟大的利奥波德一世。小说在这一节日的虚构中表现出一种文化逻辑，即众多的出场人物、出场装饰与欢庆场景已经构成一种狂欢的节日庆典，激发现实生活的令人陶醉的力量，从而表现出这一生活的审美意义。① 布卢姆正是在这一节日的氛围之中努力地唤醒内在的生命激情，非常顽强地治愈过去生活的创伤，并且开始想象亡子鲁迪的华丽服饰与天真笑容。“鲁迪”这一能指符号开始意味着一个自我发现与自我认定的过程。

在小说的第十六章“尤迈奥”与第十七章“伊大嘉”，布卢姆呐喊出“一切都是空虚的执着”②，意识到被自己解救的醉酒的斯蒂芬可以成为亡子的现实替身。“鲁迪”在当下的意义狂欢之中汇合成为布卢姆所面对的新的生命图景。这意味着包容主体意识的话语在“分延运动”之中超越过去、现在与将来的线性秩序，这一现在因此具有超越固定逻辑的发散性。③

布卢姆因此在一个分形的时间场域即是生命狂欢的时间中发现生活总是不幸的而生命总是审美的而成为一个完整的人。这一时间超越斯蒂芬的抽象化的时间与摩莉的物质化的时间，是最能蕴涵真实生命的真正时间。乔伊斯由此在意义狂欢中创造出实验性的时间艺术。

综上所述，本文从现象学的研究视角提出虚构叙事中时间的分形新

---

① Jennifer Wicke, “Enchantment, Disenchantment, Re-enchantment: Joyce and the Cult of the Absolutely Fabulous”, *in Novel*, 29 (1995), p. 128.

② ［爱尔兰］詹姆斯·乔伊斯：《尤利西斯》（下），萧乾、文洁若译，译林出版社 1996 年版，第 1073 页。

③ Johanna M. Tito, “In Praise of Presence: Rethinking Presence with Derrida and Husserl”, in *Philosophy Today*, 45 (2001), p. 154.

概念。如果说弗洛伊德的精神分析是经由形而下的路径切入人的问题，那么寻求原初基础的现象学方法从形而上的路径转向对于人的精神分析的绝对关注，从而启示着我们思考一种新的文学批评方法。

（原文发表于《文艺理论研究》2009 年第 1 期，有所改动）

“故事”与“话语”的别样风景

——中国古典诗歌的认知叙事研究*

舒凌鸿**

序 言

叙事理论、概念和术语不仅在叙事文类中被广泛运用，同时也越来越多地被引入抒情诗的阐释和分析中。正如 Klimek 所看到的，大量关于抒情诗歌的分析文献都运用了“新叙事学”方法，采用了叙事学领域的术语。[①] 故事（Fabula）和话语（Sjuzhet）是叙事学中的两个重要概念。在她关于叙事学的开创性著作中，Bal 认为：“故事是一系列逻辑上和时间上相关的事件，从一开始就排除了读者的情感参与。”[②] 查特曼认为，在作品中的“故事”和“话语”是与读者的情感投入结合

* 本文为2021年度云南省哲学社会科学规划项目“西方现代抒情诗的认知叙事学研究”（YB2021085）研究成果。

** 舒凌鸿，云南大学文艺学博士，云南大学文学院副教授，硕士生导师，云南大学叙事学研究中心副主任，中国中外文艺理论协会叙事学分会理事。

① S. Klimek, “Functions of Figurativity for the Narrative in lyric Poetry – With a Study of English and German Poetic Epitaphs from the 17th Century”, in *Language and Literature*, 22.3 (2013), p. 220.

② M. Bal, *Narratology: Introduction to the Theory of Narrative* (3rd ed.), Toronto: University of Toronto Press, 2009, p. 194.

在一起的。[1] 此外，无论是哪一种文类，读者都会对“故事”进行必不可少的解读。

沃尔什的观点与上述看法是一致的。他认为，所谓的“故事”是“伴随并服务于读者与叙述性话语的谈判的解释性结构”。[2] 读者在阅读文学作品时，“故事”和“话语”是联系在一起的。沃尔什借用了伊瑟尔[3]的话，认为文学文本中存在“空白”，例如，“情节线索”或偶然事件之间的空白，读者必须填补空白，以便将各种文本元素连接成一个连贯的整体。就这一点而言，本文认为，从读者的角度来看，尽管“故事”在叙事文和抒情诗中都具有抒情性和叙事性的特征，但在这两种文类中，“故事”在小说中强调叙述性，尤其是连贯性，而在诗歌中则体现抒情性，强调其跳跃性。就目前的研究状况而言，尽管“故事”和“话语”已经在叙事文得到充分研究，但对抒情诗却鲜有涉及，也未曾对中国古典诗歌中的“故事”和“话语”进行过考察。中国古典诗歌是抒情诗的典型范本，本文将以中国古典诗歌为例，探讨这两个概念在抒情诗中的运用。本文要解决两个问题：（1）在抒情诗这一文类中，“故事”和“话语”会呈现怎样的面貌？（2）在中国古典抒情诗中，“故事”和“话语”具有何种独特性？为了回答这两个问题，本文首先探讨抒情诗中“故事”的一般性特征，其次，考察中国历史诗歌中“故事”与“话语”的特征。最后，以探讨中国古典抒情诗中所呈现的空间特点为切入点，对中国古典抒情诗进行深入分析。本文旨在拓宽叙事学概念在叙事文之外的其他文类的研究范围，也为中国古典诗歌提供一个叙事学研究的新视角。

---

① S. Chatman, *Story and Discourse: Narrative Structure in Fiction and Film*, Ithaca: Cornell University Press, 1978, p. 19.

② R. Walsh, *The Rhetoric of Functionality: Narrative Theory and the Idea of Fiction*, Columbus: Ohio State University Press, 2007, p. 52.

③ W. Iser, *Prospecting: From Reader Response to Literary Anthropology*, Baltimore: Johns Hopkins University Press, 1989, p. 9.

一 在"故事"中的叙事性与抒情性

结构主义者认为，每一个叙事文本都具有双重性，由"故事"和"话语"组成。在查特曼影响深远的著作《故事与话语》中，故事（hostoire）是事件（行动、事件）的内容或链条加上可能被称为存在（人物、背景）的内容或链条，而话语则是内容交流的表达方式。[①] 在叙事学中，话语既是一种物质也是一种框架形式。[②] 物质是指口头或书面语言，甚至是移动的图片或手势，而形式框架则连接了这一套叙述性陈述，不仅讲述故事，而且还决定了情景和事件的呈现顺序。从读者认知的角度出发，本文认为，任何文本的"故事"都反映读者的情感和价值判断。以《安娜·卡列尼娜》的"故事"为例，对于这样的故事，大多数现代读者多会得出安娜的爱是不道德的结论。因此，"故事"实际上不仅包含了故事的原材料，还包含了读者的情感和价值判断。

在阅读不同文类的文学作品时，读者通常会注重叙事文本的叙事性和抒情文本的抒情性。多数小说读者希望阅读到一个有开始、发展、高潮，最后结尾的完整故事。对于抒情诗读者来说，他们多倾向于理解诗歌的哲思，感受诗句的情感。苏珊·兰瑟曾谈到，抒情诗的读者倾向于拥有一种非叙事性的思想、感觉和视觉，当他们不集中于对诗人思想进行理解的时候，事件就可能会"被忽视"。[③] 弗里德曼在其《女性叙事写作中的抒情颠覆：弗吉尼亚·伍尔夫与情节的暴政》一文中，强调了抒情诗与叙事的区别，她认为叙事文本以故事为中心，抒情文本则聚焦于情感，尽管这两者中每一种模式都包含着另一种元素。[④] 弗里德曼在文章中

① S. Chatman, *Story and Discourse: Narrative Structure in Fiction and Film*, Ithaca: Cornell University Press, 1978, p. 19.

② G. Prince, *A Dictionary of Narratology*, Lincoln & London: Scolar Press, 2003, pp. 21, 93.

③ Peter J. Rabinowitz, James Phelan, *A Companion to Narrative Theory*, 1st pub. in pbk. Malden: Blackwell, 2008, p. 235.

④ S. S. Friedman, "Lyric Subversion of Narrative in Women's Writing: Virginia Woolf and the Tyranny of Plot", in J. Phelan (ed.), *Reading Narrative: Form, Ethics, Ideology*, Columbus: Ohio State University Press, 1989, p. 164.

还强调，叙事被理解为一种一系列事件在空间和时间中历时移动的模式；而抒情诗则是一种同时性的模式，是一组情感或思想在静止中所投射出的格式塔。①

抒情诗是中国文学的一种极其重要的文类，其中中国古典诗歌则是中国抒情诗最为突出的代表。中国古典诗歌中的“故事”通常包含事件和情感两个要素。一般来说，在经典叙事学中，故事是叙事的素材，这种素材是稳定的，通过对不同文本的“话语”的分析，可以看出这一素材的存在。叙事性成分在白居易的《琵琶行》中是一个显性的存在。可以说，在中国古典诗歌中，同样也可以呈现出一个完整的故事，但由于诗歌的结构松散，读者却不能完全得出同样的一个“故事”。如上所述，这首诗的焦点同样是抒情，读者阅读这首诗的真正目的不是为了得到一个完整的故事，而是为了呈现个人的情感、心绪和印象。因此，当我们讨论中国古典诗歌中的“故事”时，我们不仅要看诗歌中的情感，更要考虑诗歌所呈现的故事。例如，在李白的《劳劳亭》中，“故事”可以通过“话语”得到呈现：

> 天下伤心处，劳劳送客亭。
> 春风知别苦，不遣柳条青。

《劳劳亭》是唐代诗人李白的五言诗。诗人写这首诗的目的，不仅要描绘一幅劳劳亭的春色，更要表达诗人离别的悲痛。诗人没有选择直接抒发自己对离别之情，而是通过描绘人们离别地点的风景来表达他的悲伤。“借景抒情”是中国古典抒情诗中最常用的一种表达技巧，很容易被读者所发现。读者通过阅读诗作的最后两行来感受诗人的强烈情感。诗人通过描写春风和柳树来表达他的悲伤，这也是中国传统表达离别的传统意象。

Tyrkkö 声称，“万花筒式叙述”（kaleidoscope narrative）不会提供一种预先确定的线性情节来给读者进行阅读，而是给读者提供了解事件或情

① S. S. Friedman, “Lyric Subversion of Narrative in Women's Writing: Virginia Woolf and the Tyranny of Plot”, in J. Phelan (ed.), *Reading Narrative: Form, Ethics, Ideology*, Columbus: Ohio State University Press, 1989, p. 164.

节的替代途径，从而使情节的构建取决于读者的选择。尽管实际文本片段的数量和内容保持不变，但所构建的叙述可能彼此之间存在巨大的差异。[①] 所以，从读者的角度来看《劳劳亭》的"故事"，可以将其解释为：（1）诗人由于"劳劳亭"这个地点的特殊性，运用自己的想象写了一首诗；（2）诗人和朋友分离的地点是劳劳亭，以此为题写一首以"劳劳亭"的诗歌，来表达自己的感情；（3）诗人听了关于"劳劳亭"的一些故事，写了一首离别诗。从读者的角度来看，在未了解诗人的创作背景的前提下，这三种解释都是可能的。

在这里，我们可以有这样一个推论：如果把抒情诗中的叙事性和抒情性结合在一起考虑，读者可以选择自己的方式欣赏诗歌，自己建构诗歌的"故事"，从而诗歌作品获得多重意蕴效果。抒情诗作品所提供的许多空白，可以通过读者的参与来进行填补。这里不仅使情感的丰富性得到呈现，故事内容的丰富性和多样性也得到呈现。当诗歌读者以自己的理解来解读作品时，"故事"就变得多样化了，也没有一个统一的"故事"可以从诗句中提取出来。正如俗语所说，一千个读者眼中有一千个哈姆雷特，无数个读者眼里也有无数种阐释的方式，与复杂的情感相对应，理论上也存在无数种"故事"得以呈现的可能。本文从读者认知的角度分析中国古典诗歌，发现"故事"通常就具有比较明显的双重性。

二　抒情诗和"故事"的双重性

中国是一个非常重视自己历史的国家，有着丰富历史资料和源远流长的历史文化。利用历史知识对社会问题进行探讨，是中国文学诗歌写作的一种传统。此外，历史的书写已经成为许多知识分子以历史事实为基础表达个人观点和理想的手段，而不是仅仅对历史事实进行描述。也就是说，历史诗已经与诗人自身经历紧密结合在一起，而不是超越诗人生活的一种纯粹的文学创作活动。在中国古代诗歌中，"咏史诗"是一

① J. Tyrkkö, "Kaleidoscope, Narratives and the Act of Reading", in J. Pier & J. A. G. Landa (eds.), *Theorizing Narrativity*, Berlin: de Gruyter, 2008, p. 285.

个比较重要的类型，朱自清将其称为比体诗中的一种。在《诗言志辨·比兴》中指出：后世的比体诗有四大类：咏史、游仙、艳情、咏物等。[①]诗人描述了历史事实，但它的实际功能却是表达诗人的情感。对这些诗歌进行仔细分析时，我们可以发现它所表现的诗人情感的程度是不同的。在历史诗中，一些诗人把焦点放在历史事实描述上，一些主要放在诗人情感表现上，而最终的目的都是指向诗人的情感或思想的传达。

中国“咏史诗”的写作对象常常由历史人物和历史事件组成。通过对中国历史诗歌在故事层面和话语层面的分析，我们可以得出这一结论，仅从话语中读者可以获取历史事件的认知及作者对历史事件的看法，但结合作者的生平，我们又能得到更深层次的审美体验：诗人生平与诗作形成一种互文性（intertextuality）。黄筠认为，尽管历史事件历史诗的主题，这不仅仅是一个古老的历史叙述，但它侧重于思想、理念、思想和感情的诗人。[②] 有些人欣赏历史人物，渴望成为和他们一样的人，表达他们的理想和愿望；一些人表达了他们的政治信仰，批评社会，讽刺一些人；一些人对历史人物表示同情，这些人与诗人有着相似的经历。总之，历史诗歌通常是一种隐喻，它将历史、知识和情感融会贯通，这与诗人的经历和历史背景有关，具有现实意义。

吕向为王粲《咏史诗》解题说：“谓览史书，咏其行事得失，或自寄情焉。”（《文选》卷二一）。对于“咏史诗”而言，无论从作者还是读者那里，这些诗作中的历史事件总是具有双重意义。尤其在不同文化背景和时代背景之下，读者可以通过同一个“话语”，了解“故事”所具有的双重含义。事实上，这些诗歌也的确具有双重含义，尤其是中国古典诗歌中的“咏史诗”。

左思是中国文学史上写“咏史诗”重要诗人。《咏史八首》表现了一个共同主题，但各有侧重。其二托前代以自鸣其不幸，乃是对门阀制度的反抗，虽然他是个才华横溢的人，但由于出身卑微，受门阀制度的影响，一生郁郁不得志。诗作表达了他对这种不合理现象的愤怒和政治生涯的困苦。左思的咏史诗通过咏，实际表达的是诗人自己的情感。曹植的《怨

---

① 朱自清：《诗言志辨》，开明书店 1947 年版，第 80—97 页。

② 黄筠：《中国咏史诗的发展与评价》，《中国文化研究》1994 第 4 期。

歌行》也具有这样的特征。这首诗赞扬了周公，虽然他非常忠诚，却被国王抛弃，被其他人所憎恨。如果读者能了解曹植生平，曹植曾被其皇兄曹丕、侄魏明帝曹叡所逼迫，他们就能完全理解这首诗歌的意蕴。除了赞扬周公的忠诚，更重要的是要表达曹植自己处境的艰辛。唐代诗人陈子昂的《燕昭王》一诗写道：

南登碣石馆，遥望黄金台。
丘陵尽乔木，昭王安在哉？
霸图今已矣，驱马复归来。

这首诗讲述了燕昭王在战国时期广纳英才的故事，诗里并没有直接提到作者自己，没有明确的论点和意见。如果读者对燕昭王的故事很熟悉，了解陈子昂对当时的长官建安郡王武攸宜感到失望，自然会抓住这首诗背后的深层含义。诗人在这首诗的前四行哀叹国王之死，后两句表达了他的野心在现实生活中的受挫。在这里，过去和当下碰撞在一起，虽然陈子昂和这些英才都有才华，但他们的遭遇却不相同。了解了诗歌的创作背景，读者就可以感知诗人的内心，诗作的内核就像从一层逐渐散开的薄雾中透露出来，让读者感动。这首诗并没有详细叙述历史，而是对人物和地方作了简要的介绍，最终回到了作者在现实中无法实现理想的绝望。通过燕昭王的黄金台的意蕴，对作者理想的了解，以及过去与当下的时间与空间距离的内在的关联，再加上读者对陈子昂生平的了解，就能对这首诗做出更深层次的理解。“要理解历史诗歌的深层内涵，往往需要古代史料、当代现实、作者的经历、读者对历史和作者的感知，是四个因素的综合。”① 在杜甫的《咏怀古迹》中，在“话语”层面，可以发现诗作在这几方面都有着更高的相关性：

其三
群山万壑赴荆门，生长明妃尚有村。
一去紫台连朔漠，独留青冢向黄昏。

① 孙立：《论咏史诗的寄托》，《中山大学学报》（社会科学版）1997 年第 1 期。

画图省识春风面，环佩空归夜月魂。

千载琵琶作胡语，分明怨恨曲中论。

从读者的角度看，我们也可以从它的话语中得到两种理解：一种解读是昭君出生在一片繁荣的故土，但客死于贫瘠的沙漠。在故国未能得到君王的赏识，只能远赴他乡，独自怀念自己的家乡，诗人表达了自己对昭君的同情。另一重解读是昭君的命运也是诗人自己命运的隐喻，因为杜甫也离开了他的家乡洛阳，在现实中也未能得到皇帝的赏识。这两重解读都是有确凿的意义的。如果读者关注这首诗的话语本身，缺乏关于杜甫生平的知识，以及中国古典诗歌的阅读经验，那就很容易得出第一个结论。如果读者注意到标题，了解到杜甫的经历，并具有中国历史诗的知识，就可以获得第二重阅读意义。实际上，就中国古代咏史诗的特点而言，不管读者如何解读这首诗，本质上都表达了杜甫的个人情感：诗人表达了他对家乡的思念，诗人自己就像昭君一样被皇帝忽视，而被迫远行。

换句话说，诗作具有双重意义，在中国抒情诗已经成为一种普遍现象。虽然中国古典诗歌的双重意义不是来自诗歌的形式和语言的模糊性，但它的双重意义特征本身就存在于它的“故事”中。作者的写作目的就是要在诗歌中表达双重含义，而且读者也可以得到这些双重意义。这就意味着，这些诗歌本身就有双重性，就像一个谜语，包含谜面和谜底。虽然不是每个人都能猜得出谜底来，但谜面和谜底是由作者决定的。但这些诗作又不仅是谜语，因为在谜语中，读者不一定要对谜面进行审美性的阅读，也不要求意义的完整性，谜面的一切功能都只是为了谜底得以呈现。在中国古典诗作中，谜面和谜底却是同等重要的，读者既可以停留在谜面进行审美欣赏，也可以结合作者生平进行更深层次的阅读。如果读者对这首诗缺乏背景知识，特别是对诗人的经历没有任何了解，那么这首诗背后的意义就无法理解和获得。尤其是在咏史诗中，其话语中的表层意义和深层都是重要的部分，对读者而言都具有强大的艺术吸引力。

一些中国古典诗歌，如果读者缺乏背景知识，不可能理解第二层次，根本猜不到诗歌作者最真实的用意。例如，唐代诗人朱庆馀的《近试上张籍水部》（《近试上张水部》/《闺意献张水部》）中：

洞房昨夜停红烛，待晓堂前拜舅姑。

妆罢低声问夫婿，画眉深浅入时无。

读完这首诗，一般的读者脑海中都会浮现出一个清楚的故事：新娘在婚礼后的第二天一早起来去见公婆，非常希望自己在公婆面前留下好印象，所以着急地问自己的丈夫，她担心自己的妆容，所以她问丈夫自己画的眉毛是否时髦。这首诗很有趣的地方就是，若没有提供这首诗的创作背景，读者是很难猜测到第二重含义的。这首诗是诗人参加科举前夕创作的。唐代士子在参加进士考试前，时兴“行卷”，即把自己的诗篇呈给名人，朱庆馀此诗投赠的对象是张籍。临到要考试了，还怕自己的作品不一定符合主考的要求，因此写下此诗。这在当时是非常常见的。对于读者而言，这首诗无论“谜面”还是“谜底”都是十分有趣的。就“谜面”而言，也就是只通过话语进行欣赏，我们可以欣赏到新娘在新婚之后第一天忐忑、娇媚的美好情态。如果结合写作背景，尤其是中国的传统文化，我们又可以得到另外的一个故事：一个希望得到主考官赏识的士子的故事。

与英美新批评放弃历史和背景参与阅读，强调对诗歌话语的精细分析不同，对于中国的咏史诗而言，从其时代和文化的角度来解读诗歌却是非常必要的。因为这些诗从创作之初就已经有了这样的二重性。作为读者如果忽视了对这一层次的理解，将会造成重大的疏漏，同时也会失去这些作品的某些方面审美特征，这些审美特征是由作者的写作背景和文本空间合力共同构成的。按照新批评的标准，参照历史或诗人的经验来阅读诗歌，只是研究诗歌作品的一种可选方式。在《精致的瓮》一书中，布鲁克斯认为，从历史背景来看，我们阅读一首诗已经可以给我们留下了深刻的印象。这种阅读方式进行得非常成功，以致于我们中的一些人被诱惑，认为它是唯一可能的阅读方式，而成为阅读一首诗的必要步骤。我们也倾向于认为每首诗都是其时代的一种表达。[1] 对于中国古典抒情诗，尤其是“咏史诗”来说，加入历史的角度来理解这类诗歌确实是一种必不可少的手段。

为了得到更为丰富的审美体验，从读者的角度看，对于作品背景的了

① C. Brooks, *The Well Wrought Urn*, New York: Harcourt Brace, 1947, p. 5.

解在小说阅读中也是最重要的。詹姆斯·费伦在对《宠儿》进行分析的过程中指出她还依赖于她的叙事的读者和作者的读者都是知识渊博之人，对诸如美国内战、《解放黑奴宣言》和《逃亡奴隶法案》等历史事件有充分的理解。[①] 因此，如果没有历史知识，一般读者只能在话语层面欣赏美。由于中国古典诗歌本身就具有两种理解的可能，我们可以很容易地从话语表面中获得一种意义，从而获得审美快感。但是，当读者充分了解这些作品创作的背景时，他们可以构筑另外一个与诗人思想和经历相关的故事。

三　抒情诗中"话语"的空间性

抒情诗的空间是从叙述者的角度构造出来的。它可能与一个真实的物理空间相关，也可能是叙述者想象中融合真实与虚构的空间。无论物质空间还是想象空间都嵌入了叙述者强烈的情感。诗歌中的空间作为一种叙事元素，真实空间和想象空间都具有叙述者强烈的情感特征。诗歌的空间叙事以叙事单元的形式体现在空间中，它可以影响叙事的时间、空间的传递和衔接，形成诗歌的叙事结构。诗歌的空间可以是一个单一的空间，可以称为一个单一的静态空间，也可以是多个空间，可以称为动态连续空间，空间的变化形成了诗歌的叙事韵律。本部分主要对"话语"进行分析，试图了解其如何创造出空间美的表现。

时间和空间是人类生存的重要形式，就像硬币的两面一样。在文学研究的案例中，对时间的研究远远超出了对空间的研究。文学理论的研究往往是基于历时分析，分析文学发展的规律、文学的起源、作家的创作过程等。普林斯对"故事"进行了描述，认为其是"按时间顺序叙述的情景和事件的集合，以及基本的故事材料（与情节或'话语'相反）"。[②] 历时性被认为是"故事"和"话语"的一个非常重要的法则。但对于诗歌，

---

① 乔国强主编：《第六届叙事学国际会议暨第八届全国叙事学研究会论文集》，上海外语教育出版社2019年版，第10页。

② G. Prince, *A Dictionary of Narratology*, Lincoln & London: Scolar Press, 2003, p. 20.

尤其是中国古典诗歌而言，"故事"则呈现出多种可能性。米克·巴尔认为，在故事中，空间与"生活"在其中的人物相关联，空间的主要方面是人物在空间中感知的方式。三种感官尤其涉及空间的感知表征：视觉、听觉和触觉。三者都参与了故事中一个空间的展示。形状、颜色和尺寸都是从视觉上看出来的，总是从一个特定的透视图。[①]"确定再次在读者参照系的基础上完成。当某一件事发生于都柏林，这将意味着所产生的结果对那些十分熟悉这一城市的读者和仅仅知道都柏林是一个大城市的读者是截然不同的。都柏林的一个贫穷街区中一座住所里的令人窒息的气氛在乔伊斯的《一个青年艺术家的画像》中得到详尽的描述。那些十分熟悉这一氛围的人能看到多得多的东西，对于他们来说，'在厨房里''在起居间'等符号将唤起更多精确的形象。"[②]

弗兰克在《现代小说中的空间形式》中认为，现代诗歌作为空间艺术的一个主要依据是它削弱了语言内在连续性，采用空间并置而非时间位移的方式来处理诗歌元素。他举例说，普鲁斯特所说的"纯粹时间"或是"视觉瞬间静止"的观念实际上并不是时间，而是"瞬间的感觉，也就是说，它是空间"。[③] 诗歌是一系列意象的组合。意象成为阅读时的瞬间印象，成为一整幅画中物象，如柳宗元的《江雪》：

千山鸟飞绝，万径人踪灭。
孤舟蓑笠翁，独钓寒江雪。

"孤舟蓑笠翁，独钓寒江雪"，以及陆游诗句"驿外断桥边"（《卜算子·咏梅》）中，"孤舟""寒江""驿外断桥"这些表示地点的空间，在这里可以首先引起读者对这些地点过去的记忆或已有的认知。"绝"和"寒"、"孤"这样的词本身所具有的情感特征，也参与这些画面的建构，最后合

① M. Bal, *Narratology: Introduction to the Theory of Narrative* (3rd ed.), Toronto: University of Toronto Press, 2009, p. 136.

② M. Bal, *Narratology: Introduction to the Theory of Narrative* (3rd ed.), Toronto: University of Toronto Press, 2009, p. 139.

③ ［美］约瑟夫·弗兰克等著，秦林芳编译：《现代小说中的空间形式》，北京大学出版社1991年版，第15页。

力形成所谓这些诗歌孤苦清冷的意境。这一意境与诗歌“故事”中的情感性特征就关联起来了。

抒情诗的“话语”具有一种空间性，它由一个又一个画面组成，并且由多个空间并置或重叠在一起。布鲁克斯在他对华兹华斯诗歌《在威斯敏斯特大桥上》分析中，也谈到了：船、塔、穹顶、剧院和寺庙等意象，“包含一些非常扁平的文字和一些陈旧的比较”①，认为诗作的吸引力在于语言的模糊性。“读者可能会问，那么，这首诗吸引人的力量是什么？在我看来，这是从诗歌产生的矛盾情况中得到的。诗歌抒情人真的很惊讶，他设法在这首诗中获得了某种敬畏的惊喜。”② 事实上，布鲁克斯忽略了这首诗是关于一个历史悠久的著名地方的事实。当读者看到诗中所呈现的空间时，他们也会利用他们以往的生活经验和知识来想象这一场景，并将他们的想象延伸到诗作的创作背景中去。这种背景知识恰恰是中国古典诗歌鉴赏中不可缺少的知识。中国古典诗歌的欣赏习惯是假定他们的读者在理解自己的诗歌作品时有着共同的知识背景和文学能力。从认知视角看，读者对诗作中所呈现的空间想象是包括读者对此空间已有的感知和对现在诗人呈现的空间的结合。如王维的诗作《使至塞上》：

单车欲问边，属国过居延。
征蓬出汉塞，归雁入胡天。
大漠孤烟直，长河落日圆。
萧关逢候骑，都护在燕然。

除了“沙漠”的物理意义外，这里的沙漠还传递着一种文化认知，这是由读者对沙漠的地理和文化理解所形成的。中国幅员辽阔，西北有沙漠，经常成为中原与游牧民族交战的地方，产生了相当多的描写沙漠风光的边塞诗。王诗中的“沙漠”是一个典型的边疆，它与战争和军事生涯有关，而不仅仅是沙漠的实体形象。这首诗的鉴赏需要读者调动自己的知识和记忆，最终形成一种新的诗歌鉴赏空间。就诗歌所用的语言而言，这首诗没

① C. Brooks, *The Well Wrought Urn*, New York: Harcourt Brace, 1947, p. 28.
② C. Brooks, *The Well Wrought Urn*, New York: Harcourt Brace, 1947, p. 28.

有像《江雪》中有“独”或“寒”这样有丰富感情色彩的词汇。在这首诗中，没有文字直接传达诗人的情感，情感色彩必须由读者自己的经验和知识所感知。与小说作家倾向于描写空间细节不同，诗人倾向于用隐喻来创造空间。王维诗歌作品中的空间是模糊的，需要读者进行积极的想象。诗人试图描绘出边塞风光的全景画，在诗中的山、沙漠、烟等意象与读者的想象融为一体，任何绘画恐怕都难以达到诗作所表达的丰富性。通过读者想象力的介入极大地扩展了甚至创造了诗中的空间。一个新的诗意空间是由话语（诗歌本身）、读者过去的经验以及读者阅读诗歌所引发的想象所建立的。

读者参与，包括对作品背景的了解，是欣赏中国古典诗歌空间意象的重要条件。比起欣赏真正的绘画，有时读者更难理解诗中的意象。绘画空间更为具体，而对诗歌意象的构建则需要借助读者的想象力、知识和理解力。由于读者的参与诗作呈现了多样性的空间。每一位读者都会从他或她自己的经历中看见、想象和建构，这就给予诗作中空间叙事提供了无限的可能性。

结论

本文以认知诗学为基础，探讨了“故事”和“话语”这两种在叙事文中最基础的概念在中国古典诗歌中的应用。本文认为，就中国抒情诗而言，抒情性大于叙事性。读者要根据自己对诗人生平或历史文化背景的了解来解读诗歌作品。这对理解中国诗歌尤为重要，因为它通常都传达着双重含义。因此，必须从两个层面来理解这类诗歌。阅读中国古典诗歌需要读者积极的想象和参与，以及对历史和文学知识的深刻了解。对于中国古典诗歌的理解应该做到以下两个方面：第一层次是对话语进行理解，可以参照新批评的阅读方式。第二层次是对诗人个人经历和历史背景的理解之下进行阅读。但二者都是中国古典诗歌的必选项，缺了任何一个层次都不是一个完整的欣赏过程。可以说，只有这样，读者才可以看到诗歌的全景，对诗作有更为深入地了解。

外国文学作品叙事阐释

《宠儿》中的视角差异和文本意义重构

王　浩*

1993 年诺贝尔文学奖得主托妮·莫里森（Toni Morrison）的长篇小说《宠儿》（*Beloved*），自 20 世纪 80 年代后期问世以来一直受到文学理论界的广泛关注。小说以真实的历史事件为蓝本，借主人公塞丝（Sethe）和其他人物所经历的一切不幸与痛苦，展开了一幅令人不堪回首的历史画卷，对蓄奴制予以无情的鞭挞。同时，莫里森以其卓越的语言能力和具有探索性的叙述技巧将整个故事演绎得跌宕有致而又充满悬念，使这部小书成为她写作生涯中的一部巅峰之作。

围绕《宠儿》所展开的批评涉及小说的主题、风格、语言等诸方面，其中核心人物宠儿的形象及其意义往往是讨论的重心。之所以会如此，原因在于宠儿是通向作品深刻内涵的门户，但她扑朔迷离的身份又非常难以把握。宠儿的语言、外貌、行为既像人又似鬼，她的思想活动时而清醒理智，时而混沌模糊，而叙述者对她的来历又没有明确的交代，要在阅读解码过程中按照常识逻辑提取出完整的人物形象十分不易。大致说来，评论界一般认为宠儿既是塞丝亲手所弑的幼女的鬼魂，又是北美黑奴贸易的幸存者，这一点常被用作重建文本意义的前提。笔者认为，小说中的出场人物“宠儿”并不兼具两重身份，塞丝的女儿和贩奴船的幸存者是完全不同的两个独立个体；叙述者通过精心设计的

* 王浩，文艺学博士，云南大学外国语学院副研究员，主要从事叙事学和翻译研究。

视角差异使两个同名人物的两种身份发生叠合，而文本意义也在这种叠合中凸显出来。本文即拟借助叙事学的视角分析来审视宠儿人物身份的构成，并对人物身份设置的叙事意义加以探讨。

新近出版的《叙事学百科全书》中对“文学”视角（Literary point of view，区别于电影文本分析中的“电影”视角，cinematic point of view）所下的定义为：“物理、心理及意识形态立场，透过这一立场，各种叙述情境及事件得到展示；也指叙述情境和事件在其中受到过滤的眼光。”[①] 一般而言，视角可以被视为包含一定道德观念和价值取向的看待事物的立场，虚构文本内持有这一立场的主体，包括叙述者和人物，都可以成为视角主体。虚构文本中的任何叙述内容都必然通过一定主体的声音和眼光得到表现，但叙述者和人物毕竟又是不同的主体，因此，叙述者和人物之间、人物和人物之间的价值立场差异就表现为差异性的视角关系。换言之，视角关系是不同视角主体从其所处的不同位置对人物（包括其行为、语言乃至心理活动）、事件进行观察或聆听时表现出来的主体间关系。申丹认为：“20 世纪初以来的第三人称小说中，叙述者常常放弃自己的眼光而转用故事中主要人物的眼光来叙事。”[②] 这一区别对于对《宠儿》的阅读尤其有效。因此，依据叙事学理论对《宠儿》的叙述者视角和人物视角加以梳理，有利于揭示人物身份，进而深入地把握文本意义。

总体而言，《宠儿》叙述者在很大程度上放弃了全知叙述视角，往往跟随着人物的回忆性视角来讲述已经发生的事件，并且有意识地将自身对事件的知悉程度保持在与人物相当的水平上，使事件无法一目了然，只有通过不同视角主体的回忆和讲述才能最终还原出事情的真相。例如，就塞丝弑婴事件而言，有叙述者对木棚屋中血腥场面的片断描绘，有丹弗（Denver）对两个哥哥出走和她本人辍学的原因的解释，还有斯坦普·佩德（Stamp Paid）与保罗 D 之间的谈话和艾拉（Ella）的讲述，以及塞丝本人的心理叙事，通过这些直接和间接的片段细节，塞

---

① David Herman *et al.*, *Routledge Encyclopedia of Narrative Theory*, London and New York: Routledge, 2005, p. 442.

② 申丹：《叙述学与小说文体学研究》，北京大学出版社 2001 年版，第 186 页。

丝亲手杀死自己女儿的过程和原委才终于完整地呈现在读者眼前。不同主体视角中断裂为记忆片段和零碎场景的情节，通过阅读重构还原为一个完整的故事，这正是《宠儿》最主要的叙事特征之一，有关宠儿身份的各种蛛丝马迹也将在各主体视角内容的互相比较、对照、补充的过程中逐步臻于清晰。

宠儿第一次出场时，其形象首先出现在叙述者的眼光中："一个衣着完整的女人从溪水中走出来，还没等走到岸边便坐了下来，倚靠在一棵桑树上。"① 她就这么坐了一天一夜。之后，这个疲乏不堪、浑身疼痛的女人又行走了一段路程，然后在离124号的阶梯不远处的一棵树桩上坐下来，"她的皮肤很新，光滑而没有皱折，就连双手的指节也是这样"。② 这个女人究竟是谁，叙述者似乎并不知悉。叙述者只提供了故事空间内的一个外在事实，而没有对这个事实作出任何解释，这就是所谓通过摄影机镜头式的眼光（camera eye）的叙事，即眼光主体的视角，属于有限外视角。通过有限外视角叙事，叙述者能够建立毋庸置疑的"叙述权威"。由于故事世界中的一切都来自叙述者，包括叙述者自己的直接叙述和对人物视角内容（外在行为、心理事实、话语行为）的转述，因此叙述者的有限外视角就成了有关故事世界的一切信息的重要来源，在人物视角缺席的情况下尤其如此。一般而言，叙述者使用有限外视角的意图，除了突出事件或场面的"真实性"，就是用其提供的"事实"的唯一性来诱导读者的理解和推理。于是，《宠儿》有限外视角叙述中包含的某种意义，理所当然成了本文视角分析的重点。

接下来，参加完狂欢节之后，塞丝和女儿丹弗还有新近与塞丝坠入爱河的保罗D回到他们居住的124号，并同时看到这个"衣着完整的女子"。当塞丝看清这个女人的面容时，刹那间感到膀胱充盈，她来不及跑进户外厕所便在厕所门外蹲了下来，这时她回忆起多年前在逃离"甜蜜之家"的路上临盆的情境，体液的喷泻与女儿丹弗出生时羊水破裂的体验发生重合。因为陌生女子的出现而再次经历生殖体验的视角主体是塞丝，塞丝的回忆内容（内在于人物的意识活动）则由叙述者的

① Toni Morrison, *Beloved*, New York: Plume, 1998, p. 50.

② Toni Morrison, *Beloved*, New York: Plume, 1998, p. 50.

声音加以转述。虽然叙述者通过有限外视角转述的内容并不涉及人物的深层意识，即并没有明确指出赛丝是否认为她与“衣着完整的女人”之间存在亲缘关系，但却已对此予以充分暗示。而接下来叙述者对塞丝思想活动的转述却又否认了这一点。塞丝内急解决之后进到124号房，丹弗和保罗D正在给“衣着完整的女人”喝水。塞丝问这陌生女子是否住在附近，她摇头否认，塞丝由此猜测：“她肯定是搭别人的马车来到这里的”，“很可能是希望借烟草和高粱谋生的西弗吉尼亚女孩中的一员”。[①]

再往下看，叙述者的有限外视角很快与人物视角发生重叠和交叉。保罗D问起这个女子的姓名，她的回答是“Beloved”，即宠儿。这个场面由叙述者的有限外视角眼光见证，紧接下文则转换为不同人物视角内容的交替。“宠儿”这个名字引起了几个在场人物的不同的心理反应，也就是说，叙述者在此后的叙述中使用了不同的人物视角，并且在不同主体视角中的故事内容之间设置了差异。从保罗D视角看，他绝对没有就此联想到宠儿就是他曾经从124号房赶走的幼女的鬼魂，只是对“宠儿”这个不同寻常名字有些不解。同时，保罗D也对她的来历感到好奇，本想询问她家人的情况，但回想起多年来遇到的那些流离失所、与亲人失散的人们，问与不问无甚差别，因此转而对她脚上那双崭新的鞋子发生了兴趣。这就意味着这个陌生女子在保罗D的眼光中乃是众多流离失所或在茫茫人海中打听亲人下落的人们中的一员。从塞丝视角看，她“被她甜美的名字触动；对光华闪烁的墓碑的记忆让她感到与她无比亲近”。[②]“光华闪烁的墓碑”立在塞丝死去的女儿的墓前，碑文只有七个字母：“Beloved”，这是身无分文的塞丝以自己的身体做交易让石匠刻上去的。但是“Beloved”并不是塞丝的女儿的名字，在塞丝的回忆性视角中，她被叫作“已经会爬了?”，这是塞丝的婆婆贝比·萨格斯(Baby Suggs)当年见到女婴时所说的话，此后塞丝常用这个保留了问号的省略性问句指称自己的女儿。甚至在塞丝准备请人为女儿墓碑上刻下铭文时也没有给她起一个名字，她所能想到的只是派克牧师（Rever-

---

① Toni Morrison, *Beloved*, New York: Plume, 1998, p. 53.

② Toni Morrison, *Beloved*, New York: Plume, 1998, p. 53.

end Pike）的只言片语："亲切挚爱的"（Dearly Beloved）。这是西方葬礼上的惯用语，用法为"某某人亲切挚爱的父亲（母亲、儿子、女儿等）"，但塞丝认为"你对我而言正是这样（挚爱的），并且我不会因为只刻下了一个单词而感到后悔……"① 这个不是名字的名字由此成为"已经会爬了?"的女儿的另一个指称，在中译本中译为"宠儿"、"爱娃"或"娇女"等等。当不明身份的女子自称"宠儿"时，塞丝的心理反应可谓入情入理。从丹弗的视角看，当她听到"宠儿"这个名字时立刻"浑身颤抖，看着这个昏昏欲睡的美人儿，想知道更多"。② 丹弗到底想知道什么，叙述者并未说明。但是丹弗似乎已经认定她早已死去的姐姐与这个来历不明的女子之间具有某种关联。在此，与其说塞丝和丹弗的意识中这个"衣着完整的女人"与她们死去的亲人即"宠儿"之间具有某种神秘的联系，不如说叙述者有意在自己的有限外视角和人物视角之间建立意义关联。为避免混淆，本文在以下论述中将用"幼年宠儿"指称塞丝亲手杀死的女儿，用"成年宠儿"指代自称宠儿的年轻女子。

与成年宠儿相处一段时间之后，塞丝又认为她曾经是被某个白人囚禁的性奴。保罗 D 则不希望成年宠儿闯入他和塞丝的生活，同时也注意到她身上某些奇怪的行为举止，于是想借此说服塞丝让成年宠儿离开。据他所说，他和丹弗都曾看到成年宠儿单手举起了一把摇椅，但是丹弗矢口否认。丹弗自小离群索居，并非出于本人所愿，而是塞丝弑婴事件使 124 号成为一片禁地，旁人敬而远之，因此孤独的丹弗只能得到姐姐鬼魂的陪伴。保罗 D 赶走了幼年宠儿的鬼魂，而成年宠儿则接替它成为丹弗的陪伴者，因此，丹弗拒绝为保罗 D 作证。不仅如此，实际上丹弗"确信宠儿就是在贮藏室里与母亲跪在一起的那条白裙子，是在她一生中大多数时光中陪伴着她的那个婴儿的真实显现"。③ 丹弗的信念在她的行为和思想中得到充分体现。丹弗几次提到她要保护成年宠儿，不仅是要保护她不被保罗 D 再次赶走，而且也要保护她不再受到母亲的伤

① Toni Morrison, *Beloved*, New York: Plume, 1998, p. 184.

② Toni Morrison, *Beloved*, New York: Plume, 1998, p. 53.

③ Toni Morrison, *Beloved*, New York: Plume, 1998, p. 119.

害。丹弗恳求她："不要告诉她。不要让妈妈知道你是谁。"① 丹弗在内心中向她发出呼唤："不要太爱她（塞丝）。不要。也许让她觉得杀死自己孩子无足轻重的那种东西仍然存在于她体内。我得告诉她。我得保护她。"②

丹弗始终将成年宠儿认定为姐姐灵魂转世，而塞丝将她认作自己死去的女儿则经历了一个积累过程。如前所述，虽然有生殖体验的复现和"宠儿"这个名字引发的记忆，但是通过叙述者的转述可知，塞丝并没有直接在意识活动中把幼年宠儿和成年宠儿等同起来。后来曾经引起她注意的，是成年宠儿突兀的提问："给我讲讲你的钻石。"③"钻石"一词使塞丝想起了加纳夫人（Mrs. Garner）送给她作为结婚礼物的水晶耳环。问话勾起了塞丝对一幕幕往事的回忆，当她不由自主地道出与耳环相关的经历之后，不禁自问：她怎么知道我的耳环？知道塞丝曾经拥有一对耳环的人为数寥寥，而塞丝曾让耳环发出清脆的声响来取悦幼年宠儿，因此成年宠儿的提问引起了塞丝的思考。虽然塞丝并未据此得出任何结论，但可以说这件事仍然在塞丝的潜意识中发挥着不可低估的作用。及至塞丝、丹弗、成年宠儿在冰冻的河面溜冰回来之后，当成年宠儿轻轻哼起塞丝自编的歌谣时，一切突然变得豁然开朗：

> "那曲子是我编的，"塞丝说，"我编了那曲子然后给我的孩子们唱。除了我和我的孩子，没人知道那曲子。"
>
> 宠儿转向塞丝。"我知道。"她说。④

既然知道那首曲子的人仅限于塞丝及其儿女，那么成年宠儿的回答就相当于肯定她就是幼年宠儿的复现。那一夜，"塞丝微笑着上了床，她急于躺下来并回味令她匆忙得出结论的证据。细细回想宠儿回家的那一天和相关的场景，以及林间空地上那次亲吻的意义"。⑤ 所谓"匆忙得出"

① Toni Morrison, *Beloved*, New York: Plume, 1998, p. 76.

② Toni Morrison, *Beloved*, New York: Plume, 1998, p. 206.

③ Toni Morrison, *Beloved*, New York: Plume, 1998, p. 58.

④ Toni Morrison, *Beloved*, New York: Plume, 1998, p. 176.

⑤ Toni Morrison, *Beloved*, New York: Plume, 1998, p. 181.

的结论指的正是塞丝对成年宠儿身份的认定。

但成年宠儿是否就是被塞丝用锯子割断喉咙的幼年宠儿的灵魂显现，透过叙述者的有限外视角，我们看不到任何确凿证据。相反，在小说的第二部分却出现了不同主体视角中故事内容及形态上的差异和矛盾。这个部分包括了塞丝、丹弗和成年宠儿各自的心理叙事，并且她们都用单数第一人称代词“我”来指称自己。此类叙事在小说中并非第一次出现，可以视为较长篇幅的自由直接引语。其中，塞丝的心理话语①和丹弗的心理话语②分别确认了她们对成年宠儿身份的判断：在丹弗的视角中，成年宠儿是姐姐的灵魂复生；在塞丝的视角中，她是女儿的肉身再现。塞丝和丹弗所以能够做出相同的判断，完全因为叙述权威此前提供了各种外在事实依据，包括成年宠儿对“钻石”和“曲子”的知悉。③ 不仅如此，成年宠儿的这一重身份还引导着读者在亲情关系的认定范围内对文本意义的其他理解。

但是，在成年宠儿自己的视角中，她作为塞丝的女儿、丹弗的姐姐的这重身份却不能成立。成年宠儿断断续续、模糊杂乱的内心话语是整部小说中最不易理解的片段，同时也是揭开她身份之谜的重要线索。叙述者用了四页的篇幅对成年宠儿的记忆和内心世界进行转述，其中包括成年宠儿和很多人被关在狭小空间内，饱受饥饿、羞辱、虐待；她的“男人”死去，另外还有很多人死去，尸体堆积如小山；一个与成年宠儿非常亲近的女人落入水中，艰难地呼吸，成年宠儿希望和她一起进入水中，因此她（大概挣脱了束缚）纵身跳入水中；成年宠儿走出“蓝色的水”，希望找到一个休憩之所，却意外地看到了她失去的脸。这段叙事就像一段半梦半醒的呓语，除了开篇第一句话以句号结尾，其他所

① Toni Morrison, *Beloved*, New York: Plume, 1998, pp. 200 - 204.

② Toni Morrison, *Beloved*, New York: Plume, 1998, pp. 205 - 209.

③ 在以视角分析来确定宠儿身份的过程中，“钻石”和“曲子”是难以解释的问题。在故事情节发展中，二者的作用在于让塞丝确信成年宠儿就是自己的女儿，按下文提到的“灵魂附身”来看的话，似乎表明成年宠儿身上负载着幼年宠儿的灵魂。与视角差异的设计相比较而言，“钻石”和“曲子”的出现显得很突兀，我认为这类似于詹姆斯·费伦在《作为修辞的叙事：技巧、读者、伦理、意识形态》中提到的一种“顽固因素”，即一种“文本顽症”，旨在为阐释提供难题，却有益于文本的整个构思的因素。（陈永国译，北京大学出版社 2002 年版，第 174 页）

有内容没有任何标点，标志着人物意识处于不清醒或不正常状态。随后立即出现了成年宠儿心理叙事的另一表达——小说 214 页的内容是对宠儿内心话语的部分重复，但语句通顺，思维连贯，意识清醒。成年宠儿的这两段心理叙事在内容上互证，说明成年宠儿在自己的视角中是一个曾经被贩卖的奴隶，与被塞丝杀死的那个女儿是完全不同的两个人物。成年宠儿始终坚信塞丝就是她苦苦寻找的人，她来到 124 号并自认为找到了日夜思念、梦寐以求的“面孔”。接纳她的塞丝和丹弗则将她认定为死去的亲人。叙述权威自始至终没有明确、直接地判定这两重身份何从何属，只是如实地转述人物视角中的内容，因此，成年宠儿在保罗 D、塞丝、丹弗和她自己的视角中是身份完全不同的人物。并且，如果说成年宠儿的出现具有某种神秘色彩的话，那么她的消失则具有一定戏剧性。叙述者的眼光没有直接目睹宠儿离去，看到了小溪边一个头上长着鱼的裸体女子的，是一个在 124 号房后寻找鱼饵的小男孩。成年宠儿消失之前的确一丝不挂，她头上的“鱼”则应该是丹弗为她编的“二三十条像手臂一样弯向肩头的辫子”[①] 在准备去垂钓的小男孩的心理暗示作用下变成了“鱼”。叙述者对这一心理暗示形成的错觉的转述，不啻是对人物视角性质的生动表现，同时也进一步说明人物身份在不同主体视角中具有多重性。

成年宠儿从出现到消失的整个过程中，与小说中的其他人物发生了很多物理接触，不仅有视觉、听觉、触觉方面的接触，甚至还因为与保罗 D 发生关系而怀有身孕。应当说她是小说文本中的一个具有肉体存在的现实人物。但同时她身上又显现出超现实的神秘力量。如前所述，保罗 D 和丹弗曾经看到她单手举起一把摇椅，此外还曾徒手拔除一颗智齿而丝毫没有感觉到疼痛，如此等等。文中还几次提到她曾跳入海中，寻觅长着她的脸的女人，又经过了一座桥，最终来到 124 号。这一历程同样充满了难解的神秘元素。长着成年宠儿的脸的女人是谁，叙述者从未说明，但可以判定为成年宠儿真正的母亲。就成年宠儿自身而言，她身上存在着相互矛盾的现实和超现实元素，这不禁让人联想到灵魂附体的说法。回顾成年宠儿的种种表现，她身上似乎的确存在着一个人的经历

① Toni Morrison, *Beloved*, New York: Plume, 1998, p. 176.

和意识出现在另一个人身上的现象，这是叙述者不断描述却始终没有点明的一个关键点。科学研究可以对灵魂附体进行证伪，但却从不妨碍这种现象进入文学作品。

"宠儿"究竟是谁，小说作者莫里森有一段评述：

> I will describe to you the levels on which I wanted Beloved to function. . . . She is a spirit on one hand, literally she is what Sethe thinks she is, her child returned to her from the dead. And she must function like that in the text. She is also another kind of dead which is not spiritual but flesh, which is a survivor from the true, factual slave ship. She speaks the language, a traumatized language, of her own experience, which blends beautifully in her questions and answers, her preoccupations, with the desires of Denver and Sethe. ①
>
> 我给你描述一下我希望宠儿发挥功能的层次。……一方面她是一个鬼魂，亦即她是塞丝认为她所是者，是从死者那里回到她身边的孩子。并且她在文本中必须发挥这样的功能。她也是另外一种不以灵魂而以肉身形式出现的死者，亦即来自真实、实在的贩奴船的幸存者。她用一种饱含着心灵巨创的语言来讲述自己的经历，这种经历在她的问题、答案和她关心的事情中与丹弗和塞丝的渴望水乳交融。(着重号为笔者所加)

这段文字为我们理解宠儿形象的意义提供了一些线索。第一，如果说成年宠儿就是塞丝女儿的灵魂转世，那么这仅仅只是内在于塞丝人物视角中的心理事实，并不是得到叙述权威肯定的客观事实。她仅仅是塞斯和丹弗眼中的"所是者"。第二，对于宠儿既是来自贩奴船的"幸存者"又是"死者"这一矛盾，莫里森的解释是："鬼魂或灵魂是真实的……我明确知道这完全不违背非洲的宗教和哲学，儿子、父母或邻人

① Danille Taylor-Guthrie, *Conversations with Toni Morrison*, Jackson: Mississippi University Press, 1994, p. 247.

很容易出现在一个孩子或者其他人身上。”[①] 也就是说，莫里森依据非洲的宗教观和哲学观塑造了一个特殊人物，一个“以肉身形式出现的死者”，这有助于证实灵魂附体的假设，即真正“幸存”下来的是一个“死者”的记忆和意识，其承载者则是一个来历不明的女子的“肉体”。莫里森之所以塑造这样一个特殊人物，目的在于“让历史成为可能，让记忆变得真实”。[②] 第三，上引文还说明成年宠儿如何通过人物话语与人物心理的水乳交融成为塞丝、丹弗眼中的“所是者”，更确切地说，是不同的心理期望使叙事话语的能指层面在人物视角中形成了不同的所指。援引莫里森给出的例子[③]，当丹弗问宠儿“那里什么样”，“那里”的所指是埋葬姐姐的墓穴；宠儿的回答是那儿既“黑”又“窄”，这指的是她在贩奴船上的处境。丹弗和宠儿谈的是完全不同的两件事，这两件事又与特定的人物身份直接相关，于是问与答就在不同人物的视角中构成了故事的重合形态。故事中的“那里”的不同含义只能来自不同的人物身份定位，这不仅是同一对象性符号在不同主体视角中如何产生意义分化的例证，也是意义分化如何通过视角主体的内在性质即确定的人物身份而实现的例证。同样的叙述设计在文本中并不在少数。例如，成年宠儿曾向丹弗询问塞丝分娩时的情况：“给我讲讲塞丝是怎么样在小船上生下你的。”[④] 作为贩奴船幸存者的成年宠儿当然可以直呼塞丝的名字，但在丹弗视角中，这种超越常规的称呼却可以理解为被母亲杀死的发泄怨恨的一种方式。当丹弗讲起“Grandma Suggs”的时候，丹弗视角中的“Grandma”指的是“萨格斯奶奶”，但在成年宠儿视角中却是“萨格斯外婆”，即成年宠儿以为萨格斯是塞丝的母亲。再返回丹弗视角，成年宠儿对塞丝的家庭不甚了解可以理解，但是在成年宠儿视角中，这种不了解却来自贩奴船的幸存者的身份规定，即她不是塞丝从

① Danille Taylor-Guthrie, *Conversations with Toni Morrison*, Jackson: Mississippi University Press, 1994, p. 249.

② Danille Taylor-Guthrie, *Conversations with Toni Morrison*, Jackson: Mississippi University Press, 1994, p. 249.

③ Danille Taylor-Guthrie, *Conversations with Toni Morrison*, Jackson: Mississippi University Press, 1994, p. 247.

④ Toni Morrison, *Beloved*, New York: Plume, 1998, p. 76.

前的女儿。由此类叙述可以看出，叙述权威所设定的“事实”，例如，成年宠儿居然能够哼出只有塞丝及其儿女熟悉的歌谣，对于让她发挥作为塞丝眼中的“所是者”的功能至关重要。这正说明宠儿“是充满着他人的精神原动力的一个人物，而他人则运用这股原动力满足他们的需要和愿望”①。

长着成年宠儿的脸的女人是谁，叙述者从未说明，但可以判定为成年宠儿真正的母亲。成年宠儿在塞丝身上看到了她自己的面孔，亦即自己母亲的面孔，这就意味着在塞丝将成年宠儿认定为自己女儿的同时，后者也将前者认定为自己的母亲。但塞丝与成年宠儿并不存在母女关系。那么莫里森为什么一定要让成年宠儿发挥作为幼年宠儿的“功能”？她的解释是：

> The gap between Africa and Afro-America and the gap between the living and the dead and the gap between the past and the present does not exist. It's bridged for us by our assuming responsibility for people no one's ever assumed responsibility for. They are those that died en route. Nobody knows their names, and nobody thinks about them. In addition to that, they never survived in the lore; there are no songs or dances or tales of these people. The people who arrived—there is lore about them. But nothing survives about. . . that. ②
>
> 非洲和非洲人的美洲之间、活着的人和死去的人之间、过去和现在之间的鸿沟并不存在。当我们为那些从来没有人对他们负责的人们担负起责任时，这个鸿沟便弥合了。他们是那些死在路途上的人们。没人知道他们的姓名，没人想起他们。除此之外，他们从未存活在传说之中；不存在关于他们的歌曲和舞蹈。至于到达这里的人们，已经有关于他们的传说，但是有关……那件事的任何东西都没有存留下来。

① 这是费伦对美国学者朱迪斯·威尔特（Judith Wilt）的观点所做的概括。见［美］詹姆斯·费伦《作为修辞的叙事：技巧、读者、伦理、意识形态》，第146页。

② Danille Taylor-Guthrie, *Conversations with Toni Morrison*, Jackson: Mississippi University Press, 1994, p. 247.

“那件事”指的是成千上万的黑人奴隶在被贩卖的途中葬身鱼腹。成年宠儿的母亲被抛入海中，母女就此诀别，幼年宠儿被生身之母以极端方式彻底“解放”，两个家庭的母女离散的悲剧是一对逻辑上相互平行的意象，当叙述者的符号操作使两个意象重叠在一起，两个宠儿也合而为一。莫里森正是通过各种主体视角之间的差值叙事，使以成年宠儿为代表的、“从未存活在传说之中”的死难者进入“到达这里的人们”的“现实”生活中，以此担负起作者对“六千万乃至更多”（题记）的死难者的责任。

由此看来，把宠儿看作兼具两重身份的人物，难免错过小说人物视角关系设计的旨趣。这样等于取消了叙述者在不同主体视角之间设置的差异，叙述的权威将遭到解构并划分给不同的视角主体，“宠儿”的身份失去了确定内涵。以视角分析为基础的人物识别则有利于洞察叙述权威的匠心所在。成年宠儿所遭罹的不幸为幼年宠儿骇人听闻的非正常死亡提供了历史背景，塞丝的家庭遭遇也在更广阔的时空中凝结为美国黑人的历史和现实的苦难，小说对黑人奴隶制的无情鞭挞由此得到充分展示。但是小说文本的意义尚不止于此，莫里森在担负起历史责任的同时也表达出强烈的批判意识。

在《宠儿》的写作过程中，莫里森“熟练而又巧妙地使用标准英语”①，不过在语言的规范使用中也存在出人意料的创新。塞丝所说的“记忆重现”（re-memory），从构词法看是一个名词，但却被她当作一个动词来使用。“‘重现记忆’可以理解为再现过去的活动。有意识的‘重现记忆’意味着重构过去。”② 这个词标志着塞丝记忆的独特性，即她并不满足于“记起”“记得”某件往事，而是要让对往事的回忆变得历历在目。她逐步将成年宠儿认定为自己女儿的过程，也是让往事重新浮现在眼前的过程。成年宠儿的为寻找失去的面孔而进入了塞丝的生活，又因为各种基于故事现实的误会打开了塞丝记忆的闸门。成年宠儿

---

① 王守仁、吴新云：《性别·种族·文化——托妮·莫里森与二十世纪美国黑人文学》，北京大学出版社1999年版，第24页。

② 王守仁、吴新云：《性别·种族·文化——托妮·莫里森与二十世纪美国黑人文学》，第133页。

儿次对塞丝说道：你的脸是我的。这与其说是成年宠儿对塞丝身份的误读，不如说是莫里森的叙事策略所使然。叙述者以不同形式不厌其烦地重复转述的这句意味深长的人物话语实际上是一个重要的隐喻，标志着成年宠儿的苦难永远存在于塞丝的血脉之中。在成年宠儿的视角中，这句话是遭遇心灵重创的个体灵魂向亲人发出的呼声；在叙述者视角中，这句话转变为面向群体发出的呼唤，旨在唤醒人们对北美奴隶贸易过程中葬身海底的冤魂的记忆。但是，塞丝对她的母亲和成年宠儿所经历过的被贩卖过程没有直接体验，因此也谈不上有关于此的任何记忆重现。其实不仅塞丝，包括保罗 D 和丹弗在内的很多人物都没有亲历过这段辛酸的血泪史。一方面，他们都笼罩在昔日的阴影之中，因为无法走出个人的痛苦记忆而苦苦徘徊；另一方面，那些千千万万不知名的黑人奴隶的受难历程却已从集体记忆中淡出。实际上群体的遭罹的苦难正是个体痛苦经历的渊薮，但这一点已经为人们所忘却，或者说并不为人所知。塞丝、丹弗、成年宠儿去到萨格斯祖母生前曾经布道的林间空地，塞丝坐在一块岩石上陷入沉思，成年宠儿突然掐住塞丝的脖子，几乎令她窒息。塞丝以为是婆婆的灵魂扼住了她的咽喉，只有丹弗看到成年宠儿的举止。后来丹弗责问成年宠儿为什么要掐塞丝的脖子，成年宠儿回答："不是我的手，是铁箍。"① "铁箍"无疑是曾经戴在成年宠儿和其他黑人奴隶项上的枷锁，作者让成年宠儿在意识混沌的情况下把自己的手看成是"铁箍"，而让塞丝和丹弗对此一无所知，这不仅象征着塞丝痛苦记忆的历史来源被遮蔽，而且再次体现了通过人物视角差异叙事的用意。进一步看，在小说的第三部分中，成年宠儿成了塞丝生活上的包袱，而且还与塞丝发生了巨大的矛盾冲突。为了对幼年宠儿做出补偿，塞丝总是努力去尽到作为母亲的义务，但是她始终不知道，成年宠儿作为一种"变得真实"的"记忆"实际上来自贩奴船；成为塞丝的巨大包袱的，不是幼年宠儿而是成年宠儿，只有后者才是真正困扰着她和她所属的群体但又不为他们所知的记忆。虽然成年宠儿就存在于人们眼前，但是除了她自己之外谁也不知道她的真实来历，人们"从不知道她在哪里或者为什么要蹲着，也不知道她如此渴望得到的那张水下的面孔

① Toni Morrison, *Beloved*, New York: Plume, 1998, p. 101.

属于谁"①。"不知道"意味着成年宠儿所代表的群体受难史的被遮蔽、被遗忘，这是美国黑人作为一个被压迫、剥削、掠夺、残害的群体的不能承受之重。叙述者在小说结尾处用悲伤的语调说道：

> 人们像忘记一个噩梦那样忘记了她。……在可以记住却没有记住她下颌上的微笑的地方，锁上了一把锁，金属上长着嫩绿的苔藓。是什么东西让她以为她的指甲可以打开雨水淋过的锁？
>
> ……
>
> 124号后面的小溪那儿，她的脚印来来去去，去去来来。如此熟悉。如果一个小孩或者大人把自己的脚放进去，大小正合适。把脚抽出来，脚印再次消失，似乎从来没人到过那里。
>
> 不久之后所有的痕迹都消失了，被忘记的不仅是脚印而且也包括水和水下的东西。剩下的只有天气。没有被忘却和没有被记录的人们的气息，只有吹过屋檐的风，抑或春天里融化得太快的冰。只有天气。当然也没有为了得到一个亲吻的吵闹声。②

为了规避痛苦的记忆或记忆的痛苦，人们最终选择了遗忘。从表面上看，他们无意或蓄意忘记的是曾经出现在他们生活中并勾起他们往昔回忆的成年宠儿（在"他们"的视角中体现为幼年宠儿）；从本质上看，忘记她也就意味着与通向历史记忆的机遇失之交臂。结果，被忘记的不仅是一个在蓄奴制下受到戕害的幼年宠儿，更是以成年宠儿为代表的六千多万葬身海底的苦难冤魂。关于不堪回首的往事的记忆或重现记忆对于个体和群体的未来具有什么样的意义？莫里森认为，逃避蓄奴制意味着摆脱束缚，走向自由，但同时也抛弃了自身负有的责任。遗忘是一把"双刃剑"，一方面是走向新生的起点，另一方面又形成对自身的背叛。因此，《宠儿》超越了对蓄奴制予以强烈控诉的意义层面，借助具有纵深向度的内省视角对黑人文化中的历史健忘症予以深刻批判。

《宠儿》在美国文学史、文化史上的地位是毋庸置疑的，也无须赘

① Toni Morrison, *Beloved*, New York: Plume, 1998, p. 275.

② Toni Morrison, *Beloved*, New York: Plume, 1998, pp. 274 – 275.

述。视角分析应当有利于加深人们对这部小说的理解，为企图挖掘出作品丰富内涵的种种阐释提供基于文本的判别依据，同时也能够在作品与美国文化、历史、政治、文学语境之间建构对话关系，突出小说文本的在社会历史宏大叙事中不可取代的声音。

《最蓝的眼睛》中的叙述者及其文化内涵*

骆 洪**

一

托妮·莫里森的第一部小说《最蓝的眼睛》（1970）描写了1941年美国俄亥俄州劳伦小镇发生的故事，其主要情节是一个11岁的黑人女孩佩柯拉·布里德拉夫（Pecola Breedlove）在白人种族主义盛行的社会里所遭遇的痛苦和不幸经历。佩柯拉的故事主要由其同伴克劳迪娅·迈克提尔（Claudia MacTeer）讲述。作为社区底层的黑人，布里德拉夫一家不仅生活艰辛，而且家庭气氛极为糟糕。夫妻俩经常吵架、打斗，儿子因此经常离家出走，女儿因无助而常常躲在角落里胡思乱想。布里德拉夫一家的氛围与其姓氏内涵“爱的培育”（Breedlove）形成强烈反差，这个家庭实际上成了“恨的场所”。更为糟糕的是，全家人深受白人主流文化的负面影响，都认为自己丑陋无比，而其黝黑的肤色进一步加剧了他们一家的自我憎恨心理。如小说中所示：

* 本文为2017年度云南省哲学社会科学规划项目“非裔美国小说中的隐含作者形象与美国黑人的身份认同研究”（项目编号：YB2017068）成果。

** 骆洪，男，1967年生，云南曲靖人，云南大学外国语学院教授。主要研究方向：英美文学、非裔美国文学。

> 他们相信自己十分丑陋……把丑陋当面具一样戴着，尽管丑陋并不属于他们……之后你意识到丑陋来自信念，他们对自身的信念。似乎有个无所不知的神秘主子给他们每个人一件丑陋的外衣，而他们不加疑问接受下来……他们把丑陋抓在手心里，穿戴在身上，去闯荡世界，以各自不同的方式来对付它。①

佩柯拉和家人一样，披着那件“丑陋的披风”，四处张扬，同时承受着现实生活的重负。

小说中的黑人社区里，以佩柯拉为代表的一些黑人不仅否定自我，而且萌生出对强势的白人文化群体的崇拜，向往白人世界，渴望成为白人社会中的一员。佩柯拉将白人的一切视为美的标准，幻想着自己像白人一样拥有一双蓝眼睛。

> 每到夜晚，她就祈求得到蓝眼睛，从不间断。她充满激情地祈祷了整整一年。尽管多少有些失望，她并未丧失信心。想要得到如此珍贵的东西需要相当相当长的时间。②

而且，从佩柯拉买糖果的场景可看出她对白人女性之美极度向往。

> 每张浅黄色的糖纸上都印有一个头像，玛丽·珍的头像。糖块是以她的名字命名的。一张笑盈盈的白脸和飘逸的黄头发。一双蓝眼睛从一个清洁舒适的世界里向外看着她……佩柯拉认为那双眼睛实在是太漂亮了。她吃了一块糖，真甜。吃了糖块就好像吃了那两只眼睛，吃了玛丽·珍，爱上了玛丽·珍，也变成了玛丽·珍。三分钱使她有九次对玛丽·珍的热恋。可爱的玛丽·珍，糖果就是以她的名字命名的。③

---

① ［美］托妮·莫瑞森：《最蓝的眼睛》，陈苏东、胡允桓译，南海出版公司2005年版，第24页。

② ［美］托妮·莫瑞森：《最蓝的眼睛》，第30页。

③ ［美］托妮·莫瑞森：《最蓝的眼睛》，第32页。

佩柯拉深信，只要自己有了蓝眼睛，生活中的痛苦或不幸都将永远消失，家庭气氛就会和谐，老师和同学都会喜欢她，自己也不会再有痛苦。

> 有一段时间，佩柯拉意识到如果她的眼睛——目睹那些画面和场景的眼睛——不同的话，就是说，她有双美丽的眼睛的话，她本人也会不同……如果她长相不同，长得漂亮的话，也许乔利就会不同，布里德拉夫太太也会不同。也许他们会说："看看佩柯拉美丽的眼睛。在这双美丽的目光下我们不能做坏事。"①

当时的黑人社区里，内化了的种族主义思想（internalized racism）蔓延。占统治地位的白人主流文化歧视黑人、贬损黑人，而处于边缘的黑人群体中便有人全盘接受白人大众传媒对黑人的消极定型，认同白人的价值观和审美标准。相当一部分黑人相信白人种族主义者的歧视和偏见，开始自我否定，甚至产生自我憎恨倾向。此外，黑人群体中也因肤色的浅淡程度而对彼此产生歧视，浅肤色的黑人鄙视深肤色的黑人。这一影响十分严重，由此产生了对白人主流价值观的崇尚，崇拜白人的生活方式。具体体现在主人公佩柯拉对代表白人审美价值取向的"蓝眼睛"的崇拜和盲从。以佩柯拉为代表的这些黑人迷失了自我，一方面产生自虐心态，另一方面又盲目追寻白人文化，崇拜白人的生活方式，将白人的审美标准和价值观奉为圭臬，结果无法面对残酷的社会现实。小说接近尾声，佩柯拉念念不忘自己的"蓝眼睛"，而且希望它更蓝，甚至最蓝。佩柯拉精神失常了，她在镜子中看到自己确实拥有了一双"最蓝的眼睛"，不过那只是恍惚的镜像，是她的幻想。叙述者克劳迪娅说道："一个黑人小女孩期盼得到白人女孩儿的蓝眼睛。这种愿望着实可怕，但是愿望得以实现更为罪恶。"②换言之，隐含作者通过叙述者的声音表达了它的观点：黑人想要放弃自我而去追寻白人的价值观和审美观本身就是罪过，而万一成功了，那就是罪恶了。"以白人文化和生活方

① ［美］托妮·莫瑞森：《最蓝的眼睛》，第29页。

② ［美］托妮·莫瑞森：《最蓝的眼睛》，第133页。

式作为价值取向，会给黑人带来困惑和错乱；如果放弃黑人文化，迷失在白人的文化冲击下，只能造成人生悲剧。”①黑人不应该放弃自我而一味迎合白人的文化，何况白人主流文化中还带有强烈的种族优越感。像佩柯拉这样的心态和行为只会招致自我毁灭，并对黑人社区产生更为消极的影响，继而造成黑人种族提升、种族进步的严重障碍。

布里德拉夫一家所生活的黑人社区里存在着明显的白人文化取向，这一现象产生了恶劣的影响，造成一些黑人心灵上的扭曲。隐含作者通过《最蓝的眼睛》“意在让黑人社区明白一点，社区信奉的价值体系是扭曲的，只会使之屈从恭顺，而社区的人们则在很大程度上（多半是不知不觉中）成为了这一价值体系的助推者”。② 隐含作者借助文本叙述者的声音告诫人们问题的严重性，意在唤醒这些迷失的黑人民众。

二

《最蓝的眼睛》的隐含作者通过叙述者克劳迪娅表达了其强烈的黑人文化认同倾向，批判了强加到黑人身上的扭曲的白人流行文化审美观和价值取向。

“隐含作者”是韦恩·布斯（Wayne C. Booth）在《小说修辞学》（1961）中提出的概念，指作者进入写作状态时的第二自我。詹姆斯·费伦（James Phelan）指出，“隐含作者是真实作者精简了的变体（a streamlined version），是真实作者的一小套实际或传说的能力、特点、态度、信念、价值和其他特征，这些特征在特定文本的建构中起积极作用”。③ 申丹进一步解释了“真实作者”与“隐含作者”的关系：

所谓“真实作者”与“隐含作者”的关系，就“如同一个有

---

① 王守仁、吴新云：《性别·种族·文化：托妮·莫里森的小说创作》，北京大学出版社2004年版，第29页。

② Naomi Rokotnitz, “Constructing Cognitive Scaffolding Through Embodied Receptiveness: Toni Morrison's *The Bluest Eye*”, in *Style*, 41.4 (2007), p. 388.

③ 申丹：《再论隐含作者》，《江西社会科学》2009年第2期。

> 血有肉的人‘在日常生活中’与‘在特定写作状态中’的关系……这位有血有肉的人在进入某种写作状态之后，就会形成不同于该人日常生活状态中的‘第二自我’，而作品隐含的作者形象就是这个‘第二自我’以特定方式进行创作的结果”。[①]

简而言之，“隐含作者”即真实作者的第二自我，是真实作者处于某一特定写作状态下的那个自我。隐含作者“负责设计虚构世界里的叙事人，决定叙事人的特性……主宰着叙事文本的意识形态、价值标准、策划叙事文本的总体效果”。[②] 作品的隐含作者对叙述者的选择有着明显的文化意蕴，暗含着隐含作者的价值取向和身份认同观念。叙述者帮助隐含作者传递信息，表现隐含作者的思想意识和价值取向，从而实现文本的叙事修辞目的。

《最蓝的眼睛》中，佩柯拉是故事的主角。这个11岁的黑人小女孩天生似乎就是遭受排斥的对象，得不到家庭的关爱，被母亲嫌弃，被父亲侮辱，被同学欺负。除了克劳迪娅姐妹以外，没有朋友。但她迷信白人文化，崇拜白人的审美标准。身处“白色即美”的社会文化氛围中，佩柯拉因其黝黑的肤色深感自卑，进而认为自己丑陋。她想摆脱这一困境却又无力无助，只好整日祈祷上帝赐予她代表白人女性之美的蓝眼睛。佩柯拉其实是持有“内化了的种族主义思想”心态的黑人代表性人物。她的经历悲惨，遭遇令人同情，也反映出当时美国社会中白人种族主义的猖獗，但这一人物形象的塑造确实带有反讽的意味。她的存在或者说她在故事中的作用是个反面教材，暗含隐含作者对主人公所在黑人社区的告诫：放弃自我，一味迎合强势的他文化，拒绝认同本文化群体，将导致毁灭性的后果。反过来，其他黑人女孩，如小说中的迈克提尔姐妹，虽然同样身处种族歧视的恶劣环境，但不仅并没有淹没在白人主流文化之中，而且还能坚守自我，积极认同黑人文化，不断成长。

虽然《最蓝的眼睛》主要讲述的是佩柯拉·布里德拉夫的故事，但

① 申丹：《再论隐含作者》，《江西社会科学》2009年第2期。

② 王惠灵、王敏：《〈洛丽塔〉中的叙事者与隐含作者》，《湖北广播电视大学学报》2010年第11期。

隐含作者没有选择佩柯拉作为叙述者来亲自讲述自己的悲惨经历和不幸遭遇。作为叙述者，无论其叙述“可靠”或者“不可靠”，叙述的目的在于表达隐含作者的思想倾向和价值取向。佩柯拉的价值取向和行为表现明显与隐含作者的价值观相悖，她即便是小说的主人公，也不适合成为其故事的讲述者，不可能充当隐含作者的“代言人”。

三

面对白人大众文化的冲击，白人的文化意识、审美观念对很多生活在社会底层的普通黑人民众产生了负面的影响。针对这一严峻的社会现实，隐含作者强调黑人自身的文化认同，立足本群体传统文化，构建黑人自己的精神家园。在《最蓝的眼睛》中，隐含作者选择克劳迪娅·迈克提尔作为主要叙述者，一方面是其叙事策略的体现，另一方面更是其文化认同取向的反映，即维系本群体文化之根，从传统文化中寻找精神给养，找到自己的价值，实现自我。

作为故事讲述者的克劳迪娅有两个声音，一个是孩提时代的克劳迪娅发出的声音，讲述她在洛林小镇与家人以及佩柯拉一起生活的经历。九岁的克劳迪娅目睹并记录着生活中所发生的一切。作为佩柯拉的同龄人、同学和玩伴，小克劳迪娅能够对佩柯拉的经历产生共感，并深表同情。另一个是成年的叙述者克劳迪娅发出的声音。尤其让她难以忘怀的是，金盏花没能开放，她的朋友佩柯拉精神失常，之后渐渐被人们所遗忘。此时，克劳迪娅对所发生的事进行反思和评论，她明显感觉到黑人社区对佩柯拉缺乏应有的关爱，造成佩柯拉悲剧的根源既来自白人的种族歧视，也来自黑人的冷漠。克劳迪娅质疑黑人社区流行的价值观，因为这些价值观很大程度上是白人价值观的体现。

隐含作者让克劳迪娅作为故事的叙述者发声，成为小说情节主线——佩柯拉故事——的叙述者，意寓深刻，展现出隐含作者带有强烈的美国黑人文化认同取向。

（一）克劳迪娅身上体现着多数黑人家庭所沿袭的优秀传统

迈克提尔一家也是洛林小镇普通的黑人家庭，虽然生活艰辛，但精神上较为充实，家庭气氛较好，父母虽忙于生计而整天操劳，但并没忽略对女儿的关爱，而且常常在必要之时给予有力的支持。整个家庭充满着温暖。迈克提尔一家代表着当时洛林小镇的主流美国黑人家庭。这些黑人大多生活贫困，但大家都在努力建造自己的小家庭，使之显得足以体面。他们辛勤劳动，养家活口。虽生活艰辛，却也生气勃勃。

克劳迪娅的生活经历展现了多数普通美国黑人家庭的美德，和睦、关爱、互助。克劳迪娅与姐姐弗丽达·迈克提尔都是佩柯拉的同伴。克劳迪娅是一个独立、成熟、富有同情心的女孩。佩柯拉的父亲乔利喝醉酒烧了他家的房子后，迈克提尔一家便收留了佩柯拉。很快，迈克提尔姐妹就与佩柯拉成为朋友，她们一起上学，一起生活。两姐妹对佩柯拉呵护有加，不让她受同学欺负。同为普通黑人家庭，布里德拉夫一家不仅缺乏关爱，而且还自憎自虐。相反，迈克提尔一家家庭和睦、稳定和谐，对女儿关心备至。克劳迪娅咳嗽、发冷、呕吐，母亲以及姐姐精心照顾她，安抚她。母亲给她用药、按摩、盖被，使之感受到家庭的关爱和温暖。作为叙述者的克劳迪娅也会讲一点自己的故事，回想起当时的情景，品味着“爱”的滋味：“当我睡着把被单蹬掉时，嗖嗖的凉风让我想起她的甜蜜。午夜时分我又干咳起来时，脚步声进入了我的房间，大手把被单和被子重新掖好，在我的额头上停留一会儿。因此，当我想起秋季时，我想起的是某人的双手，想起她不让我死去。”①

母亲的关爱不仅有助于女儿康复，也给了女儿心灵上的慰藉和精神上支持。黑人具有强烈的家庭意识，克劳迪娅的母亲及其女伴们都十分注重家庭纽带。“母亲还教导女儿们有家的重要性（和无家可归的危险性）。”② 克劳迪娅的成长离不开家庭的关爱和母亲的呵护。所以，在佩柯拉受调皮男生欺负的时候，她能够勇敢地和姐姐一道为佩柯拉解围，学着母亲的样子怒目而视，吓退捣蛋鬼。关键时候，克劳迪娅发现，“蓝眼睛是没用的，妈妈的眼睛才靠得住”。③ 克劳迪娅和姐姐感受到了

① ［美］托妮·莫瑞森：《最蓝的眼睛》，第 7 页。

② Jennifer Lee，Jordan Heinert，*Narrative Conventions and Race in the Novels of Toni Morrison*，New York：Routledge，2009，p. 23.

③ Naomi Rokotnitz，“Constructing Cognitive Scaffolding Through Embodied Receptiveness：Toni Morrison's *The Bluest Eye*”，in *Style*，41. 4（2007），p. 391.

家庭的力量和温暖，认识到自我的价值，所以能够勇敢面对社会不公和种族歧视。正因如此，作为叙述者的克劳迪娅才能用其独特的语言讲述黑人的自我认同历程，维系黑人的文化传统。

（二）克劳迪娅扮演着黑人传统文化传承者的角色

黑人传统文化赋予克劳迪娅精神力量，她以讲故事的方式，无论是有声的还是无声的，传承着黑人的文化传统。

首先，克劳迪娅继承了黑人的口头传统，以其特有的视角讲述黑人社区所发生的故事。小说序言中，克劳迪娅以“不要声张”开始故事叙述。这是典型的非洲传统，“非洲人的故事、民俗和闲言碎语中颇为流行的叙述表达……尤其黑人女性善于使用，既暗示即将透露的信息，也是在邀请听众/读者参与到故事中来，解读生活中的种种神秘事件”。[①] 从某种意义上来说，故事叙述者克劳迪娅“扮演着作者的角色，就像（西非）部落口传历史保存者戈里奥（Griot），那样，重复着非洲传统信条，使之呈现出勃勃生机，代代相传”。[②] 克劳迪娅成为隐含作者的代言人，以可靠的叙事方式将隐含作者对黑人文化的认同观表现出来，凸显文本的主题。

小说开篇，叙述者克劳迪娅回忆起1941年发生的事情，并交代了故事的结局：“金盏花没有发芽，乔利·布里德洛夫死了；我们的纯真稚气也死了。种子枯死了，她（佩柯拉）的孩子也死了。”[③]在当时恶劣的社会土壤里，黑人的生存较为艰辛。“种子枯死”和“孩子死了”象征着白人种族歧视给黑人生活带来毁灭性的灾难。回忆痛苦经历之余，克劳迪娅“还想问个为什么，但觉得很难说清楚为什么，就以讲述故事如何发生取而代之”。[④] 美国黑人的所遭受的痛苦经历有着历史、社会、政治、经济、文化和心理等方面的原因，较为特殊和复杂。叙述者与其苦苦思索这些原因，还不如将黑人的悲惨经历呈献给读者/听众，尤其

---

① Harold Bloom, *Bloom's Guides*: *The Bluest Eye*, Harold Bloom ed., New York: Infobase Publishing, 2010, p. 29.

② Harold Bloom, *Bloom's Guides*: *The Bluest Eye*, Harold Bloom ed., New York: Infobase Publishing, 2010, p. 29.

③ ［美］托妮·莫瑞森：《最蓝的眼睛》，第4页。

④ ［美］托妮·莫瑞森：《最蓝的眼睛》，第4页。

是黑人读者/听众，让他们自己去体会、反思，重新定义自我。

故事的结尾部分，成年的克劳迪娅以痛惜的口吻讲述了佩柯拉步入疯癫后的境况：

> 她受的伤害是彻底的。她终日将自己纤弱的生命消磨在大街上，走来走去，走来走去，头随着只有她才能听得见的遥远的鼓声而晃动。双肘弯曲，双手搭肩，不停地挥动双臂，试图像小鸟一样飞去，如同一只丧失飞行能力的小鸟不停地扇动翅膀，一心向往它无法到达，甚至无法看见的蓝色天空。这种愿望充斥了她全部的思维。①

佩柯拉进入癫狂状态，仍在追寻其“蓝色”的梦想。克劳迪娅的叹息有同情也有无奈，但进一步反衬出她对本文化的坚定信念。叙述者坚守自己的文化传统，但也能看到黑人内部的问题，如内化的种族歧视心态，对孩子的冷漠等。面对癫疯了的佩柯拉，众人的表现令叙述者感到失望。“我们试图对她视而不见，从不离她太近。并不是因为她疯疯傻傻，令人厌恶，让人惧怕，而是我们未能助她一臂之力……因此我们回避着佩柯拉·布里德洛夫——永久地回避。”②克劳迪娅对佩柯拉的同情暗示了她对黑人不幸的关注，反映出隐含作者对黑人生存状况的担忧。

不过，虽然“克劳迪娅目睹了所发生的一切，但仍然保持着饱满的精神状态，其叙述因而具有持久性，蕴含着力量”。③ 正如特卢迪娅·哈里斯（Trudier Harris）所言：

> 作为讲故事的人，克劳迪娅的任务即是塑造过去，通过对过去的重塑为现在的读者/听众提供连贯的意义。当克劳迪娅扮演这个角色时，她将自己定位为一个积极的传统的承载者，通过其孩提时

---

① ［美］托妮·莫瑞森：《最蓝的眼睛》，第133页。

② ［美］托妮·莫瑞森：《最蓝的眼睛》，第133页。

③ Tessa Roynon, *The Cambridge Introduction to Toni Morrison*. New York: Cambridge University, Press, 2013, p. 18.

> 代以及成熟之后的种种表现，有责任把一个触目惊心的故事全面客观地讲述出来。在这个故事中，文化受到来自外部和内部的威胁；因此，它呈现出神话的形式。一个民族面临内外的侵袭，又是怎样幸存下来的呢？如果这个民族得以成功地幸存下来，谁来描绘他们的英雄创举，谁来讲述他们的挫折？[①]

这个人就是克劳迪娅，佩柯拉故事的讲述者。“她对自己的生活充满信心，用其特有的语言表达悲伤，以此反抗控制黑人的社会等级制度。克劳迪娅坚信，悲伤也能用优美的旋律表现出来，记录或者讲述尚未被记录的痛苦经历就是治愈沉默造成的无形创伤的开端。”[②]克劳迪娅虽然与佩柯拉的一样，生活贫困，受主流社会排斥，被边缘化，但她受到黑人传统文化的熏陶，在黑人传统文化的滋养和浸润之下，具有强大的精神力量，能够坚守自我辨明是非，作出正确的选择，成为黑人文化的守卫者、传承者。克劳迪娅承袭了黑人祖先的口头传统，以讲故事的方式为佩柯拉的痛苦发言，揭示白人主流价值观的负面影响给黑人社区造成的种种问题，同时表达了她对白人审美观的解构以及大多数普通黑人民众对本群体文化的坚守。克劳迪娅以故事叙述者的口吻表达了作者认同黑人文化、构建黑人自我的创作意图。

其次，克劳迪娅从母亲那里承接着黑人的音乐文化传统。

布鲁斯音乐、歌谣是黑人传统文化的重要组成部分。黑人音乐给克劳迪娅带来希望，带来自由的思想和自我意识。和大多数黑人一样，迈克提尔夫人喜欢唱歌，黑人歌谣赋予了她精神力量。克劳迪娅受母亲的影响，也时常沉浸在非裔美国文化的海洋之中，享受着布鲁斯、爵士乐带来的快乐，表现出年轻一代对黑人传统文化的传承与弘扬，他们坚守着黑色即美的信条。母亲吟唱的黑人歌谣对克劳迪娅有着强大的感染力，使之在不知不觉中获得了精神力量。母亲的歌谣再现了黑人女性经历，弘扬黑人民间传统之美，带有积极的自我身份认同倾向。因此，克

---

① Trudier Harris, *Fiction and Folklore*: *The Novels of Toni Morrison*, Knoxville: University of Tennessee Press, 1991, p. 16.

② Harold Bloom, *Bloom's Guides*: *The Bluest Eye*, Harold Bloom ed., New York: Infobase Publishing, 2010, p. 76.

劳迪娅和姐姐一样，从母亲以及母亲的姐妹朋友那里获得了精神力量，自我变得强大起来，不受白人社会的负面影响，敢于对抗那些意图排斥黑人并从心理上瓦解黑人的价值观，敢于蔑视"白色即美"的审美取向。

> 克劳迪娅的母亲通过歌谣与女儿分享非裔美国人的故事，领略民间传统之美。克劳迪娅通过倾听和发声，成为一个现代的戈里奥。她参与故事讲述，意味着她在捍卫着白人社会意图摧毁的黑人文化。克劳迪娅维系着母系的口头传统，由此建构起积极的自我身份。①

黑人音乐对黑人民众的影响意义深远，它是黑人的劳动号子、休闲时的娱乐，更是传统文化的延续。布鲁斯的旋律带有丰富的文化内涵，深深影响着黑人民众，是他们生活的乐趣所在，是他们努力抗争的精神支柱。

（三）克劳迪娅能够坚守本群体的文化之根，勇于挑战带有种族歧视的强势白人文化

《最蓝的眼睛》以克劳迪娅作为主要叙述者，展现美国黑人自我建构的历程。家庭的培育和社会环境的影响使得克劳迪娅成为一位独立而且具有反抗精神的女性。

克劳迪娅并不像佩柯拉和姐姐弗丽达那样崇拜白人影星。她没有受到白人价值观的影响。相反，她很是排斥流行文化中的白人审美观，所以极不喜欢秀兰·邓波儿。克劳迪娅只喜欢影星珍妮·威斯特②，因为这位黑头发的女星在1934年的影片《明亮的眼睛》中所扮演的角色威胁说要毁了秀兰·邓波儿（扮演的角色）的布娃娃。③克劳迪娅终于将珍妮·威斯特的言语变成了行动，而且还仔细讲述了她对圣诞礼物布娃

① Harold Bloom, *Bloom's Guides: The Bluest Eye*, Harold Bloom ed., New York: Infobase Publishing, 2010, p. 79.

② ［美］托妮·莫瑞森：《最蓝的眼睛》，第12页。

③ Tessa Roynon, *The Cambridge Introduction to Toni Morrison*, New York: Cambridge University, Press, 2013, p. 18.

娃的厌恶和肢解。这些细节描述象征着对时下流行的白人审美观和价值观的解构，同时也暗示了黑人对白人主流文化意识形态的消解。

每逢圣诞节，克劳迪娅都会收到礼品娃娃，一个蓝眼珠的布娃娃，这是人们认为较为珍贵和特殊的礼物了。“大人们、大女孩儿们、商店、杂志、报纸、橱窗——全世界都一致认为所有女孩都喜爱蓝眼珠、黄头发、粉红色皮肤的布娃娃。‘瞧吧，’他们会说：看，这个漂亮的娃娃。如果你今天表现好，就给你。”①但克劳迪娅似乎并不喜欢这样的圣诞礼物，从来也没人问过她想要什么样的圣诞礼物。她一点也不喜欢这个蓝眼睛洋娃娃。“当我和娃娃一起上床睡觉时，它那僵硬的四肢抵着我的皮肉——带肉坑的手上伸出的纤细手指总是把我刮痛。当我睡着翻身时，冰凉的娃娃头总是与我的头相撞。在睡觉伙伴中，它是最让人不舒服、最欺负人的了。抱娃娃时也不让人感到愉快。浆过的裙子花边让人无法紧紧拥抱它。我只有一个愿望：把娃娃拆了，看它到底是用什么材料做成的，发现它的可爱之处，美丽之处，发现我不钟爱娃娃的原因。”②克劳迪娅越想就越不喜欢这个洋娃娃，便动手拆了它。

> 拗断它的细手指，弄弯它的平脚板，弄乱它的头发，拧歪它的脖子，那东西只是发出了一声声响——被大家认为是最甜蜜的叫“妈妈”声，但我听起来像是快死了的小羊羔发出的绝叫——更准确地说，像是七月里打开冰箱时因铰链生锈而发出的声音。当把它又凉又傻的眼珠抠出来时，它还会叫“啊啊……”当把它的头拧下来，把木屑倒出来，在铜床头架上把它的后背打断时它还会叫。撕开棉纱网我看见了带有六个小孔的铁片，这就是它出声的秘密。只不过是块圆铁片。③

克劳迪娅的做法带有明显的象征意味，是解构白人价值体系的表现。她公然挑战白人社会，其反应和行为消解了白人文化的审美价值观，打破

---

① ［美］托妮·莫瑞森：《最蓝的眼睛》，第13页。

② ［美］托妮·莫瑞森：《最蓝的眼睛》，第12页。

③ ［美］托妮·莫瑞森：《最蓝的眼睛》，第13页。

了“白色之美”的神话。

通过《最蓝的眼睛》，“莫里森意在让黑人社区明白一点，社区信奉的价值体系是扭曲的，只会使之屈从恭顺，而社区的人们则在很大程度上（多半是不知不觉中）成为了这一价值体系的助推者”。[①] 换言之，真实作者的价值观可以从作品的隐含作者的叙事策略上得以表达，而隐含作者对叙述者的选择则是其价值观和态度的进一步体现。

小说文本叙事的另一个特征即是对比，个体经历之间的比照、价值取向的对照。隐含作者的叙事布局，正反对照，相互映衬，进一步凸显其所持有的黑人文化认同倾向。“文本不断出现白人建立起来的关于美、秩序和家庭的标准，旨在揭示这些强加给美国黑人的标准对美国黑人的文化习俗产生的冲击，对美国黑人的身份建构形成的阻碍。文本对白色价值观的再现，目的在于对其进行解构，打破白色神话。”[②]克劳迪娅意识到自己的内在价值，当然也清楚自己的暴力倾向。按照白人的审美标准，作为黑人的克劳迪娅被视为丑陋，她自然会反抗，向白人布娃娃泄愤，获得满足，也揭示了她对白人女孩儿的蔑视，对白人价值观的憎恨。克劳迪娅对洋娃娃的消极态度和暴力表明，哪怕在一个颠倒黑白让她自我憎恨的社会里，她也能够存活下来。

（四）克劳迪娅本身具有强烈的黑人自我认同倾向

克劳迪娅受到家庭的影响，始终认同黑人文化。“克劳迪娅具有与生俱来的智慧和创造力，其眼界来自她与所处环境的认知互动。”[③]此外，“她具有敏锐的感受性、超强的接受能力”[④] 和丰富的想象力，天生带有积极乐观的心态。克劳迪娅 9 岁时，有一次看到母亲与朋友闲聊，便将这次闲聊描绘成一幅美好的图景。

---

① Naomi Rokotnitz，“Constructing Cognitive Scaffolding Through Embodied Receptiveness：Toni Morrison's *The Bluest Eye*”，in *Style*，41.4（2007），p. 388.

② Harold Bloom，*Bloom's Guides*：*The Bluest Eye*，Harold Bloom ed.，New York：Infobase Publishing，2010，p. 83.

③ Naomi Rokotnitz，“Constructing Cognitive Scaffolding Through Embodied Receptiveness：Toni Morrison's *The Bluest Eye*”，in *Style*，41.4（2007），p. 386.

④ Naomi Rokotnitz，“Constructing Cognitive Scaffolding Through Embodied Receptiveness：Toni Morrison's *The Bluest Eye*”，in *Style*，41.4（2007），p. 385.

> 她们的谈话如同一场稍带些邪恶的舞蹈：声音、相会、行礼、旋转，然后告退。又一个声音加入，却被下一个声音盖过；两者互相追逐，然后终止。有时声音盘旋上升；有时则忽高忽低，但总是伴有朗朗的笑声——就像果冻制成的心脏在跳动一样。弗丽达和我很清楚她们要表达的情感。而我们不明白，也不可能明白她们话语的含义，因为我们一个才九岁，另一个十岁。因此我们总是观察大人的表情，手势，腿脚，并在音色中寻找答案，听出真相。[①]

她虽然不明白大人们在谈论什么，却能够感受到当时的氛围，闲聊的意义；“她以移情的方式将自己投射到相应的行动中，从而有效地参与进去，能够超越自身与他人之间的语言障碍，获得有价值的知识”[②]，从声音中听出真相，探寻事物的本质。

克劳迪娅具有强烈的自我认同倾向，“这种认同的动力来源于她对外界事物具有的强烈的感受性，善于从外部刺激中获取知识”。[③] 正因如此，克劳迪娅能过够通过观察获得生活经验，必要时帮助她辨明是非，作出正确的抉择。克劳迪娅一边讲述着佩柯拉的故事，一边又发出感慨。她说她和姐姐希望佩柯拉的孩子活下来；她们种了金盏花，认为金盏花开了，佩柯拉的孩子就会活着。这些叙述实际上是克劳迪娅以及姐姐希望黑人历经磨难之后能够得以存活、延续成长的一种愿望。

四

莫里森小说的一个重要主题即是美国黑人的文化身份建构和文化认同取向。在一个白人种族主义较为猖獗的社会里，面对强势的白人流行文化和审美价值观，黑人该如何定义自我，如何建立起基于黑人传统的

① ［美］托妮·莫瑞森：《最蓝的眼睛》，第9页。

② Naomi Rokotnitz，“Constructing Cognitive Scaffolding Through Embodied Receptiveness：Toni Morrison's *The Bluest Eye*”，in *Style*，41.4（2007），p. 385.

③ Naomi Rokotnitz，“Constructing Cognitive Scaffolding Through Embodied Receptiveness：Toni Morrison's *The Bluest Eye*”，in *Style*，41.4（2007），p. 389.

认同观、人生观，如何实现自我，如何提升种族社会地位并争取平等的社会权益等，一直都是其作品关注的内容。《最蓝的眼睛》实则反映了黑人在严峻的社会现实面前如何取舍、如何守住自己的种族文化之根所进行的努力。作品在揭示白人的价值观对黑人造成的负面影响的同时，讴歌以克劳迪娅为代表的美国黑人在坚守自己的文化传统、积极构建黑人自我的身份方面所作出的努力和思考。

从小说的叙事策略上看，隐含作者对叙述者的选择本身即是其态度和价值观的体现。克劳迪娅充满正能量，具有独立的人格、敏锐的观察力和丰富的想象力，善于思考，富有同情心，积极向上，是广大普通黑人民众的典型代表。隐含作者选择这样的人物作为主人公故事的讲述者，既反映出隐含作者的文化立场，也将其黑人文化的认同倾向巧妙地展现出来，同时也实现了文本的修辞目的。

《鼠疫》中的叙述者、叙述接受者与叙述人称

张　震*

一

叙事文学作品中的“叙述者”、“叙述接受者”与“叙述人称”，是三个既有区别又有联系的叙述学概念。

叙述者是叙事文学作品中的说话者，或者说，叙事文本中的“叙事行为的主体”①。通过话语把故事组合成作品，需要一个话语主体也就是叙述者的存在作为其逻辑上的前提。可以认为，一部叙事文学作品，就是叙述者诸种叙述行为及其内容的集合体。

叙述接受者也称为叙述接收者、受述者、受述人等，即“叙述者与之对话的人”。② 和叙述者一样，叙述接受者也是叙述行为诸因素中不可或缺的环节。普兰斯认为，“凡叙述——无论口讲还是笔述，是叙述真事还是神话，是讲述故事还是描述一系列有连贯性的简单行动——不但必须以（至少一位）叙述者而且以（至少一位）叙述接受者为其先

---

* 张震，文学博士，云南大学文学院副教授，主要从事诠释学、美学、文学理论研究。

① ［法］托多洛夫：《文学作品分析》，王泰来译，王泰来等编译《叙事美学》，重庆出版社1987年版，第34页。

② ［法］热拉尔·普兰斯：《叙述接受者研究概述》，袁宪军译，《外国文学报道》1987年第1期。

决条件”。[①] 有说者，就必须有听者；有叙述者，就必须有叙述接受者。从信息交流的角度来说，叙述者给作为叙述者的自己发送一个信息是没有意义的。正如托多罗夫所指出，“一旦确认一部作品的叙述者的身份(广义的)，就必须承认他的伴侣，陈述话语的接受者的存在”，因此，“对受述者的研究对于认识叙事文是完全必要的，其重要性并不亚于对叙述者的研究”。[②]

与“叙述者”“叙述接受者”的概念的明晰性不同，“叙述人称”概念则带有一定的含混性。笼统地说，叙述人称就是叙事文本中出现的人称。复杂之处在于，叙事文本中除了叙述者用人称来称呼他所讲述的故事中的人物之外，叙述者与叙述接受者自身也可以有人称。因此，“叙述人称既不等于叙述者的人称，也不等于被叙述者和叙述接受者的人称，而是在不同情况下，代表不同的、或单纯或复合的叙述角色”。[③]

通过以上对叙述者、叙述接受者与叙述人称的概念的解说，我们发现，这三个概念并不处于同一层次上：叙述者与叙述接受者很大程度上是“语法形式”上的问题，而叙述人称则是关乎“叙述态度”的问题。[④] 因此，叙述者虽然可以有人称，但其人称却是固定的。热奈特指出，叙述者“在叙事文中，和陈述句中陈述行为的任何主体一样，只能是‘第一人称’的”。[⑤] 其实，不仅叙述者的人称是固定的，叙述接受者的人称也是固定的。叙述者与叙述接受者“这种成对出现只是根据‘我’和‘你’总是共存的这一符号学的一般法则提出的”。[⑥] 有“我说”，就必须有“你听”，哪怕“我”是在自言自语，“我”说给“我”听，这后一个“我”也可用“你”相称。也就是说，叙述接受者的人

① ［法］热拉尔·普兰斯：《叙述接受者研究概述》，袁宪军译，《外国文学报道》1987年第1期。

② ［法］托多罗夫：《文学作品分析》，王泰来等编译《叙事美学》，第37页。

③ 黄希云：《小说人称的叙述功能》，《外国文学评论》1996年第4期。

④ ［法］杰拉尔·日奈特：《论叙事文话语——方法论》，杨志棠译，张寅德编选《叙述学研究》，中国社会科学出版社1989年版，第270页。

⑤ ［法］杰拉尔·日奈特：《论叙事文话语——方法论》，杨志棠译，张寅德编选《叙述学研究》，第270页。

⑥ ［法］托多罗夫：《文学作品分析》，王泰来译，王泰来等编译《叙事美学》，第34页。

称是固定的第二人称。因此，在叙事文本中，只有作为被叙述者的人物的人称才是可变的：它可能是第一人称，也可能是第三人称，在某些情况下甚至可能是第二人称。在一定程度上，只有作为被叙述者的人物的人称才能成为该叙事文本的基本人称。

W. C. 布斯在《小说修辞学》中抱怨："说出一个故事是以第一人称或第三人称来讲述的，并没有告诉我们什么重要的东西，除非我们更精确一些，描述叙述者的特性如何与特殊效果相关。"[①] 确实，从叙述人称出发来看叙述者，能发现的东西不多，但是，若不仅仅看到叙述者，还看到叙述接受者以及作为被叙述者的人物，我们则能发现：在一般情况下，随着叙述人称的变化，三者之间的关系也发生着变化；同样，随着三者之间关系的变化，叙述人称也随之变化。以下我们将列出在理想化的情况下可能出现的一般变化。

1. 在纯粹的第一人称小说中，叙述者采用第一人称来称呼作为被叙述者的某个人物。叙述者本人的第一人称与该人物的人称重合，因而，叙述者与人物作为"纸头上的生命"[②] 相互不再独立，而是同为一人。叙述接受者成为人物-叙述者的倾诉对象。

2. 在纯粹的第二人称小说中，叙述者采用第二人称来称呼作为被叙述者的某个人物。叙述者与人物相互独立。但是，人物的第二人称却与叙述接受者的第二人称重合了，也就是说，叙述接受者与人物同为一人。

3. 在纯粹的第三人称小说中，叙述者采用第三人称来称呼作为被叙述者的某个人物。叙述者、叙述接受者、人物处于"我""你""他"的彼此独立的关系之中。

上述情况在理想化的状况下，反过来也成立。也就是说：

1. 当叙述者与作为被叙述者的某个人物同为一人的时候，叙述者的第一人称与该人物的人称重合，此时的叙事文本的叙述人称经常是第一人称。

---

① ［美］W. C. 布斯：《小说修辞学》，华明等译，北京大学出版社 1987 年版，第 168 页。

② ［法］罗兰·巴尔特：《叙事作品结构分析导论》，张裕禾译，王泰来等编译《叙事美学》，第 87 页。

2. 当叙述接受者与作为被叙述者的某个人物同为一人的时候，叙述接受者的第二人称与该人物的人称重合，此时的叙事文本的叙述人称经常是第二人称。

3. 当叙述者、叙述接受者与作为被叙述者的人物三者之间相互独立的时候，叙述者是第一人称，叙述接受者是第二人称，作为被叙述者的人物是第三人称，三者彼此互不重合，此时的叙事文本的叙述人称经常是第三人称。

当然，只是在这样一种理想化的状况下三者的关系才会是如此清楚明白，而在具体的叙事作品中，它们的关系则会变得十分复杂。实际上，为了达到其创作意图，作家常常有意把叙述者、叙述接受者与叙述人称的关系复杂化。在叙述学的层面上来说，这种复杂化将直接影响到叙述层次之间的联系格局、叙述者参与故事的程度以及叙述的可靠性等各个方面。

二

《鼠疫》① 中的叙述者以这样一段话来开始他的讲述：

> 故事的题材取自四十年代的某一年在奥兰城发生的一些罕见的事情。以通常的眼光来看，这些不太寻常的事情发生得颇不是地方。乍看起来，奥兰只不过是一座平淡无奇的城市，只不过是法属阿尔及利亚沿海的一个省城而已。(1)

从这一段话中，我们可以发现，该叙述者处在高于他所讲述的故事的叙述权威的位置，他知晓他所讲述的故事的“题材”的来源，知道其时间与地点，在讲述故事之前就已知道了故事的一切内容，并且能对之作出评论：这些事情“不太寻常”，而且还“发生得颇不是地方”。因此，

---

① 本文中的《鼠疫》和《局外人》采用顾方济与徐志仁的译本（《鼠疫　局外人》，译林出版社 1999 年版）。以下直接在引文后标明页码，不再另注。部分文字参照法文本有改动。

该叙述者是一个“超故事”[①] 的叙述者。

到第一章的末尾，叙述者又讲了下面一段话：

> 再者，这件事的叙述者——到时候读者就会对他有所了解——只是由于一种巧遇才使他有机会收集到一定数量的证词，而且当时的形势使他本人也卷入了他要叙述的事情中去，否则他是没有充分的理由来从事这项工作的。(9)

在这一段话中，叙述者表明了自己的身份：“他本人也卷入了他要叙述的事情中去”。也就是说，叙述者本人也曾在他说讲述的故事中充当一个人物。按照热奈特与里蒙－凯南的分类，“参与故事的叙述者，至少就他的自我的某些表现而言，是‘同故事的’”。[②] 因此，该叙述者是“同故事的”。

综合《鼠疫》第一章中提供的或明或暗的信息，我们基本上可以认定：该文的叙述者是一个“超故事的同故事的叙述者”。我们在上一节中曾指出：一般情况下，叙述者若同时也是他所讲述的故事中的一个人物，那么，叙事文本一般会采用第一人称进行叙述。我们由此可以推测，只要不是有意违反常规，接下来的叙事的人称应该是第一人称。

但是，当我们读到《鼠疫》的第二章，我们发现情况与我们所预料的不同。第二章的第一段由这几句话开始：

> 四月十六日早晨，贝尔纳·里厄医生从他的诊所里走出来时，在楼梯口中间踢到一只死老鼠。当时他只是踢开了这只小动物，并没有把它当一回事就下楼了。但是当他走到了街上，突然想起这只老鼠死得不是地方，于是再走回来把这事告诉了看门人。看门人米歇尔老头儿的反应，更使他感到这个发现不寻常。(10)

---

① 本文中的“超故事”“故事内”“同故事”“异故事”等叙述者分类法系采用热奈特与里蒙－凯南的理论。参见里蒙－凯南《叙事虚构作品》（姚锦清等译，生活·读书·新知三联书店 1989 年版），第 170—173 页。需要指出的是，该译本把“叙述接受者”错译成了“被叙述者”。

② ［以色列］里蒙－凯南：《叙事虚构作品》，第 171 页。

在这几句话中，我们无法找到第一人称叙述所常见的种种标志着人物 - 叙述者自身的在场的性格化标记。这几句话的语气也完全不是第一人称叙述常用的那种个人陈述的语气。相反，叙述者仿佛从故事中消失不见了，他不参与故事，而是处于高于故事的层次上观察一切：不仅详细地描述了以第三人称来称呼的人物——里厄医生的行动，而且透视出里厄的内心思想与感情活动。从这几句话来看，超故事的叙述者不再是"同故事"的，而变成了"异故事"的。

我们的这一结论在接下来的二十八章即从第二章至第二十九章的篇幅中得到了证明。叙述者虽然也经常在文本中出现，但都只是立足于超故事层对叙事形式以及故事内容进行指点、评论和解释。他既不作为主要人物参与故事的发展，也没有任何地方提示我们他是以一个不影响故事的人物——一个不足道的旁观者的身份存在于故事之中。在叙述人称上采取了第三人称叙述，作为被叙述者的人物都被叙述者以第三人称加以称呼，人物与叙述者处在两个截然不同的世界中，两者之间始终保持着一定的距离：不管故事中的人物遭受到何种苦难，叙述者的声音却是始终如一的冷静、客观、不动声色。

当然，我们也可以发现某些蹊跷之处。超故事的叙述者似乎对自己的权力有意加以限制，而且这种限制以一种独特而严整的形式表现出来。除了跟里厄在一起时——里厄的身影几乎出现在故事中的奥兰城的每个角落，叙述者既可以对其从外部进行观察，也可深入其内在心理活动，还通过他的眼光来观察他所能观察的一切，因而显得十分自由之外，凡是涉及里厄不在场的时间、地点所发生的事情，叙述者总是提醒我们：这些叙述不过是叙述者的转述，其来源要么是其他人所写的文字资料，比如，塔鲁的"那些笔记本"（20）——这些笔记本在塔鲁死后极有可能就存放于里厄医生的手中；要么来自别人向里厄倾诉的"心里话"，比如，朗贝尔的一些情况——"这就是朗贝尔将要遇到的情况，里厄将在朗贝尔日后向他说的一番推心置腹的话中了解到详情"（61）。这刚好与我们在小说第一章中谈到的叙述者自报身份之后介绍他的写作资料的来源的几句话相吻合：

> 因此这段历史的叙述者也有他自己的资料：首先是他自己的见证；其次是别人的见证，因为他的地位使他能收集这篇报道中所有人物向他倾诉的心里话；最后还有终于落入他手中的一些文字资料。他可以在自己认为需要时加以引证和按照自己认为最好的方式加以利用。(9)

不仅如此，我们还回过头来发现叙述者在第一章中似乎有意向我们隐藏了什么。就在我们刚才摘引的这几句话之后，紧接着这样一句话：

> 而且他还可以……然而这段开场白和哗众取宠的话也许该到此为止了，还是言归正传吧。(9)

叙事者在这里的省略号中到底向我们隐藏了什么呢？秘密直到小说的第三十章也就是全书的最后一章才揭开。在这一章的开头，有这样几句话：

> 这篇叙事到此将结束。现在正是里厄医生承认自己是这本书的作者的时候了。但在记载这段历史的最后一些事件之前，他至少想说明一下他写这部作品的理由，希望大家知道他是坚持以客观见证人的态度来记录的。(193)

“真相”至此被揭示出来：原来里厄医生就是这部小说的叙事者。他在奥兰城的鼠疫灾难过去之后，因为“不愿在事实面前保持缄默”，于是“动手编写这篇到此为止的故事”（197）。因此，尽管他在讲述整个故事之前就已知晓了他将在故事中讲述的一切——因而他是“超故事”的，但是，在他所讲述的故事之中，又有作为人物的他自己的参与——因而他又是“同故事”的。不过，在第一章中他隐约表明真实身份之后，他又把自己隐藏起来，采用第三人称叙事，以“超故事的异故事叙述者”的身份出现在其他的篇幅之中，并且把这种身份一直保持到小说的结尾——在“里厄医生承认自己是这本书的作者”之后，余下的叙述仍是用第三人称叙事的方式进行下去，直到小说结束。

综上所述，《鼠疫》的叙事人称是第三人称，其叙述者则有双重身份："超故事的同故事叙事者伪装而成的超故事的异故事叙述者"，或者说，"戴上了超故事的异故事叙述者的面具的超故事的同故事叙述者"。

与叙述者的双重身份相比，《鼠疫》中的叙事接受者的身份则固定与明确得多。热奈特指出，叙述者与叙述接受者"必然处于同一虚构域层次上"。[①]《鼠疫》中的叙述者自始至终处于超故事层，因而叙述接受者也是"超故事"的。下一步的问题是：该叙述接受者是"同故事"的还是"异故事"的？

按赵毅衡先生的看法，《鼠疫》中的叙述接受者很可能是同故事的。他认为："加缪《鼠疫》中有云：'事实上，正如我们城中同乡一样，里厄大夫也没有防到会有这个局面，我们应当理解他的犹疑。'这里叙述者似乎把叙述接受者作为同城人。"[②]

赵毅衡所举的例子在我所使用的《鼠疫》中译本里译为：

> 里厄医生也和我们这些市民一样，一点也没有准备，因此，我们应该理解为什么他会犹疑不定，也应该理解为什么他会有这种既是担忧又有信心的矛盾心理。(29)

这样的句子还可以在文中其他地方找到。比如，第六章中，叙述者提到约瑟夫·格朗时有这样的话：

> 正是这最后的特点最能刻划出我们这位同胞的形象，这一点里厄也能看出来。(34)

这些例子里的"我们"似乎都证明了赵毅衡的推断。但是，我认为，这些地方的"我们"究竟是指的哪些人值得探究。在叙述文本中，叙

---

① ［法］杰拉尔·日奈特：《论叙事文话语——方法论》，杨志棠译，张寅德编选《叙述学研究》，第276页。

② 赵毅衡：《当说者被说的时候》，中国人民大学出版社1998年版，第8页。

述者既可以把自己和叙述接受者放在一起，自称“我们”，也可以把自己和人物放在一起，自称“我们”，还可以把自己同叙述接受者、人物全部放在一起，自称“我们”。那么，上文中所举的例子中的“我们”到底是哪一种“我们”呢？我认为，赵毅衡所举的例子中的后一个“我们”无疑是指叙述者与叙述接受者，但前一个“我们”则难以说清，就像我所举的第二个例子中的“我们”一样，我们无法判定这两个“我们”是否把叙述接受者包括在内，也无法判定是否把人物——“城中同乡”“这些市民”“这位同胞”包括在内。因此，赵毅衡所作的推断是无法确切证实的。

实际上，叙述接受者是“同故事”的还是“异故事”的，只能依据其是否参与故事之中来判断。从这一点来看，《鼠疫》中的叙事接受者并没有参与故事，他既没有影响到故事的进程，也没有作为一个不显眼的“同城的市民”出现在故事中。因此，在我看来，该叙事接受者是“异故事”的，而不是“同故事”的。他的身份一直保持不变，一直以“超故事的异故事叙事接受者”的面目隐藏于文本之中。

三

叙述者、叙述接受者与作为被叙述者的人物及其生活于其中的艺术虚构世界的距离和位置的设定，以及与之密切相关的叙述人称的选择，不仅仅是为了取得某种特定的艺术效果，同时也与叙事文本所表现的思想主题紧密相关。

在《鼠疫》中，叙述者给自己戴上面具，通过第三人称叙述的使用把自己由超故事的同故事叙述者伪装成超故事的异故事叙述者。首先，始终如一的超故事身份保证了叙述者的叙述权威的地位。其次，他的“同故事”的“真实身份”保证了叙述者的“见证功能或证明功能”①的有效执行，为小说营造出一种“客观真实”的幻象：他所讲述的，

① ［法］杰拉尔·日奈特：《论叙事文话语——方法论》，杨志棠译，张寅德编选《叙述学研究》，第 275 页。

要么来自他亲眼所见与亲耳所闻，要么来自可靠的“终于落入他手中的一些文字资料”。最后，叙述者通过采用第三人称叙述给自己戴上了异故事叙述者的面具，他自己不再作为一个戏剧化了的人物出现在自己叙述的故事之中。这种“异故事”的身份使他不仅可以采取非个人化的视角，而且决定了他的主观介入的方式也是非个人化的。《鼠疫》中的一个突出特点是叙述者虽然并不介入故事中，但却频繁地在文本中发表大段的议论。叙述者的“超故事”的地位使得他所发的议论具有一种居高临下、俯瞰全局的力量与气势；叙述者的“同故事”的“真实身份”又使得这些议论乃是有感而发、不致落空；叙述者采取的第三人称叙述以及戴上的“异故事”的“面具”，则又与故事拉开了一定的距离，使得其议论显得冷静、客观，有一种冷峻的、非个人化的风格。

同时，叙述接受者的超故事的异故事叙述接受者的身份一直保持不变。在这一位置上，叙述接受者保持着优越的接受地位。他既不像故事内叙述接受者那样与故事中的人物处于同一叙述层次，因而受到种种限制，也不像同故事叙述接受者那样有暴露出自己的身份和想法之虞。第三人称叙述的使用，使他处在一个纯粹的观看者与思考者的超然位置。他与叙述者的地位是平等的，有权作出自己的判断。普兰斯认为，“叙述接受者的最显著的作用是叙述者和读者之间或者说作者与读者之间的中继作用”。[①] 因此，叙述接受者的优越的接受地位最终会被真实生活中的读者感受到，读者感觉到自己在阅读中受到了完全的尊重，因而更容易产生审美的愉悦感，并能自由地对故事进行思考和判断。

对加缪而言，我们在上文中讨论的问题绝不仅是一个形式的问题，而且同时又是一个内容的问题。正如他在 1945 年一次接受记者采访时所说，“我只知道一种艺术上的革命，这一革命在所有的时代都存在，那就是努力使形式适合内容，使语言风格适合主题”。[②]《鼠疫》中的叙述者、叙述接受者的身份与位置的设定，以及叙述人称的选择，都与《鼠疫》所要表达的思想主题——加缪的“反抗”哲学紧密相关。

---

① ［法］热拉尔·普兰斯：《叙述接受者研究概述》，袁宪军译，《外国文学报道》1987 年第 1 期。

② 转引自张容《形而上的反抗》，社会科学文献出版社 1998 年版，第 310 页。

为了更清楚地说明这一问题，有必要把《鼠疫》中的叙述者、叙述接受者、叙述人称与其主题的关联同加缪另一重要著作《局外人》中的叙述者、叙述接受者、叙述人称及其主题关联作简略的比较。

《局外人》在叙述人称上采用第一人称叙述，其叙述者与故事主人公默尔索同为一人。

> 今天，妈妈死了。也许是昨天，我不知道。我收到养老院的一封电报，说“母死，明日葬。专此通知”。这说明不了什么。可能是昨天死的。(1)

叙述就一直以这种“超乎寻常的枯燥”和“一气呵成”的“澄澈透明”的方式进行下去。[①] 在整部小说中，我们找不到叙述接受者的任何身影，得不到关于叙述接受者的任何信息。查特曼认为这是一部没有叙述接受者的作品。但是，从叙述学角度来说，没有叙述接受者的叙事是不存在的。因此，里蒙－凯南指出，《局外人》的叙述接受者就是叙述者本人。[②] 也就是说，《局外人》中的主人公默尔索既是叙述者，又是被叙述者，还是叙述接受者。从这一角度看，《局外人》是第一人称叙述的极端化形式，彻彻底底的个人独白。

“小说从来都是哲学的形象化。”[③]《局外人》属于加缪著名的“荒谬”系列：《西西弗神话》—《局外人》—《卡利古拉》。《局外人》所表现的哲学思想就是“荒谬”哲学的思想。何谓“荒谬”？“荒谬”就是作为孤独个体的人与他所面对的庞大的世界之间的对立，“荒谬既不存在于人之中，也不存在于世界之中，而是存在于二者共同的表现之中”。[④]“荒谬”来自个人意识的觉醒。觉醒之后敢于承担“荒谬”的人

---

① ［法］萨特：《萨特文学论文集》，施康强等译，安徽文艺出版社 1998 年版，第 37、45 页。

② ［以色列］里蒙－凯南：《叙事虚构作品》，第 160 页。

③ 转引自张容《形而上的反抗》，第 86 页。

④ ［法］加缪：《西西弗的神话》，杜小真译，生活·读书·新知三联书店 1998 年版，第 35 页。

就是“荒谬的人”。“荒谬的人”就是“只追求自我穷尽的人”[①]，“荒谬的人只能承认一种道德……就是自我决定的道德”[②]。因此，“荒谬的人”所践行的道路就是一条承担“荒谬”并以孤独的个体来反抗整个世界的道路。这条道路也就是默尔索的道路。为了表现这条孤独的道路，最佳的叙事方式就是极端的第一人称叙述与彻底的个人独白。

《鼠疫》出版于《局外人》出版的五年之后。《鼠疫》属于加缪的另一著名的作品系列——“反抗”系列，包括：《反抗者》、《鼠疫》与《正义者》。《鼠疫》的主题就是“反抗”哲学。“反抗”哲学是“荒谬”哲学的发展与延伸。两者的不同就在于：“在荒谬的经历中，苦难是个人的。从反叛的行动起，苦难便有了集体的意识，它成了众人的冒险行动。”[③] 从“荒谬”到“反抗”的发展，就是从个体意识向集体意识的发展，从个人反抗向集体反抗的发展。这一发展变化同样也体现在作为其“形象化”的《鼠疫》之中，“与《局外人》比较，《鼠疫》不可否认地标志着从孤独反抗的态度到对共同战斗的团体的承认的过渡。如果说从《局外人》到《鼠疫》有发展的话，这一发展正是体现在团结一致和对战斗的参与中”。[④] 这个共同战斗的团体不仅仅是遭受鼠疫侵袭的奥兰城，而且包括受到纳粹暴政威胁的整个人类。“我试图通过鼠疫来表达我们所遭受的窒息以及我们所经历的受威胁和流放的环境。同时我还想把这种表达推广到总的生存概念上。”[⑤] 如果说“荒谬”哲学是一种“个体哲学”，那么“反抗”哲学则是一种“集体哲学”，乃至“人类哲学”。

以“反抗”的“集体哲学”作为小说的思想主题，必定对《鼠疫》的叙述形式与技巧提出与《局外人》不同的要求。一部《局外人》就是默尔索孤独地自言自语，在这里，叙述者、叙述接受者与人物合而为一。在《鼠疫》中，为了获得“真实性”，叙述者也是故事中的一个人

① ［法］加缪：《西西弗的神话》，杜小真译，第80页。

② ［法］加缪：《西西弗的神话》，杜小真译，第78页。

③ ［法］加缪：《置身于苦难与阳光之间》，杜小真、杜嘉琛译，上海三联书店1997年版，第48页。

④ 张容：《形而上的反抗》，第130页。

⑤ 转引自张容《形而上的反抗》，第131页。

物，但是，他却有意使用第三人称叙述，因而给自己带上异故事叙述者的“面具”。因此，他所发出的声音是经这一“面具”过滤之后的非个人化的声音。叙述者在文中反复强调他是代表千千万万人在讲话：

> 当他知道某件事确已发生，而且这件事已关系到全体人民的生死，因而会有千千万万的见证人从内心深处证实他所说的话是真的，这时他就说：“这件事发生了。”(9)

> 每当他情不自禁地想把自己内心的思想与成千上万的鼠疫患者的呻吟直接关联在一起的时候，他就会想到自己所经受的痛苦没有一项不是别人的痛苦，想到平时在这个世界上，一个人的痛苦往往是与别人毫不相干的，而现在大家却都能够同病相怜，这本身就是一件令人快慰的事情，因此他就不谈个人的事。显然，他应该代表大家讲话。(193)

他的声音不是孤独个体的自言自语，而是非个人的、集体的声音，是人类的声音。

与此对应，叙述接受者也被召唤入集体的声音的洪流之中。尽管叙述者有意采用了第三人称叙述，让叙述接受者以异故事身份与故事保持一定距离，但是，这种距离同时也是一种召唤——召唤叙述接受者和与之密切相关的读者一起进行思考：在“恶”统治世界之时，人应该怎样生活与行动？鼠疫代表着“恶”，更确切地说代表着纳粹主义。面对纳粹的集中营，“鼠疫”已成为涉及所有人的事情，是我们共同的历史，在这里，“个人的命运已经不存在了，有的只是集体的遭遇，一边是鼠疫，一边是众人共同的感受”(109)。

魔幻现实主义小说的“陌生化”叙事语言

——以《百年孤独》和《佩德罗·巴拉莫》为例

张计连*

“陌生化”的概念是什克洛夫斯基在《作为技巧的艺术》一文中指出的，他说：“艺术之所以存在，就是为了使人恢复对生活的感觉，就是为了使人感受事物，使石头显出石头的质感。艺术的目的是要人感觉到事物，而不仅仅是知道事物。艺术的技巧就是要使对象变得陌生，使形式变得困难，增加感觉的难度和时间的长度，因为感觉过程本身就是审美目的，必须设法延长。艺术是体验对象的艺术构成的一种方式，而对象并不重要。”①“陌生化”虽然是俄国形式主义文论的一部分，但是非常注重文学性和审美性，它涉及的范围非常广泛，可以是文学语言、作品情节结构和文学史。《佩德罗·巴拉莫》和《百年孤独》被称为拉美魔幻现实主义小说的双璧，这两部小说的语言具有明显的“陌生化”特征。

一　文学语言的“陌生化”

文学语言是对日常生活语言的变形，在文学不断创新的发展进程

* 张计连，女，中国人民大学文学博士，云南大学文学院副教授，硕士生导师，研究方向为英语文学、圣经与西方文学。

① 朱立元：《当代西方文艺理论》，华东师范大学出版社2005年版，第45页。

中，每一个文学流派的语言都有一定的新质，陌生化语言是对惯性文学语言的再度变形。这种变形表现在叙事者在叙事时不用对象名称来称呼，而是像第一次见到它那样加以描述，或用其他事物相应部分的名称指代它，由此获得一种新鲜感和惊奇感。我们熟悉的作品《红楼梦》中刘姥姥眼里“唬人”的“挂钟”，《喧哗与骚动》中将无人使用的抽水马桶称为“沉默的宝座”，都给人留下了深刻的印象。文学在一定程度上是语言的艺术，“陌生化”就是文学语言的艺术化。

俄国形式主义在分析诗歌语言时认为，“陌生化”基本原则只有一个，即“对日常语言进行有组织的强暴”，理论的提出者和倡导者什克洛夫斯基则认为“包括声音、意象、节奏、音步、韵脚在内的文学构成要素，都具有‘陌生’、‘反常’或‘疏离’的效果”。[①] 在此种意义上，“陌生化”乃是语言艺术的“根本大法”，是文学语言的根本特征。作为叙事作品的小说与作为抒情作品的诗歌在语言的运用上有所不同，与诗歌语言侧重声音、意象、节奏、音步、韵脚不同，小说语言侧重叙事的总体叙述语调和总体叙事下的人物语言设置。叙事作品的语言主要是指作者整体叙事语言风格以及在叙述人物、事件、场景时所运用的不同风格的语言。《百年孤独》与《佩德罗·巴拉莫》的陌生化叙事语言，主要表现为疏离叙述语言和阻力人物语言。

《圣经·旧约》“巴别塔”的故事告诉了我们这样一个事实：语言的潜能是无限的，语言是人类力量的体现。《百年孤独》与《佩德罗·巴拉莫》都采用了客观冷静的叙述言说风格，这种叙述语言拉开了作者与观照对象之间的距离，并导向审美主客体之间的疏离，作品中的人物语言设置了重重阻力，增加了读者阅读理解的障碍。这种陌生化语言使读者的关注点在小说的形式层面有较长时间的停留，充分领略作品的形式美和由形式表现的内容“真”。正如海德格尔所说语言是存在的家园，胡安·鲁尔福和加西亚·马尔克斯在诗性的天地里，用陌生化语言引领我们走进彩霞织就的苍穹，进入一个与习常不同的世界并赋予我们以崭新的存在。

---

① 王一川：《批评理论与实践教程》，高等教育出版社2005年版，第48页。

二 “陌生化”的叙事语言

《百年孤独》有一位相信一切寓言的叙事者，他是马贡多人的化身、魔幻的化身，他不同于全知全能的传统叙事者，叙事神奇或魔幻时有声有色、有板有眼，对传统现实主义作家笔下“现实”的叙事则无能为力。《百年孤独》采用传统第三人称叙事手法，有一个全知全能的叙事视角，但作者已经对这种手法进行十分巧妙的改造，这个叙事者已经不再像传统小说那样一味相信科学，追求叙事客观性和真实性，而是像作者外祖母和姨妈那样，对于一切超自然离奇事件都抱着全盘接受态度。研究《百年孤独》第三人称叙事和客观冷静的叙述语言风格的学者普遍认为，这是对传统第三人称叙事手法的超越。学者苏宏斌就认为那是“马尔克斯对于传统的第三人称叙事方法所做出的一种革命性的改造，也是他对现代小说艺术的重大贡献”。①

马尔克斯说：“必须像我外祖母讲故事那样老老实实的讲述。也就是说，用一种无所畏惧的语调，用一种遇到任何情况，哪怕是天塌下来也不改变的冷静态度，并且在任何时刻也不怀疑所讲述的事情，无论它是没有根据的还是可怕的东西，就仿佛那些老人知道在文学中没有比信念本身更具有说服力。”② 这是一种处变不惊的心态演变出来的处世和认知态度。门多萨这位马尔克斯研究专家认为加西亚·马尔克斯像他的外祖母一样，“不动声色的给我讲过许多令人毛骨悚然的故事，仿佛是他刚刚亲眼看到似的”。③ 马尔克斯确实讲得沉着冷静、绘声绘色，使故事听起来真实可信。第三人称叙事加上不动声色的叙事语调构成了马尔克斯创作《百年孤独》的整个叙事基调。

---

① 苏宏斌：《现代小说的伟大传统》，浙江文艺出版社2004年版，第346页。

② ［哥伦比亚］米费·布拉索：《加西亚·马尔克斯的孤独》，1982年，108—108页。转引自《两百年的孤独——［哥伦比亚］加西亚·马尔克斯谈创作》，朱景东等译，云南人民出版社1997年版，第18页。

③ ［哥伦比亚］门多萨：《番石榴飘香》，1982年，第38页。转引自《两百年的孤独——［哥伦比亚］加西亚·马尔克斯谈创作》，朱景东等译，第18页。

“多年以后，面对行刑队，奥雷良诺·布恩蒂亚上校还无法忘怀，他父亲带他去见识冰块的那个遥远的下午。”[①]《百年孤独》开篇的这句话徘徊在过去、现在、未来三种时间之中，但这种客观冷静的叙事语调，使得读者并不着急得想要跳过作者的叙述一睹为快。待我们看到霍塞·阿卡迪奥·布恩蒂亚带着孩子们去看冰块时才恍然大悟，“奥雷良诺恰恰相反，他走上前去，把手放在冰上，可马上又缩了回来。‘它在发烫！’他吓得喊叫起来”。[②]“冰块在发烫”用相反的词语来描绘冰块的特性，这何其形象地给出冰的第一感觉，这种感觉又令人服膺地给出了孤独感，让读者感受到那种彻骨的寒冷和那无边无际的孤独。虽然《百年孤独》的叙述节奏非常紧凑，但是给人一种徐徐道来的平静，读者在情节故事的震撼中总能保持一种平静心态，有足够的理性来进行审美观照。

胡安·鲁尔福的叙事语气冷静得让读者在人鬼混杂的世界里、扑朔迷离的文字迷宫中迷失，在如梦似幻的魔幻氛围中沉醉。初读《佩德罗·巴拉莫》，我们分不清哪是人、哪是鬼，作品中发出的那些声音来自哪一个人物。但是这种冷静的语调和叙述者表面的淡漠下深藏着对历史、社会、人生种种境遇火热而又敏感的心。

胡安·鲁尔福和加西亚·马尔克斯对声音的描写使读者对“孤独”疏离过后有一种刻骨铭心的感受。《佩德罗·巴拉莫》中有如下几段典型的声音描写：

> ……四处传来他们的嬉闹声……[③]

> ……它们煽动着双翅，划破静寂的长空……孩子们的笑声在空中盘旋，在黄昏的天空中这阵阵欢笑声好像被染成了蓝色。[④]

---

① ［哥伦比亚］加西亚·马尔克斯：《百年孤独》，仝彦芳、要晓波、李建国译，内蒙古人民出版社2000年版，第1页。

② ［哥伦比亚］加西亚·马尔克斯：《百年孤独》，第13页。

③ ［墨西哥］胡安·鲁尔福：《佩德罗·巴拉莫》，屠孟超译，浙江文艺出版社2001年版，第70页。

④ ［墨西哥］胡安·鲁尔福：《佩德罗·巴拉莫》，第70页。

……这个没有任何喧嚣的村庄。我清清楚楚地听到双脚踩踏圆石铺砌而成的道路的脚步声，这空心的脚步声在映照着夕阳的墙上产生了回音。①

……死亡也有时会发出声音的话，那么你将会发现我的回忆发出的声音比我死亡发出的声音更为亲近。②

……村庄就颤动起来……车轮发出的吱吱声使窗户都震动起来，把人们从梦中惊醒……③

空荡荡的牛车打破了街道的宁静……又出现了黑影和黑影发出的声音。④

《佩德罗·巴拉莫》中除了这6段最为明显的声音描写之外，整部作品充满着喃喃低语，读者的耳际始终萦绕着各种声音。在这亡灵游荡的村庄里，在这充满悄声细语的地方，来科马拉村寻找父亲的胡安被无处不在的低声细语杀死了。如果说萨约拉的“过去”与科马拉“现在”形成了一个共时性反差的话，那么科马拉的“过去”与科马拉的“现在”就形成力一个纵向的、历时的对比。在那些带来不同感受的声音的这种对比中，读者明晰了胡安亲历的科马拉，众人讲述的佩德罗·巴拉莫横行时的科马拉和多罗莱斯叙述的天堂般的科马拉。《佩德罗·巴拉莫》给出了地狱般的科马拉在听觉上的质感，也让读者在作品的悄声细语中驻足。

同样写声音，《百年孤独》中吉卜赛人给马贡多带来磁铁，“……他拽着两块磁铁逐家逐户地走着，大伙儿惊讶地看着铁锅、铁盆、铁钳、小铁炉纷纷从原地落下，木板因铁钉与螺钉拼命地在地面挣扎而嘎

① ［墨西哥］胡安·鲁尔福：《佩德罗·巴拉莫》，第70页。
② ［墨西哥］胡安·鲁尔福：《佩德罗·巴拉莫》，第71页。
③ ［墨西哥］胡安·鲁尔福：《佩德罗·巴拉莫》，第105页。
④ ［墨西哥］胡安·鲁尔福：《佩德罗·巴拉莫》，第105页。

嘎作响……成群结队地跟在墨尔基阿德斯那两块魔铁后面乱滚的队伍”。[①] 加西亚·马尔克斯开始没有直接描写声音，通过人物动作以及铁锅、铁盆、铁钳、小铁炉往下掉的动作暗示声音，这些容易发声的物件挤在一起自然会吱吱嘎嘎地响。马尔克斯后来直接描写的声音非常形象化，“挣扎”一词写出了发声时的状态和境况，让人感觉那“嘎嘎作响”的声音就在耳边，而“拼命”一词则道出声音的质感，这样作者在不经意之间，让声音钻进读者的心里，直入肺腑。

“陌生化”的目的首先使写作对象显得陌生，“陌生”的不光是程序化的“现实”，包括程序化表达方式本身。什克罗夫斯基常说：“列夫·托尔斯泰运用陌生化的手法在于他不是给事物起名字，而是描述第一次看到的事物和描述第一次发生过的情况，同时在描述事物时所用的不是那些事物部分被采纳的名字，而是按在其它事物中有相符合的部分名称那样称呼它们。”[②] 什克罗夫斯基发现托尔斯泰在《战争与和平》中称点缀为一小块绘彩纸板，称圣餐为一小片面包，甚至相信基督教徒责备自己的上帝。胡安·鲁尔福也是通过不断改变地名和主要人物的称呼来阻碍读者审美的迅速获得。《佩德罗·巴拉莫》对人物的主要活动空间科马拉村采用了半月庄、科马拉等不同的称谓。一会是科马拉，一会又是半月庄，作品不断地调动读者的视觉、听觉和思维。作品主要人物称呼更为多样化，佩德罗·巴拉莫就有“驯兽人”“诺森西奥·奥索里奥”“猴子”“佩德罗·巴拉莫”“堂佩德罗”5种不同的称呼。在这些称呼里有外号、有全称、有尊称，还有别称，在小说中这些称呼随着行文表达的需要随意改变，这样一来增加了阅读难度，读者对这些名词把握和关注成了理解作品的关键之一。

加西亚·马尔克斯在词运用上颇费了一番心思，有的故意混用词的所指，有的取词为人们所熟知但已淡忘的本义。在马贡多人眼中，磁铁成了“魔铁”、看放大镜聚焦感觉“惊心动魄”、冰块是“最美丽的钻石”、火车像“怪物”、电影只是“骗人把戏”。这些语言极富感染力，

---

① ［哥伦比亚］加西亚·马尔克斯：《百年孤独》，第1页。

② ［俄］什克洛夫斯基：《论散文理论》，第12页。转引自［爱沙尼亚］扎娜·朋茨、伊·切诺尔夫《俄国形式主义文论选》，王薇生编译，郑州大学出版社2005年版，第369页。

我们读过之后，对磁铁、放大镜、冰块、火车、电影这些熟悉的事物有着不同寻常的感受，这些于我们淡忘了审美价值的东西竟是这般神奇，早已尘封在我们记忆中的审美感受被唤醒。香蕉公司官员的舒适住宅称作“电气化养鸡场”，阿玛兰塔和皮埃特罗·克雷斯展的恋爱因为老在傍晚时候约会被称作“黄昏恋”，这种表达给人一种幽默感。作者通过“陌生化”手法，改变了语言在日常功利性运用中形成的只注重概念意义和对象意义的习惯，让人重新去感受词语本身。

同样是客观冷静的语言风格，不同流派的作家有自己独特的内涵，拉美魔幻现实主义作家客观冷静的叙事使审美主客体之间产生距离，从而使审美主体情感在一定程度上走向疏离。《百年孤独》与《佩德罗·巴拉莫》客观冷静的语调与传统的第三人称叙事相结合，因而对第三人称叙事进行改造，改造过后的第三人称对现实的叙事增加了“魔幻”成分。胡安·鲁尔福和加西亚·马尔克斯对声音的描写，对词语的选择和词语意义的重新挖掘，使叙事语言达到一种因疏离而产生的“陌生化”效果。

三　充满阻力的人物语言

从表达效果上看，与传统现实主义小说明白、晓畅的人物语言不同，魔幻现实主义作家笔下的人物语言充满障碍，我们且称这种人物语言为阻力人物语言。“陌生化”诗学所思考和探索的首先是如何为语言天穹涂抹奇光异彩，这也是加西亚·马尔克斯在《百年孤独》中所竭力探讨的。阅读《佩德罗·巴拉莫》和《百年孤独》，总体上感觉人物语言充满重重阻力，穿越这种阻力，读者有一种克服困难过后的成就感，对作品人物、环境、主题有一种深入骨髓的体验和感受。《百年孤独》的人物语言不多，但极具个性化和阻力化。加西亚·马尔克斯运用“陌生化”手法设置障碍，增加感觉阻力、激发感觉活力、延长感觉时间，熟悉的事件就仿佛第一次发生，重又浮上人的意识层面，向人呈现它丰富的感性特征，这些特征在被激发了力量并被延长了时间的感觉中展现出来。

霍塞·阿卡迪奥·布恩蒂亚瞧傻了，可他知道孩子们需要他立刻作出解释，于是他大胆的嘟哝了一声：

“这是我见过的最美的钻石。”

“不是的”吉卜赛人纠正道，“这是一块冰。”①

作为一位家长，霍塞·阿卡迪奥·布恩蒂亚因为考虑到面对冰块这一“奇迹”而不得不给孩子以解释，只好嘟哝着并不肯定地说那是他见过的最美的钻石。这恰恰是霍塞·阿卡迪奥·布恩蒂亚当时的内心感受，是他所见、所感、所想的直接表达。吉卜赛人的纠正是一种简单而又肯定的界定，从这句话中可以读出走南闯北，过着流浪生活的吉卜赛人见多识广，一点也不为马贡多人的愚昧落后而大惊小怪，这种镇定很容易引起读者的深思。“……奥雷良诺恰恰相反，他走上前去，把手放在冰块上，但马上缩了回来。‘它在发烫！’”② 小奥雷良诺·布恩蒂亚的叫喊体现了孩童的天真，由于环境和年龄所限，以他的见识只能作这样的反应。读者在马尔克斯笔下重新认识了冰块，并在阻力化的语言背后重新感知到我们所熟悉的冰块。

当阿玛兰塔·布恩蒂亚将于傍晚离开人世并给死者捎带信件的消息传遍了整个马贡多的时候，才下午三点，大厅里就放满一箱的信件。那些不想提笔的人就托她捎口信，她把口信一件件记在小本子上，上面写着收信人的死亡日期和姓名。“您别担心，”她安慰那些给死者捎口信的人说，“我死了以后，第一件事就去打听他，并把您的口信转告给他。”③ 在这里读者所熟悉而又恐惧的死亡变成一种从容的美——死亡之美。这是一种对死亡漫画式、特写式的描绘，在这里没有惊慌、没有惶惑、没有恐惧、没有悲伤、没有泪水，有的只是一种悠闲的、从容的赴死心境，阿玛兰塔·布恩蒂亚几句简短的话就让读者对死亡有了一种不同寻常的感受。

① ［哥伦比亚］加西亚·马尔克斯：《百年孤独》，第12—13页。
② ［哥伦比亚］加西亚·马尔克斯：《百年孤独》，第13页。
③ ［哥伦比亚］加西亚·马尔克斯：《百年孤独》，第197页。

在日常生活中，长期形成的思维模式、行为模式使得我们的一切活动都变成了一种无意识的活动，如何说话、如何做事、如何接人、如何待物都完全机械化、自动化、程序化了。艺术之所以为艺术，就在于它能把我们从无意识深处唤醒，使我们重新体验和感受这个对我们来说是再熟悉不过的世界。因此，"陌生化"的作用不是要导致人与世界互相隔膜，而是最终让人的赤子之心直面世界，真正与世界相亲近、相融合。有阻力地设置障碍语言只是起到延缓审美过程的作用，并没有阻碍读者认识的深入，相反它使读者的认识更加深入，审美有了更加丰富的内容。

> ……但是到了又一年的初冬，有位妇女到河里洗衣服，突然，她穿过中央大街，兴奋得狂叫起来：
>
> "那，那边来了一个吓人的东西，"她好半天才解释清楚说，"好像安了轮子的厨房拖着一个村庄。"①

一个生活在这封闭、落后、孤独的村庄里，从来没有见过外面世界，没有出过远门的妇女第一次见到火车时的激动、兴奋、狂乱的复杂心境展现在读者眼前。这位妇女对这陌生的、吓人的东西最直接、最准确，也是最恰当的描绘就是：好像安了一个轮子的厨房拖着一个村庄，这是尽她所能搜肠刮肚对这"吓人"的"怪物"作出的解释。在这里，人物充满障碍的语言和人物个性得到了完美结合的同时，作者向读者呈现出了火车的真实状态，非功利特征。读到这里，读者绝不会因为作者的"陌生化"笔法而对火车有一种隔离感，而是有一种惊奇过后的亲近感。

加西亚·马尔克斯在叙事语言上运用"陌生化"技巧，从马贡多人的感觉、知觉出发来审视生活，变习见为新知，化平凡为神奇。由于拉美有一种地缘政治意义上的孤独，外界早已熟视不怪的事物，在马贡多无不成为"世界奇观"。正因为这样，"《百年孤独》仿佛插上了神话的翅膀；一旦进入到它的世界，我们似乎感到自己久已麻木的童心之弦被

① ［哥伦比亚］加西亚·马尔克斯：《百年孤独》，第157页。

重重地弹拨了一下”。[①] 马尔克斯用“陌生化”语言让我们从马贡多人对冰块，对磁铁，对火车这些曾经激荡过我们的童心但早已淡忘的或惊讶、或兴奋、或疑惑的情态中重新体味童年的感受。阻力人物语言让读者为语言魔力所折服，使之在阅读中关注语言带来的种种惊奇。

结语

文学语言是读者阅读接受作品的第一媒介也是唯一的直接媒介，读者正是通过作者的写作语言而走进作品的。通过对《佩德罗·巴拉莫》和《百年孤独》的陌生化叙事语言分析，可以体验到胡安·鲁尔福和加西亚·马尔克斯客观、冷静的叙事背后充斥着强烈的情感体验。《佩德罗·巴拉莫》和《百年孤独》通过对叙事语言的疏离更好地表达审美情感，通过阻力的人物语言设置延缓了读者的审美接受，正是在这种疏离语言和阻力语言的作用下凸显了作品的魔幻审美。

① 陈众议：《拉美当代小说流派》，社会科学文献出版社 1995 年版，第 101 页。

《黑桃皇后》的符号学解读

孔朝晖*

短篇小说《黑桃皇后》（Пиковая Дама）一直作为普希金的代表作被传诵，却并不容易理解其精要。普希金的文笔以“简单”和“明晰”著称，而《黑桃皇后》却让读者的阅读体验变得暧昧：仿佛有趣而神秘，却很难明确阐释它的意义。尤其对于并不熟悉西方赌牌文化的中国读者来说，从小说标题“黑桃皇后”开始就可能迷惑：莫非是一部贵妇秘史？这位女性的身份和魅力足以达到某个领域里的“皇后”级别，其故事又带有纸牌中“黑桃”的神秘性。可是读了正文，却发现故事主要讲一个男人陷入赌博迷信最后破产并发疯的悲剧。而所谓的“黑桃皇后”，其实就是纸牌中“黑桃 Q”，“Дама”在扑克牌中即指牌面的“Q”。这个“皇后”的译法和故事的扑朔迷离一直以来困扰着中国读者的阅读直觉。就让我们从这个问题切入，借用符号学方法分析小说从选题到叙事技巧的多重秘密。

一　小说标题：为何要命名为“黑桃皇后”？

《黑桃皇后》传入中国后，其中文译名就经历了多次变化。据考

* 孔朝晖，四川大学博士，云南大学文学院教授，俄罗斯人民友谊大学、圣彼得堡国立大学访问学者，主要研究方向：俄罗斯文学、中俄文学文化比较。

证，第一位将“Пиковая Дама”译成中文的是陈小蝶[①]，他将其视作搜奇小说，译为《赌灵》，刊于1916年的《小说大观》。之后，1923年6月《东方杂志》上刊登傅浚译的《王后纸牌》，此为“Пиковая Дама”的又一个中译本。1924年《文学旬刊》又连载了冯省三译自世界语版本的《毒皇后》。[②] 1924年12月，上海亚东图书馆出版赵诚之译的《普希金小说集》，其中亦有这部小说，被译为《铲形的王后纸牌》。[③] 据笔者目力所及，自萧珊于1954年发表译作《黑桃皇后》之后，这个译法就固定下来。译名的多变不仅反映了俄语在汉语翻译中的局限，还说明了故事本身的多义性。“Дама”一词本身有双重含义：“皇后”和“纸牌中的Q”，而汉语中却没有一个合适的词包含这两个意义。若想最贴近原意，要么选择译者认为更接近主题的一个词，要么将两个概念并置。如此看来，赵诚之的译法“铲形的王后纸牌”倒是最符合俄语的字面意义，但却并未像“黑桃皇后”这个译名为中国读者广泛接受。看来，读者对故事的理解虽很难“言传”，却能够“意会”“黑桃皇后”这个译法表达得更为精准的隐含意义。那就让我们借助符号学工具来召唤出“黑桃皇后”的隐含意义。

故事看上去并不复杂：一场平常的贵族赌局中有人讲了一个关于赌博中三张幸运牌的故事，其他人皆当作笑谈，唯有从不下注的德裔军官格尔曼当了真。接着他苦心孤诣地骗取了掌握纸牌秘密的老伯爵夫人养女的爱情，顺利进入伯爵夫人宅邸，威逼其说出纸牌的秘密。老夫人否认了秘密后被格尔曼的手枪吓死。葬礼上，格尔曼在老夫人的灵柩前看到她对他眨了一下眼。第二天老夫人出现在格尔曼的梦中，告诉他三张幸运牌：3、7和爱司（A）。格尔曼靠着3点和7点两夜暴富，然而当他将全部身家都押在爱司上时，黑桃Q代替了爱司，让格尔曼输得血本无归。这时纸牌上的皇后也对着他眨了一下眼，格尔曼彻底疯了……

利用符号学方法细读文本，我们可以提炼出一个三层结构图：从标

① 陈小蝶：鸳鸯蝴蝶派著名作家陈蝶仙的长子。

② 平保兴：《中国早期翻译的普希金小说》，《寻根》2015年第1期。

③ 平保兴：《中国早期翻译的普希金小说》，《寻根》2015年第1期。

题到正文再到结尾，“黑桃皇后”作为一个符号，发生了三连环的表意过程，每一环又有三重能指和所指。

首先看题目：

Пиковая Дама
能指1：黑桃——所指1：纸牌游戏
能指2：皇后——所指2：高贵而神秘的女人
能指3：纸牌黑桃Q——所指3：牌戏中的某一张（占卜中主不祥）
黑桃皇后、纸牌

图1　第一环表意过程

进入正文以后，题目（图1）中的三重所指变成了新的能指，我们用单引号来表示其重复与变异：

正文
能指1'：故事中的几场赌局——所指1'：庸俗无聊的贵族生活对冒险刺激的普遍热衷
能指2'：老伯爵夫人——所指2'：掌握着财富与运气的老一辈腐朽、堕落、过时的老一辈
能指3'：最终替换了爱司的黑桃Q——所指3'：对“金钱骑士”的惩罚

图2　第二环表意过程

到了结局，正文（图2）中的三重所指又结合在一起，形成了与标题呼应的三重能指，我们用两个单引号表示：

结局：所指1' + 所指2' + 所指3'——能指"（三重能指：纸牌上眨眼的黑桃皇后、眨眼的老伯爵夫人）

图3　第三环表意过程

从这三层符号表意图中我们可以看出：如果只译为“黑桃Q”，看似更忠实于原文标题，但读者只能得到一个单一的能指——纸牌黑桃Q，想到一个单一的所指：纸牌游戏中的某一张。顶多再依照紧随

标题而来的伴随文本：卷首语＋“黑桃皇后意指暗中使坏”①，而猜到这张纸牌与占卜有关，即图1中的能指3与所指3。而“黑桃皇后”这种译法，则包含了一个三重能指（黑桃＋皇后＋纸牌黑桃Q），分别指向三重所指（纸牌游戏＋高贵女性＋一张有占卜功能的纸牌）。而这还仅仅是整篇小说复杂表意过程的第一环。

到了正文中，我们发现标题提供给我们的三重抽象所指又演变为一套新的具象化能指。“纸牌游戏”具体化为故事里的若干场赌局；“高贵女性”具体化为老伯爵夫人；“黑桃Q”具体化为最后一场赌局中取代了爱司的那张牌。而这三重新的具象化能指架构起了整个故事，其所指伸向了三个社会主题：

1. 无处不在的赌局是19世纪初俄国上流社会空虚生活和热衷冒险刺激的双重提喻。

2. 老伯爵夫人作为18世纪末老一辈俄国人的代表，从年轻时起就风流嗜赌，老了仍然包养情人、流连舞会。这样衰朽堕落的老一代贵族却掌握着巨额的财富和发财的机遇（三张幸运牌）。

3. 纸牌黑桃Q最终成为小资产者投机梦想的陷阱。工兵军官格尔曼作为19世纪30年代俄国早期资产者的典型形象，对三张幸运牌的欲望瞬间替代了原本戴在脸上的“节俭”、“克己”和“勤劳”的三张面具。为了偶然的暴富，他骗取纯洁姑娘的爱情，恐吓伯爵夫人，押上全部身家……然而这疯狂行径只能导致更疯狂的结果。纸牌黑桃Q在最后一场赌局中替代了爱司，将他从一夜暴富的狂喜扔向了人生的地狱。

这是小说第二环符号表意过程。

在故事走向结局的过程中，棺木中的老伯爵夫人和纸牌黑桃Q上的那个女人分别在格尔曼步入赌场之前和梦断赌场之后冲他眨了一下眼睛，狠狠地嘲讽了他不惜一切代价追求财富的野心和最终失败的命运。小说在进了疯人院的格尔曼不断念叨的“3、7、爱司；3、7、皇后”中结束，所有游离在叙述中并不断衍义的所指又闭合成了小说标题的原初能指，完成了第三环也是最终的表意过程。

“符号表意之所以有必要，是因为意义缺场，解释意义不在场是符

① ［俄］普希金：《黑桃皇后》，磊然等译，人民文学出版社2010年版，第200页。

号过程的前提。……一旦某种符号不断出现，就可以证明它的意义缺场非常严重，只能用符号敦请接收者把它解释出来。”[①]“黑桃皇后”这个符号在故事中反复出现，其能指在文中不断滑动，其所指生出多重衍义，而直到结尾作者也没有将自己的发送意图明确表达出来，这就造成了小说终极意义的缺场。每个阅读《黑桃皇后》的人都喜欢这个故事，却不明白它好在哪里。这种无法言说的神秘感正是因为它的符号意义没有得到充分的阐释。如果读者始终将“黑桃皇后”理解为“黑桃 Q”，那么他将永远停留在故事的最表层。因此我们可以认为：普希金给小说起了这样衍义丰富的标题，表现出了自觉的符号学意识。而“黑桃皇后”这个中译名既保留了作者想要在标题中传达的所有含义，又对中国读者产生了增加阅读难度的陌生化效果，的确是精准的译法。

分析了标题的符号表意过程之后，我们来看看纸牌的符号学意义。

二　文化语境：纸牌的符号学意义

普希金在《黑桃皇后》中为读者呈现了一个 19 世纪初俄罗斯贵族日常生活中的典型场景：赌博（牌）。这一场景出现在从杰尔查文时代到托尔斯泰时代无数文艺作品中，莱蒙托夫、果戈理、陀思妥耶夫斯基等大作家都以赌博（牌）为主题写过重要作品。为何赌博成了文学关注的目标？为何我们要把这种恶魔般的游戏推到文学研究的前台？这种日常生活对我们研究当时的文学作品有何意义？回答这三个问题，要从研究游戏与日常生活的文化意义说起。这里我们主要借用苏联著名的文化符号学家尤里·洛特曼的符号学研究方法。

洛特曼指出，在日常生活中，任何群体的行为模式都可分为两种类型，第一种是高度仪式化的行为，包括由国家、教会、家庭等机构规定的仪式和礼仪；第二种是一般性日常生活行为。第一种行为具有突出的符号意义，有清晰的规则，需要通过他人有意识地学习掌握。而日常生活行为规则更多地像母语，在潜移默化中不知不觉地被人们掌握，通常

① 赵毅衡：《符号学原理与推演》，南京大学出版社 2016 年版，第 45、48 页。

被看作“天然的”合理行为，无须专门学习。因此，一般人很难发觉日常生活中的文化内涵，日常行为的符号结构和假定性特征也只有通过深入研究才能发现。[①] 而恰恰是这习以为常的日常生活，却具有文化史意义上的研究价值，尤其是文学作品中的日常生活，因为“它处于物体世界和涵义领域之间的边缘空间，是符号领域中的现实，又是现实中的符号”[②]。根据洛特曼的文化符号域理论，边缘区域是现实环境的产物与强加于现实的规范文本之间发生激烈冲突的场所，是各种符号极为活跃、新生事物层出不穷的领域。“边缘区域有浓厚的色彩和鲜艳的标记，中心区域则属于‘正常’范围，无色无味，‘只是存在’而已。”[③]日常文化也是历史的一部分。洛特曼强调：“不了解普通生活，不了解看上去似乎是‘生活小节’的问题，就不可能了解历史。”[④]

在为文学中的日常生活提供了符号学研究的合法性后，洛特曼紧接着又研究了游戏在日常生活中的符号功能和纸牌在游戏中的特殊意义，为我们设计了通过游戏考察日常生活乃至其在文学作品中的隐喻和提喻性的一整套方法。洛特曼认为：“游戏是日常生活的主要形式之一，恰恰是这种形式非常突出地反映了整个时代及其精神实质。”[⑤]

纸牌游戏18世纪就传入俄国，在19世纪初叶成了俄国贵族最时髦的游戏，牌局也是当时文学作品中出现频率最高的日常生活场景。洛特曼认为这与纸牌游戏本身的特点和当时的社会环境有密切关系。在其题为《赌牌》的文化学研究文章中，他专门总结了18世纪至19世纪上半叶流行于俄国的若干种牌戏，并对其在文学文本中的表现加以考察和符号学分析。“为什么纸牌游戏在现代人（及文艺作品）中具有完全特殊的地位？因为它与其他同时代的时髦游戏是不能相提并论的。比如同18世纪末很普及的象棋相比。很显然，纸牌游戏将两种不同类型的情

① 李英男：《论洛特曼的日常文化观》，王立业主编《洛特曼学术思想研究》，黑龙江人民出版社2006版，第17页。

② Лотман Ю. М.，Семиосфера，-С. -Петербург：Искусство-СПБ，2000，с. 385.

③ Лотман Ю. М.，Семиосфера，-С. -Петербург：Искусство-СПБ，2000，с. 267.

④ Лотман Ю. М.，Беседы о русской культуре：Быт и традиции русского дворянства（XⅧ-начало XIX века）. СПБ：Азбука，Азбука-Аттикус，2015，с. 13.

⑤ Лотман Ю. М.，Беседы о русской культуре：Быт и традиции русского дворянства（XⅧ-начало XIX века）. СПБ：Азбука，Азбука-Аттикус，2015，с. 15.

境冲突统一在一起的能力起了本质作用——智力牌戏与冒险牌戏（赌博）。"[①] 洛特曼此言意指纸牌作为符号的模拟功能。纸牌属于约定俗成的假定性符号结构，根据人们赋予它的含义，可拥有两种不同的符号功能："1. 游戏功能（本身的功能）；2. 占卜功能（附加的功能）。既可以预言，又可以重新规划。《黑桃皇后》就同时具有这两种功能。"[②]

在游戏中，每一张牌的含义和大小由它在扑克体系中的位置而定，在体系之外则毫无独立价值。而游戏又包括智力牌戏和赌牌两种不同玩法，亦具有不同的社会模拟功能。智力牌戏中所模拟的是实力相当、机会均等的人间竞争和冲突："在这些冲突中，智力优势和某一个玩家大量信息的掌握，就成了获胜的保证。……精打细算和节制不仅仅用在智力牌戏上，还适用于遵守规则。"而赌牌则模拟了全凭运气决胜负的偶然性刺激与冒险活动。"冒险性游戏要使得赌徒被迫在实际上没有（或几乎没有）任何信息的情况下做出决定。也就是说，他不是在跟其他人玩，而是在跟'偶然'玩。"[③]《黑桃皇后》中的法拉昂[④]就属于后者。老伯爵夫人在巴黎靠三张幸运牌捞回本的，和格尔曼靠"幸运牌"先赢后输的牌局，都是法拉昂。"那时候，女士们都流行玩法拉昂。"[⑤]"在俄国最普及的就是法拉昂和施托斯——最依赖于偶然的两种赌法。玩这两种赌博要将参与者分为庄家（负责发牌）和对庄家下赌注的人。

① Лотман Ю. М.，Беседы о русской культуре：Быт и традиции русского дворянства（XVIII-начало XIX века）. СПБ：Азбука，Азбука-Аттикус，2015，с. 200.

② Лотман Ю. М.，Беседы о русской культуре：Быт и традиции русского дворянства（XVIII-начало XIX века）. СПБ：Азбука，Азбука-Аттикус，2015，с. 199.

③ Лотман Ю. М.，Беседы о русской культуре：Быт и традиции русского дворянства（XVIII-начало XIX века）. СПБ：Азбука，Азбука-Аттикус，2015，с. 205.

④ "Фараон"（英语为：Faro、Farobank、Pharo、Pharaon、Pharaoh，汉译为：法拉昂、法拉翁、法老牌，等等），维基百科上依据英国人和美国人的研究，认为这种牌戏最早出现于路易十四统治时期的法国西南部。"法老牌"由当时的宫廷贵族赌徒们从纸牌背面的装饰花纹中取了最典型的埃及法老像而得名。游戏规则为：庄家发至右手边的牌称为"庄家牌"（banker's card），发至左手边的牌称为"玩家牌"（player's card），若玩家押的牌与庄家牌相同，则玩家的赌注由庄家获得；若押牌与玩家牌相同，则庄家返还玩家赌注并按照1∶1赔付相同赌注。由于其简单易学，能很快上手，且极具冒险性和刺激性，法老牌于18世纪传到了英国，19世纪风靡美国。何时由何地传入俄国似不可考，但从其频繁出现在18、19世纪俄国文学作品中的现象来看，此牌戏已在俄国盛行久矣。

⑤［俄］普希金：《黑桃皇后》，磊然等译，第217页。

赌博可以是一对一的，比如在《黑桃皇后》中，在格尔曼和切卡林斯基之间展开的就是这种。”①

在占卜中，每一张牌都有人们假定的固定含义和独特的预测功能，通常与人际关系和人生变故相连。在洛特曼看来，纸牌的占卜功能暗示了想要通过秘密手段整合混乱秩序、预测命运走向的企图，甚至还意味着未知命运对每个人的公平性。而纸牌的赌博功能则恰恰是想要通过偶然性和不可预测性来抵抗国家那徒有其表的严格形式与实质上的精神奴役。

19 世纪初的俄国社会动荡不已。1801 年粗鲁暴戾的保罗在宫廷政变中丧命，其子亚历山大一世即位。亚历山大一世执政初期表现出强烈的改革意愿，颁布了一系列政治改革措施，后期却又转向保守。1825 年他突然去世，其弟尼古拉一世上台。出于对登基前夕爆发的十二月党人起义的恐惧，尼古拉一世开始实行更为保守、严苛和军事化的沙皇集权统治，建立秘密警察、强化官僚体制、严密监视公共舆论。于是，一方面，曾由叶卡捷琳娜二世开创的相对开明的政治局面与较为自由的生活空间变成了满是奴役之气和森严管制的冰冷营地；另一方面，官僚机构和商业贸易中又充斥着贪污腐败和裙带关系，使得所有想要通过公平途径晋升或发财的梦想成为泡影。一切看上去“严格有序的东西”都变得不可预测，人们只能用偶然的行为来获得偶然的利益：“有规律的国家体制原则与贯穿所有社会机构的随意性之间的交叉点造就了‘不可预知’的局面。于是国家体制就不是有规律的机器，而是冒险性纸牌游戏的原理。”②据洛特曼考证，1824—1825 年亚历山大一世末期和 19 世纪 30 年代尼古拉一世反动时期，政治体制的黑暗和社会生活走投无路的感觉在贵族阶层中引发了纸牌赌博的狂潮：“现实生活中缺乏自由，便以纸牌赌博中不可预测的自由来做平衡。”③这恰恰是《黑桃皇后》出

① Лотман Ю. М.，Беседы о русской культуре：Быт и традиции русского дворянства（XⅧ-начало XⅨ века）. СПБ：Азбука，Азбука-Аттикус，2015，с. 207.

② Лотман Ю. М.，Беседы о русской культуре：Быт и традиции русского дворянства（XⅧ-начало XⅨ века）. СПБ：Азбука，Азбука-Аттикус，2015，с. 206.

③ Лотман Ю. М.，Беседы о русской культуре：Быт и традиции русского дворянства（XⅧ-начало XⅨ века）. СПБ：Азбука，Азбука-Аттикус，2015，с. 144.

现的时候（1834 年）。

洛特曼最后归纳道："如果说，纸牌游戏可看作决斗的同义词，那么其社会生活中的反义词是军事检阅。这种对立体现了偶然性与规律性、国家指令与个人意愿之间的'决斗'。这是为那个时代的贵族生活标出界限的两个极端。"[①]这也是纸牌的占卜功能与赌博功能对时代作出的最精确的提喻。两个功能的悖谬被完美地体现在纸牌黑桃皇后的正反两面上，那个本来想靠精打细算安身立命的格尔曼最终成了一夜暴富梦想的牺牲品。

国家制度与私人生活体验均让纸牌超越了与具体游戏功能的对应关系，而指向文化语境本身。

三 叙事技巧：聚合轴上的"刺点"

19 世纪德国浪漫主义小说家霍夫曼（E. T. A. Hoffmann）于 1814 年前后写了一部短篇小说《赌运》，以三重套盒的形式写了德国三代赌徒的三个故事。赌牌方式是法拉昂，令主人公最终破产的一张牌也是黑桃Q。虽然没有直接证据表明普希金读过并模仿了霍夫曼，但从内容看《黑桃皇后》与《赌运》有惊人的相似之处。然而百年过去，《黑桃皇后》依然是普希金短篇小说中的翘楚，《赌运》却早已被淹没在霍夫曼诸多作品之中。或许这原因之一，就在文本的"聚合轴"上。

符号学理论认为，每一个符号文本都有两个展开向度：组合轴与聚合轴。任何符号表意活动都必然在这个双轴关系中展开。聚合轴是文本的选择方式，是作者对素材、视角、结构、观点的选择在文本中聚合的过程。而组合轴是文本连接的方式，是作者在对文本各要素选择结束后为我们呈现出来的结果。聚合是隐性的，组合是显性的，但"聚合轴始终影响着文本的品质，任何显现的符号文本，每个成分都是聚合选择的

① Лотман Ю. М.，Беседы о русской культуре：Быт и традиции русского дворянства（XVIII-начало XIX века）. СПБ：Азбука，Азбука-Аттикус，2015，c. 163.

投影”。[1] 因此，当两个表面（组合轴）相似的文本却呈现出迥异的阅读体验时，就说明其聚合轴上存在巨大差异；而要说明这个差异，就必须探求其聚合方式的不同。

在霍夫曼的《赌运》中出场的三个赌徒虽然家世各异，但都属于贵族阶层，没有明显的阶级、民族或身份差别，他们只能代表普通人。所以霍夫曼只把作品主题定格在了“毫不意外地”教人“远离赌博”的劝诫上，每位读者都可以直接捕捉到文本的终极意义。这部小说原本出彩的地方在于它的“中国套盒”式结构，故事里面套故事，可以不断引起读者的兴趣。但这只是组合轴上的布局，虽然复杂，读者仍能一目了然。如果聚合轴上对人物身份和主题思想的选择幅面过窄或因循守旧，一旦读者换成已经对套盒式结构失去好奇心的当代人，这个劝诫性的故事就会经不起反复的阐释，淡出文学舞台。

反观《黑桃皇后》，我们似乎只看到了一个线性发展的故事：格尔曼听到了一个没有揭明的秘密—寻找秘密—找到秘密—秘密是假—格尔曼崩溃。组合轴十分简单。这也是许多读者困惑的地方：普希金就写了这么个童话式的讽喻故事？

但在聚合轴上，我们却发现作者对人物、主题和结局的选择幅面很宽。出场人物很明显地分为以伯爵夫人为代表的父辈俄国贵族、以托姆斯基为代表的子辈俄国贵族、德国平民格尔曼、俄国平民丽莎。19 世纪初，俄国的父辈贵族们掌握着大量财富和获取财富的机密；彼时俄国的子辈贵族们则徒占高位，无所事事。父辈与子辈们同样地花天酒地、狂饮豪赌、视民如芥。俄国平民女子丽莎单纯轻信，虽饱受上流社会的欺辱蒙骗，最终依然选择重复她已经习惯的生活。而格尔曼是个异类。他是平民、是精打细算的人、是赌桌上只围观而从不下注的人，“勤奋”“克制”“节俭”是他理性的三大表征……最醒目的在于他的身份：德裔。这一重身份，就已经涵盖了他在俄国人眼中的全部刻板印象。如果格尔曼一直恪守他的理性，保持他精打细算的特点，这个人物将是一个“不出所料”的“金钱骑士”，但他的理性和精明在非法暴富的念头下却不堪一击：理性变成了持枪恐吓的冷血，精明变成了情感欺骗。如

① 赵毅衡：《符号学原理与推演》，第 160 页。

果格尔曼靠着“3、7、A”最终暴富，这个故事也将有一个“不出所料”的悲剧结局：理性和精明战胜了命运，资本主义特性终将成为俄国的主宰。但格尔曼输了，而且是在赢了两局的狂喜之后输得血本无归。这个结局显然让俄国的保守派们大呼过瘾，但对道德卫士来说也并不意外，算是另一种“不出所料”的结局：“恶魔终归下地狱。”真正令读者意想不到的，是老伯爵夫人和黑桃皇后的两次眨眼。

罗兰·巴特（Roland Barthes）在著作《明室》（*Za Chambre Claire*，1980）中提出了一对很有意思的概念：Studium/Punctum，赵毅衡先生把它们翻译成“展面/刺点”。巴特利用这一对概念来讨论照片的艺术性。他说：展面的照片“使我感觉到‘中间’的感情，不好不坏，属于那种差不多是严格地教育出来的情感”；“从属于文化，乃是创作者和消费者之间的一种契约”，“很有表现力，有责任感，有家庭的亲和，对习俗的遵从，节日的打扮——这是一种在社会上往上爬的努力”，其寓意最终总可以破解。[①]而“刺点，就是文化‘正常性’的断裂，就是日常状态的破坏，刺点就是艺术文本刺激‘读者式’解读，要求读者介入以求得狂喜的段落”。“在艺术中，任何体裁、任何媒介的‘正常化’，都足以使接收者感到厌倦而无法激动，成为‘匀质化汤料’（Homogenizing Soup）。此时，突破媒介常规的努力，可能带来意外的收获。艺术是否优秀，就看刺点的安排。”[②]我们看到，霍夫曼《赌运》里中规中矩的人物和故事，都是这样四平八稳的“展面”；它的主题思想和结局也过于“正常”而成为“匀质化汤料”，缺少令人兴奋的“刺点”。

而格尔曼明显异于传统俄国贵族的身份与性格、死亡的伯爵夫人与纸牌上的黑桃皇后的两次眨眼则成为《黑桃皇后》里明显的双重“刺点”。读者看到的既不是俄国资深赌徒的破产，也不是作者语重心长的教诲，而是以自律自强著称的德国资产者之疯狂幻灭和戏谑式的结局。这种打破一切刻板印象的反常叙事带来了异乎寻常的阅读体验。对于普通读者来说，这一切叙事技巧仿佛只是组合轴上的戏法，实则是作者在聚合轴上独具的匠心。

---

① ［法］罗兰·巴特：《明室》，文化艺术出版社2003年版，第40、69、82页。

② 赵毅衡：《符号学原理与推演》，第165页。

由此可见，如果只是把霍夫曼的德国赌博故事代入俄国风俗的重构，就不是普希金的文学理念了。他看到了这个故事可以利用的地方，更看到了如何才能让一个典型的喜闻乐见的庸俗神秘剧悄然变成对俄国社会现实的多层批评与深刻讽刺。两代俄国贵族庸俗、无聊、奢侈靡费，那毫无技巧只靠命运的偶然性的赌博，消耗了他们大量时间和财富，淹没了一个国家精英阶层本应有的报国心，成为彻底的“多余人”；而平民资产者却也未能坚守理性致富的信念和资本主义的游戏规则，反而在封建贵族的飘渺神话中寻找暴富的捷径。这个侧影酷似拿破仑的格尔曼最终未能变成“新人”浮士德，反以靡菲斯特的方式堕入地狱。

在19世纪30年代的俄国，沙皇和贵族才是最大的庄家。那些想通过技巧赢得牌局的人，是没有希望在只靠偶然和阴谋方能获胜的赌局中成功的；而那些没有巨额的祖传资本或寄生资本的年轻冒险家们也将在赌局中血本无归、精神分裂。老夫人和黑桃皇后的两次眨眼，既嘲笑了“拿破仑式的”冒险家，也自嘲了整个国家的赌局。整部《黑桃皇后》这举重若轻的主题呈现方式，也正像是普希金对当时严酷国情与媚俗文坛的两次眨眼。

通过符号学式的重读和细读，我们看到了《黑桃皇后》中被充分利用的符号的元语言性与诗性。普希金作为一位精通母语和诗艺的诗人，其小说也继承了他诗歌的特性：表面简单明晰，实则深刻隽永。他尽力破坏读者预设的意图定点，解放读者的经验语境，把故事的意义带到了社会批判的深处，显示出其小说创作中诗歌般无限的意义衍生性。

海明威小说的叙事艺术探索*

刘志成**

引 言

海明威是20世纪具有世界影响的美国作家。海明威协会主席艾伦·约瑟夫斯认为："海明威的语言风格在现在的英语文体中比比皆是，已经不可能辨认出哪些是海明威因素，尤其是在小说创作方面。"① 国内外对海明威的研究浩如烟海，有刁绍华的《海明威和"迷惘的一代"》，朱树飏的《海明威的战争观》，牟强的《一个用心灵和世界对话的诗人》，张合珍的《海明威与自然主义》，对国外的一些海明威研究的翻译作品也很多，但是关注的也只是海明威的人生观、价值观、哲学思想、悲剧意识和死亡意识等，最近几年虽然开拓了对海明威的虚无思想和妇女观的研究，但是仍然只是关注的海明威作品的思想问题。这些研究对海明威小说的叙事艺术几乎没有涉猎，本来海明威是一个叙事艺术的高手，他获得诺贝尔文学奖是因为"精通现代叙事艺术"，因此，

---

* 四川外语学院陈念君教授主持的重庆市社科基金项目，课题名称："当代美国文学中的生态帝国主义"（2009YY21）的阶段性成果；天津外国语大学郭德艳副教授主持的天津市哲学社会科学规划课题，项目名称："石黑一雄、菲利普斯、奥克里作品中的历史叙事研究"（TJWW11—013）的阶段性成果。

** 刘志成：云南大学外国语学院副教授，博士。研究方向：英语应用语言学和语言哲学。

① ［美］艾伦·约瑟夫斯：《海明威是怎么写作的》，《北达科他季刊》1996年春季号，第9页。

本文试图利用叙事学原理对海明威的一些小说进行解读，希望能对海明威小说的叙事艺术有一个更好的了解。叙事学艺术是现代结构主义理论中的一种文学批评手法，也是文学创作的奥妙所在，古今中外的作家所选择的题材无非都是人类平凡的生活和世界，但是高下有别，主要就是涉及如何写、如何表达的问题，这就是叙事的艺术。徐岱称："杰出小说与拙劣小说的差别主要不在于故事题材上，而在于讲述的方式方法上。"① 对海明威叙事艺术的研究不仅能对海明威的作品的奥妙有进一步的了解，而且也是对海明威研究的进一步深入。奥地利著名学者F. K. 斯坦泽（Stanzel）提出了"叙事情景"的概念来分析叙事艺术，叙事情景包括叙事人称、叙事聚焦和叙事方式。本文将从这三方面对海明威的多部作品的叙事艺术进行分析。

一 海明威小说的叙事人称

叙述者首先遇到的问题就是人称问题，叙述人称就是指第一、第二、第三人称。第一人称叙事，"我"可以是故事中的人物，也可以是旁观者或者见证人，利用"我"来叙事可以叙述自己所见所感，但是不能进入别人内心。一般来说，第一人称叙述由于加入了叙述者自己的经历，一般是来自于内心的情感和生命冲动，因此具有很强的感染力，更能给读者一种真实的感觉。海明威的一些作品，比如《我的老头》《我躺下》从作品的标题就可以看出是以第一人叙述的。其他还有《永别了，武器》也是以第一人称手法叙述的，这部作品就更是来自海明威亲身经历的改编：海明威在"一战"时受伤得到一位女护士的照料，两个人暗生情愫，这也是海明威的初恋，让他刻骨铭心，所以他要通过他的第一人称的作品来表达自己强烈感情，如果改为别的人称，就无法表达出作者那种强烈的情绪和故事的真实感，同时小说的艺术性也会大打折扣。海明威采用第一人称叙述常使用"经验自我"和"叙述自我"来进行叙述。用第一人称叙事，"我"既是叙述者，同时也是小说中的

① 徐岱：《小说形态学》，杭州大学出版社1992年版，第68页。

人物。也就是说，“我”既可以是故事中的主人公，也可以是旁观者或者见证人。由于第一人称受到人称视野的限制，不能进入别人的内心世界，但是“我”能带上自己的主观感情对故事进行叙述，具有很强的感染力和可信度。

比如在《我的老头儿》中，“老头儿坐在那儿，对我略带几分笑意，可是他的脸色却煞白，看样子病得够呛，我心里害怕，感到不舒服，因为我知道出了什么事，我不知道怎么有人竟可以骂老头儿是狗娘养的而一走了之”。[①] 文中出现两个“我”，一个是叙述者，还有一个我，即“经验自我”故事中的小男孩。如果改为第三人称叙述，不仅加大了读者与文本故事的距离，而且无法充分地表现出第一人称的两个“我”的复杂的艺术张力。在第一人称叙事中，“我”既是人物又是叙述者，与小说情节紧密相关，所以“我”具有强烈的人格性，同时第一人称叙事给人故事正在发生的感觉，让读者能身临其境，叙述者的叙述更多的是一种情感上的冲动，常能以情动人。

但是利用第一人称叙事有时会沾上自我暴露的嫌疑，读者常常会把叙述者声音与作者画等号，尤其是当“我”在故事中是个英雄人物，“我”常常会被当作自吹自擂的自我中心主义者。故海明威有时会采用第三人称叙事，尤其是涉及一些自夸的嫌疑和道德方面的避讳。比如《老人与海》：“他的右拳猛地朝他的脸上撞去，钓索火辣辣地从他右手里溜出，他惊醒过来了。他的左手失去了知觉，他就用右手拼命拉住了钓索，但它还是一个劲儿地朝外溜。”[②] 这一段文字用第三人称叙事来表现老人与鱼搏斗的英勇场面，不仅为了避免读者会把作者与老人画等号所带来的嫌疑，而且调节了叙事的距离，更能体现出老人孤身一人在大海上英勇搏斗的场景。与第一人称叙事相比，第三人称叙事视角就宽松得多，因为“他”只是人物，是被叙述者，所以“他”可以从某一个人物的视角去叙事，也可以在多个人物之间变换角度进行叙事；不仅可以描写外部所见所闻，而且也可以描述人物内心的活动；既可以参与故事之中，也可以游离于故事之外；既可以多角度去评价故事人物，也

① 《海明威小说全集》（上册），陈良廷等译，上海译文出版社2004年版，第70页。

② ［美］海明威：《老人与海》，李育超译，人民文学出版社2012年版，第32页。

可以多角度评价故事。此外，第三人称叙事由于叙述者与故事无关，在叙述之前故事早已结束，似乎只是在讲一个很遥远的故事，所以故事发生的时间感对读者来说并不强烈，不像第一人称叙事，故事正在发生之中。如果从小说审美的角度来看，第一人称叙事主要是为了展示叙述者对所见所闻的生命冲动，而第三人称叙事主要是为了考虑小说本身的审美效果。比如，从老人在海上与大鱼搏斗的过程中，读者能明显地感觉到故事发生在过去的时空。

海明威没有利用第二人称叙事的小说，第二人称在他的小说中主要用来描写人物心理活动、人物对话或者人物的自言自语。人物的自我对话中的“你”其实就是另一个“我”。比如《老人与海》，要表现老人独自一人在大海上的心理活动，再也找不到通过人物自我对话的这种方式了。比如：“你要把我害死啦，鱼啊，老人想。不过你有权利这样做。”“我不在乎谁害死谁。你现在头脑糊涂起来啦。他想。你必须保持头脑清醒。”① 这段对话首先是发生在老人与鱼之间，老人把鱼称为“你”，更能体现老人与鱼进行殊死较量的动态场景，对对手直呼其名的生动性和艺术张力跃然纸上；其次是老人把自己称为你，通过自我对话来表现人物的心理活动：要与鱼进行生死较量的决心和勇气。

海明威为了使文本与读者之间的距离更近，也会用“你”来指代隐含读者，让读者感到被直呼其名，比如《太阳照样升起》：“我这番意思讲不出来，就像我现在说不出来一样。但是如果你有过这种经验，你就明白了。”② 很显然，此处的“你”就是隐含读者，让读者被直呼其名不仅缩短了文本与故事的距离，而且让读者也更有一种亲近感。

还有一种情况就是，海明威在小说中用“你”来指代叙述者，来表明叙述者的声音。比如《不固定的圣节》其实是海明威对自己巴黎生活的回忆录，同时也是一本自传体的小说，他写道：“每逢你不得不减少饮食的时候，你必须好好地控制住自己，这样你就不会变得整天价想着肚子饿了。饥饿是很好的锻炼，你能从中学到东西。”③ 利用第二人

① ［美］海明威：《老人与海》，李育超译，第51页。

② ［美］海明威：《太阳照常升起》，赵静男译，上海译文出版社2011年版，第36页。

③ ［美］海明威：《不固定的圣节》，汤永宽译，《海明威文集》，上海译文出版社1999年版，第26页。

称叙事也有其优点，因为使用第一人称叙事，“我”常常是叙述者，使用第三人称叙事，“他”常常是被叙述者，而使用第二人称，“你”既可以作叙述者，也可以作被叙述者。第二人称叙事把“你”置于故事之中，“你”的叙述实际上就是代表着叙述者的叙述，“你”的使用使读者很快融入故事，在读者的感觉之中，叙述者好像是在与自己对话，更能产生亲切感和认同感，所以第二人称比第一人称更能煽情。

在海明威小说中用得最多的还是第三人称，主要是因为第三人称具有全景叙事的优越性，比如《丧钟为谁而鸣》《打不败的人》《过河入林》《岛在湾流中》等都是用第三人称来叙事的。与第一人称相比，第三人称叙事更客观一些，同时从叙事聚焦来看，第三人称可以采用零聚焦、外聚焦、内聚焦，它既可以从某一个视角又可以从宏观角度来叙述，既能以旁观者的眼光看待事件的发展，又可以进入人物内心了解人物的心理活动，这样叙事文本与读者的距离既可以拉大，也可以缩小，收放自如。现以《打不败的人》片段来分析第三人称叙事特点：“好吧，你们这些杂种！他要说些什么，可是他咳起嗽来。又热又闷。他低头望望红巾。他得过去向主席行礼。”① 从这些文字可以看出第三人称叙事的优势：既可以从曼纽尔的角度描述他的内心活动，又可以以旁观者的角度叙述斗牛场景，把读者也带入其中，同时又可以通过内聚焦，进入曼纽尔的内心世界，以曼纽尔的视角看待斗牛比赛，让读者也参与斗牛过程，让文本描写更生动、扣人心弦。同时，进入了曼纽尔的内心世界，可以使用曼纽尔非常个性化的语言，更能突出人物的性格特点。可见第三人称叙事不仅可以从各个角度对场景、人物进行描写，而且还可以穿透人物内心，刻画人物的性格，所以第三人称叙事是一个全能冠军。

从以上叙述可见，第三人称的叙述者是看不见、摸不着但是能感觉到的，与第一人称叙事相比，第三人称叙述者具有“非人格性”。叙述者与故事之间有一种心理上的距离，故事发生时间与读者阅读时间没有相关性，同样，叙述者的叙述时间与故事发生时间也没有相关性。但是

---

① ［美］海明威：《打不败的人》，陈良廷等译，《海明威文集 · 短篇小说全集》（上册），上海译文出版社 1999 年版，第 68 页。

第一人称叙事发生时间、故事发生时间、阅读时间是一致的，故第一人称叙事比第三人称叙事更适合描写人物的个人感受。对于第二人称叙事，叙述者从“你”的角度出发，也是对读者心理的剖析，因而读者也更容易接受叙述者的叙述，“你”具有强烈的指向性，让读者感觉到自己的参与意识；此外，在读者看来，第二人称叙事的叙述者没有为人物辩解的必要，所以第二人称的内心独白更容易得到读者的认同。那也就是为什么海明威常采用第二人称叙事来描写人物的心理活动。

二　海明威小说的叙事聚焦

所谓聚焦，其实就是指的是用什么样的人物的口吻来进行叙事，是以故事外的人物还是故事内的人物，也就是叙述者所站的位置、叙述者与故事的关系。“聚焦”也就是谁在看的问题，从某种意义上讲，“聚焦”就是指的一种“视角”。热奈特把聚焦分为三种，即“零聚焦、内聚焦和外聚焦”。[①] 托多罗夫首创并由热奈特推广了一条公式“叙述者 > 人物”。[②]

所谓零聚焦就是指叙事者就像空中飞鸟俯瞰脚下能洞悉一切，又如万能的上帝一样能洞察人物内心，对整个故事的发展明察秋毫，能随心所欲地把握文本与读者的距离。但是全知全能的评论又会破坏叙事的自然感和真实度，有时大段的独白会给叙事带来人工的痕迹。比如海明威的《丧钟为谁而鸣》，叙述者对人物罗伯特·乔丹的心理活动了如指掌，以全知的声音进行叙述。零聚焦的叙事者的观察位置处于故事之外，不但知道人物的现在和过去，甚至还知道早已作古的人物的故事细节，而且还像 X 光一样知道人物的内心想法和感受。

内部聚焦指的是聚焦对象就是故事中人物，这种人物可以是一个，也可以是多个。整个叙事是以故事中的人物的口吻和角度进行的，可以

① ［法］热拉尔·热奈特：《叙事话语 新叙事话语》，王文融译，中国社会科学出版社 1990 年版，第 129—130 页。

② ［法］兹维坦·托多罗夫：《叙事作为话语》，张寅德编选《叙述学研究》，中国社会科学出版社 1989 年版，第 298—299 页。

简化为“叙述者 = 人物”。申丹认为：“迄今为止，除了第一人称中的经验视角，小说中所使用的‘内聚焦’，都是‘第三人称内聚焦’。”[①]比如海明威的《丧钟为谁而鸣》总体上用的是第三人称叙述、作者叙事情景，但是在展现主人公乔丹心理活动时，作者用了内聚焦。如：“我知道，因为至今我已经觉得有三次要昏过去，但我熬了过来。”[②] 这一段用的是内部聚焦，采用了自由直接引语，人称由第三人称“他”过渡到第一人称“我”，变成了乔丹自己的口吻，读者不需要叙述者的转述就能感觉到那种身临其境的氛围，拉近了读者与文本的距离，增强了文本的艺术张力和感染力。

另外，海明威小说《我的老头》就是以老人的儿子“我”进行第一人称内部聚焦进行叙述的。“我”既是整个故事的参与者，同时也是整个文本的叙事视角。内聚焦有利于让读者身临其境，亲自感受现场的气氛，从而增加叙事的生动性。

内聚焦作为小说的叙事手法在 20 世纪广为流行，除了内聚焦本身具有的审美优点之外，从理论上还受到亨利·詹姆斯意识流思想和柏格森提倡的直觉主义的影响，柏格森认为认识事物的两种方法：其一是从外部把握；其二是钻进对象中去把握，从生命直觉出发，与人物打成一片。而且后者才是真正更有效的方法，因为钻进人物内心才能知道人物的真正想法和完整的内心活动。

外部聚焦指的是游离于故事之外的聚焦，叙述者没有参与故事发展，叙述者知道的内容要远远小于故事中人物所知道的，可以理解为“叙述者 < 人物”。外聚焦虽然使读者无法知道故事中人物的心理活动，但是却能从特定的角度了解人物。外部聚焦没有叙述者的直接介入，让读者看到的只是一幕幕的场景，让读者有身临其境的感觉，但是叙述者过于隐蔽，使读者与故事情节之间的距离过于疏远，常常以旁观者的角度冷静地关注着事件的发展，很难与人物共鸣。

海明威的《麦康伯的短促的幸福生活》就是典型的通过外部聚焦来

---

① 申丹：《叙述学与小说文体学研究》，北京大学出版社 2001 年版，第 198 页。

② ［美］海明威：《丧钟为谁而鸣》，程中瑞译，《海明威文集》，上海译文出版社 1999 年版，第 583 页。

进行有限叙事的。比如，玛戈瞄准野牛却打死了自己的丈夫，然后她与猎人威尔逊的谈话：

> “干得真漂亮。”
> “别说啦。”她说。
> “当然啰，这是无心的，”他说，“我知道。”
> “别说啦，”她说
> ……
> “别说啦，别说啦，别说啦，”那女人叫道。
> ……
> “噢，请别说啦，”她说道：“请别说啦。”①

这段话是典型的外聚焦叙事，玛戈对杀人既不承认也不否认。根据前面的铺垫，麦康伯在看见受伤的狮子朝他自己冲过来的时候选择了逃跑，结果被他的妻子当成了懦夫和胆小鬼，当晚他的妻子钻进了别人的被窝，麦康伯受到了羞辱，在第二天枪杀野牛的时候分外的勇敢，却遭到了妻子的杀害。麦康伯到底是被误杀还是被有意杀害一直以来争论不休，之所以含混不清，一方面与作者以外部聚焦的写作手法有关，如果作者采用内部聚焦来描写玛戈的心理活动，那么就真相大白了；另一方面海明威常常采用一种开放式的描述，可以理解为是对读者的批判能力的过高估计了；另外也与海明威所践行的冰山创作原则是一致的。可见第三人称叙事也具有缺陷，那就是如果人物本身不开口，作为旁观者人物的心理活动是不知道的。外聚焦直接呈现对象、叙述者不参与评论，这与现象学提倡的直接呈现对象，去除现象身上的色彩、主观因素和历史环境，尽最大可能呈现现象的客观性是一致的，可以说外聚焦是现象学在叙事艺术方面的有效运用。海明威的其他很多作品，如《白象似的群山》《五万元》等都是外聚焦叙事，叙述者都只是忠实地记录了现实，客观地呈现了场面。

① ［美］海明威：《麦康伯的短促的幸福生活》，《海明威小说全集》（上册），陈良廷等译，上海译文出版社 2004 年版，第 126 页。

总体来说，零聚焦的叙述者对整个事件很熟悉，包括外部环境和内部环境，而外聚焦只是聚焦者所看到的，否则叙述者也无从叙述；内聚焦由于受到人物视角的影响，只能叙述局部的情况和人物内心的情况，可见由零聚焦到内聚焦，有一种由外向内的转化。

“聚焦”的本质就是“限制”，也可以说是“视角”。其实就是对聚焦者目光的限制，所谓的零聚焦可以理解为对一切都聚焦，也可以理解为对一切都不聚焦，所谓外聚焦就是聚焦者处于故事之外，内聚焦就是聚焦者处于故事之中。这些都是聚焦者的一种视角，这些视角都只是形式，叙事作品才是内容。

三　海明威小说的叙述方式

所谓叙事方式，就是对小说故事进行“讲述”和“展示”。讲述一般有两种情况，一种是对故事的叙述；一种是叙述者的评论。前者是让读者对故事有所了解，后者是让读者知道叙述者对事件的看法，可以增加文章的议论性和思想性。而展示是叙述者作为一个忠实的记录者记录所看到的场景，没有加入叙述者的主观评论，这样从叙事文本的角度来看能增加文本的客观性和逼真性。对于讲述而言，由于叙事的人为性较为明显，读者常常会跟着叙述者的声音去跟踪故事，从而体现出叙事的时间性；对于展示而言，由于展示者的缺失，整个场景呈现出客观性，体现的是场面的立体感，故能体现叙事的空间性。而对于任何事件，必须处于一定的时间和空间之中。“讲述”和“展示”这两种叙事手法各有侧重。

海明威的作品总的来说，运用展示的手法多，讲述的手法少，这与海明威的个性特点和写作风格紧密相关。而对于讲述，海明威努力概括，尽量让语言呈现简洁精炼的特点；同时为了抹去叙述者的痕迹，海明威常采用展示的手法，尽量体现故事本身的客观性。

（一）简洁性

巴尔扎克和狄更斯可以代表欧洲传统小说的写作模式，他们在塑造人物和反应当时社会现状方面做出了巨大的贡献，但是他们无法超越他们所处的时代：一是当时社会节奏缓慢，人们的娱乐休闲方式主要是一家人坐在一起读书、听书和聊天。二是当时广泛流行的“社会存在决定论”，认为人物的性格是由人物所成长的环境决定的。因此，作家在介绍人物的时候，还要花大量的笔墨去介绍人物所成长的环境，以便塑造出典型环境中的典型人物，说明典型性格来源于典型环境。因此作者常常采用叙述者全知的叙事手法，事无巨细都要向读者交代。而海明威的叙述方式与他们不一样，他喜欢简洁、干练和单刀直入的写法，把人物的身世背景全都略去，而且常常直接写眼前的事情，突出重点。比如写《太阳照样升起》中的那一群及时行乐的青年，他们的家庭背景怎么样？出生环境怎么样？教育程度怎么样？等等，我们一概不知，因为作者认为这些不是小说所要表达的内容，因此就全部删去。海明威的创作特点就是只是显露冰山的一部分，真正更丰富的内容是藏在冰山之下的，需要读者自己去发掘。海明威并不欣赏狄更斯和巴尔扎克式的叙述模式，他学习的重点是马克·吐温和福楼拜，尤其是学习福楼拜的客观冷静和无动于衷的叙述态度，学他简练的文风和内部聚焦的写作手法。

（二）客观性

海明威的小说文如其人，简洁、干练、客观、很少加入作者的主观评论，不爱议论、抒情，常常是通过刻画人物和人物的对话让读者自己去评述。这就是海明威叙事客观化的风格。要取得客观叙事的效果，海明威常常采用的是“展示”手法，通过人物本身去“展示”而表现出自己的性格，而要展示人物性格，抹去叙述者的痕迹，最好的办法就是通过人物的对话。让读者身临其境，这种情况下，叙述者的影子消失了，只存在故事中的人物，因此，读者与文本的叙事距离为零或者无限趋近于零。正如张薇指出：“海明威小说的含蓄主要表现在作者倾向的隐秘性上。”① 海明威深知这一点，在使用人物对话时，甚至导入语和介绍语都不用。比如他的《丧钟为谁而鸣》中的人物对话：

> “在手上看出了什么？”乔丹问，“我不相信手相，你吓唬不了我。”

① 张薇：《海明威小说的叙事艺术》，上海社会科学院出版社 2005 年版，第 30 页。

“没什么，我看不出什么。”

“不，你是看出来了。但是我不信这一套。”

“那你相信什么？”

“很多事，但不信这一套。”

“相信什么呢？”

“相信我的工作。”①

这段对话，海明威处理得如飞岩瀑布，没有半点停留，直泻而下，气势贯通，除了加了“乔丹问”之外，其余部分作者没有加任何评论语和导入语，拉近了叙事的距离。从这段人物本身的对话中我们可以看出故事中两个人物的性格特点。比拉尔从手相中已经看出乔丹即将牺牲的预兆，可是她心地善良又不愿告诉乔丹真相，而乔丹不相信命运和手相的唯物主义思想，以及勇于献身反法西斯战争的精神也跃然纸上。可见这种客观的对话描述对于刻画人物性格也非常重要。同时，上文引用的《麦康伯的短促的幸福生活》中的人物对话也是采用的这种客观叙事模式。

这也是海明威小说中的人物对话和其他作家小说中人物对话的区别之一。其他作家在人物对话之间常常加入一些导入语或者加入表示人物说话时的情态、语气等副词修饰语成分。另外，对于对话的排列，其他作家也常常把人物对话与其他叙述和描写混在一起，而海明威常常把对话单独成行，让行文的气势一贯到底，使文章如行云流水，酣畅淋漓。

结 语

综上所述，海明威不愧是叙事艺术的高手，对他小说中叙事人称、叙事聚焦和叙事方式的分析可以帮助我们了解到他小说的精湛和高明之处。当然，叙事情景中的人称、聚焦和方式是可以相互交织的，比如，叙述者可以采用第一人称内聚焦的方式客观叙述，也可以采用第三人称

① ［美］海明威：《丧钟为谁而鸣》，程中瑞译，《海明威文集》。

外聚焦的方式客观叙述，海明威的作品都是对这几种方式结合使用，同时不停变化的。比如由内聚焦可以转变为外聚焦，第一人称可以转化为第三人称，一般间接引语可以变成自由直接引语。通过对叙事情景的演绎，海明威构筑了一个个变化莫测的瑰丽的小说世界，同时也导演了一场场精彩的人生戏剧。他获得诺贝尔奖的理由是他“精通现代叙事艺术”，的确是实至名归。

女性主义叙事学研究

中国女性小说的开端与“家”叙事

降红燕*

“女性小说”并非一个不言自明的概念，它既可以指“女性写的小说”，写作者是女性；也可以指“写女性的小说”，文本的表现对象是女性，而不管写作者的性别如何；某种意义上还可以指男性作者假托女性作者创作的小说，作者以“换装”① 的面目出现。本文所指的女性小说是第一类，即女性作者创作的小说。女性小说研究中有很多论题，其中，中国最早的女性小说创作起于何时？迄今为止中国女性小说中最常见的写作内容是什么？即中国女性小说的起点和母题，就是两个很重要的问题。这是两个包含很大讨论空间的问题，本文只想就笔者有限的阅读范围和认识理解作一点粗浅的探讨，以就教于大方之家。

一 中国女性小说的起点

中国女性小说是中国小说的一部分，对女性小说的理解自然要置于中国小说史的源流中。在中国小说源远流长的历史长河中，女性小说作者的身影起于何时？

---

* 降红燕，女，云南大学文学院教授。研究方向主要为中国现当代文学、性别与文学（文化）研究。

① 马勤勤：《晚清女报与近代中国女性小说创作的发生——以〈女子世界〉为观察中心》，《云南大学学报》2018 年第 6 期。

考察中国小说发展史，小说的萌芽见于上古神话传说中，而后历经史传，寓言故事，六朝的志怪小说、志人小说，唐传奇，宋元的话本，到明清出现中国古代小说的高峰，再通过清末民初政治小说等“新小说”形态的过渡，到1918年，终于出现了鲁迅的第一篇现代体式的白话文短篇小说《狂人日记》，中国小说历经了数千年的发展历程。在整个中国文学（文化）的历史中，女性作者的身影也有一定的数量，胡文楷《历代妇女著作考》中收录的女性著述“自汉魏以迄近代，凡得四千余家”①，仅是有清一代，即“考录作者3600余人”②，其中大多是诗文作者。然而在主流中国文学史中，进入编写者视野的大多是男性作者及其创作，整个文学史基本是一部男性文学史，女性作家只是点缀。对文学史中女作者创作的情况，谭正璧的《中国女性的文学生活》③中已有发掘，不过其中列到的基本是女诗人、词人。在最后第七章“通俗小说与弹词”中，谭正璧有“女性作家独喜创作弹词”④之语，论到清代女性弹词繁盛的局面。“弹词是明清以来江南一带——尤其是吴语区——流行的说唱曲艺，至今仍极有活力。”⑤弹词原初是一种表演形式，在进一步的发展中，出现了刊刻弹词的现象，刊刻的弹词中逐渐有并不注重表演性的拟作，即案头作品，也就是弹词小说。弹词的发展历程与说话有雷同相似之处，说话开始只是表演形式，后来逐渐走向了话本和拟话本的案头作品的创作。弹词小说一般篇幅很长，是女性作者写的女性故事。弹词小说的研究者主要有鲍震培和胡晓真等。鲍震培的《清代女作家弹词小说论稿》⑥将清代女性弹词小说置于中国传统性别文化的深广背景中，通过对弹词小说的系统梳理，阐述了女性弹词小说

---

① 胡文楷编著，张宏生等增订：《历代妇女著作考》（增订本），上海古籍出版社2008年版，第6页。

② 胡文楷编著，张宏生等增订：《历代妇女著作考》（增订本），第1204页。

③ 谭正璧此书初版于1930年，而后几次再版，标题先后有《中国女性的文学生活》《中国女性文学史》《中国女性文学史话》的变化，内容也有增删。2001年1月第2版书名为《中国女性文学史》，由天津百花文艺出版社出版，本文的引文即出自这一版本。

④ 谭正璧：《中国女性文学史》，天津百花文艺出版社2001年版，第348页。

⑤ 胡晓真：《才女彻夜未眠：近代中国女性叙事文学的兴起》，北京大学出版社2008年版，第4页。

⑥ 鲍震培：《清代女作家弹词小说论稿》，天津社会科学院出版社2002年版。

的写作特点。胡晓真的《才女彻夜未眠：近代中国女性叙事文学的兴起》则以“书写、出版与自我”和“世代、变局与超越”两大内容板块探讨女性叙事文学的兴起问题。两位学者讨论的侧重点不尽相同，但得出的结论却是相类似的：中国女性叙事传统的建立是在（明）清代，地域范围主要在江南，文类是弹词小说。据此可以得出清代是中国女性叙事文学建立的起点的结论。①

鲍震培和胡晓真的著作讨论了弹词小说，但是并没有明确指出何为中国女性小说的第一家、第一部。一位研究满族文学并特别专注于顾太清研究的学者张菊玲，1994 年到日本讲学时查阅到日本汉学家内藤湖南的藏书《天游阁集》原抄足本，经过考证，得出中国第一位女小说家是顾太清（顾春，1799—1877）的结论。② 张菊玲认为，顾太清创作的《红楼梦影》是中国第一部女性小说。几年以后，专门研究中国小说与女性关系的美国学者魏爱莲（Ellen Widmer）在《美人与书：19 世纪中国的女性与小说》中作了更细致绵密、更具功力的考察论证，证明了顾太清的作为《红楼梦》众多续书之一种的《红楼梦影》，确是中国历史上第一部由女性作家创作的小说。《红楼梦影》署名是“云槎外史”，内有“西湖散人”所作之序。“云槎外史”是顾太清，“西湖散人”则是顾太清的好朋友沈善宝。③

近些年，对中国女性小说起点的研究已有多人涉及，其中研究成果较突出的是青年学者马勤勤。马勤勤是魏爱莲《美人与书：19 世纪中国的女性与小说》的翻译者，除前述提到的《晚清女报与近代中国女性小说创作的发生——以〈女子世界〉为观察中心》一文外，尚有《隐蔽的风景：清末民初女性小说创作研究》④、《女报与近代中国女性

① 鲍震培：《中国女性文学叙事传统的建立——清代女作家弹词小说创作回眸》，《天津大学学报》2002 年第 4 期。胡晓真著作的副标题“近代中国女性叙事文学的兴起”也包含这种意指。

② 张菊玲：《旷代才女顾太清》，北京出版社 2002 年版，第 165—184 页。

③ ［美］魏爱莲：《美人与书：19 世纪中国的女性与小说》，马勤勤译，北京大学出版社 2015 年版，第 161—163 页。

④ 马勤勤：《隐蔽的风景：清末民初女性小说创作研究》，南开大学出版社 2016 年版。

小说创作的发生——以发刊词和征文广告为中心》[1] 和《翻译的传说：清末民初西方女小说家的中国之旅》[2] 等专著与论文。马勤勤的研究以史料见长，在占有比较丰富翔实资料的基础上，力图还原历史场景，回到清末民初的现场，考察具有现代意义的以小说体裁为主要代表的中国女性文学在浮出历史地表之前的各种历史“浮力”因素。[3] 如以《女子世界》这一“首创‘小说’栏的女性报刊”为例，马勤勤统计考察其刊出的 13 篇小说中有 5 篇出自“女性”作者，进一步辨析后认为这些“女性”是男性作者假托女性身份的“男子作闺音”之举，此举虽然不能表明真正意义上的女性小说的出现，但是“男假女名”的“女作者”的现身，“在一定程度上赋予了中国女性写小说的权力”，为真正意义上的女性小说的出现创造了条件，是“五四”新文化运动中女性浮出历史地表的一种重要的历史前动力因素。

从以上的大致梳理可以看出，我国文学史中占主流的是男性作家的创作，虽然也不乏以卓文君、蔡文姬、薛涛、李清照、朱淑真等为代表的女诗人，但毕竟是少数。而女性小说在文学史上出现更晚。只是有清一代，在江南出现了弹词小说这种以接受主体和创作主体都主要为女性的文类，才构成我国女性叙事文学传统建立的起点。女性弹词小说的数量规模和其具有的女性性别特征，使我国的女性叙事性文学提早了很多年，具有较强的女性文学史意义。然而仔细考量，弹词小说的地域性比较强，基本限于江南地区，因此其影响是有限的。而且弹词的韵文形式对叙事的顺畅表达也有一定的局限。与弹词小说的韵文形式不同的是，《红楼梦影》是章回小说。以现代小说的观念来检视，《红楼梦影》显示出了叙事上的优越，因为小说除了叙事性和虚构性之外，还具有散文（散体文）性。[4] 与要求押韵的韵文相比，散体文更自由自在，更便于

---

① 马勤勤：《女报与近代中国女性小说创作的发生——以发刊词和征文广告为中心》，《中国现代文学研究丛刊》2016 年第 5 期。

② 马勤勤：《翻译的传说：清末民初西方女小说家的中国之旅》，《南京师范大学文学院学报》2019 年第 1 期。

③ 马勤勤：《晚清女报与近代中国女性小说创作的发生——以〈女子世界〉为观察中心》，《云南大学学报》2018 年第 6 期。

④ 马振方：《小说艺术论稿》，北京大学出版社 1991 年版，第 9 页。

叙事。研究近代女性文学的学者薛海燕也认为弹词和小说“一为韵文体，一为散文体，毕竟还不能等同”。[①] 马勤勤也是从散体小说的现代意义上来确定女性小说的概念内涵的。[②] 因此，如果说弹词小说可以称为广义的女性小说，狭义的第一部女性小说目前看则是清代顾太清的《红楼梦影》。而不管广义还是狭义的女性小说都出现于清代，清代是中国女性小说的起点。不能排除将来会有新的研究资料的发现，但目前的研究暂且如此。

相较于采用韵文语言形式的弹词小说，《红楼梦影》在与现当代女性小说的接续上似乎显得更为顺畅。《红楼梦影》凡24回，第一回接续《红楼梦》第一百二十回的线索，讲述贾家由衰颓而重振的故事。第四回“王夫人含饴弄孙　史湘云遗孤诞女”讲的是贾宝玉之妻薛宝钗生下儿子，差不多同时史湘云诞下女儿，第九回“劝扶正凤姐怜夫 因积德平儿生子”中，已逝的王熙凤带着尤二姐托梦给贾琏扶正了平儿，平儿有孕生下儿子。[③] 魏爱莲认为与《红楼梦》众多续书相较，《红楼梦影》对“生产和育儿”这些“男性作者不怎么谈到或是禁谈的事件”的叙写，显示了该文本“有着更加独特的女性视角”。[④] 笔者以为这种女性视角也开启了中国女性小说的一种书写母题，即关于“家”的叙事传统。从文学具有现代性的意义看，中国大量女性小说的出现是在“五四”新文化运动之后。从现代到当代文学时期的众多女性小说中形成了一些母题。何谓母题？在惯常的使用中，“母题”是一个容易与“主题”相混淆的概念。二者既相联系又有区别。“母题”是英文 Motif 或 Motive 的音译，是一个大于主题的概念，通常指的是“促使作品浑然一体的那些不断出现的意象、语词、物体、短语和行为”[⑤]，具体地说，它可以指题材、主题，也可以指故事情节、原型等，不管指的是什么，

---

① 薛海燕：《近代女性文学研究》，中国社会科学出版社 2004 年版，第 174 页。

② 马勤勤：《晚清女报与近代中国女性小说创作的发生——以〈女子世界〉为观察中心》，《云南大学学报》2018 年第 6 期。

③ （清）云槎外史：《红楼梦影》，北京大学出版社 1988 年版，第 24、27、66—67 页。

④ ［美］魏爱莲：《美人与书：19 世纪中国的女性与小说》，马勤勤译，第 183 页。

⑤ 林骧华主编：《西方文学批评术语辞典》，上海社会科学院出版社 1989 年版，第 238 页。

理解母题的关键在于“一再（反复）出现”。中国女性小说中的书写母题不在少数，“家”的叙事就是女性小说中反复出现的一个母题。这条流脉的开启者正是顾太清的《红楼梦影》。

“家”的基本含义是家庭，在此基础上衍生出家族、家国等意指。对“家庭”的摹写贯穿在中国女性小说中，从现代到当代绵延不绝；20 世纪 80 年代末特别是 90 年代以来，出现了一股女性家族小说的创作热潮，与男性作者的家族小说形成了双峰并峙的格局；从现代到当代的女性小说中，每每体现出女作家们的家国意识，显示了女性身而为“女”又心怀国家民族的“人”的家国情怀。关于女性小说对“家庭”的叙写，笔者在以往的研究中已有所探讨①，以下主要讨论女性小说中关于“家族”和“家国”的书写。

二　家族回忆的女性谱系

“家族”书写是中国女性小说“家”叙事母题的重要内容，而家族书写又要从对家庭的书写谈起。

现代文学时期以凌叔华和张爱玲为代表的女作家在其小说中，以入木三分的笔锋揭示了女性在旧式黑暗家庭中的生存图景。② 男性作家对小家庭的书写则呈现出另一种面貌。在中国古代文学总体上叙事文学不占主流的格局中，男性作家对小家庭的书写不能说没有，但是确实较少，清代沈复（沈三白）的《浮生六记》、冒襄（冒辟疆）的《影梅庵忆语》、陈裴之《香畹楼忆语》和蒋坦的《秋灯琐忆》则是其中的代表。这是清朝四大闲书，都是有关家庭题材的，写的都是作者自己亲身经历的家事，尤其写到了自己的妻妾。《浮生六记》中的芸和《秋灯琐忆》中的秋芙是妻，《影梅庵忆语》和《香畹楼忆语》中的董小宛和紫姬是妾。文中呈现出男性作者对各自家庭生活的热爱迷恋和对各自妻妾的深情厚谊。1935 年林语堂曾将《浮生六记》翻译成英文并作了自序，

① 降红燕：《中国女性小说中的“家”》，《玉溪师范学院学报》2010 年第 7 期。

② 降红燕：《中国女性小说中的“家”》，《玉溪师范学院学报》2010 年第 7 期。

对其中的女性形象和夫妻情深给予高度赞美：“芸，我想，是中国文学中最可爱的女人。……在这故事中，我仿佛看到中国处世哲学的精华，在两位恰巧成为夫妇的生平上表现出来。”① 陈寅恪对《浮生六记》的评价突出了其题材的文学史意义：“吾国文学，自来以礼法顾忌之故，不敢多言男女间关系，而于正式男女关系如夫妇者，尤少涉及。盖闺房燕昵之情意，家庭米盐之琐屑，大抵不列于篇章。惟以笼统之词，概括言之而已。此后来沈三白《浮生六记》之《闺房记乐》，所以为例外创作。”② 这几篇作品虽然不是小说，但是由于叙事性较强，这里也可以和女作家写家庭的小说对等来看。如果说写“家庭”不是男性作家的强项，那么在“家族”叙事上，男作家就不再示弱。家族就是扩展版的家庭，但是远比家庭复杂得多。“家族”指的是“具有共同利益的、建立在血统、世族之上的，或由血缘、婚姻联盟而结合在一起的宗族”。③ 曹雪芹的《红楼梦》自不待言，在现代文学史上，就有巴金的《激流三部曲》这样的鸿篇巨制，还有路翎《财主底儿女们》等文本。在浮出历史地表的“五四”新文化运动及随后展开的现代文学时期，女作家在家族小说的创作上作品所见不多，但进入当代文学新时期，尤其是20世纪90年代以来，出现了一股女作家写作家族小说的潮流，涌现出如王安忆《纪实与虚构》（1993年）、蒋韵《栎树的囚徒》（1996年）、赵玫《我们家族的女人》（1998年）、徐小斌《羽蛇》（1998年）、张洁《无字》（三卷本）（2002年）……等等一大批家族小说。下面以蒋韵的《栎树的囚徒》来看女性家族小说的特征。

和一般的家族小说一样，《栎树的囚徒》的故事要从最主要的男性家长讲起，因为一个家族好比一棵大树，构成这棵大树主干的是一个男性家长，这个男性家长似乎是家族的根基。《栎树的囚徒》中的男性家长是范福生。18岁时的范福生是一个失怙的樵夫，和寡母生活在贫穷的山区，原本只想过安分的日子。一次去镇里卖柴时口渴到富亲戚家讨

---

① （清）沈复著，唐昱编注：《浮生六记》（外三种），湖北长江出版集团、长江文艺出版社2012年版，第211—212页。

② （清）沈复著，唐昱编注：《浮生六记》（外三种），封底。

③ 白佩兰：《危急中的家庭：1920—1940年中国知识分子论家庭》，李小江、朱虹、董秀玉主编《性别与中国》，生活·读书·新知三联书店1994年版，第49页。

水喝，被亲戚用猫喝水的脏碗对待，遭受刺激，范福生因此走上了打家劫舍的绿林刀客的道路。范福生在多年的戎马生涯、倥偬岁月中，身份一再变化，从绿林刀客变为辛亥革命的义军，又从义军蜕变为北洋军阀里的一个标统，再从一名标统擢升为某军军长。为刀客土匪时的某一天，在家乡叫河镇的集市上，范福生遭遇山里的姑娘段金钗并为其吸引，金钗后被抢去做了刀客范老九（福生）的压寨夫人。虽然是抢，但范福生和段金钗也是英雄美人间的一见钟情。但是在外的范福生终归没有抵过流俗，“酒后纵情，走一个地方，弄出一桩风流韵事”，除金钗之外又纳了多房小妾，等范家终于在沃城朴园落户结束动荡的日子时，“他已经是五个女人共同拥有的财富”。①

范福生自然是文本的中心人物，是他的存在才派生出了其他的女性人物，但是仔细读来，可以发现在《栎树的囚徒》中，这个中心人物是一个没有光彩的黯淡存在，熠熠生辉乃至发出灿烂光芒的是范氏家族的女人们。范福生的母亲陈桂花，发妻段金钗，金钗死后的续弦关莨玉，儿媳贺莲东，女儿范苏柳、芬子，孙女儿范悯生，外孙女儿天菊。等等。范家的家族历史是通过一个个受限制的“我”的眼光一点一点讲述出来的，而叙事者“我”分别由天菊、苏柳、贺莲东、苏柳、天菊依次承担，构成一个循环的叙事圆圈，最后“尾声”由一个“漫游者”的全知叙事者点题，以天菊流浪到国外收尾。全书用第一人称内聚焦和第三人称零聚焦相结合而又以第一人称为主的叙事方式展开，从清末开始，经军阀混战、国民革命，再经中华人民共和国成立后的“文化大革命”到改革开放，故事背景影影绰绰，比较模糊，置于前景的是女人们的幽微心理、情感世界和她们自杀或被杀的悲剧命运。小说中首先浓墨重彩描画的是范福生的母亲陈桂花，由苏柳之口说出：“在我沉睡时，一双眼睛常常凝视着我蝴蝶般梦游的灵魂，那是我夜空中最明亮的一颗星星，皎洁如月，晶莹欲滴。那是我们的眼睛，我们，包括父亲，我们家眼睛的源头来自一个共同的女人，它穿过迢迢岁月抵达我的梦中时，我们幽明两隔的相望无比恬静。”那是祖母陈桂花的眼睛。陈桂花在提督大人来围剿儿子时，宁死不屈，被提督挑瞎了双眼并押回县城，

① 蒋韵：《栎树的囚徒》，《花城》1996 年第 5 期。

她识破提督把自己当作钓饵的诡计，纵身跳入了伊河：“目不识丁的祖母，土地一样肥沃拙朴的祖母，在她生命的最后刹那大彻大悟脱颖而出，使自由的飞翔成为生命最美丽的形态和图腾。”① 读完全书，再反顾这两处对陈桂花的描述，我们读者会恍然悟到作家蒋韵的用心，《栎树的囚徒》是在做一项女性谱系的梳理工作，这个谱系是由陈桂花—段金钗、关莨玉—贺莲东、苏柳—天菊这样一代代传下来的。在范氏家族的大树上，树干笔直挺立，威风凛凛，这棵树干上的枝叶更是茂盛葳蕤。如果说范福生是树干的话，那么支撑树干的根脉其实是范福生的母亲陈桂花，这一代代的女子就是那繁盛的枝叶。读者在为这些女子不幸命运感叹唏嘘的时候，如果拉开审美距离，又不禁为这幅女性形象图谱而感动和迷恋。女性谱系（genealogy of woman）原本是来源于西方女性主义理论的一个概念，由法国女性主义理论家露西·伊瑞格瑞提出，其理论要义在于“主张重建类似于前俄狄浦斯阶段母女亲情的新型女性关系”②，这一理论一反父权制将女人视为客体的观念，强调母女（可以推及到代代女性）间的性别认同，女人们不再是客体，而是一种代代相传的主体与主体之间的新型关系，《栎树的囚徒》就像是这种“女性谱系”理论观念的操演和实践。

蒋韵是一个特别富于才情的作家，她的小说抒情性很强，具有强烈的主观性。《栎树的囚徒》作为长篇小说，在客观叙事的同时，一直保持了一种主观抒情的强劲张力，这是有相当难度的。任何作品的写作都很难摆脱互文性，《栎树的囚徒》中也显示出与曹雪芹《红楼梦》、鲁迅《狂人日记》、陈忠实《白鹿原》的互文性。朴园与大观园好有一比，对众多女性形象的关注以及女子悲凉命运的叙写就见出《红楼梦》的某种况味。第四章的“我”是苏柳第二次作为叙事者出现，这时的苏柳在监狱里关了十年，已经不复从前的傲气与清醒，有迫害妄想狂的心理，讲述中就显得思维不连贯，有些跳宕，这一特点又不由得使人想起《狂人日记》。同样作为20世纪90年代的家族小说，《栎树的囚徒》与《白鹿原》可作互文阅读，两篇作品的不同尤其显示出性别差异的

① 蒋韵：《栎树的囚徒》，《花城》1996年第5期。

② 柏棣主编：《西方女性主义文学理论》，广西师范大学出版社2007年版，第236页。

深长意味。要而言之，《白鹿原》的叙事中心在讲述白嘉轩、鹿子霖等为代表的男性人物故事，塑造男性人物形象，以男性人物形象透视民族文化的心灵秘史，女人在其中只占据边缘地位，是男人的辅佐或者是祸水。绝色女子田小娥就宛若祸水，死后只能压在六棱塔下，永世不得翻身。《白鹿原》的性别叙事特征笔者也有拙文论述。[①]

这种对女性谱系的梳理和叙写不仅出现在蒋韵笔下，也在王安忆、徐小斌、张洁的文本中频频出现。

王安忆《纪实与虚构》里，叙事这样开头："很久以来，我们在上海这城市里，都像是外来户。"为什么这样说，因为我们在这城市里"没有亲眷"，春节只能到"同志家中串门"；我们不讲上海话，而讲"一种南腔北调的普通话"；我们是"属于那一类打散在群众中间的'同志'"。[②] 因此我们在上海是孤独、自卑的。于是"我"——我们一个"同志"的后代——开始追根溯源，探寻"我"的家族的历史。而这家族的书写由母亲开始，文本在序后第一章开始出现的是母亲，然后是母亲的姨母，第三是母亲的三娘娘。都是女性人物，家族神话的探寻是从母系进入的。叙事者"我"想梳理"我"家与上海这座城市的关系，对此文本里明确说："在我父亲那边，是别指望有什么线索的，他来自很遥远的地方，为我与这城市的认同，帮不上一点忙。希望就寄托在我母亲身上了。"[③] 这是一部奇特的女性家族小说，小说重在虚构和想象，但是正如作品名称"纪实与虚构"所示，这部小说也重纪实。在纪实与虚构中讲述了一个由女性叙事者掌控的充满女性性别意识的家族神话故事。

徐小斌《羽蛇》通过对玄溟—若木—羽家族树形图中女性谱系的叙写，展示一代代母女之间"爱有多深，恨就有多切"的"血缘的亲和力与杀伤力"。[④] 张洁的《无字》在恢弘广阔的视界中勾画出了墨荷—叶莲子—吴为—禅月这样一条四代传承的女性谱系图线。《无字》的扉

---

① 降红燕：《〈白鹿原〉的性别叙事与儒家伦理》，《名作欣赏》2019 年第 4 期。

② 王安忆：《纪实与虚构》，人民文学出版社 1993 年版，第 1 页。

③ 王安忆：《纪实与虚构》，第 5 页。

④ 徐小斌：《我写〈羽蛇〉》，见《羽蛇》，花城出版社 2000 年版，第 2 页。

页上写着：“献给我的母亲张珊枝。”① 无独有偶，《栎树的囚徒》在《花城》杂志发表时的题记是：“谨以此作献给我最亲爱的祖母和外婆。”② 云南本土回族女作家白山表现云南滇西回族人抗战题材的家族小说《冷月》也有类似题词：“谨以此书，献给我敬爱的母亲。”③

对女性谱系的建构在不同作家笔下也呈现出一些差异，具有不同的倾向，《栎树的囚徒》和《无字》偏重歌颂描摹女性谱系的温暖和明亮，赓续了现代文学时期冰心建构母爱之一脉。《羽蛇》则侧重解构母性神话，更像是对张爱玲《金锁记》暴露母爱之恶与质疑母爱之神圣的续写，与男性作家惯于在文本中歌颂母亲和母爱形成一种对照，显示出女性作家对自身性别的一种清醒的自审意识。不管建构还是解构，女性小说对女性谱系的爬梳和描摹都倾注着女作家们无尽的深情和心血。

三　家国情怀的女性抒发

“家国情怀”是从古至今贯穿于文学创作中的一个母题，在现当代女性小说中也有突出的体现。由于性别文化历史的深层原因，女性作家惯于在小说中写作自己熟悉的生活经验，如家庭婚姻情感题材，惯于塑造女性人物形象，但是随着中国现代化进程在晚清民初的渐次展开，女性解放思潮兴起，女性从私人空间逐渐走向公共空间，女性小说中就不再局限于对封闭家庭的书写，而是延伸到了家国层面，展示抒发现代女性的家国情怀。这种家国情怀在女性小说中从现代一直延伸到当代，而且与现实社会生活中女性地位的日益提高相应和，体现得越来越广泛和浓郁。发展到当代新时期，女小说家往往在长篇小说中进行一种宏大叙事。

如前所述，明清时期，我国江南一带就出现了才女文化现象④，涌

① 张洁：《无字》第一部，北京十月文艺出版社 2002 年版。

② 蒋韵：《栎树的囚徒》，《花城》1996 年第 5 期。

③ 白山：《冷月》，云南人民出版社 2001 年版。

④ ［美］高彦颐：《闺塾师：明末清初江南的才女文化》，李志生译，江苏人民出版社 2005 年版。

现出了一大批用韵文形式创作的弹词小说。弹词小说中有好几部写到女主人公女扮男装进入男性外部世界，如《玉钏缘》（作者不明），陈端生、梁德绳的《再生缘》，李桂玉的《榴花梦》和邱心如的《笔生花》……这种“花木兰”式的文学想象是一种象征，寄托着弹词作家们欲走出家门，像男人一样纵横疆场、保家卫国或行走朝堂、治理国家的家国情怀。如果说这种女性的家国情怀在古代还是少数，那么到“五四”新文化运动以后，女性作家对家国情怀的抒发则渐渐成为一种不绝的潮流。

冰心是被“五四”运动震上文坛的作家，她的小说处女作《两个家庭》（1919 年）通过两个家庭的对比，探寻主妇在一个家庭中的重要作用。从题目上看，似乎只是在写小家庭，但细读文本却可看出其中的重大蕴含。这是一篇典型的问题小说，年少的女学生思考的虽是两个具体的小家庭，但却从小家庭延伸并上升到国家层面。在后来的《斯人独憔悴》中，冰心讲述的是“五四”时期父与子的冲突，颖铭、颖石兄弟对国家民族怀抱忧患意识，而父亲化卿认为学生只应该在校园里安静读书。父亲把儿子召回关在家里，怀抱一腔爱国热情的儿子只能在苦闷中吟咏杜甫《梦李白》中“冠盖满京华，斯人独憔悴”的诗句。长于写作短篇小说的丁玲，起步阶段主要有处女作《梦珂》和成名作《莎菲女士的日记》等，经过革命加恋爱的《韦护》的过渡，到延安时期又继续创作。《我在霞村的时候》叙写了抗日战争时期霞村一个叫贞贞的姑娘的故事。贞贞被日本鬼子扫荡时抓走，不幸沦为日军慰安妇，患病后回到霞村时，遭遇到霞村乡亲尤其是妇女们的歧视，被视为被鬼子糟蹋过的不洁之人。这篇小说揭示了战争中女性面临的民族压迫和性别压迫的冷酷真相，昭示着妇女解放的艰难。贞贞没有被压倒，她准备离开霞村，到一个没有人知晓自己过往的地方开始新的生活。贞贞与传统糟粕抗争的力量很大程度上来自她在沦为日军慰安妇期间，担任了我方的情报员，以一个女子的微弱之躯，参与了民族国家的正义之战。萧红的《生死场》作为“奴隶丛书”之一，是鲁迅先生自费出版的。鲁迅先生为其作序，胡风写了后记。在《生死场》的接受过程中，曾有论者从女性主义的角度进行解读，认为鲁迅、胡风对《生死场》的民族国家寓言的批评显示出男性批评家的盲区①，生死场既是民族国家的生死场，也是女性的生死场。这一批评视角突出了萧红小说固有的女性意识，很有见地。生死场具有多层蕴含，是民族国家和女性的双重生死场。

历史的车轮行驶到了1949年。新中国从法律上保障了女子有和男子一样的权利，女性可以离开自己的小家，走向和男性一样更广阔的天地。当代女性学学者李小江考察了“家”于不同时代的中国女性的含义：“说到妇女与中国的关系，无论怎样源远流长，纷繁复杂，却因为说的是中国妇女，总可以找到一条清晰的线索、一根轴心，贯穿历史始终，这就是‘家’。”“沿着这条线索寻视，1949年可以看作历史的分界线。在此之前，妇女属于家族——家庭；在此之后，妇女属于国家。家庭虽小，于妇女也曾是一个世界。而后者，国家，对当代中国妇女生活而言，其作用和性质很像一个放大了的家。家与国家，前前后后，结成一脉相承的传统，将中国妇女命运囊括其中，造就了她罄竹难书的历史的苦难，和她的举世瞩目的长足进步。”② 当代女性小说中的家国意识更为明显。

宗璞发表于1957年的短篇小说《红豆》某种意义上可以算是“革命+恋爱”故事的当代讲述。在轰轰烈烈的20世纪40年代末，小布尔乔亚的女大学生江玫受到进步同学肖素大姐的影响，逐渐认清了恋人齐虹性格暴躁、自私自利资产阶级少爷的面目，没有和齐虹远赴美国，而是留下来加入了解放大众的时代革命洪流。这篇小说的哀婉动人之处是如实袒露了江玫在挣脱缠绵爱情之网时的痛苦心理，因此还在反“右”中受到批判，持批评态度的一方认为已经成长为一个党务工作者的“我”（江玫），居然还泪水涟涟地回忆过往情史，说明作家的资产阶级意识没有改造完成，灵魂深处没有闹革命。但是客观地看，江玫最终的选择其实已经完全表明了自己的政治立场，这种立场又显示出强烈的家国意识。

---

① 刘禾：《文本、批评与民族国家文学：〈生死场〉的启示》，载唐小兵编《再解读：大众文艺与意识形态》（增订版），北京大学出版社2007年版，第5页。

② 李小江：《序言》，李小江、朱虹、董秀玉主编《性别与中国》，第3页。

与《红豆》的模式相类似而又发扬光大，以更宏阔的视野和气势再现女性知识分子改造，延续“革命 + 恋爱”叙事模式的是杨沫的长篇小说《青春之歌》（1958 年）。主人公林道静在人生的道路上，先后遇到了三个男青年：余永泽、卢嘉川和江华。道静没有选择不关心劳苦大众，只关心自己做学问，多疑狭隘的余永泽，从心底里爱上了从事地下工作的共产党员卢嘉川，并在卢嘉川牺牲后走上革命道路，最后与卢嘉川的革命同道者江华走到了一起。在林道静那里，革命最终成为衡量男性的标准，革命提升了男子身姿的伟岸度，革命的男性战胜了非（不）革命的男性。女性个体的命运和人生之路选择与民族国家最终连在了一起，女性挣脱了家庭的狭小牢笼，从私人空间走向了更广阔的外部世界的公共空间。

《红豆》和《青春之歌》是对革命年代的回忆，展示的是风云激荡时代中的女性的风华和英姿。到茹志鹃则呈现出更具个性的面貌。曾参加过新四军，在革命队伍中亲历过炮火硝烟和平年代目睹社会主义建设的茹志鹃，其笔下的女性活动空间同样广阔。短篇小说《百合花》通过战争侧面的描写和叙述，展示部队女文工团员、小通讯员和新媳妇之间纯真的人与人之间的情感，在十七年文学以男性作家史诗叙事为主的革命历史小说中独树一帜。《高高的白杨树》《静静的产院》等文本则集中笔力表现解放以后新中国劳动妇女愉快欢乐的精神面貌。茹志鹃曾被人称为写“家务事儿女情”的作家，从字面上看，“家务事儿女情”似乎只局限在家庭的私人空间之内，但是正如前边李小江所述，中华人民共和国成立以后妇女属于国家。如果说“家庭”可以称为“小家”，“国家”可以称之为“大家”，那么不论是作为创作者的女性作者还是文本中塑造出的女性人物形象，以及小说整体传达的意蕴，都包含着浓郁的家国意识。

改革开放以后，与新时期中国当代文学的蓬勃发展相应，当代女性小说获得了蓬勃的发展。新时期以来的女性小说中的家国叙事不胜枚举，俯拾即是，并且逐渐向一种更高远宽广的格局迈进。张洁和铁凝等就是其中的佼佼者。

张洁是新时期以来唯一获得过两次茅盾文学奖的作家，获奖作品分别是第二届《沉重的翅膀》（1985 年）和第六届《无字》（2005 年），由此可见其在当代文学史的地位。张洁的小说创作时间较长，第一篇小说是 1978 年的《从森林里来的孩子》，最后一个长篇是《灵魂是用来流浪的》(2009 年)，创作历程三十余年。纵观其三十余年的小说，就内容方面而言，虽然在早期影响较大的短篇《爱，是不能忘记的》(1979 年) 当中对男女之间爱而不得的情感加以了肯定，但女性在现实生活中遭遇的不平等境遇，因而产生的痛苦愤激之情，是张洁关注并极力表现的重点，如《方舟》《祖母绿》《红蘑菇》等等。这些为女性代言的作品基本是中短篇小说，而在长篇小说中，张洁又极力向宏大叙事靠拢。两部茅盾文学奖作品在这一点上特别明显。《沉重的翅膀》以 1980 年国务院重工业部和所属的曙光汽车制造厂的改革为对象，描写了工业建设中的改革与反改革的复杂斗争，塑造了郑子云等改革者形象。虽然在艺术表现上今天读来不够精细，充满大段的议论，但是宏阔的场景驾驭和国家政治经济路线的把握，显示出张洁视界的高远和广阔。这种家国意识延续到了 21 世纪的三卷本《无字》中。如前所述，《无字》是一部女性家族小说，但是对墨荷、叶莲子、吴为和禅月四代女性谱系的人生历程书写中，又涉及中国现代历史中的很多大事件：西安事变、国共合作、东北军被收编以及中共地下工作，等等。

铁凝也是新时期成长起来的重要作家。铁凝的小说中以女性人物为主人公的很多，中短篇小说《没有纽扣的红衬衫》《哦，香雪》《永远有多远》《秀色》《孕妇和牛》《棉花垛》《麦秸垛》，长篇小说《玫瑰门》(1988 年)、《大浴女》(2000 年) ……评论界也有很多对铁凝小说中女性意识的探讨的论著。然而，令人关注的是铁凝在讲述了 N 多女性故事后的转向，那就是 2006 年 1 月由人民文学出版社初次出版的《笨花》。《笨花》在正文第一章开始之前有一页题记：“笨花、洋花都是棉花。笨花产自本土，洋花由域外传来。有个村子叫笨花。”[①] 故事就发生在笨花村。1895 年甲午海战失败后，朝廷欲建一支新军，新婚不久、念过些书但以做小生意为主的庄稼人向喜在镇上看见征兵告示，应征入伍，从此开始他戎马倥偬的人生之路。向喜历经北洋军阀混战一直到抗日战争时期，多年的军旅生活使其命运跌宕起伏，老年归乡后重

① 铁凝：《笨花》，人民文学出版社 2006 年版。

返务农生活，有一天干活时被侵略的日本鬼子杀害。小说故事场景主要在向喜和笨花村之间展开，突出的是男性人物形象，虽然文本中对向喜留在笨花村的妻子同艾和保定的妾二丫头的叙写中，还流露出先前女性题材小说的痕迹，但是作品的整体风格发生了很大变化，视野开阔，境界扩大，文字朴素，走向一种厚重和古朴。不再执着于对女性人物形象的塑造和女性心理世界的专注，而是把中国从晚清到抗战的整个历史进程都纳入观照与把握的范围，通过北方的笨花小村庄的人事变迁演绎故事，谱写历史，显示出一种史诗性的审美追求。作家欲为中国近现代的现代化进程存照的雄心历历在目。其实这种雄心在先前的《玫瑰门》中就已有表现，《玫瑰门》的重要内容指向之一是对以司猗纹为代表的女性人物的审丑，但造成司猗纹性格扭曲的原因，除了性别文化对女性的戕害之外，还有一个具体的背景，即“文化大革命”的社会历史环境。对“文化大革命”的揭露和控诉也是《玫瑰门》的潜在主题意蕴。铁凝的小说也是女作家深具家国情怀的典型例证。

“一幅多彩的风土画”
——对萧红《呼兰河传》的叙事解读

曾文蕊*

引言

在中国现代文学史中，萧红通常是在叙述到20世纪30年代的“东北作家群”或“抗战文学”时被提及。她1935年12月出版的成名作《生死场》，因为独特的个人创作风格、鲁迅作序及其所包含的抗战内容与时代氛围契合，而被推到一个较高地位，甚至在很长一段时间被视为萧红的代表作。《呼兰河传》是萧红1940年在香港完成的。因其对北方乡土沉寂生命形态的描绘、浓烈的个人回忆色彩、语调的寂寞，与当时的抗战文学格格不入，而被视为“退步”之作。然而，随着时代的变迁，《呼兰河传》以其独特的文学风格和对中国北方乡土人生的真切刻画，获得了越来越高的评价。现在，一般认为《呼兰河传》是比《生死场》更能代表萧红创作风格的成熟之作。

对《呼兰河传》的相关论述，主要围绕其主题意蕴与艺术风格两方面展开。就主题意蕴而言，比较一致的观点是对中国北方乡土人生的深入刻画，并进而提升到对国民灵魂的揭示乃至批判。对此，论者多会用到萧红1938年夏在大后方一次抗战文艺界座谈会上的表述：“现在或是

* 曾文蕊，云南大学文艺学硕士，云南大学新闻学院讲师，主要从事新闻实务教学。

过去，作家的写作的出发点是对着人类的愚昧。”① 而对《呼兰河传》艺术特点的评析虽然各有侧重，但认为其不像小说，或说挑战小说成规是一个基本的共识。对此，论者多会提及萧红自述的一个创作想法：“有一种小说学，小说有一定的写法，一定要具备某几种东西，一定要写得像巴尔扎克或契诃夫的作品那样。我不相信这一套，有各式各样的生活，有各式各样的作家，就有各式各样的小说。”②

其实，对《呼兰河传》艺术特点的评价，茅盾在1946年为其所写长序中的这段话，几乎成了“标签”：

> 也许有人会觉得《呼兰河传》不是一部小说。
>
> 他们也许会这样说，没有贯串全书的线索，故事和人物都是零零碎碎，都是片段的，不是整个的有机体。
>
> 也许又有人觉得《呼兰河传》好象是自传，却又不完全象自传。
>
> 但是我却觉得正因其不完全象自传，所以更好，更有意义。
>
> 而且我们不也可以说，要点不在《呼兰河传》不象一部严格意义的小说，而在于它这“不象”之外，还有些别的东西——一些比“象”一部小说更为“诱人”些的东西：它是一篇叙事诗，一幅多彩的风土画，一串凄婉的歌谣。③

茅盾的这一“定论”，极大地影响了后来者对《呼兰河传》独特艺术风格的评论，对其散文化乃至诗化特征的论述更是层出不穷。《呼兰河传》共有七章加一个尾声。说到《呼兰河传》的“散”，除了与茅盾“没有贯串全书的线索，故事和人物都是零零碎碎”相似的说法，还有一种意见非常典型，就是这七章几乎是可以分立的。比如：有人认为“每章只要稍加润色，即可自成单元，各成一独立故事”。④ 然而，表达

① 王金城：《主题形态：精神归返与灵魂挽唱——〈呼兰河传〉新论》，《北方论丛》2003年第1期。

② 聂绀弩：《萧红选集·序》，《萧红选集》，人民文学出版社1981年版。

③ 茅盾：《呼兰河传·序》，《萧红全集》（下），哈尔滨出版社1999年版，第704页。

④ ［美］葛浩文：《萧红评传》，北方文艺出版社1985年版，第141页。

这种意见的人又似乎还有另一个共识，那就是合起来的确更好："合之方成小城整体，每一章都是小城不可或缺的枝节。"①"这七章总体而言，无论在技巧手法上都胜过单一存在。因为此书将呼兰河这城镇，也可以说将二十世纪早期中国东北农村社会，置于显微镜下来端详。"②是什么导致了《呼兰河传》这部以小说名义出版和传世的文学作品，成了"叙事诗"、"风土画"和"歌谣"，而且还是它虽非"典型"小说，却似乎自成"典范"、别具韵味的"要点"所在？又是什么原因让这部以整体方式存在的作品具有某种假想中的可"分"性？众人所见的这份"散"到底从何而来？与常规小说相比，为什么它的故事和人物会显得"零碎"？这些问题所表述的特征，在很大程度上正构成了小说《呼兰河传》的独特艺术风格。然而，对这些问题的回答，却似乎还没有一个充分和完备的答案。

近些年，陆续有论者运用叙述学相关理论对《呼兰河传》的文本特征进行分析，丰富了我们对其独特艺术风格的认识。然而，当我带着对《呼兰河传》的阅读经验来研读这些论文的时候，却发现不少说法缺乏一定的准确性。比如：有论者把《呼兰河传》的第三章到尾声都归为儿童视角部分③，而我则认为这几章存在聚焦变化，"儿童视角"只是其中的一种聚焦方式；还有论者在论及《呼兰河传》的散文化时，说"全书以情绪起伏作为依据"④，而我却很难从《呼兰河传》文本中找到其"依据"。

正是《呼兰河传》在文体上独特的研究价值，与研究现状所呈现的某种程度上流于表面印象或简单化地贴标签，导致我选择"回到《呼兰河传》本文"的研究思路，希望依靠叙述学相关理论和方法对《呼兰河传》进行文本细读，力图解析其结构的真正独特之处，寻找其不像所谓小说却别具艺术韵味的道理所在，并通过对其内在肌理的把握，进

① 徐晓红：《论萧红的小说创作》，橄榄树文学社网站，现场@非虚拟批判，2001年。

② ［美］葛浩文：《萧红评传》，第141页。

③ 张凌宇：《论萧红〈呼兰河传〉中的儿童视角》，《中国现代文学研究丛刊》1997年第1期，第187页。

④ 阎志宏：《萧红和中国现代小说散文化》，人大复印报刊资料《中国现代、当代文学研究》1991年第6期。

而探寻其作品的思想及情感意蕴。此外，对于萧红这位文风独特却浑然天成的作家，我选择以一种更接近普通读者的身份靠近她，从个人直接的阅读体验出发，从日常经验的层面切入，在力求让文本说话的同时，我也尽可能说自己的话，以一种清浅明白的语言展开论述，从而与《呼兰河传》那浅吟低诉的语调相呼应。

一　空间

（一）以空间布局作为叙述框架

至少从书名上看，这是一部以城为主角或者说为城作传的小说。说到城，首先给人一种空间形象感。小说的确也是以北方严冬广袤的大地作为开场，让北方旷野里跑着的大车把读者带进了“附近的城里”：

> 呼兰河就是这样的小城，这小城并不怎样繁华，只有两条大街，一条从南到北，一条从东到西，而最有名的算是十字街了。……①

> 城里除了十字街之外，还有两条街，一个叫做东二道街，一个叫做西二道街。……②

> 呼兰河城里，除了东二道街，西二道街，十字街之外，再就都是些个小胡同了。……③

这些文字像“指示牌”，显示着小说是以呼兰河城的空间布局来形成叙述结构的。然而，叙述者在沿着空间布局展开叙述的时候，并不是机械的。仅仅在第一章里，就有着巧妙的转换。

顺着空间点叙述，火磨、学校、豆腐房、染缸房、扎彩铺……这是

---

① 萧红：《呼兰河传》，《萧红精选集》，北京燕山出版社2006年版，第86页。

② 萧红：《呼兰河传》，《萧红精选集》，第87页。

③ 萧红：《呼兰河传》，《萧红精选集》，第97页。

在大街上的情形。“进入”胡同，则是另外的手法。叙述者“跟上”了走街串巷的货郎，透过货郎的眼光，把一条条胡同串起来，也展现了一日晨昏。先是卖麻花的引得一家五个小孩争打得不可开交。这一折腾完，“后半天，也许又来了卖凉粉的”，而“卖凉粉的一过去了，天也就快黑了”。[①] 就在这要吃晚饭的时候，卖豆腐的恰到好处地出现了，又是好一番热闹。“卖豆腐的一收了市，一天的事情都完了。”[②] 然而，“事情”是完了，这一天却还有其他节目——看火烧云。火烧云下去了，天全黑了，才回屋睡觉。这时，大群的乌鸦正飞过城的上空回林子里去。

“乌鸦一飞过，这一天才真正地过去了。”[③] 这是第一章第九节开头的一句，紧接着上一节飞过城的乌鸦。然而，就在这“一天真正地过去”的时候，叙述的序列又巧妙地转移了，从一日的晨昏流转到四季的更迭。切换是从夜里开始的，“夏夜若无风无雨就这样地过去了，一夜又一夜”。就这样一句，叙述从夏天的某一夜推及整个夏夜。随后，“秋天就来了”，“做起被子来，就是冬天”。[④] 北方的冬天自然是有雪的，这雪一下，叙述者就用它串起了四季，“人们四季里，风、霜、雨、雪的过着”[⑤]，而且，还不仅是一年的四季如此，“一年四季来回循环的走，那是自古也就这样的了”[⑥]。

仅仅在第一章里，呼兰河的空间布局、普通居民寻常一天的居家生活，乃至一年四季循环往复的人生，就这样用笔甚简，却活灵活现呈现出来了。

进入第二章，表面上看来似乎很难找到直接的叙述话语说它是以“空间”来布局。然而，人们会看到，“呼兰河除了这些卑琐的实际生活之外，在精神上，也还有不少的盛举，如：跳大神；唱秧歌；放河

① 萧红：《呼兰河传》，《萧红精选集》，第100页。
② 萧红：《呼兰河传》，《萧红精选集》，第101页。
③ 萧红：《呼兰河传》，《萧红精选集》，第102页。
④ 萧红：《呼兰河传》，《萧红精选集》，第103页。
⑤ 萧红：《呼兰河传》，《萧红精选集》，第103页。
⑥ 萧红：《呼兰河传》，《萧红精选集》，第104页。

灯；野台子戏；四月十八娘娘庙大会……”① 在用这句话对第一章做了承接之后，叙述者将这些“盛举”一一道来。由此，可以说，第二章叙述的所有“盛举”，均建立在第一章由空间推衍开的“实际生活”之上，两章合在一起，才构筑出一个相对完整的“呼兰河城”的大面貌。

若按茅盾的说法，把这部小说比做“一幅多彩的风土画”，那第一章犹如这画中涂抹的第一道底色，大轮廓，粗线条，不明艳，但却因此透着土地的质感，浑厚宽广。第二章一一道来的那些民俗节庆，则从来都是“风土画”最常见的描绘题材。

第三章，叙述者推开了呼兰河这小城里自家的门：

> 呼兰河这小城里边住着我的祖父。
>
> 我生的时候，祖父已经六十多岁了，我长到四五岁，祖父就快七十了。
>
> 我家有一个大花园……②

此后的章节还是依着一个大致的空间框架在延展，基本上是这样一个的顺序：后花园（第三章·一、二）；自家居住的屋子及家人的生活（第三章·三至九）；接着，是院子里的其他房子及住户们的生活（第四章）。

把这院子的大致格局铺排好了之后，叙述自我开始讲这发生在这院子里的有些不一般的人和事。它们是围绕小团圆媳妇（第五章）、有二伯（第六章）和冯歪嘴子的（第七章）。

第五章的叙述仍然从空间——院子里开始。“……我就正在蒿草里边做着梦……我似乎是听到了什么地方有不少的人讲着话，说说笑笑，似乎很是热闹……”③ 而这“热闹”，正意味着小团圆媳妇的出场。

“我家的有二伯，性情很古怪。”④ 第六章的开头真的是个例外，叙述者直接切入了人物的“性情”。尽管如此，“有二伯”也仍然有其“空间”属性，他与“我”家“同在一个屋檐下”。

---

① 萧红：《呼兰河传》，《萧红精选集》，第104页。
② 萧红：《呼兰河传》，《萧红精选集》，第118页。
③ 萧红：《呼兰河传》，《萧红精选集》，第145页。
④ 萧红：《呼兰河传》，《萧红精选集》，第170页

到第七章，又是由空间引入："磨房里边住着冯歪嘴子。"①

相对于第一、第二章的"打底"，这后面的五章构成了"画"的主体，有工笔细描，有浓墨重彩。既没有脱开底色，又透出别样的鲜明和浓重。

很少有小说是以"空间"来结构故事的。但画不同，它最基本的结构就是空间结构。《呼兰河传》由空间布局架起的大框架似乎真的离"画"更近些。

（二）空间的意味

> 伟大的小说家们都有一个自己的世界，人们可以从中看出这一世界和经验的世界的部分重合，但是从它的自我连贯的可理解性来说，它又是一个与经验世界不同的独特的世界。有时，它是一个可以从地球的某区域中划出来的世界，如特罗洛普笔下的州县和教堂城镇，哈代笔下的威塞克斯等。但有时却不是这样，如爱伦·坡笔下的可怖的城堡不在德国，也不在美国的弗吉尼亚州，而是在灵魂之中。②

如果离开"文本"，进入现实生活层面看，萧红为之作传的呼兰河应该是"可以从地球的某区域中划出来的"，那是她的故乡。

"在哈尔滨东北约三十公里，有个呼兰县，因松花江支流呼兰河流经该地而得名。呼兰县城位于呼兰河北岸。"③ 葛浩文的《萧红评传》中表明了现实中呼兰县城的所在。而《呼兰河传》里恰好有一段话与此呼应："河的南岸，尽是柳条丛，河的北岸就是呼兰河城。"④ 区别似乎只在于，小说里的城多了个"河"字。葛浩文这本"传"，甚至在描述呼兰县城的时候，直接借用萧红在《呼兰河传》中的文字——"在她的杰作《呼兰河传》中，萧红曾以简练生动的文笔描绘出民国初年

① 萧红：《呼兰河传》，《萧红精选集》，第185页。

② ［美］勒内·韦勒克、奥斯汀·沃伦：《文学理论》（修订版），刘象愚、邢培明、陈圣生、李哲明译，江苏教育出版社2005年版，第249页。

③ ［美］葛浩文：《萧红评传》，第8页。

④ 萧红：《呼兰河传》，《萧红精选集》，第107页。

呼兰县城的乡间景色：……”[①] 随即便是《呼兰河传》中相关的大段引文。

如此看来，作者萧红依凭“叙述自我”在文本层面展示呼兰河城的时候，应该是带着对呼兰县城的现实空间感的。这种对作品“原型”现实空间的熟悉，或多或少影响了萧红这位被认为更多靠直感与天性创作的作家，选择以这种非常接近日常生活中跟朋友介绍自己家乡的做法来开始叙述。作品直接切入小城的“实体”，展现出一种具体的空间上的存在——“十字街”“东二道”“西二道”……并按一种空间的布局作为叙述的大框架。

当然，毕竟不能把《呼兰河传》中的呼兰河城等同于现实中的呼兰县城。萧红在名称设置上的一“河”之差，也多少表明将两者有所区别的意愿。虽然她的“呼兰河”很大程度上脱胎于“呼兰”，但她既然以小说的形式来创作，而不是以自传的方式来抒写，那就意味着她不愿局限于对现实的描摹，而愿意以更大的自由度创造出一个世界。不仅如此，如果只把《呼兰河传》中的呼兰河城视作“可以从地球的某区域中划出来的”，也是有局限的。或者说，将制约我们对《呼兰河传》作为一个文学作品的整体理解与评价。可以说，呼兰河城同时也是“在灵魂之中的”。首先是作家萧红灵魂之中的，再进一步，甚至国民灵魂的一部分。

> 在使用“世界”这一术语时，我们使用的是一个空间术语。但是“叙述性小说”（或更恰当地称作故事）却使我们注意到时间以及时间的连续。……同绘画、雕刻等空间艺术相区别，文学通常被列为时间艺术；……[②]

这段话给《呼兰河传》不“像”小说的说法提供了某种理论支撑，因为这部小说正是以空间作为大的布局框架，跟“绘画”确乎有相似的

---

① ［美］葛浩文：《萧红评传》，第8、9页。

② ［美］勒内·韦勒克、奥斯汀·沃伦：《文学理论》（修订版），刘象愚、邢培明、陈圣生、李哲明译，第251页。

地方。但从另一方面看，也多少说明萧红在描述“自己的世界”呼兰河时，依重空间这一因素是有道理的。

不仅如此，从文本自身来看，“空间”似乎也是有意味的。《呼兰河传》有一个章节（第三章·六）就专门描写“空间”对“我”的启蒙。

祖母死了，家里来了许多亲戚，“我”也第一次有了四五个小同伴。于是，“我”第一次没有跟着家人而是随他们到了大街上——

> 除了我家的后园，还有街道。除了街道，还有大河。除了大河，还有柳条林。除了柳条林，还有更远的，什么也没有的地方，什么也看不见的地方，什么声音也听不见的地方。
>
> 究竟除了这些，还有什么，我越想越不知道了。
>
> ……
>
> 可见我不知道的一定还有。
>
> 所以祖母死了，我竟聪明了。[①]

之所以引这么多，是想保有文本所呈现的“我”随着空间扩大所产生的心理变化的节奏感。按叙述者的说法，“我”的“聪明”，是“我”越走越远走出来的。那么，这其中就潜藏着一个“逻辑”：空间的扩大，带来眼界的拓宽，进而使人“聪明”。

借着叙述者所暗示的这个“逻辑”，是不是可以反过来重新审视叙述者描述呼兰河这个“小城”的空间形象时的用意呢？叙述者对呼兰河街道布局的铺陈，除了的确需要呈现“城”的物理结构之外，是不是还要借以表明它的“小”所带给人所见的贫乏与耳目的闭塞呢？

似乎有这样的意味。不然为何出了“十字街”，叙述者就开始说其余的“这两条街上没什么好记载的”[②]，或者“东二道街除了大泥坑子这番盛举之外，再没有什么了”[③]？从经验自我与叙述自我心理空间的

① 萧红：《呼兰河传》，《萧红精选集》，第130—131页。

② 萧红：《呼兰河传》，《萧红精选集》，第87页。

③ 萧红：《呼兰河传》，《萧红精选集》，第92页。

差异，更能看清这个问题。经验自我第一次由家到南河沿，半里之隔就觉得“实在远”。再有一次是对家里储藏室的描述，在“极小的、极黑的”[①] 的储藏室，“我”有一次竟然走到了“这黑屋子的极深极远的地方去”[②]。既然半里之隔，何来“远”？既然“极小”，何来“极深极远”？在这里，所谓“远”与“深”其实是一种经由心理作用对实际空间的放大，是因为在有限空间里所见的新鲜与丰富而导致的感觉上的“远”和“深”。与此形成反差的是，到了叙述者这里，一整座城反而被描述为“小城”，谈及城内街道又老说“没什么好记载”或“没有什么”。这种实际空间在心理上的“缩水”，似乎暗示着这一空间中“内容”的贫乏，甚至徒具其形的“空虚”。

然而，更有意味的是，叙述者往往就在所谓“没什么好记载”的之后，开始说上一二三四，那语气有点淡，好像要证明没“骗人”。但“淡然”口吻所叙述的内容，却有可能隐伏着巨大的悲和切肤的痛。叙述者旁边，似乎隐约有双假想的“他者”的眼，叙述者能感受到这视线的存在，会顺着这视线淡淡地看一下，再折过来说自己的，看似淡然的语气中，是对城、对人体贴细微的描写，这一淡一浓中内蕴着张力，对呼兰河这小城的叙述就在这种“张力”中缠绵推进。

二 时间

（一）空间布局中时间的横向接续与纵向推衍

说到任何一个空间，都暗含着时间。时间在空间中流动，哪怕只是一瞬。就《呼兰河传》而言，看似单纯以空间布局来推进的叙述，是进行分析时最容易把握的一个层面。从读者的阅读来讲，也是最明晰的一个层面。但是，这仅仅是这部小说最外层的叙事框架。

对于在任何地方生活了一段时间的人来说，一个他经常穿行于其中的空间是有“故事”的。也就是说，每一次经过时的所见所闻、所遭遇，乃至所感所思，都会慢慢积淀在心中，有些特殊的经历还会刻骨铭

① 萧红：《呼兰河传》，《萧红精选集》，第124页。

② 萧红：《呼兰河传》，《萧红精选集》，第125页。

心。这样的一个空间，对他而言，绝不再是一个单纯的物理结构。在他身处这一空间的当下，时间固然循着其节奏流淌不息，可细究起来，这一刻的时间却不是一种“单线条”的存在。因为，这有“故事”的空间，多多少少会触动他某一部分相关的记忆，随着回忆的切入，“当下”的这根时间轴开始往纵向推衍。在同一个空间中，过去时间点或时间段里发生的事情、沉积的印象开始重现、叠加到当下。如果再进一步设想：他是与人同行，这个人是他一位初来乍到的朋友，他要让这位朋友认识这个地方（不仅是地理位置的确认，而且是这一空间在当地人生活中的“位置”、当地人在这一空间中的常态生活），他肯定要调动他所积累的日常经验和观察，力求给对方一个逼近“常态”或说抵近“真实”的表述，于是，“经常”“通常”“每次”“每年”之类的词是免不了的。这样说的时候，单一过程的描述其实是多次经验的整合。除了这“一般”的情形，还会说到一些特别的“场景”：“有一次……”

返回《呼兰河传》本文，叙述者沿着那些街道一一陈说，随着空间的位移，时间也就纵横交错地悄悄流动起来：

> ……十字街上有金银首饰店，布庄，油盐店，茶庄，药店，也有拔牙的洋医生，那医生的门前，挂着很大的招牌，那招牌上画着特别大的有量米的斗那么大的一排牙齿。……那从乡下来的人们看了这么大的牙齿，真是觉得希奇古怪，所以那大牌子前边，停了许多人在看，看也看不出是什么道理来。假若他是正在牙痛，他也绝对的不去让那用洋法子的医生给他拔掉，也还是走到李永春药店去，买二两黄连，回家去含着算了吧！因为那牌子上的牙齿太大了，有点莫名其妙，怪害怕的。
>
> 所以那牙医生，挂了两三年招牌，到那里去拔牙的却是寥寥无几。
>
> 后来那女医生没有办法，大概是生活没法维持，她兼做了收生婆。①

① 萧红：《呼兰河传》，《萧红精选集》，第86—87页。

作为“集中了全城精华的十字街”，叙述者说得并不多，洋医生的牙科诊所是着墨最多的。它之所以被选中，是因为它与小城“太不相当”的广告。为了证明这一点，文本描写了一个场景：“那大牌子前边，停了许多人在看……”这虽然是一个具体的场景，但却肯定不是特定哪一天实实在在的一幕，而是对一种经常性景象的呈现。不仅如此，作品还明确显示了至少“两三年”的时间跨度。类似的处理方式，几乎遍布整部小说。

每当叙述在到达一个有“好记载的”的具体空间点时，就停止了位移，把叙述往前推的就成了时间，而且不仅仅是一条按照某一次具体事件前后顺序形成的单独的时间线，而是在同一个空间结构中数年甚至更长的时间里被多次重复的同类事件的重叠组合。也就是说，文本叙述上看似单一的一次行动，其实并不是具体的某一次，而是呈现它“历来如此”的状态。叙述在顺着时间轴进行横向的接续时，也有着纵向的推衍，从而形成新的叙述分支。比较直观而具有画面感的例子，是围绕冯歪嘴子所住磨房的一扇窗所进行的叙述：

> 那磨房的窗子临着我家的后园。我家的后园四周的墙根上都种着倭瓜、西葫芦或是黄瓜等类会爬蔓子的植物……
>
> ……种在磨房窗根下的黄瓜秧，一天爬上了窗台，两天爬上了窗棂，三天就在窗棂上开花了。
>
> 再过几天，一不留心，那黄瓜梗经过了磨房的窗子，爬上房顶去了。
>
> 后来那黄瓜秧就像它们彼此招呼着似地，成群结队地就都一齐把那磨房的窗给蒙住了。
>
> 从此那磨房里边的磨官就见不着天日了。……
>
> 但是从外边看起来，那窗子实在好看，开花的开花，结果的结果。满窗是黄瓜了。
>
> 夏天，我在后园里玩的时候，冯歪嘴子就喊我，他向我要黄瓜。
>
> 我就摘了黄瓜，从窗子递进去。……
>
> ……

> 秋天，大榆树的叶子黄了，墙头上的狗尾草干倒了，园子里一天一天地荒凉起来了。
>
> 这时候冯歪嘴子的窗子也露出来了。因为那些纠纠缠缠的黄瓜秧也都蔫败了，舍弃了窗棂而脱落下来了。
>
> ……
>
> 这窗子上的黄瓜秧一干掉了，磨房里的冯歪嘴子就天天可以看到的。
>
> 冯歪嘴子喝酒了，冯歪嘴子睡觉了，冯歪嘴子打梆子了，冯歪嘴子拉胡琴了，冯歪嘴子唱唱本了，冯歪嘴子摇风车了。……①

借着窗根脚黄瓜秧的生长，这一系列的叙述有着一条非常明显的时间线，表述时间的词也频频出现：一天、两天、三天、再过几天、后来、从此、夏天、有时候、祖父在园子的时候、秋天……这些词是明确的，但细究起来却让人不免迷糊：从"哪天"算起的"一天"呢？"哪年"的"夏天"呢？然而，正是这种"模糊"，使这一段的叙事有了超出一次性经验的意味。也就是说，我们经由这些词的引导，仅仅通过磨房窗子这一空间点，就似乎亲眼目睹了季节的流转，以及这流转中窗内窗外人的日常交往状态。不仅如此，这一季节流转的景致、窗内窗外的人影笑语，其实是在很多年里都发生的，很可能也还将继续发生……

实际上，叙述者通过这窗，勾勒出了冯歪嘴子寻常的生活状态。就在这一节里，接续着"窗子""秋天"的线索，还有一段与冯歪嘴子"常态"生活相关的描述：

> 一到了秋天，新鲜黏米一下来的时候，冯歪嘴子就三天一拉磨，两天一拉黏糕。……
>
> 当我在大门外玩的时候，推着单轮车的冯歪嘴子总是在那块大黏糕上切下一片来送给我吃……
>
> ……
>
> 一到了冬天，冯歪嘴子差不多天天出去卖一锅黏糕的。

① 萧红：《呼兰河传》，《萧红精选集》，第185—187页。

> ……
>
> 我去买黏糕的时候，我总是去得早一点……
>
> 那屋里蒸气实在大，是看不见人的。每次我一开门，我就说：
>
> “我来了。”
>
> 冯歪嘴子一听我的声音就说：
>
> “这边来，这边来。”①

“一到了秋天……就……”“一到了冬天……就……”从文本上看，似乎有一个从“秋天”到“冬天”的时间顺序，但仅仅“秋天”或“冬天”里就各自堆积了多少次经验？

这是《呼兰河传》第七章的第一节，再往下看，人们不难发现这一节的巧妙，用笔的“经济”。因为进入第二节，冯歪嘴子“平庸”“寂寞”的生活被打断，他的生活开始被人“参观”“议论”“调笑”……而这一转折，恰好是由买黏糕的“我”偶然撞见的一幕揭开的：“我伸手就掀开布帘，往里面一看，呀！里边还有一个小孩呢！”② 而买黏糕正是上一节结尾时的话题。在极其自然的状态下，叙述自我让经验自我引出了新的故事。

再回到那窗子，它几乎就像一个画框。一个有限的、固定的空间，却可以洞见自然风物的万千变化。为了在画里表现时间，我们可以看见寓意“四季平安”的中国年画，通常会把代表四季的花朵——春天的牡丹、夏天的荷花、秋天的菊花、冬天的梅花放到一幅画里，在有的画里，还插进一个花瓶（谐音“平”）。人们为了表达自己美好的意愿，让各开一季的花朵在同一个画幅的空间相聚，带给人一年的祝福（图1）。

我们是不是也可以说，萧红用《呼兰河传》中紧靠后园的小窗这个“画框”，“画”出了冯歪嘴子磨房生活的四时景致？

《呼兰河传》这种在一定空间内让时间“重叠”、整合多次经验表现人物、事物状态的方法，与绘画甚至雕塑这类空间艺术处理时间的技

① 萧红：《呼兰河传》，《萧红精选集》，第188页。

② 萧红：《呼兰河传》，《萧红精选集》，第189页。

图1　杨柳青年画　四季平安

法有神似之处。

对我国汉代青铜雕塑《马踏飞燕》（图2），有研究者认为，真的马奔跑的时候，在任何一个瞬间都不可能出现这一雕塑所塑造的这一姿势。对此，中央美术学院教授吕胜中的解释是：

我们是否可以这样认为，《马踏飞燕》的作者不是像照相机一样，去“把握住那短暂的一瞥”，也许他先于鲁道夫·阿因海姆若干年就清楚地知道，“这样的一瞥本身根本不能代表静物的整体的”。为此，作者给了我们一个飞起来的形象，既不是机械性的记录，也不是拼凑的碎片，叫人感觉很舒服，又很真实。

这是作者在一段时间内对奔马的总体感受的集中描写，再加上“飞燕”的衬托渲染，马就轻盈地飞腾着了。①

① 吕胜中：《造型原本·讲卷》，生活·读书·新知三联书店2002年版，第67—68页。

图2　马踏飞燕

这一解释，尤其粗体字部分，几乎可以同样地说明萧红在《呼兰河传》中表现自然风物、世态人情的基本方法。《呼兰河传》被认为是萧红回忆类作品的“巅峰之作”[①]，而“回忆”所“忆”的，正是经验在积淀之后形成的印象、感受，它与“真实”的瞬间已经拉开了距离，但它却有可能抵近另一种“真实”，一种经由理智“推敲”、情感“发酵”、时间“打磨”所形成的体验的真实。所以，就像我们在冯歪嘴子磨房后窗看到的景象，它不是哪一年哪一次的“真实”，却显得那么自然，既逼真又传神，显出一种浓缩后的凝练。

（二）时间的意味

《呼兰河传》的最后写着“1940 年 12 月 20 日香港完稿”。附着在文本后的这句话，是不是可以把它看作文本时间的“终点”呢。如果不可以，那人们就没办法确定文本时间是落在哪个点上。“尾声”里只

① ［美］葛浩文：《萧红评传》，第 137 页。

是说“呼兰河这小城里边，以前住着我的祖父，现在埋着我的祖父”。[①]但“现在”是什么时候呢？虽然叙述自我接着说：“我生的时候，祖父已经六十多岁了，我长到四五岁，祖父就快七十了。我还没有长到二十岁，祖父就七八十了。祖父一过了八十，祖父就死了。”[②] 好像说了很多关于时间的话，但还是推算不出文本时间应该停在哪儿。

可否找到文本时间的起点呢？应该是从冬天开始的，但是哪一年的冬天呢？而且进了“城”，季节就不明显了，在大泥坑那又是晴又是雨，一年又一年，算不清。进了胡同，有早有晚，寒来暑往，但似乎天天年年都是这样，难以确认哪年哪月哪天。

在前两章里，一日晨昏、春夏秋冬写了不少，可几乎就没有任何一个时间可以作为坐标原点。

从第三章开始，稍稍有了点时间的眉目。能看见诸如：“我长到四五岁”“我三岁了”“也许我一两岁的时候，我见过她们”“他比我大三岁，已经八岁了”之类。在第七章里，我们甚至明确地知道，冯歪嘴子第一个儿子生的时候，“我不过六七岁”；还能推断出冯歪嘴子第二个儿子生的时候，“我”大概八九岁。到第七章结尾，那小的孩子露着白牙笑的时候，“我”该十岁左右了。也就是说，叙述自我在叙述到经验自我十岁的时候，结束了追忆。

但这样的“明确”其实也是非常有限的、相对的。而且，这样的“明确”除了能让我们知道作为经验自我的“我”是个小孩子，能够体会儿童视角带来的某些独特感受，或者让“故事”好像更靠谱之外，并无其他。倒是那些难以确定的“常常”“总是”“有一次”“有一天”更能让人体会时间的“质感”——那些在时间的流程中不断出现的事在心上来来回回辗出的印迹。

> 我和祖父念诗，一直念到太阳出来。
>
> 祖父说：
>
> “起来吧。”

---

① 萧红：《呼兰河传》，《萧红精选集》，第 202 页。

② 萧红：《呼兰河传》，《萧红精选集》，第 202 页。

“再念一首。”

祖父说：

“再念一首可得起来了。”

于是再念一首，一念完了，我又赖起来不算，说再念一首。①

这是哪天的情景，又是哪一年？不知道。似乎也无须知道。

每天早晨都是这样纠缠不清地闹。等一开了门，到院子去。院子里边已经是万道金光了……②

在《呼兰河传》里，那些幸福的片段，那些似乎比幸福更多一些的凄凉景况或寂寞时分，就这样在不清不楚的时间里轮回。叙述者所叙说的，正是人生的常态，是“民族大多数人最普遍的生活，是最一般的思想，是整个社会风俗”。③

有的论述者也注意到了萧红作品中的时间问题，“时间的不确定意味着社会生活和历史发展的滞重与不变，意味着乡土社会生活的永久性循环与重复。正因为如此，《生死场》的悲剧意蕴得以超越时空而达于深远”。④ 这话虽然是针对《生死场》说的，但似乎也可同样适用于《呼兰河传》。由于《呼兰河传》以空间为大的叙述框架，时间在各个空间点中起落，使它的文本时间与故事时间在某一个具体空间内是大致“看”得见的，从而保证了叙述的时间“逻辑”或某种内在的心理逻辑。但从整个文本来看，却显得错综复杂，很难缀连。而且，由于空间的“切割”，不论文本时间还是故事时间都常常显得断裂、多头、模糊。然而，这种从大的时间轴上考量所感觉到的模糊由于小的时间段的清晰并没有构成阅读障碍，不仅如此，换一个角度看，正因为难以把它归到真实的历史时间的某个点上去，它反而获得了一种超越时空的存在。

① 萧红：《呼兰河传》，《萧红精选集》，第143页。

② 萧红：《呼兰河传》，《萧红精选集》，第143页。

③ 钱理群：《改造民族灵魂的文学》，《十月》1982年第1期。

④ 徐晓红：《论萧红的小说创作》，橄榄树文学社网站，现场@非虚拟批判，2001年。

三 人物

（一）与空间同构的人物

说到城，固然首先会给人一种空间形象感。然而，作为人类为自己建造的最重要的日常生活空间，城又与人息息相关。在漫漫的历史长河中，一座城与这座城里的人会渐渐地气息相通。到后来，似乎有怎样的城，就会有怎样的人；或者反过来说，有怎样的人，就会有怎样的城。

就《呼兰河传》来看，要为城作传，离不开人，离不开他们常态的人生，他们的“神”和“魂”。这样，“城”才真正成其为城，才能“活”起来。“在策略上，人物的运动可以构成从一个空间到另一个空间的过渡。”① 然而，可以发现，《呼兰河传》几乎是反此“策略”而行，它更多是叙述者在沿着空间叙述时，把活动于其中的人物呈现出来。

在《呼兰河传》中，当叙述行进到某个空间点，要说那些“可记载的”事的时候，叙述看似转到了时间轴上，但真正的叙述动力却在于“人”。也就是说，作为时空结合点的人出现了，特定时空中人的表现和活动构成了真正的叙述内容。这样一种人物出场的方式，使人物与其所处的空间环境联系非常紧密。有时候，他们生存于其中的具体的空间，仿佛也承载了他们的生命形态。“三间破草房是在院子的西南角上，这房子它单独的跑得那么远，孤伶伶的，毛头毛脚的，歪歪斜斜的站在那里。”房子一出场，几乎就是人的形象。这草房是租给开粉房的，“粗人”，甚至“和小猪差不多”，因此，同院住的周家的两位少年绅士认为这房子对他们“就再合适也没有了”。那房子会“自己单独行动”，“一天一天往北走”；那房子还会“叫得像个活物似的”，然而房里被吵醒的人说句“房子又走了”就又翻身睡了。晒粉条的时候杆子掉下来都会吓他们一跳，打雷的时候也怕被雷劈着，可他们“对于房子就要倒这回事，毫不加戒心，好像他们已经有了血族的关系，是非常信靠的”。

① ［荷］米克·巴尔：《叙述学：叙事理论导论》（第二版），谭君强译，中国社会科学出版社2003年版，第161页。

人物就这样跟有如“活物”的房子连到了一起，然而叙述者并不是要讲个奇闻逸事，这人与房之间的“血族”关系其实透着生活的辛酸，“一年送来十斤二十斤的干粉就算完事，等于白住……”他们干活的时候爱唱歌，但叙述者认为那歌声“就像一朵红花开在了墙头上，越鲜明，就越觉得荒凉”，不仅如此，作为人物的叙述者甚至直接跳出来“代言”：“逆来顺受，你说我生命可惜，我自己却不在乎。你看着很危险，我却自己以为得意。不得意怎么样？人生是否苦多乐少。”① 草房在风雨中的摇晃、呻吟，似乎正如草房里人们生活的无奈与苦撑。

在《呼兰河传》中，人物往往都是在他们所处的日常生活空间中被描述，而且通常无名无姓。除了刚才所列举的草房里漏粉的人，还有染缸房的学徒、扎彩铺的匠人、胡同里的小贩和应声而出的人家、磨房里的冯歪嘴子，甚至后花园里的“我”和祖父……他们要出来，也是在城里有“盛举”时候，看跳大神、看野台子戏、看放河灯、逛娘娘庙……这时，他们是成群结队的，在河边，在戏台子旁，在庙里……

他们是与这个城结为整体而存在的。在我们常见的以人为主角的小说中，人物所处的环境，通常被认为是“背景”，它的存在或它的被描述，通常是为塑造人物服务的，而且还只是塑造人物的手段之一。然而，《呼兰河传》是为城作传，写人在某种程度上是为了展示人们在这城里的生活状态，也就是说，用这一方水土所养的这方人，来折射这城的“性格”。所以，我们在《呼兰河传》里看见的人，通常是出现在他们经常生活和劳作的地方，仿佛与那地方相生相伴。这样，一方面因为有“人气”，可以让城“活”起来；另一方面，人与环境如此紧密的联系也可以反过来暗示环境所给予人的影响与禁锢。“背景又可以是庞大的决定力量，环境被视为某种物质的或社会的原因，个人对它是很少有控制力量的。”② 作为背景出现的环境尚且如此，何况以城这一通常意义的“环境”为主角的《呼兰河传》呢？它大量与空间同构的人物的所显示出的生存状态，其实正反映出呼兰河这小城的闭塞与压抑，以及

① 萧红：《呼兰河传》，《萧红精选集》，第136—140页。

② ［美］勒内·韦勒克、奥斯汀·沃伦：《文学理论》（修订版），刘象愚、邢培明、陈圣生、李哲明译，第260页。

人在其中的困境与无力自拔。

（二）“非典型”人物的意味

在《呼兰河传》中，那些通常无名无姓、与空间同构的人物，很难称得上是我们通常在小说，尤其是长篇小说中所常见的所谓“典型人物”。这是一些人对萧红小说（不仅《呼兰河传》）深感遗憾的一点，“就萧红创作本身而言，她在作品中没有塑造出批评界推崇的典型人物，也减弱了其作品的影响力”。[①] 这种说法固然不错。但从《呼兰河传》来看，这种以众多非典型人物群体性的“典型”存在方式，取代典型人物塑造的做法，恰好与它的题旨相宜。这些人物，与其说是“塑造”出来的，不如说是作为城的一部分，自然呈现出来的。他们就像植物长在这小城他日常生存所立足的那个空间，叙述者讲到这个空间，就把他们的生活顺带说了出来。说到“植物”，茅盾从另外一个意义上用到此词，“他们都象最低级的植物似的，只要极少的水份，土壤，阳光——甚至没有阳光，就能够生存了”。[②] 无论是从他们与空间的同构关系所指称的“植物”，还是从他们生存条件的简单与生命的顽强角度所比喻的“植物”，其实都是对《呼兰河传》中这些人物近乎静态的生存状态的一种描述。这种生存状态，在这城中，甚至在当时中国的广大地区，都是一种“典型”的群体性的生存状态。从这一点上说，这些非典型人物作为群体而具有了“典型”的价值。

《呼兰河传》中不仅难找“典型人物”，甚至难找小说惯常“塑造”人物的方法。“塑造人物最简单的方式是给人物命名。”[③] 但《呼兰河传》的叙述者几乎从来不周全地叫出一个人物的名字。然而，这种不命名的命名方式，其实正见出小城里人们相互称呼的特点，所谓的“大名”在他们的日常生活中是很难用到的，有的人甚至从来就没有“大名”。此外，由这种称呼的随意，也多少折射出某种生命个体的“轻”。不仅无名，而且绝大多数时候还没有容貌身形和衣着的描写。“老一辈的小说家们如司各特总要以一段详细的体貌描写来介绍每一个重要人

① 李向辉：《批评的批评：萧红研究回顾》，《兰州大学学报》（社科版）2000 年第 4 期。

② 茅盾：《呼兰河传 · 序》，《萧红全集》（下），第 705 页。

③ ［美］勒内 · 韦勒克、奥斯汀 · 沃伦：《文学理论》（修订版），刘象愚、邢培明、陈圣生、李哲明译，第 256 页。

物，又以另外的段落来分析他们的道德和心理本性。”[①]《呼兰河传》里偶有容貌描写，写起来很简单，“我”的祖父“眼睛是笑盈盈的”“长得很高”“身体很健康”[②]，小团圆媳妇有长而黑的辫子、“黑忽忽的，笑呵呵的”[③]脸，王大姑娘则是“很响亮的人”[④]，是“一棵大葵花”[⑤]。这样简略传神的笔墨，如同中国传统绘画的线描，甚至写意。叙述者的话语直接诉诸人的感受，而不是具体形态的描摹。除了上述很少的人物形象描写之外，众多的人物是面目模糊的。然而，从整部小说来看，作为个体的人物面目的模糊，正是为了让人物身上作为群体的特性凸显。

《呼兰河传》里众多非典型人物的存在，还与我们在日常生活中的情形有某种相似。我们又知道多少有名有姓的人呢？每天所见的绝大多数人，又有多少是面目清楚的呢？他们就像每天与我们擦肩而过的普通人，相对于我们个人来说，只是一种群体的存在，如果硬要概括其特征的话，最“典型”的特征正在于其普通。在实际生活中，我们又能见到多少“典型人物”呢？有的只是对身边人群一些片段性的认知，最多抓住典型人物的某些侧面。

《呼兰河传》这种非小说惯常使用的人物描写方式，某种程度上说，反而逼近了生活的“真实”，而它要做的，正是写出呼兰河这小城里常态的人生，一种芸芸众生的“生态”。只是，从《呼兰河传》中所见的“生态”，虽有其自然朴实，倔强顽强，却终究不免寂寞，有时甚至太过压抑和沉闷。然而，这其实正是相当长一段时期来，国民的生存现状与灵魂实景，是“风土画”空间框架下内蕴的“魂”。

---

① ［美］勒内·韦勒克、奥斯汀·沃伦：《文学理论》（修订版），刘象愚、邢培明、陈圣生、李哲明译，第257页。

② 萧红：《呼兰河传》，《萧红精选集》，第120页。

③ 萧红：《呼兰河传》，《萧红精选集》，第146页。

④ 萧红：《呼兰河传》，《萧红精选集》，第192页。

⑤ 萧红：《呼兰河传》，《萧红精选集》，第193页。

四 聚焦与叙述

(一)零聚焦叙事

虽然《呼兰河传》被公认为是一部带个人回忆色彩的作品，但与此类作品几乎多以“我”开头不同的是，直到第二章结束，叙述者都没有通过“我”发声。叙述者的视线似乎能在时空中自由穿行，时而似飘忽于云端，时而又似游走于地面、人群……而视线所及之处，声音也同时响起：

> 严冬一封锁了大地的时候，则大地满地裂着口，从南到北，从东到西，几尺长的，一丈长的，还有好几丈长的……
>
> 严冬把大地冻裂了。
>
> 年老的人，一进屋用扫帚扫着胡子上的冰溜，一面说：
>
> “今天好冷啊！地冻裂了。”
>
> 赶车的车夫，顶着三星，绕着大鞭子走了六七十里，天刚一蒙亮，进了大店，第一句话就向客栈掌柜的说：
>
> “好厉害的天啊！小刀子一样。”
>
> 等进了栈房，摘下狗皮帽子来，抽一袋烟之后，伸手去拿热馒头的时候，那伸出来的手在手背上有无数的裂口。
>
> 人的手被冻裂了。
>
> 卖豆腐的人清早起来沿着人家去叫卖，偶一不慎，就把盛豆腐的方木盘帖在地上拿不起来了。被冻在地上了。①

开头叙述的这一组画面，有如电影镜头，从广角远景中裂着口子的大地，到中近景中老人进屋扫雪说话、赶车人进客栈跟掌柜搭讪拿馒头，“盯”了一眼他手上的裂口，马上又跟上了卖豆腐的人……不光远近景致的切换灵活，空间的切换之快也非常人的视线能比。叙述者以一个近乎全知全能者的身份开始了聚焦和叙述，既看且说。这样，《呼兰河

① 萧红：《呼兰河传》，《萧红精选集》，第85页。

传》的第一、第二章就几乎可以说是零聚焦叙事，叙述聚焦者没有他所看不到感受不到的对象，而且说与看统一在一个主体上。

叙述者不仅告诉人们东二道街上有学堂，而且还能给你看学生的家信——“小秃子闹眼睛好了没有”，又让你进了课堂——“一不留心，他这样的学生就站起来了，手里拿着一本《康熙字典》，常常会把先生问住的”。[①]

要看放河灯吗？叙述者可以让你混在络绎不绝的人群中，到了河边等着时，给你讲一点“放河灯”的渊源：“七月十五是个鬼节……”河灯放下来，和尚开始念经。“念完了经，就吹笙管笛箫，那声音实在好听，远近皆闻。”前两句，那视线是落在和尚及表演者身上的，到第三句就已经到听的人心里了，第四句则是远远近近跑了个来回才说得出的。叙述者还可以让你听看河灯人心里说的话：“那河灯，到底是要漂到哪里去呢？”[②] 你还要看吗？你回去睡觉也没有关系，你不会错过后面的景致的。

> 打过了三更，河沿上一个人也没有了，河里边一个灯也没有了。
>
> 河水是寂静如常的，小风把河水皱着极细的波浪。月光在河水上边并不像在海水上边闪着一片一片的金光，而是月亮落到河底里去了。似乎那渔船上的人，伸手可能把月亮拿到船上来似地。
>
> 河的南岸，尽是柳条丛，河的北岸就是呼兰河城。
>
> 那看河灯回去的人们，也许都睡着了。不过月亮还是在河上照着。[③]

“一个人也没有了”，谁还在看？谁还在说？那“视线”在虚空中摇曳凝聚；那声音在寂静中呢喃……幸亏“我”还没有出场，不然哪里能有如此好景致？即使由着“我”去看也能看到，但叙述者为了能

① 萧红：《呼兰河传》，《萧红精选集》，第 87 页。

② 萧红：《呼兰河传》，《萧红精选集》，第 106、107 页。

③ 萧红：《呼兰河传》，《萧红精选集》，第 107 页。

让“我”看到，该多饶舌，绝无现在所有的空灵寂静之美。零聚焦叙事，使叙述者获得了极大的自由度，以灵便轻捷的方式既远观又近察，说、看自如，从而将呼兰河这小城的概貌立体地呈现出来。

（二）第一人称内聚焦叙事与零聚焦叙事的共存

从《呼兰河传》的第三章开始出现了“我”。这是第一人称内聚焦叙事的标志。这个“我”，既是故事的叙述者，同时也作为参与故事的人物而出现，前者是叙述自我，后者是经验自我。就聚焦而言，既可以通过经验自我，也可以经由叙述自我。而叙述的声音，通常由叙述自我发出，虽然叙述自我在讲述作为孩子的经历时，多少会带着经验自我的感知色彩，但其作为叙述自我的视线通常并不会完全退出。在这种情况下，往往就会形成双重聚焦，而叙述与聚焦有时一致有时分离。

在《呼兰河传》里，“我”首先是作为其中的一个人物而存在。作为经验自我，“我”其实也是被叙述自我观望、叙述的人物。在第三章里，叙述自我放任“我”在后花园、在家里撒欢。虽然被父亲“差点没把我踢到灶口的火堆上去”，被祖母“用针刺过我的手指”，不能去后园或没有祖父陪着玩的时候也不免寂寞，但总体说，“我”是个天真烂漫被娇纵的小女孩。这时，叙述自我也几乎就随着经验自我去看、去说，偶尔才搭句腔。就好像父母无限爱怜地看着自己的孩子兴高采烈地连说带比画，实在有点接不上气了，才在旁边顺着他的思路帮着轻声补上一句。或者，叙述自我在随着经验自我重新经历往事的时候，突然用一双成人之眼看见幼年的自己未能体察的东西，就随口点了一下，把往事讲述得更透彻。这样，叙述自我的淡化，就使“我”作为一个人物的形象由经验自我自然地显现出来了。

从第四章开始，叙述自我没有再由着经验自我尽情表现了。“我”虽然还在家里、院里串来串去，但“我”更多只是作为一个小孩子存在，看见什么、说什么，几乎完全由叙述自我操纵。“我”出场的时候，几乎只是对经验自我负责，而叙述自我自有一套“看”和“说”的方式。

第四章主要写“我”家院里的其他房屋和住户。叙述是从院子里的景致开始的。就在这一章的这第一节里，叙述语气已经悄然变化。叙述者很少再以“我”作为开头，甚至可以看到这样的句子：“在这缸磉上什么也没有，光滑可爱，用手一拍还会发响。小的时候就总喜欢到旁边去搬一搬，一搬就不得了了，在这缸磉的下边有无数的潮虫。”① 这一句“小的时候”，叙述者明显地与作为经验自我的“我”拉开了距离。接着，还有这样的叙说：“没有什么显眼耀目的装饰，没有人工设置的过的一点痕迹……若是纯然能够做到这样，倒也保存了原始的风景。但不对的，这算什么风景呢？”② 虽然还是在“我”家的院子里，但看的眼光和说的语气已经不是经验自我的了。

叙述自我要“我”出场的时候，就只要“我”作为经验自我时那个小女孩的天真、好奇、莽撞和热情。“我”能看出小团圆媳妇只是个小姑娘，“我”能跟她相视一笑就搭上话，“我”能给她玻璃球玩，爬上她的炕把棉袄给她掀了说她没病……当然，也是因为“我”小，“我”没能看见埋小团圆媳妇的情景，却左等右等，等来了“嘴唇放光”的老厨子和“面红耳热”的有二伯。“进到祖父屋里来，一个说：‘酒菜真不错……’一个说：‘……鸡蛋汤打得也热乎。’……好像他们两个是过完年回来的，充满了欢天喜地的气象。我问有二伯，那小团圆媳妇怎么死的，埋葬的情形如何。有二伯说：‘你问这个干什么，人死还不如一只鸡……一伸腿就算完事。’”③ 在这里，叙述者把经验自我推到前台，让“我”一个小孩子心里那份牵挂的“重”与成人言语行为的“轻”直接碰撞，碰撞中，生命的悲意悄然显现。

其余的，就要透过成年的叙述自我的眼光来看来说了。不仅如此，叙述者甚至重新用上了第一、第二章里那无所不知的“天眼”，它能穿墙破壁，洞悉人心。能看见胡家大孙媳妇把猪肉“偷着”留下一块来，再“偷着”下了一碗面疙瘩给奶奶婆婆吃了，能听见团圆媳妇的婆婆在炕边上一边焙药一边说“这可是半斤猪肉，一条不缺”④，能知道团圆媳妇的婆婆心里想什么：“她想，也许是前生没有做了好事，此生找到她了。不然为什么连一个团圆媳妇的命都没有。”⑤

① 萧红：《呼兰河传》，《萧红精选集》，第 135 页。
② 萧红：《呼兰河传》，《萧红精选集》，第 134 页。
③ 萧红：《呼兰河传》，《萧红精选集》，第 169 页。
④ 萧红：《呼兰河传》，《萧红精选集》，第 151 页。
⑤ 萧红：《呼兰河传》，《萧红精选集》，第 161 页。

这样一来，《呼兰河传》不仅前两章与第三章后面的文本之间出现了明显的聚焦变化，而且就在“我”已经出现，开始用第一人称内聚焦叙事以后，还会根据需要使用全知全能的零聚焦叙事，以求获得更全面灵活的视线和更权威的话语，以表现出呼兰河这城的生生息息。

福斯特在其《小说面面观》里论述到“人物”这个问题时，谈到“叙述的角度”，并举了两个“频频转换叙事角度的例子”，第一个是法国作家纪德的《伪币制造者》，第二个是托尔斯泰的《战争与和平》。在福斯特看来，频频转换叙事角度取得了巨大的效果：“我们被领着在俄罗斯到处走动——这儿那儿无所不知，或局部地无所不知，或被戏剧化，按时间而定——到头来我们完全接受了。”[①] 随后，福斯特对这种小说家的技法进行了自己的阐释：

> 这种扩大和缩小感觉作用的能力（更换角度便是这方面的一个征兆），这种断断续续了解情况的权利——我觉得它是小说样式的一大优越性，那是和我们对生活的感觉作用相类似的。有时我们比别人感觉迟钝些；我们能够偶然但不经常进入别人的心灵，因为我们自己的心灵厌倦了；这样断断续续了解，归根到底就会使我们获得的经验多种多样、丰富多彩。[②]

在《呼兰河传》里，聚焦的视线一会儿是一个小女孩童稚清澈的眼眸，一会儿是远游者那跨越时空情感复杂的回望，一会儿又仿佛来自一双无处不在的天眼，这无疑带来了丰富的“视觉感受”，但它们如何自然地转换，并具有某种内在的统一呢？当沉浸在《呼兰河传》文本中，“听”叙述者浅吟低诉，人们会觉得那里面始终有一个音调似乎源自一颗悲悯善感却故作冷静淡然的心。这种聚焦视线的自由多变，与叙述语调内在情感上的一贯，构成一种奇妙的叙事效果，使所呈现的一切，既广大深厚，又自然亲切、细腻幽微。“一个小说家艺术上不可原谅的错

---

① ［英］E. M. 福斯特：《小说面面观》，方土人译，见《小说美学经典三种》，上海文艺出版社 1990 年版，第 267 页。

② ［英］E. M. 福斯特：《小说面面观》，方土人译，见《小说美学经典三种》，第 267 页。

误就在于不能保持语调气氛上的一致性。”[①]《呼兰河传》应该没有犯这个错误。

结 论

随着对文本的深入细读，《呼兰河传》以空间布局形成叙事大框架，在空间叙事成立后，再进行具有一定因果联系或情感、情景相关性的时间叙事这一特点渐渐明晰起来。与此同时，茅盾对其“一幅多彩的风土画”的评语也日益在我脑子里盘旋，我发现《呼兰河传》的内在肌理的确更像“画”，而这也正是与其他以时间叙事为主线的常规小说最明显相区别的一个地方。而且，正因为《呼兰河传》以空间作为大的结构和过渡，而不是以故事情节的推进或人物形象的塑造为主线，它的故事及人物都比其他小说显得零碎，可能正是这些文本内在的特征，导致很多论述认为其作为一部小说显得“散”。然而，从《呼兰河传》为城作传，要写出一方水土一方人的主题意蕴来看，这种叙述方式却非常有效。此外，我发现，大家所论甚多的作品对国民生存现状与灵魂实景的刻画与揭示，其实正与作品依托空间结构来塑造人物群像的做法密切相关。最终，《呼兰河传》中空间、时间与人物的交织，其实都是通过叙述者所选择的聚焦和叙述方式来完成，聚焦变化保证了它表现内容的丰富、角度的灵活多样，而叙述者语调的统一又使其具有一种内在情绪的连贯与和谐。这些，应该就是《呼兰河传》最基本也最具特色的叙事风格。

对于《呼兰河传》的“分”“合”之论，我也通过对文本的叙事解读找到了结构上的依据。《呼兰河传》这七章之所以能具有这种“可分可合、似断实连”[②] 的效果，首先依托于它是以空间布局来形成叙事大框架，也就是说，章与章乃至某些节与节之间的递进更多靠空间位移，

① ［美］勒内·韦勒克、奥斯汀·沃伦：《文学理论》（修订版），刘象愚、邢培明、陈圣生、李哲明译，第250页。

② 徐晓红：《论萧红的小说创作》，橄榄树文学社网站，现场@非虚拟批判，2001年。

而不是时间相续或因果链接。这样一种叙述结构，为“分”提供了可能。其次，由于在进入每一个空间后进行的时间叙事，不少是类似于“主题相关”的集中呈现，叙述者把较长时间流中许多常态事件在人心理上沉积形成的形象叙述出来，从而比单纯地截取某一瞬间的片断印象，具有更为丰富的社会人生内涵。加之视线既在其中又在其外所带来的对叙述对象的深刻表现，才使得每一章即使分立，也有内在的逻辑相关性或情感相关性，而且不显单薄。

在这里说了那么多可分的理由，其实都只是一种假设。如果真的分开，那么，可以设想，中国现代文学史可能只不过多了几篇上佳的散文或行文清新别致的短篇小说，而不是一部似乎不像小说，却在1999年《亚洲周刊》的“二十世纪中文小说一百强”评选中位列第九的长篇小说《呼兰河传》。[①] 这似乎是对以“合”存在的《呼兰河传》的最好肯定，但合的理由何在？我认为，本文引言中他人所陈的两方面理由不仅都可成立，而且非常充分，本论文对《呼兰河传》空间、时间、人物的相关性论述即与此有关。除此之外，“合”的理由同样也涉及对《呼兰河传》文本的叙事解读。第一，叙述者在章与章之间，甚至节与节之间，都用叙述话语做了巧妙的牵引与过渡，各章节间初看“散”实则“连”；第二，叙述者贯穿始终的“语调”把《呼兰河传》从内在情感和精神层面上合了起来，这是真正的合，“神合”。前面论及叙述者的浅吟低诉似乎能让人感知那源头来自一颗悲悯善感却故作冷静淡然的心。跳出文本来说，这颗心应该属于萧红。正是在《呼兰河传》里深深烙上的属于她自己的生命特质，成就了这部作品独特的艺术魅力。

《呼兰河传》书末写着“一九四〇年十二月二十日香港完稿”。“据蒋锡金说，萧红于一九三七年十二月，住在他武昌住处时，曾已设想写她的《呼兰河传》，甚至于已写了头几章的初稿。……”[②] 而从1937年的武昌到1940年的香港，萧红辗转山西临汾、陕西西安，再回湖北武汉，并以待产之身去重庆，在经历了丧子之痛后，到达香港。“《呼兰

① 《台港文学选刊》1999年第8期。

② ［美］葛浩文：《萧红评传》，第155页。

河传》是在时空上远离故事中人物的环境所写成的”，“是背井离乡者思乡情绪下的产物”。[①] 如此，《呼兰河传》这“多彩的风土画”，应该是萧红内心情感色彩最浓烈的一幅心景。

① ［美］葛浩文：《萧红评传》，第137页。

男性：女性心灵史中的行动元

——对《私人生活》《与往事干杯》的男性形象分析

杨晓雯*

如果说20世纪80年代是先锋小说的短暂盛会，那么90年代则是女性主义文学的狂欢节。反对父权文化对女性话语权力及思维方式、心理空间的侵略，展现更为丰富、广阔、诡谲的女性生活场景是其共同特点。和男性作家重在外部空间的开拓相反，女作家们更倾向于内省化叙事。她们感受世界的独特角度以及无所顾忌的自我表达方式，都给人一种潜意识、原欲望得到释放的陌生感。其中，陈染《私人生活》《与往事干杯》，林白《一个人的战争》，海男《私奔者》等个人自传体的女性生存经验描述，女作家们都将笔触进一步逼向人性的本质，沿着一条边缘的路径潜心行走，执拗解说着一部人性的或是女性的心灵史。女作家们不再以男权之眼为镜，而且从自己的视角认识自己的身体；重新找回并呈现湮没于历史地表之下的心灵历程。陈染无疑是其中更具代表性的一位，就是在20世纪90年代众多女性作家及其女性文学场景中，她仍是一桩“个案”①，其后期作品不仅体现了鲜明的女性意识，还更为彻底地体现了对男性话语叙事的主动告别。

陈染发表于1991年的中篇《与往事干杯》和1995年的《私人生

* 杨晓雯，中国少数民族艺术博士，云南大学汉语国际教育学院副教授，硕士生导师，主要研究方向：民族艺术。

① 戴锦华、陈染：《个人和女性的书写》，《当代作家评论》1996年第3期。

活》都书写了独特的女性成长史，它不仅仅是女性肉体、生理成长史，同时也是女性心灵成长秘史。这两部小说分别讲述了两个女性：肖濛和倪拗拗从幼年到成年的成长过程。这两部小说中女主人公所涉及的男性以及随之展开的生活场景都很一致，具有可比性。

叙事功能语境中的《私》《与》男性形象

格雷马斯人物观属于一种结构模式的分类，这种分类始于故事各成分之间一种目的论关系：行为者具有一种意图，他们渴望达到某个目的。《私人生活》和《与往事干杯》（以下分别简称《私》和《与》）中的女主人公作为“行为者”，她们渴望摆脱男权话语控制，完成并呈现一部“双性同体”或“双性和谐”的女性心灵史。行为者在其成长过程中，经过了对男性的期待—受伤—失望—主动告别的心理转换，男性成为女性不同成长阶段心理转化的始作俑者，无一例外地成了功能不同的“行动元”。

《私》中出现了3个男性：少女倪拗拗的父亲（简称“倪父”）、小学班主任T先生、大学初恋情人男孩儿尹楠。《与》中也出现相似的一组男性：少女肖濛的父亲（简称“肖父”）、男邻居和情人老巴。这两组人物在女性生活场景中，无论是出场的时间、所担任的功能还是对女性深层心理发展的影响都有高度一致性。《与》中有段肖濛对包括父亲在内的男性的认识与告白：“长期生活在代表着男人的父亲的恐惧和阴影里，因而使我害怕了代表着父权的一切男人。我对于男人所产生的病态的恐惧心理，一直使我天性中的亲密之感倾向于女人这局面一直持续到我遇到了那不该算初恋的初恋，遇见了一个崭新的男人的世界。”①这段话准确而又提纲挈领地勾勒了女性与其遭遇的男性，既有期盼、渴望，又有排斥、仇视的关系。从代表着“男人”的“父亲”到代表着“父权”的一切“男人”，再加入不该算初恋的初恋“男孩”，三组男性形象简洁地呈现了女性——肖濛或倪拗拗相似的生活场景：

---

① 陈染：《与往事干杯》，《陈染文集》，江苏文艺出版社1996年版。

支离破碎的童年——父母不和，最终离异；父亲往往专制而霸道；女孩因父爱匮乏，自觉排斥父亲。

成人仪式——从女孩到女人的仪式性命名，不断为童年记忆所侵扰，既与往事无法告别，又与现实无法相融。这个阶段，“父亲”退场，而代表着父权的“男人”担任着“处女地上的耕作人”的行动元(《与往事干杯》)。

不该算初恋的初恋期——女性生活场景中往往出现一片温馨、美好的“崭新的男人的世界”。

父亲：男权文化的代言人

“代表着男人”的“父亲”主要出现在女性的童年，之后基本上是“无父文本”。但父亲却是女主人公成年后对“代表着父权的一切男人”排斥心理的直接来源。在《私》中，作者对父亲着墨不多，但这位傲慢、专横、不得志的官员虽面目模糊却以一种异常坚定的姿态立在倪拗拗的生活里，像一道驱散不去的阴影，对倪拗拗童年的“弑父情结”和成年“恋父情结”的矛盾性作出了解释。女孩和父亲谈不上默契，甚至缺乏起码的亲情。倪在学校受孤立时，盼望的是快快回家，然而“父亲是指望不上的”，“父亲从来也不关心我的事，父亲只关心他自己”。倪发誓：长大了一定不要嫁给父亲那样的男人，他让我和妈妈没有依靠。她接下来认为应该嫁给教育局长，因为教育局长可以冲父亲和T先生大发其火。显然，这种“依靠”是很孩子气的，它只是一个单纯、敏感、执拗的女孩子天真的幻想。但从这个聪慧、早熟的女孩身上，我们可以看到女性对男性特有的“依靠”心理会深刻地影响其一生。女性的“依靠”心理最早就是从父亲这个最亲近的男性开始的。

《私》和《与》中的“父亲”行动元是倪和肖恋母情结、弑父情结、恋父情结交织并存的根源。3个情结并不矛盾，“弑父”在《私》中集中表现为倪剪破母亲为父亲熨好的裤子这个情节上。“弑父”是“恋母”和“恋父”的根源；“弑父”主要在童年，“恋父”主要在成年时期。尽管陈染不断勾勒又不断裂解了“父亲”场景之后，并渐次清晰而又有力地获得女性的立场和表白后，仍宣称：“我热爱父亲般的拥有足够的思想和能力‘覆盖’我的男人。”这种“恋父情结”实际上是童年缺乏父爱产生的潜意识、欲望的补偿。

作为女主人公、行动者而存在的倪拗拗和肖濛显然是陈染极为偏爱的，她们的心路历程和形象塑造是其创作的重心。和传统的“严父慈母”“一家之主”等褒义语境中的“父亲”相比，《私》和《与》中的“父亲”则显得面目模糊，语焉不详。据侧重“角色”意义的“心理性”人物观，“父亲”主体意识是显性缺席了，但从侧重“行动元”意义的“功能性”人物观来看，“父亲”的作用又是极为重要的，他们隐性出席在女性的深层意识里。

男人：处女地上的耕作人

《私》中倪拗拗的小学班主任T先生、《与》中大肖濛近20岁的男邻居，继代表着男人的“父亲”之后，作为代表着父权的一切的“男人”踏入女主人公的生活，继续参与心灵史的书写。

T先生和男邻居以父亲般的年龄引诱了倪和肖，并引导家庭离异、精神孤独、身体处于发育阶段的少女开始认识自我，拨响了女性原欲的觉醒之弦。以传统的道德及叙述眼光来看，T先生和男邻居引诱比自己小很多的少女是不道德的，这种两性关系也难以成为审美对象。在别的作家那里，这类故事或者会被写得太“重”，写成一个被诱奸者的控诉；或者会被写得太“轻”，弄成一个现代浮世绘式的皮肉交易。而在陈染这里，两种情形都不存在，她软化了其中的道德色彩而着重书写女性在“处女地上的耕作人”的引诱下原欲获得释放，以及不断认识、昭示自身的美感，揭示女主人公从少女走向女人过程中的一种命名仪式和青春期刻骨铭心的体验。这种不道德但唯美的两性关系在《与》中尤为突出，它们美则美矣，却缺乏灵与肉的结合。女主人公理想的男性是“有足够的思想和能力‘覆盖’我的父亲般的男人”。而“处女地上的耕作人”除了有“父亲”的年龄，并无“足够的思想和能力”，他们从未真正获得少女们的芳心。和对“父亲”单纯的仇视相比，她们对“男人”则是一种仇视、排斥与依恋、祈盼交织，更为矛盾的心理。倪拗拗说:“多年来我们就一直浸泡在一种摩擦对立甚至敌视的关系里。”无论是T先生还是男邻居，不同的命名都有着内在编码的同一性，即同属于“男人”行动元。

对于“被引诱”，尽管倪和肖表现出的态度不再是受挫后的哀怨，也不是秦香莲般呼天抢地的委屈，但“男人”在其心灵史上刻下的惨痛而又深刻的一笔是无法抹去的。倪拗拗说:“这个世界是通过欲望控制着我们的，当我们走过了很长的道路之后才会幡然醒悟，只是这时我们已经为此付出了代价。”

在倪和肖“女人”命名仪式完成后，T先生和男邻居徐徐后退，成为她们生命中来自“这一天”的一道深刻记忆和一片“不纯净的海洋”。“处女地上的耕作人”便是T先生和男邻居——代表着父权的一切“男人”行动元在女性场景中充当着的卑鄙而又光荣的使命。

男孩:不真实的漂亮外衣

《私》和《与》中出现的第三组男性形象:单纯、美好、英俊的男孩儿尹楠和老巴，作为倪和肖“不该算初恋的初恋情人”，踏入她们的生活。《私》带有心理小说悬浮、沉重的暗色调;《与》在老巴出现之前，故事基本上发生在阴暗、压抑的尼姑庵。尹楠和老巴的出场是倪和肖生活中一抹温暖、明亮、美好的亮色。尹楠和老巴都出现于女主人公成年时期。这一时期，女主人公身体、精神、心理都趋于成熟，对“男人”的依恋心理消失了，“男人”完成了性启蒙者的功能，退出了她们的生活。作者对“男孩”以偏爱的态度进行了大量细节描摹，但除了不厌其烦地渲染其美好、帅气的大堆文字外，“男孩”形象始终是空洞、模糊的。较之“父亲”和“男人”，“男孩”越发抽象为一种功能意义的行动元。倪和肖美好的初恋很快就无一例外地宣布告终。尹楠远走异国他乡，老巴因为是男邻居的异国儿子而不得不走出肖的生活。倪拗拗面对尹楠的离去，说:

> 他离开了我，变成了一个难舍的记忆，一件失去活生生动感的“外衣”，这件不再真实的“外衣”，由于分离，会把他的形象越发地完美起来，把那些由于过分密切而带来的黯然失色，全都包裹在这光彩照人的“外衣”里边，由于这情谊的意想不到的中断，它的美感将像大理石一样，被永久地固定下来。
>
> 这是人类关系中最为动人的结束。

倪、肖和尹楠、老巴“正常”的异性恋并不意味着追求叛逆、拒绝“治愈”的女主人公们从此就被“治愈”了。相反，这种暂时的“治愈”让美好的恋情最终被撕毁的悲剧性更为凸显，并在女性生活场景中刻下美好而惨痛的一笔。尹楠和老巴作为“崭新的男人世界”“不该算初恋情人的情人”介入并殊途同归的“离去”，使“男孩”美好的形象及其爱情具有一种必然的虚幻性。这种“动人的结束”把女性的命运推入一个更加义无反顾的绝望境地，从而更清晰地呈现女性向男权社会主动告别的决绝和明朗姿态。

综合以上分析，可以看到，对《私》《与》中的男性形象作传统意义上的分析是没有意义的，作者的创作重心显然已经在偏离男权话语中心，她力图从女性而非男性视点出发，书写女性的心灵史。如果从心理可信性、人格特征、思想、性格等角度对男性形象作传统分析的话，我们的确会得出“男人正在缺席”的结论。但纵观其小说，我们深刻地感受到男性在女性心灵史中无处不在的作用。可以说，撇开男性，我们无法对作为行动者的女性进行形象分析。结合普洛普的功能人物观及格雷马斯在此基础上提出的“角色行动元”二分法，可以得出结论：《私》《与》中的男性形象实际上是功能性质的符号，他们不是作者创作的重心，而是帮助或阻碍女性完成心灵史的行动元。这一行动元又由3个部分组成：父亲、男人、男孩，他们分别担任着“男权文化代言人”“处女地上的耕作人”“不再真实的外衣”三个叙事功能。[①] 它们互

① 陈染：《与往事干杯》，《陈染文集》，江苏文艺出版社1996年版。

成因果，环环相扣，共同决定了女性心灵史的走向和可能呈现的状态。以格雷马斯二分法人物观来观照男性的“缺席”，可以说，从“角色”来看，男性的确显性缺席了；但从“行动元”来看，他们又时时刻刻隐性出席在女性的深层意识里，间接地书写了这部女性心灵史。

民族学、民间文学叙事研究

民族志文本与“真实”叙事

陈庆德　郑　宇*

一　“真实”的遮蔽与展现

民族志一般都被人们当作了解当地“真实”情况的文本而阅读和研究。这些文本的真实与否是基于如下被悬搁的假定之上的。即“结构对应关系存在于叙述的素材与‘真实’的素材之间，也就是存在于人们的行为与行为者在被杜撰出的素材中的行为之间，人们的经历与行为者的经历之间”。① 即叙述是人类的一种（对事件的）特有模仿行为，而且这样的模仿能够最大限度地还原事实本身。作为民族志，另外还有两个作为支撑的理论基点：一是受过专门训练的人类学学者使用科学、严谨的调查手段，在一个地方进行了长时间的实地调查，并按照一定的学术规范写成了民族志，所以权威、可靠；二是部分能够表达整体的理论预设，即对于有文化代表性的某些社区的“抽样”调查能够在一定程度上基本反映相关民族整个文化的主要特征。

以往人类学田野调查的“真实”的问题，主要集中于文本形成之前的收集素材的方法和技巧，以及怎样有效地进入并融入当地社区、如何

* 陈庆德，云南大学文化产业研究院教授；郑宇，民族学博士，云南大学民族学与社会学学院教授，博士生导师，主要从事民族经济与民族文化研究。

① ［荷］米克·巴尔：《叙述学：叙事理论导论》（第二版），谭君强译，中国社会科学出版社 2003 年版，第 210 页。

保持心态、如何进行有效访谈、如何制作调查表等。即更多的是对于保证收集原始资料“真实性”的方法的关注。这些关注大都仅仅局限在民族志作者调查方法本身的研究，局限在如何保证最大程度获取“现实对象”的问题上，而没有意识到从现实对象到认识对象的转化问题。民族志的这种倾向从一开始就有着很深的漏洞和缺陷，因为它遮蔽了自己赖以生存的“真实”的一个重要方面。

民族志真实与否的问题实质上也涉及了认识论的“真实”问题，即人的认识如何达到“真实”的问题。海德格尔曾对传统真理观提出过批评，因为，传统真理观认为“真理是物和知的符合……命题的不真被说成是与事物不符，事物的不真则是与其本质不符”。这样一来，真理问题就演变成了正确性的问题，于是“正确性垄断了真理论”。[①] 恩格斯更早时就曾指出：“一个事物的概念和它的现实，就像两条渐进线一样，一齐向前延伸，彼此不断接近，但是永远不会相交……这种差别使得概念并不无条件地就是现实，而现实也不直接就是它自己的概念。”[②]认识已经“包括并预先假定了表现”。[③] 所以，事物并不等于或重合指陈它的命题（或者说描述、概念），即现实对象并不等于我们所认识的对象。如果把真理问题转化为正确性问题，真理的符合论就遮蔽了二者之间存在差异的事实。符合论表面上连接了现实对象和人们的认识，但却在事实上遮蔽了“真实”的层次性存在，“真实”被偷换成了某种暧昧的“真实”之间的关系。正是“‘关系’不会是实在的，因为关系涉及的不是一件而是两件事物”[④]，所以，可以还原“真实”的本质含义，即确认“真实”为一个事物是它本身的呈现，而非两个事物之间的符合关系。由此，就可以有现实对象的“真实”，也有认识对象的“真实”，甚至还有语言叙述的“真实”。符合论把这些不同质的“真实”混淆在人们的认识中，最终成为一个笼统而含混的“真实”符合关系。在符合论真理观的影响下，传统民族志的“客观观察、客观记录和客观

① 陈嘉映：《海德格尔哲学概论》，生活·读书·新知三联书店 1995 年版，第 177—178 页。

② 恩格斯：《马克思恩格斯全集》第 39 卷，人民出版社 1974 年版，第 408 页。

③ ［德］卡西尔：《人论》，甘阳译，上海译文出版社 1985 年版，第 59 页。

④ ［英］罗素：《西方哲学史》（下），马元德译，商务印书馆 1976 年版，第 279 页。

描述异文化"的本质也就是对"认识对象"符合"现实对象"、"概念"符合"它的现实"的极力追求，而不管这种符合是否能够实现。

事实上，人类学界对此问题也已有所警惕并作出了一定的反思。阐释人类学就曾对这类符合"真实"问题有所顾忌。格尔兹认为好的叙述和差的叙述的差别在于"浅描"和"深描"，即在于我们对当地文化理解和解释的深度。[①] 这可以看作他对民族志写作的"真实"标准的一种规定。这样的努力意味着格尔兹在为以阐释者、叙事者为中心的深描理论寻找依据。但把文化作为集体文本加以个人化的"过度解释"的危险却依然存在。深描理论虽然涉及文本的写作，但其根本注重的是人类学学者自身文化对文本的影响，更多的是从人类学学者自身的行为出发来质疑和研究，对文本自身的"真实"问题仍不够重视。

20 世纪六七十年代以来，以《写文化》为代表的对人类学"真实性"质疑的大论争[②]，涉及了从人类学的认识论基础到文化写作方式的具体方面，质疑整个人类学学科的科学性基础，认为人类学研究和"真实"之间存在巨大距离。虽然这些论争并没有一劳永逸地解决民族志的"真实"问题，但它至少提醒人们应当关注人类学所能达到之真实的有限性问题。

如果把民族志文本定义为民族志作者认识对象的结晶，即认识对象经过主体语言的外化和现实化的结果，那么，文本就是认识主体在认识过程后对认识对象的总结。在此意义上，现实可感的民族志文本实际涵盖了从现实对象到认识对象外化形成的整个过程。这就表明了，民族志文本的真实与否只能以文本中所记述的内容为基础，通过已有的认识与逻辑加以判断，而作为判断基础的内容只能来源于民族志文本本身。因此，考察民族志文本本身，在几个"真实"的最后一个断面上作考察，再向上回溯到追问认识对象的形成就在理论上具备了可能性。这样，文本在此成为一个可操作的基本的现实实在基点，从而避免了切入点的混乱和纯粹理论上的无限推演。当然，这首先需要确证人的认识能力，确

① ［美］克利福德·格尔兹：《文化的解释》，纳日碧力戈等译，上海人民出版社 1999 年版，第 17—18 页。

② 周泓、黄剑波：《人类学视野下的文学人类学》（上），《广西民族学院学报》（哲学社会科学版）2003 年第 5 期。

证通过认识，我们能尽可能接近现实对象。注重文本研究的叙述学(narratology)，“是关于叙述、叙述文本、形象、事象、事件以及‘讲述故事’的文化产品的理论”。[①] 在叙事学中，文本被看作一个相对独立自足的完整结构。就民族志的分析而言，可以先把叙事性的民族志文本假定为独立存在的个体，把它从与民族志作者及其相关文化的背景中进行悬搁，使文本自身得以“还原”、得以显现。这样一来，文本就有可能获得一个更为客观的位置。相应地，文本的“真实”问题就成了民族志“真实”问题的切入点。由此出发，民族志的素材与文本、叙事手段与叙事行为以及认识对象如何转变为现实文本的方式、途径等问题就会突显出来，从而开启民族志“真实”探问的新角度。

二 文本与素材混同中的“真实”

民族志可以从素材和文本两个层面加以理解。素材（fabula）是民族志者所看到或听到的在自然时间内发生的事件组合，从逻辑上看，常常是零碎甚至混乱的。其材料（成分）包括事件、行为者、时间与地点等。而“文本”（text）指的是经过叙述行为后、呈现在作品中的事件组合，是由语言符号组成的一个有限的、有结构的整体。当然，这一有限整体并不意味着文本自身是有限的，因为其意义、效果、功能与背景并不是有限的。也可以说，素材即未经人的逻辑整理的现实原料，与之相对，文本则是人的认识对象外化的结晶体。从逻辑上讲，读者首先看到甚至也只能看到的是符号化的民族志文本而非素材本身，而读者希望得到的素材则要从经叙事者重新意义化后的文本中获取。这种分清素材与文本的做法就可以使我们获得从一个新的角度来关注民族志的真实问题。

文本和素材之间，只存在某种结构上的类似关系，而非一一对应。二者的差异从本质上看类似于现实对象和认识对象之间的差异。在透过

① ［荷］米克·巴尔：《叙述学：叙事理论导论》（第二版）谭君强译，“导言”，第1页。

文本获得素材的过程中，人们同样是根据文本中的信息和人类的“事件逻辑”结合来推断文本中素材的逻辑关系，在逻辑推断后进而相信调查报告和民族志的“真实”。这是一种“假设的真实”，因为文本自有其必须遵循的不同于事件本身逻辑的叙事逻辑。而素材的真实，即“最真实的民族志材料”，“不是由文化秩序的事实构成的，而是由人们主观地对待秩序的方式构成的……”① 因此，这里无法避免地存在第一手资料与转化为职业标准文本之间的不协调性。这意味着绝对完整准确的文化表述只是一种理想状态。这还意味着对从素材到文本所必须经过的“叙事人”的加工整理的忽略。

“叙事人”这一概念的提出，将使区分素材和文本的意义更加明显。文本的叙事人和文本的作者是存在差异的。叙事人指的是语言符号和叙事行为的掌控者。叙事人是在文本层次上说的，而作者则处于素材层次。作者只是作为一个素材的收集者的意义存在，在文本中，他常常要委托叙事人来叙事。作者只可能有一个（或综合的一个），但民族志文本中的叙事人却是复杂多样的，在文本中呈现为无数的“他”（如使用直接引语时），而作为叙事者的“我”也只是无数的叙事者中的一个。叙事者是话语的掌控者，叙事者自己的逻辑和话语才是他希望表达的“真实”内容。要达到“真实”叙事，让叙事人按照自己的习惯方式说话就是文本的一个最基本的要求。但传统民族志已经“习惯”于把作者直接引入文本，赋予以作者名义出现的“我”以特殊权力，“我”成为掌控其他叙事人的一个全知全能的特殊叙事者（因而常常以无所不知的“上帝”身份来驱使叙事者）。因为理所当然地，作者或者“我”的更重要的功能是不言自明地组织整个文本，选择其他叙事者，连接所有事件。其结果是，以民族志作者身份出现的“我”把自己从文本中的一个特殊性存在提升为普遍性的存在，从而实际掩盖了其他叙事者的存在，掌控了他们的话语权力，进而实现对文本的逻辑和叙述的完全掌控。他可以随意选择所需素材，可以自由进出于文本中，可以随意对文本中的事件进行评价和总结。这就使民族志作者有可能滥用自己

① ［美］马歇尔·萨林斯：《文化与实践理性》，赵丙祥译，上海人民出版社2002年版，第103页。

独特叙事者的身份，也就有可能会带来相应的素材和文本之间的混乱。明确区分作者和叙事者至少可以减轻这种滥用。或者对这种滥用保持警惕。

事实上，在一些经典的民族志中，用西方逻辑使当地事实重新有序化、重塑土著文化及其逻辑，重新解释和创造土著人的文化，从而创造了“倒置的民族志”的情况是常见的。尽管马林诺夫斯基“公开主张‘引出土著人观点’的目的，但他依然允许文化的置换或翻译模糊或掩盖土著文化体系的独特逻辑。他的工作程序是在作者自身文化的意向中，过度地解释和重新重造了土著人的文化，其结果是把描述的文化归于西方的文化逻辑之中，而不是捍卫保护被描述者的文化逻辑”。[①] 他们把自己收集的原始素材和经过自己的逻辑理性重新构建的文本完全等同，把作者对事件的认识想当然的视为了当地人（文本中的众多其他叙事者）的认识，从而用自己的特殊认识对象结果置换了当地人的认识。因此，传统民族志作者没有意识到自己作为特殊叙事者的局限，他们对“真实”进行了过度的重建。应该看到，尽管今天的大多数民族志的写作方式仍然存在对权威叙事者身份的获得和拥有视为理所当然的情况，但同样也有许多人类学家开始注意到了叙事者与作者区分的意义。

格尔兹重视对阐释者即上文所说的作为作者身份出现的叙事者的研究。他把传统民族志作者的任务——“他观察，他记录，他分析”的总结重新阐释和提升为“他写”[②]，认为人类学者的解释只能到达（真实事象的）近似值。“……人类学著述是小说；说它们是小说，意思是说它们是‘虚构的事情’、‘制造出来的东西’——即‘小说’的原义——并非说它们是假的、不真实的或仅仅是个‘想象’的思想实验。”[③] 因此，人类学学者对文本的建构是包含了科学想象力、作者本人的文化、意识形态的综合体。作者作为第三参与者在文本中嵌入了自己语言中的无意识结构、术语、行为等中介体。阐释人类学区别了素材和文本的不同，承认了叙事行为、叙事者的存在，承认了叙事者、叙事

① 陈庆德：《经济人类学》，人民出版社 2001 年版，第 61 页。

② ［美］克利福德·格尔兹：《文化的解释》，纳日碧力戈等译，第 446 页。

③ ［美］克利福德·格尔兹：《文化的解释》，纳日碧力戈等译，“译序”。

过程对于文本的重要影响。但是，缺憾在于，他们区分了作者和叙事者，但又把作为作者身份出现的这一特殊叙事者提高到了空前的地位加以强调，把整个文本的形成及其意义归结到此叙事者身上。在马尔库斯等人看来，素材与文本、作者与叙事者的混同还有更深刻的原因，这些将本应区分的范畴进行混同的民族志的作者“声称只有本人才掌握第一手资料（作者权威和文本现实表象的原因）”，这样的描述、展示异文化生活方式的整体图景是“特殊的、从文学上看相当狭隘的现实主义”，“这种现实主义乃是塑造人类学中那种支配性的历史叙述的母题（motif）的副产品”。因为这样的民族志“使民族志作者保留对解说的控制并使之不受任何挑战，它们传递的是一种远距离的文化经验表述”。[①] 也就是说，坚持现实主义本体论的反映说，坚持素材和文本的“真实”的同一性似乎是有意为之的：因为这和学术中某些支配性权力有着深刻的关系——因为特殊素材的获得和相应的写作方式意味着权力的支配——这样的写作态度和方式本身成为权威话语的现实载体和方式。这种写作方式的改变也就意味着是艰难和长期的过程。

三　视角和聚焦所揭示的“真实”

注意到素材与文本的区别，正视叙事者和作者的差异性就意味着必须对民族志写作的视角和聚焦加以重视。叙事视角（narrative perspective）或者说视点（point of view）是民族志写作的重要理论基石（以下称视角）。叙事视角指的是叙事者组织安排故事的角度，即选择何种观察点看事情的方式。[②] 一定的角度也就是“谁”站在什么“位置”来讲述的问题。与之紧密相关的重要概念是“聚焦”：“把所呈现出来的诸成分与视觉（通过这一视觉这些成分被呈现出来）之间的关系称为聚

---

① ［美］乔治·E. 马尔库斯、米开尔·M. J. 费彻尔：《作为文化批评的人类学》，王铭铭等译，生活·读书·新知三联书店 1998 年版，第 45、84 页。

② 参见罗钢《叙事学导论》，云南人民出版社 1994 年版。

焦（focalization）”，它是“视觉（即观察的人）和被看对象之间的联系”。[①] 二者的不同在于，聚焦属于“语言文本与素材之间的层次”，而视角则属于文本层次。视角是关于文本“谁在叙述”，即谁在运用语言的问题，而聚焦则是文本中具体的“谁在看”“谁在感受”事件的问题。对于同一事件的不同叙事视角和聚焦显示着不同的看待事物的方式和价值观，凸显着各自相应文化的特征，因而对民族志文本的视角和聚焦进行研究就是必要的。

在传统民族志文本中，常常使用全知视角，这时的聚焦方式为外在聚焦，作者通常表现为外在于文本的叙事者（作为作者身份出现的隐藏的“我”），他清楚所有事件的前因后果，清楚文本中每一个人物的全部，甚至包括其心理、情感。陈桂棣和春桃的《中国农民调查报告》使用的就是没有“我”出现的全知视角。这样的文本的基本构架是：{我叙述：[我认为：（我听说的这件事情是……）]}，作者是文本的唯一权威实在的叙事者。而限制视角则常表现为民族志作者在文本中主动暴露自己的身份，常使用第一人称“我”。“我”不在场的时候，则以文本中的某一个人物为叙事者（通常使用第三人称“他”），以他的视角和口吻来叙述和描述事件。使用第一人称叙事时，又可以分为目击者（边缘性观察事件）和主人公（亲自参与事件）叙事；使用文本中的其他人物叙事，则直接通过他来叙述他所参与或者观察的事件。在限制视角的文本中，很少有自始至终一直使用同一人物叙事和聚焦，一般是以“我”为主导，变换人物进行。这样叙述的好处是只说知道的，回避不知道的部分，通过这样的方式，可以向读者暗示哪些是自己真实知道的，哪些不是。同全知视角相比，限制视角表明了各个叙事者与故事的距离，反而可以起到暗示真实在场的作用；也可为读者提供判别事实的空间。

经典民族志《西太平洋的航海者》主要是以“我”这一叙事者（文本中的一个人物行为者）的限制视角来构建文本的。他的基本模式是：见证事件的开端，用“我”或“我们”来介绍某个故事发生的基

① ［荷］米克·巴尔：《叙述学：叙事理论导论》（第二版），谭君强译，第168、172页。

本情况（时间、地点、行为者、事件起因），这时的视角是受到限制的。之后，作为作者的“我”就在文本中暂时消失，转而用第三人称“他”“他们”来叙述，这时的视角是全知的。在叙述中需要的时候，“我”和“我们”又常常随意地加入进来。下面是该文本中有关造船过程一节的叙事脉络：“现在到了施工的第二阶段……”“我们现在要想象……”“当独木舟的主体和所有部件都已准备停当后……”“在这里，我不打算叙述巫术的程序，只有一个最重要的巫术例外，因为即使对它们作最简单的描述，都会影响我们对各个活动的连续介绍……”“装好船头船尾的围板后……” “现在土著人开始造船工程中最主要的工序……”“我这里不能够详细讲述独木舟的建造细节……”“现在要谈一谈 wayugo 绳结……”“基于这个巫术的重要性，现将有关咒语的内容全文引出……”① 叙事人“我”清楚表明了对文本的操纵过程。“我”采用全知、限制视角交叉，使用内在、外在聚焦交叉的方式去观察和描述事件。一般在一段叙事结束或者直接在叙事过程中插入评论，做出总结和评论，从而直接暴露其观察者、研究者的性质。“我”“我们”暗示了叙事人、聚焦者的亲自在场：叙述“亲眼”所见的环境、亲耳听到的当地人的话语、亲身的一些感受。这时的视角和聚焦是受到限制的，叙事人不能感知他人的内心，不能随意转换叙述内容。然后，该文本的叙事又经常经意不经意地转入全知全能的视角、外在式的聚焦来自由选取所需要的素材构建文本，叙事者甚至自由、随意地在事件进行的过程中进行评述和总结。叙事人出色运用了视角和聚焦的交叉，这是《西太平洋的航海者》产生如此强烈“真实感”的重要原因，这也是该文本超出那些只使用全知全能视角的民族志文本的原因。可见，视角运用的好坏直接影响文本的可靠性和“真实”的程度，但是，很清楚的是，由于只是自发地无意识使用交叉方式，也造成了“我”和文本隐藏的外在的作者叙事者是同一不分的，所以“我”可以不断地在文本和素材之间随意往来以组织文本。“我”的凌驾地位依然是明显的。这就是前面提到的，以前的民族志中存在的重塑“他们”文化的危险，

① ［英］马林诺夫斯基：《西太平洋的航海者》，梁永佳等译，华夏出版社 2002 年版，第 120—122 页。

而这样的危险正是由其写作方式带来的。

绝大多数“现实主义民族志”至今仍没有认识到这个问题的重要性，使用的大多仍是全知全能的视角、外在式聚焦。事件表面上似乎在客观地进行着自我讲述，但全知全能的视角揭示了隐藏的权威的“我”的存在。而一般情况下，民族志文本叙述的“真实”情况，读者无法亲自去证实（一些甚至已经从此消失，不可重复），甚至没有办法和标准对文本中素材的真实程度进行判断。因此，对当地文化的认识本质上是作者一个人的认识。其结果是，对“真实”的判断只能依靠作者叙事者一个人的“诚实”。去掉其中专业的评论和总结，它们和一般的有关异文化的虚构小说其实没有多大区别。我们可以对文本中的“真实”提出“你是怎么知道这件事的”“你知道的东西怎样能让我相信是真的”“什么是你的‘真’的标准”等问题。

不同的视角可以揭示同一事件的不同方面，转换视角可以更多了解同一事件的更多方面，得出相对全面一些的结论，从而更可能接近事实和真相。一定的视角体现着叙事者希望读者看到什么，或者希望他的表述取得何种效果的主观意图。全知全能看似客观的叙事方式事实上剥夺了不同的聚焦者、叙事者对事件看法的多样性，从而把事件固定为作者叙事者一个人的看法。

刻意回避叙事者、聚焦者以期达到“客观”叙述，往往是无效的，甚至还是具有欺骗性的。如《圣经》学者苏珊·尼迪西在论述《圣经·旧约全书·民数记》时把“强奸”称为“强迫其女人成婚”（forcing its women into marriage）。这是为了达到所谓“客观”而减少“我们”的价值观、伦理观对这个行为的引导和影响，使用无隐喻的原生词语来描述。这样“客观”描述的结果是使“强奸”这一具体的动词被名词化。但随着叙事人、聚焦者被去掉，这个词的含义也就跳过行动主体而被同质化，其中可阐释、可变性的东西被遮掩，其行动主体所必须承担的责任及其背后的特定文化的丰富含义也因此被取消。这样的例子说明了叙事者、聚焦者不能也不可能被超越，说明了民族学文本对不同的叙事人、聚焦者进行确认的重要性。

视角与聚焦的分析，提出了对“主位”“客位”这“两种角度都可以做出科学的客观的评价”[①] 论断的质疑。因为研究者与其不同对象的日常生活、知识体系和意义世界存在着极大差异，“而这一差异，研究者无论是主位的投入理解，还是客位的冷静分析，或许都极难克服或沟通，甚至都极难予以些许消减”。[②] 由于“理解本身无法客观化，当然也就不可能提供任何客观的知识”。[③]

可以用下面的公式来还原“主位”和“客位”这两个概念的基本叙述形式：

> “主位”——［我叙述］：（我认为）我看到（聚焦）的事件（应该）是……
>
> “客位”——［我叙述］：（我认为）他看到（聚焦）的事件（应该）是……

两个公式的比较清楚表明了，两种叙述方式的实质在结构上区别并不大。叙述由作者叙事者作出（我叙述），最终的认识和判断也由叙事者作出（我认为）。所不同的只是在客位中，“我”需要伪装成某个具体化的“他”，设想从“他”的视角在“我”这里重新聚焦、重现事件，因此，事件的真正聚焦者仍是隐藏的“我”。“我叙述”、“我认为”和“我看”规定了“主位”和“客位”的区分在本质上的无差别。因此，“主位”和“客位”其实都是“主位”，二者不是并列对应关系，而是“客位”从属于“主位”，“客位”是“主位”的同质变形。这决定了“主位”和“客位”只可能是收集素材过程中的方法问题，是有意换取视角角度以期获取更“真实”的资料，是文本形成前调查者的态度和地位的问题。区分只是为达到“客观”效果而进行的表面、浅层的视角转移，而不同于真正的重视其他叙事人、重视视角和聚焦问题。这一问题的解决，并不仅仅是方法的问题，首要地是对民族志叙述中“我

① ［美］马文·哈里斯：《文化人类学》，李培荣等译，东方出版社1988年版，第16—17页。

② 高琴：《民族志和口述史的内在类同》，《民俗研究》2001年第1期。

③ ［德］马克斯·韦伯：《社会科学方法论》，韩水法等译，中央编译出版社2002年版，汉译本序，第11页。

性”和“他性”加以辨别和认识。

上述公式说明了，“主位”和“客位”正是以明确区别并强调“我”和“他”的差异和不同为前提，是“我”和“他”的基本对立的划分。这样的对立有着深刻的来源。传统民族志关注的显然不是单个的个人，而是对于“他”的整体背景文化的注视。“我们这里需要研究的是模式化的思想和情感方式，作为社会学家，我们对某甲或某乙在个人经历中的个人感受不感兴趣——我们感兴趣的是他们作为社区成员的感想。”① 即便马林诺夫斯基强调对当地人的个别的心理、情感进行参与性的体验，也只是为了寻求他们的整体心理、情感规则，而非真正要去体验当地人个人的经历、情感和心理世界。文本中的“他”作为“行动元”② 的类的意义而存在，也就是说，文本中“他”的存在意义在于“他”在“他们”的文化中的独特性，即作为一个特殊行动者的“他”能揭示“他们”文化的某种一般性特征。确实，和单个个人的行动比较，把“他”作为行动元，作为“类”的人物来叙述显然更具备其文化的普遍特征。这样的文本中的作为角色的人物本身是消隐的，而非现实的单个个体性质的真实存在。所以，传统民族志文本中的“他”其实是“他们”。

与其他叙事文本中关于“他们”的类的概念进行对比，可以说明传统民族志文本中的类的独特意义。一般的叙事文本，特别是文学类的叙事文本通常是明确宣示通过“他们”来揭示“我们”的类的特征，即以整个人类的特征为目的和任务的。这样的“我们”事实上比传统民族志中的“我们”要宽泛。马林诺夫斯基曾经对民族调查与研究的目的进行解释——这也可以看作他对于民族志写作目的的解释：“或许通过认识遥远而陌生的人性，我们会看清我们自己。在而且仅在这个意义上，我们才会在情感上判断出，花费时间去理解这些土著人是值得的，理解他们的惯例和习俗是值得的，了解他们的库拉是值得的。”③ 研究目的是明确和明显的，即为了“我们”，为了得到和我们不同的对比，

① ［英］马林诺夫斯基：《西太平洋的航海者》，梁永佳等译，第17页。

② 参见张寅德编选《叙述学研究》，中国社会科学出版社1989年版，第119—127页。

③ ［英］马林诺夫斯基：《西太平洋的航海者》，梁永佳等译，第19页。

而去寻找“他者”的差异，去获取“他们”文化中的文化结构和规则。也就是说，“他们”是手段，“我们”是目的。所以，传统民族志中以观察者、审视者、比较者出发的视角其实是比较狭小的。“我们”只是种族或者文化中心意义上的“我们”。从这样的研究目的出发，“我们和他们”的文化之间的比较研究方法只能扩大双方的差异，以确认“我们”的文化，却无助于真正理解和发展他们的文化，无助于理解人的整个类的文化。这样的比较方法本身也和人类学探求人的类本质的基本精神相违背。在此意义上，立足于整个人类总体视角的“我们”应该修正和代替“我们和他们”的视角界定，即把“民族学对‘另一个’和‘另一处’探寻和研究，最终归结到了对人的类整体的全面理解上”。[①] 只有对“我们”性质的重新认识，才可能使民族志作者重新设置叙事人“我”在文本中的位置。在此基点上，对各种叙事方法的探索才具备了真正的可能性。

“真正作为现实性存在的东西必须在认识过程中才有可能。”[②] 因此，文本所谓的“真实”是认识的真实，是叙事过程的真实。“真实”的程度受到叙事方式的巨大影响，较好的叙事方式有助于我们尽可能接近真实，反之，则可能远离真实。以上从民族志文本中素材和文本的关系、叙事和聚焦的相关问题进行了探讨。可以发现，获得较客观的素材，即“写什么”仅仅完成了民族志写作的第一步。作为民族志作者，在深刻认识、理解和把握其书写对象的素材后，第二步，则需要严肃地考虑“我”作为叙事者和聚焦者的自我定位及文本的叙事方式，考虑如何才能更有效地传达更多的真实信息，即“如何写”的问题。这表明了从仅仅限于本体论意味的内容方面的关注到认识论的、语言观的“如何”言说的转变。

西方的当代实验民族志以及中国的一些学者在实践中已经对传统民族志文本传统提出了挑战。他们围绕叙事人、视角、聚焦对新的多种叙事方式进行了探索，提出了诸如借鉴巴赫金的“复调”理论，来尝试多元叙事等方法。这样的探索无疑将有助于民族学自身的发展。当然，

① 陈庆德：《资源配置与制度变迁》，云南大学出版社 2001 年版，第 20 页。

② 张世英等：《康德的〈纯粹理性批判〉》，北京大学出版社 1987 年版，第 122 页。

在探索新的叙事方式时，首要的是要认识和处理作者与叙事人的关系。叙事人只有在从狭隘的“我们”扩展到人类类本质的定位基点上，在认清寻找“我”与他文化的差异不是目的而是手段的基础上，寻找最大程度接近“真实”的叙事方式才有可能。因为正是叙事人认识主体、叙事主体的基本定位根本决定了视角、聚焦的性质，决定了叙事文本的“真实”程度。要从质上改变决定文本真实性的视角和聚焦，只有从改变叙事人的性质开始。当然，这样改变并不意味着叙事人、叙事方式的探索拥有了无限的随意性。民族志文本从素材到文本的根本限定，使“真实”只能在“我性”与“他性”之间寻找。

四　文本叙事与话语实践的反思

长期以来，在有一个“外在”现实的基点上，人们看待民族志文本的普遍态度是不仅想了解它所要叙述的事实，而且想了解它讲述的事实是否真实；力图掌握它如此这般叙述的凭据，审视它是说真话还是打诳语；是材料丰富还是毫无价值；是确凿无误还是已被篡改。然而，上述对“真实”与叙事视角或聚焦、主位－客位、我性－他性等关联的分析，却把我们引向对作为实践的话语的关注；去揭示那些使得一种特定的话语成为可能的基本条件，或者说，去揭示在一特定话语内部所有那些可说事物的可能性条件。

正是这一基本转向，使我们得以把所有的民族志文本放置进话语事件的领域。“话语导致某些概念的组织、对象的聚合、陈述类型的出现，它们又根据自身的一致性、严密性和稳定性的程度构成一些主题或理论。”[①] 正是依凭于民族志叙事的传播系统，实现了民族学概念隐秘的传播过程。然而，当我们的关注点不再是那些丰富的隐藏或暴露于话语中的思想、形象、主题、成见……而是依一定规则而实践的话语本身时，也就摆脱了“真－伪”之辩的羁绊，看到一个叙事或一项陈述，

① ［法］米歇尔·福柯：《知识考古学》，谢强等译，生活·读书·新知三联书店1998年版，第78—79页。

不过是穿越由各种结构以及可能的整体所组成的领域。它为民族志文本的理解提出了一个新任务：“就是要在陈述事件的平庸性和特殊性中把握住陈述（的涵义）；确定它的存在条件，尽可能准确地确定它的极限，建立它与其他可能与它发生关联的陈述的对应关系，指出什么是它排斥的其他陈述形式。”①

当福柯把话语称为“陈述的整体”时，指明了话语的形成关联到“对象的形成，主体位置的形成，概念的形成，策略的形成”等方面。②这使我们清晰地看到，一个明确的话语只能是它没有说出的东西的被迫出场；而这个没有说出的东西又是从内部销蚀所有已说出的东西的空洞。因此，说出的东西永远不是全部。“在陈述表露的条件中，一直存在着排斥、限制或者缺陷，它们分割着陈述的参照系，赋予方式的惟一体系以有效性，限定和封闭并存的群，拒绝某些使用的形式。”③ 正是这些因素的整体性关联，使得即便在学科框架中所形成的话语，也从来就不是共同的话语，任何话语的确定，不仅关联到话语内部的分类及其外部的其他话语，而且涉及与适应、利益和欲望的非话语实践范围建立关联的经常方式。更值得强调的是：“问题不在于追究话语是怎样和为什么能够出现，并在时间的这一点上形成；它始终是历史的——历史的片断、在历史之中的一致性和不连续性，它提出自己的界限、断裂、转换、它的时间性的特殊方式等问题，而不是在时间的同谋关系中它突然出现的问题。”④

福柯有关话语分析理论的启发性意义，不仅在于它揭示了无论是所谓事实的描述还是理论演绎，都仅仅是作为一种叙事而存在的，都是在与其他叙事方式和类型的密切关联中而存在的，而且在于它倡导人们把社会生活视为一系列文本的存在。这样，所有既存的事物都只不过是各种建立在其他拟象基础上的对现实的拟象，因此，它们也都能够并需要加以解构。这为我们提供了一个新的认识基点：“现实只能以解释或叙

① ［法］米歇尔·福柯：《知识考古学》，谢强等译，第33页。

② ［法］米歇尔·福柯：《知识考古学》，谢强等译，第148—149页。

③ ［法］米歇尔·福柯：《知识考古学》，谢强等译，第141页。

④ ［法］米歇尔·福柯：《知识考古学》，谢强等译，第149页。

事的方式被感知。”[①] 这一新的认识基点使我们学会了与那些不但尚未被解释，而且无法解释的事件或行为共存；再一次学会去尊重模糊性、去关心人类的感情、去欣赏各种不同目的的以及目的性淡化或少功利色彩的行为。在最直观的层面上，这一转向带来了支点的丧失和不确定性的增长；甚至在肤浅的层面上，它被理解为对真理和事实的拒斥。但是，这一新的认识基点的实质，正是直面了一个任何人都无法回避的基本事实：任何一种单一的因果关联甚至任何一种解释或叙事都无力承载世界的复杂性和多样性。理论研究过程的精髓和目标也由此而明朗化了：如果我们承认，思想产生的机制是在人们趋于相信自己拥有正确的或唯一的理论和答案时遭遇消解和破坏，那么，理论过程只有通过持续不断地产生新思想和新观点才能获得活力；既然每一个叙事都包含着显露与隐藏，都安置着中心与悬搁，那么，我们所面对的不过是各有缺陷而纵横交错的体系，理论研究的目标并不是在这些差异和间隙中寻求替代和转换，并不是以某种确定答案的获取来谋求新的话语霸权，而是在对各种叙事或理论观点内在差异的探求中提出新的问题，以此来寻求不同叙事或理论之间的共存竞争；如果承认，理论研究的精髓是对未知领域的探询，而非对已知事物或自以为是的洋洋自得，那么，理论研究在根本上就是一个无休止的解构与重构的过程。对人类学/民族学而言，它的基本任务并不是去构建各种叙事，更不能以为，只要把自己限制在各种地方性或微型叙事中就能截获世界的复杂性和多样性，恰恰只有在对不同叙事的理论预设的追问中，才能获得和保持自己的生命力和新鲜感。理论过程的真正价值，或许正在于由持续的自我批判而带来的反思性。

① ［美］乔治・瑞泽尔：《后现代社会理论》，谢中立等译，华夏出版社2003年版，第287页。

《圣经》中的“场景”

陈　芳*

与《摩诃婆罗多》不同，《圣经》神圣叙事真实感和神圣性的合二为一的特征，在叙述交流层面体现为上帝常常以人形出现，参与人间事务，与普通人交往、对话，发表对各种问题的见解。即使众声喧哗，也无法湮没作为至高存在的真理之言判断的权威性和准确性。① 宗教的背景，对于人生价值的终极回答决定了《圣经》作为叙事文本其神圣叙事的特殊价值指向。在神圣叙事中，叙述所要达成的真实感由人的有限认知所呈现，但却以个体认识之上的超越性的神圣存在为认知目标。每一个具体的叙事文本由相应的叙述行为产生，同时具有不能完全重复的独特性。每一次阅读行为背后，有限的叙事文本也都对应着独一无二的聚焦感知，而所有聚焦感知集合成为可能世界的存在。神圣叙事的聚焦感知所指向的正是集合了所有的聚焦感知，超越个人化和人的有限存在之上的无限可能世界中的神圣存在。

神圣叙事对应的可能世界不需要从当代认知科学的角度确认它的存在，每一次叙述行为所带来的认知都可以看作人超越个体有限和个人化特征，所获得的真实存在的神圣启示。因此，它不再是由个体有限性所决定的片面认知，而是经由神圣启示所决定人所能接受的部分真实。因此，神圣叙事的叙述者并不具有作为现实中个体存在的身份特点。即使

---

* 陈芳，文艺学博士，云南大学文学院副教授，主要从事叙事学、东方文学、民族文学研究。

① 梁工：《圣经叙事研究》，商务印书馆2006年版，第117页。

叙述者在叙述行为中呈现某种与现实中历史人物个性特征相吻合的个人化叙述特点，这也仅仅是神圣叙事下对于人性、对于个人化叙述的某种迁就。例如，《圣经》中《路加福音》的作者相传为追随保罗传教的路加医生。叙述者对于耶稣生平，有着路加作为医者多方证言求真的特殊表达，并在文中多次使用了当时的医学专业术语，比如说耶稣治愈了彼得岳母的热病。人们在阅读对照福音其他两部著作时就会留意到《路加福音》与《马可福音》《马太福音》的叙述差异，他对于主人公耶稣的人性特征有着最为丰富的刻画。换言之，《路加福音》的叙述内容特征指向的是耶稣作为的人的言行举止。《路加福音》作为《圣经》神圣叙事的个人化风格的代表，其目标受述者被认为是基督教福音的宗教信徒，并以此呈现出感知方式的特殊性。在特定的叙事情境中，神圣叙事作为经由“圣灵”晓谕叙述代言人的叙事文本，它既体现了文本所对应的可能世界一切感知无限集合的神圣性，但同时又响应了作为聚焦感知主体的、人类的有限认知模式。正如某些研究所认为的那样，神话、史诗、圣书，总是一些匿名的作品。它倾向于使用神启或神谕的方式，作者只是一个中介、一个代言人，而非一个个体的或个性化的人。神谕方式的百科全书的叙述人恰当地说是笔录者或抄写者，是众多的身份不同的作者群体所组成的，有如《圣经》是上帝、神子、先知、门徒，是见证者、转述者和传道者众多的声音的集合。当然，也可以说这里往往只有一个声音，那就是神的声音，启示者的声音。在这些声音里，作者的声音，或是作者的形象没有什么特别的重要性，作者只不过是一个中介，是一个记录者或抄写者，一个传播者。一个把已经形成的故事到处去讲述的人，而故事的创造者并不是故事的讲述者。[①] 因此，神圣叙事的神圣性并不由叙述者表面身份的神圣性决定，而是更多取决于叙述内容的神圣性。

神圣叙事一旦摆脱对现实仪式的附庸，其叙事文本需要寻找其他方式呈现神圣叙事的聚焦感知。《圣经》中既有明显的仪式叙事，也有脱离了宗教仪式功能的叙述类型。根据叙事学对“场景”概念的界定，

---

① 耿占春：《叙事美学——探索一种百科全书式的小说》，郑州大学出版社 2002 年版，第 68 页。

以“素材的持续时间和故事的持续时间大体相同”[①] 为标准，笔者将重新审视《圣经》中不同叙述类型对《圣经》神圣叙事聚焦感知的呈现方式。

《圣经》《创世记》中约瑟的故事和《约伯记》中约伯的故事分别是戏剧叙事和诗体叙事的代表，但是其基于故事行动层面和叙述层面时间的一一对应都与“场景”的叙事特征相吻合。因此，在两种叙述类型故事层面和文本层面的叙述交流比较研究的基础之上，本文拟从场景的构建方式、神圣叙事的世俗化以及感知生成的多样性三个层面来推进神圣叙事的聚焦感知的研究。

一　场景构建

“场景”以故事时间和叙述时间的时长对应为形式特征，以横向和纵向两种方式组合连接叙事片段，并在所关联的更高一级叙述层次上生成感知。在凸显个体存在的“场景”中，故事中具体的人物并非高度抽象化的行动元，反而因为特殊生命个体对于场景的依附性而具有了更深的意义。

《圣经》人物、事件众多，主题思想纷繁复杂，但是《圣经》启示文学的整体性质和框架叙述结构下以背景为线索的次级故事在感知层面却形成了统一的效果。有《圣经》研究者就指出“希伯来叙事的模式不是围绕任何人物的‘性格’来建构故事，而是‘场景式的’（scenic）。情节是沿着一系列的场景展开的，这些场景构成了整个故事。这好比一部电影或电视剧通过一系列的场景来讲故事。每一个场景都有自身的完整性，但是整个故事却是由一个又一个场景来推进合成的”。[②] 谭君强对“场景”作用有着类似的归纳：“场景通常出现在富于戏剧性的内容、情节的高潮，以及对一个事件的详细描述等情况下，在事件发

① ［荷］米克·巴尔：《叙述学：叙事理论导论》（第二版），谭君强译，中国社会科学出版社 2003 年版，第 124 页。

② ［加拿大］戈登·菲、［美］道格拉斯·斯图尔特：《圣经导读》（上）（第三版），魏启源等译，北京大学出版社 2005 年版，第 71 页。

展的关头或处于几个相连接的场景。”①

《圣经》希伯来叙事的次级叙事层以场景为基础，场景与场景的连接构成了更高一级的故事层次。《圣经》的关注重点不在于人物，而在于人物所处的场景。场景是人物一切行动展开的基础，人物是场景中的人物。场景中的人物具有某种特质，为连续性场景展现的多角度特征提供可见的统一性。但与后世以人物为中心的现实主义小说不同的是，《圣经》场景中的人物特质总是降服于更高一级的人神关系，这一核心关键可以让《圣经》诸多的人物既有鲜明的个性特征，又有终极价值指向的道德意义。不过在宗教逐渐式微之后，文学仍然需要继续承担社会道德价值规范的维护功用，文学的这一功用甚至得到了进一步的强化。所以，《圣经》仍然以文学的方式发挥着其神圣叙事的价值功用。

圣经学者以约瑟的故事分析了《圣经》场景，关注了场景与场景之间所构建的完整性。

> 注意一下创世记 37 章开头的片段是怎样展开的。在开始的那一幕，约瑟将他哥哥们的恶行报给他的父亲（2 节），之后我们知道他的哥哥们恨他的根本原因：父母的偏爱——又是偏爱！（3、4 节）这个场景很快地就转到了下两个场景：约瑟叙述他的两个梦（5—11 节），这两个梦又把你带到了下一个场景（12—17 节）：约瑟寻找他的哥哥们，但没有找着。这个场景式故事中间的一个间歇，为了确保读者理解这个关键场景的“时间安排”——约瑟的到达，杀约瑟的阴谋，以及米甸人的到来——是神所定的。下三个场景（杀约瑟的阴谋和流便的说情，犹大出卖约瑟所起到的“营救”作用，流便和雅各布的悲痛）天衣无缝地交织在一起，但是要点却表达在最后一节经文中：约瑟被卖给了埃及的一个内臣做仆人（36 节）。这些“场景”，有时独立、有时一起推动着情节的展开。叙事的场景性还有一个特点是，在多数的场景中，只有两三个人物

① 谭君强：《叙事理论与审美文化》，中国社会科学出版社 2002 年版，第 177 页。

（或组群）。再多就会搅乱故事的主要情节。①

首先，上述的分析抓住了场景功用的关键作用，也就是推动情节的展开。其次，注意到了场景次级叙述层次中人物（组群）的数量问题与高一级叙述层次的统一性的关系，即叙述场景对应的故事片段仍然遵守人物（或组群）数量不干扰故事情节的基础规则。第一阶段场景中的约瑟、父亲和哥哥们；第二阶段的约瑟和哥哥们；第三阶段的约瑟、哥哥和米甸人。单列出第三阶段约瑟被卖时，争论仍然在流便、犹大和约瑟的其他哥哥们三组人物中展开。

但是回到《圣经》原文来看这段分析，就会发现研究者们并没有花费功夫解释场景所指的内涵，而是默认读者能够理解并认可其所指称的场景。研究者第一个场景指的是约瑟告知其父亲哥哥们的恶行。隐藏在场景背后的情感认知是人的爱恨交织，包括父亲雅各对约瑟的爱，甚至是偏爱，以及与此形成鲜明对照的哥哥们对约瑟的恨——“哥哥们见父亲爱约瑟过于爱他们，就恨约瑟，不与他说友善的话”②，甚至可能还隐藏着约瑟哥哥们的父爱缺失以及雅各对利亚、拉结等四个妻子的不同态度。而对于这些情感感知的方式并不是通过后世习以为常的内心独白来展现，而是需要读者自省发掘并构建人物的统一特质。因此，场景与场景之间的联系就显得尤为重要。约瑟的两个梦与第一个场景告知父亲哥哥们的恶行，从故事行动层面上并没有直接因果联系。仅仅只是一个时间的先后，或者是隐藏着的背景铺垫，约瑟在父亲偏爱的保护下并没有意识到哥哥们对他的愤怒，因此，很坦然说出了自己的梦境，从而引发哥哥们的报复之心。继续到第三个阶段的三个连续场景——约瑟的到达、杀约瑟的阴谋以及米甸人的到来，让我们看到了隐藏在时间延续背后的因果联系，因爱生恨，由恨而起的杀心是如何将约瑟一步步地带到埃及，推动着情节的发展。

但是在历史时间线性延续的基础上，约瑟采用场景中常见的人物话

① ［加拿大］戈登·菲、［美］道格拉斯·斯图尔特：《圣经导读》（上）（第三版），魏启源等译，第71—72页。

② 《圣经》（和合本修订版），中国基督教三自爱国委员会中国基督教协会2012年版，第48页。

语表白方式引入了从未在他自己故事里面亲自出场的神圣存在的意志。兄弟相认时，约瑟说："现在，不要因为把我卖到这里而忧伤，对自己生气，因为神差我在你们以先来，为要保全性命。……为要给你们在世上存留余种，大施拯救，保全你们的性命。"①约瑟不仅将自己被带到埃及的一切"前因"归于神，而且还将"后果"也同归于神："他又使我如同法老之父，作他全家之主，和埃及全地掌权的人。"②如果以约瑟所言当下的存在时间为标准，那么来埃及的前因与后果的故事时间发生在所言之前，实际上仍然呈现出线性时间的历史延续特征。但是从叙述层面上说，约瑟已经成为"神圣存在"的代言人。他所转述的神的旨意超越了时空的现实对应，是一种认识的存在。《摩诃婆罗多》等其他神圣叙事中也常常出现这样的表达方式。但此种"自我解释"不同于叙事学研究中叙述者干预的"解释"。叙述者干预往往超越于次级叙述层面，有明显的叙述者和叙述层次转换的标志。约瑟的"自我解释"并非"解释叙事成分的意义，进行价值判断，也不涉及到超越人物活动范围的领域，以及评论他或她自身的叙述"③，而是超越自我行为，寻求人神关系下人行为的价值判断。犹太人埃及之行自约瑟而起，而在初始之时，约瑟就已经直接将神的旨意放在了他个人经历的前因后果的联系之中："这样看来，差我到这里来的不是你们，而是神。"④到了这里可以明确地看出约瑟一切未经解释的言行背后有着更高一级全知全能神圣存在的价值呈现。

约瑟的故事借用场景与场景之间的历史时间线性延续，引发读者对未经阐释言行的价值意义的挖掘，从而自觉构建出人物的统一特质。单一研究之下并不能发现约瑟这一人物所居的场景特征对于《圣经》神圣叙事终极价值指向的感知发掘能力。因此，扩大文本研究范围，在《创世记》整个一章中，就可以发现，约瑟与自己的父亲雅各不同，他从来没有直接听到神对他亲自所说的话，也没有一个神在他人生的关口，直接插入故事的进展，暂停他的行为，明确地用话语指导他的选

① 《圣经》（和合本修订版），第60页。

② 《圣经》（和合本修订版），第60页。

③ 谭君强：《叙事理论与审美文化》，第76页。

④ 《圣经》（和合本修订版），第60页。

择。约瑟不过就是自觉、自愿接受一切的环境，并在环境中坚持“我怎能行这么大的恶，得罪神呢”①，“不要怕，我岂能代替神呢”②。与自己的祖先亚伯拉罕、父亲雅各不一样，约瑟的个人经历更多地体现为以事实的言行对更高一级的神圣存在的臣服，将环境视为神的刻意安排，并把自己的言行作为回应神美善旨意的具体呈现。

《圣经》“约瑟的故事”被认为是戏剧叙事的典范，也常被后世改编为单独的故事。改编后的故事大多强化了约瑟个人经历的传奇性和戏剧性。究其原因，约瑟的故事在故事层面上，人物单一、故事线索明确，处于《创世记》的最后一个部分，不仅与其父亲雅各的故事联系不大，而且也与之后《出埃及记》涉及的年代相距遥远，能够较为容易地从《圣经》框架式叙事结构中剥离出来。从叙述层面看，约瑟所经历的诸多场景既没有神圣存在的直接干预，约瑟本人也并非神圣代言人的身份。既无神圣场景，也非神圣代言人，约瑟的故事甚至可以直接从场景与场景之间的关联中展现一个完美的人性存在。但是约瑟作为故事人物，叙述手法中缺乏直接的神圣性存在和代言身份，并不具备排他性的特征，因而约瑟经历的诸多场景所代表的普遍性人生困境，包括父亲的偏爱、哥哥们的嫉妒、遭遇陷害，等等，则有可能成为受述者和读者感知认同的来源。因此，超越个人经历的同情同理之心，约瑟作为个体生命的美好与善良，直接指向的是人的有限性存在对完满良善的渴慕、追寻和践行。其指向的更高层面可能世界的存在就可以超越单纯的宗教辖制，而回归到永恒追寻的价值层面。因此，这个没有太多宗教神性人物存在的约瑟的故事，反而比其父雅各的故事更多地展现了人性对于永恒美善价值的实践。

神圣叙事终极价值的追问并不仅仅以场景串联的方式展开，也不仅仅局限于群体性宗教仪式，或者是神圣代言人的言说和解释。在个体生命漫长的人生旅途中，每个人生片段都有可能成为追寻终极价值的神圣场景。当下的人生就是存在的当下，追问的不仅是一个关乎历史事件的价值存在，更是个体生命当下存在的价值意义。如若没有超越当下、超

① 《圣经》（和合本修订版），第51页。

② 《圣经》（和合本修订版），第68页。

越个体生命存在时限，乃至于人类群体存在的意义探求，神圣叙事的超越性就不能被完全地呈现。反过来，超越性的终极意义如果不能回到当下的和历史事件中得到理解和践行，不能解释涵盖在永恒当中的当下存在的意义时，他本身就不具有永恒性。

二 神圣已降

约瑟故事中强调场景与场景之间的相互关联，核心人物的言行对应于更高级价值的直接呈现，而约伯的故事则几乎是以完全的诗体对话支撑了全部内容。虽然二者各有侧重，但是都体现了场景中故事时间和叙述时间几乎对等的时间关联，并试图借此引入超越线性历史时间的同在感知。为了达到同样的叙事效果，两个故事分别采用了不同的叙事方式，约瑟并没有直接面对神，而约伯直接得到了神的回应，神圣存在最终显现，成为约伯叙述交流的对象。

约瑟的故事中，神圣的存在并未出现在故事层面。但是约伯直接与神对话，使得神圣存在显现在人的言行所存的故事层面上。截然相反的叙述方式，却获得统一的叙述感知效果，其关键就在于神圣存在并不仅仅与人处于同一个历史截面的时空中。《约伯记》的末尾，耶和华从旋风中回答约伯说："谁用无知的言语使我的旨意暗昧不明？你要如勇士束腰；我问你，你可以让我知道。我立大地根基的时候，你在哪里？你若明白事理，只管说吧！你知道是谁立定地的尺度，是谁把准绳拉在其上吗……"①

耶和华提出的第一个问题就直接指出语言的有限性，即"无知的语言"。这个并不需要回答的问题，解释了约伯三个朋友的言行误区。福兮祸之所伏，祸兮福之所倚。人眼中的福祸仍然受当下视野所限。苦难的当下并非能以当下的有限认知来解释。苦难的前因后果也并非能以人的有限视角可以得到完全的解读。神圣存在以此一言，收回解释苦难的权利。再通过一系列的追问，继而使约伯明白，不仅是苦难，其他一切

① 《圣经》（和合本修订版），第669页。

的自然之物、生命的存留，约伯自己根本无力，也无法解释其中任何一个问题。

耶和华继续以自己为例，如神一般的人才可以自己救自己。但是在神圣叙事当中，人受造的有限性决定：局限于特定时空、特定历史时代的个体之人不能通过自我解释接受苦难。耶和华质问约伯，再以河马为例，凶猛如斯，无人敢惹。于人而言，岂能面对造出如此凶恶之物的神圣存在。

耶和华与约伯的对话虽然可以简要地概括和归纳，但是“旋风”声响里细腻描绘的河马，加之以一次次的反问、排比的强调，沉浸于耶和华对河马惊人力量描述的时候，约伯岂会再有辩驳的心？只能印证约伯之前所说：“看哪，我是卑贱的！我用什么回答你呢？”

面对耶和华再一次的追问，约伯也只能说：

> 我知道，你万事都能做；你的计划不能拦阻。谁无知使你的旨意隐藏呢？因此我说的，我不明白；这些事太奇妙，是我不知道的。求你听我，我要说话，我问你，求你让我知道。我从前风闻有你，现在亲眼看见你。因此我撤回，在尘土和炉灰中懊悔。①

就这样，约伯他亲眼所见的是神圣存在所造一切的伟大。除了神圣存在本身，谁可以解释这一切存在的价值和意义呢？只有那从“旋风”而来的神圣宣告，那些久存于世的事物才会有终极的伦理阐释。从这个层面上看，神圣存在的确在场。但是当苦难变成问号，引发人们向习以为常的世界发出痛苦呐喊的时候，神圣存在成为被质疑对象。而自始至终，约伯也并没有看到神圣存在本身，而是看到神圣存在所造之物，借此得以认识神圣存在不可完全认知的属性，从而完成个体生命认知的超越。认知的改变是《约伯记》的中心。因此，《约伯记》末尾，并没有讲述约伯在苦难之后如何用自己的言行更加一步步地顺服神圣存在。而约瑟的故事也只是以言行来实践对神圣存在的顺服。

两个故事有着不一样的叙事表达方式，但都指向了同样的神圣性存

① 《圣经》(和合本修订版)，第674页。

在。在质疑中发掘终极价值，在不在场中找寻在场的证据，两个故事中看似悖论的追寻，就是神圣叙事的终极体现。如果真如孟子所言，神为“圣而不可知之”，那么人类永恒存在的西西弗的神话就一定是真实的，然而却是一个虚无的真实。如若人人皆可为圣，那么人类就不需要穷尽一生在有限中去寻找超越有限的价值意义了。然而神圣叙事的质疑本身就已经证明了质疑对象具有存在的价值和意义，正所谓“思之而即至者”。

《创世记》中约瑟的故事和《约伯记》分别从行与言两个层面用个体生命回应了神圣存在所带来的价值确认，专注于场景与场景的衔接与统一。单一场景反映出的人生片段，以当下寻求永恒，不论是约瑟简单的行，还是约伯和三个朋友的对话，都是在有限的范围内通过自己的行为实践，或者是从内在的疑问出发试图与至高的存在有所交流，并以此来理解个体经验、面对现实生活。《约伯记》问与答指向的叙述价值与故事表达方式与《摩诃婆罗多》套嵌故事框架叙事的事例证明差异明显。但是以人的言行为中心的内核故事本身，一方面与人类言行所遵循的单线性历史时间为标志，另一方面又以终极叙事价值的指向为目标，借以实现人类言行和思维理解的超越性。

三 感知生成

《圣经》中约瑟的故事和约伯的故事虽然被传统圣经研究视为戏剧叙事和诗体叙事的代表，但是不论是约瑟的“行”，还是约伯的“言”都展现了类似的叙述交流过程，即面对人生苦难的同一母题时，通过具体叙事文本，超越故事层面的感知还原，生成指向神圣叙事的内在感知。叙事文本包含的感知因素能够唤起人们的感知能力，而“场景”感知因素的独特性正在于它所呈现的时间观念在不同层面上引发的感知效果。

时间的真正量度是一种内在的量度。[①] 柏格森在《论意识的直接材

① ［英］利平科特等：《时间的故事》，刘研等译，中央编译出版社2012年版，第15页。

料》中比较公制时间和我们意念中的时间或"内在绵延"。我们在日常生活中，往往将以钟表时间的公制时间与意念和记忆的时间缠绕在了一起。在叙事学中我们用文本时间和故事时间来延续着对这一问题的处理方法。"场景"的文本时间和故事时间的时长大体相同，也就是说在叙述时间经由字与字、词与词的前后相序所延续的时间长度与该文本对应的故事行动发所发生的时间长度基本对应，这种对应排除了字与字、词与词书写和阅读速度个体差异的特殊性，试图凸显叙述层面和故事层面的交流状况和与之对应感知生成的共性。

《约伯记》从语言形式上看，除了开场的序和终场的跋为散文体，中间都以诗歌形式呈现。因此，全篇对话中不仅中间诗体部分约伯与三个朋友的对话、以利户的发言以及约伯自己的独白，还包括开篇耶和华与撒旦的对话和文末耶和华对以利法的言说在内，都完美体现了"场景"中故事时间和叙述时间一一对应的特征，达到了故事层面的言语行为和叙述层面的文字叙述的高度统一。

"场景"作为叙事片段存在于叙事文本中，但并非对应整个叙事文本。"场景"强调故事时间与叙述时间时长对应性，由此而来所具备的可能的感知效果还与相邻的其他叙事片段相关。米克·巴尔就敏锐地意识到"叙述可以通过它（场景）向任何方向继续。在这种情况下，场景实际上是反直线的"[①]，约瑟的故事中做异梦、寻找哥哥、被卖埃及等场景的连续出现，也符合谭君强所归纳的场景作用："常常会出现几个场景表现一个延伸的时间，因而它具有一种横向聚合的价值。"[②] 此外，谭君强还认为，它（场景）仿佛是环形中的一个中心点，叙述可以从这个中心点向任何方向继续。这样就借这个场景，把种种事件和思考集中为一种综述，从而赋予这样的场景以纵向聚合的价值。[③] 在这样的情况下，不仅仅是言语和叙述时长对应，对于行为或者是情感的描述性语言也可以达到这样的感知效果。"（圣经）书的确详尽描述了圣所（出埃及记 35—40）和神殿（列王纪 6—7）的建造过程。因为这样的

① ［荷］米克·巴尔：《叙述学：叙事理论导论》（第二版），谭君强译，第 124 页。

② 谭君强：《叙事理论与审美文化》，第 178 页。

③ 谭君强：《叙事理论与审美文化》，第 178 页。

话，情节时间的推移就不受干扰，故事也可以不间断地向前进展了。”①《约伯记》的诗体叙事中，“场景”与相邻叙事片段的连接方式呈现为反直线特征，打破既有感知中时间因素前后相接的既有方式。而这样的方式容易产生时间停滞或者是时空错乱的感知错觉。

表 1　《约伯记》约伯与三个朋友对话结构图

	第一回合	第二回合	第三回合
以利法	4—5 章	15 章	22 章
约伯	6—7 章	16—17 章	23—24 章
比勒达	8 章	18 章	25 章
约伯	9—10 章	19 章	26 章
琐法	11 章	20 章	
约伯	12—14 章	21 章	27 章

《约伯记》诗体叙事最主要的部分约伯与三个朋友的对话中，每一次的对话人物的转换，你方唱罢，我登场。叙述者和受述者衔接紧密的转换都是该叙事片段在故事层面和叙述层面叙述交流的呈现。但是在诗歌诵读和文字阅读的过程中，现实中的读者往往会因为如此频繁的人物角色和叙述功能转换的叙事交流而迷失价值判断的方向。《约伯记》以情感为内容核心的诗体叙事，一方面故事时间和文本时间对应性越强，另一方面，可能世界感知生成与人物感知的重合度就越高。但是《约伯记》中叙述信息的发送者和接受者一直都处于相互转换的状态中，由此带来的叙述交流的频率也就居高不下，使得综合性感知生成的难度就越高。因此，《约伯记》的读者们往往会沉浸于不同人物的情感状态，迷失在不同叙述者信息的传递中，甚至在具体的文本阅读中，“只见树木不见森林”，认可约伯的三个朋友的错误安慰。提幔人以利法说：“无辜的人有谁灭亡？正直的人何处被剪除？”② 如果仅仅阅读整个故事的

① ［以］西蒙·巴埃弗拉特：《圣经的叙事艺术》，李锋译，华东师范大学出版社 2011 年版，第 217 页。

② 《圣经》（和合本修订版），第 634 页。

某个片段，例如，很容易认可对灾难的错误理解，认为祸患临到的原因是人得罪了上帝了。

当故事层面和叙述层面的对应性达到一定程度时，所得到的文本感知效果就必然超越了故事层面和叙述层面所具备的感知因素。《约伯记》叙事文本所指向的故事层面存在于一个已然发生的时空维度，否则文本将无可述之事。而文本指向的叙述层面则通过叙述行为更强化置于当下的在场感。两个层面达成的统一，打破了过去与现在的时间维度，营造了曾经与当下的时间感知的时间重叠的错觉，反而凸显了个体感知生命存在的空间意识。

所以，仔细品味《约伯记》：

> 但现在祸患临到你，你就烦躁了；它挨近你，你就惊惶。①

或是与约伯一道说出：

> 我躺卧的时候就说：我何时可以起来呢？
> 漫漫长夜，我总是翻来覆去，直到天亮。②

抑或是发出哀叹：

> 我厌恶自己的性命，任由我述说自己的苦情；因心里苦恼，我要说话。③

如此这样的愁苦烦闷又岂是约伯一人之所感？在过去故事与当下叙述的时间重叠中，人物与人物之间的对话、叙述者与受述者之间的信息传递，乃至于作为故事中言语讲述者的约伯，作为叙述行为发出者的约伯和现实中用唇舌吟唱诗歌的读者，三者的感知同在得到了最有效的

① 《圣经》（和合本修订版），第633页。
② 《圣经》（和合本修订版），第637页。
③ 《圣经》（和合本修订版），第640页。

强化。

“场景”在叙事文本指向的内在感知建构中，以特殊的时空建构方式，呼应着个体生命对现实世界的理解，反映出个体生命与其所居时空存在之间的关系。文学叙事的语言文字叙述方式优势在于表现单向线性时间。而“场景”却在字与字、词与词的组合前后延续的形式限制中，通过故事时间和叙述时间的对应营造出了“在场”的空间感知。过去是在我们前面，而即将到来的时辰是在我们后面。[①] 当我们在说“从前”的时候，是“从”空间现在、时间当下的“前面”。在空间与时间的转化中，我们不自觉地就置身在时间过去之后、空间背后之前和时间未来之前、空间前面之后的那个交叉点。回望，看到的不仅仅是过去，也包含着空间存在。

叙事学基础研究方法之一就是层次研究。在叙事文本故事层面进行层次研究，可以帮助研究者留意到人物与人物在不同的故事层面相应行动之间所具有的关系；叙述层面结合间接引语与直接引语所显现出的人物关系，则可以分离出叙述行为与故事行动之间的关系；但是经由故事层面的行为、叙述层面的叙述找寻到在文本聚焦的信息交流过程则是需要借助感知还原和感知生成两个阶段的研究。

查特曼用隐含作者区别真实作者体现了叙事学的学科特征，表明了叙事学是以区分外部研究为出发点，从而进行文本研究。但是不论是查特曼借用布斯的隐含作者的解释，还是里蒙-凯南对此概念的修正，都将这个出自文本而高于文本的归纳性概念看作可以割裂的单向始发源头。但是叙事文本与叙述行为本身的相依共存也已经说明了在叙事文本的多层次交流分析中，信息传递与内容呈现是同时发生、相互依存的。因此，叙述交流研究的有效路径就是聚焦感知的生成。

借助《圣经》“约瑟的故事”和“约伯的故事”的文本分析，可以看到，在相对统一的神圣叙事感知生成中，行为呈现为特征的戏剧叙事和以言语对话为特征的诗歌叙事，在故事、叙述和聚焦三个层面所实现的多层次叙述交流：聚焦层面的感知生成在借助有限的叙述形式表达时的确有着特定的时空建构和人物关系下神圣叙事的价值指向。

---

① ［英］利平科特等：《时间的故事》，刘研等译，第15页。

个体的民俗叙事："日常生活"视角中的研究实践

黄静华*

民俗研究中，将日常生活探讨与主体自由性追求相结合，无疑是对"意义世界"的凝视。当个体对所目睹、经历之民俗事件予以叙述时，内含着研究者有可能直观到的民俗基质。作为寡情写作之外的选择，写作个体的民俗叙事可能是一个无限趋向找寻和共享同质情感的行走过程。在日常的深浸中，在生活、生命的敞开中，凝视的不止于望得见的民俗个体，还有作为"民"或"人"的心性，写作的洞察力和生命力可能正存于此。

一 "日常生活"视域的民俗学转向

"日常生活"一词是持续反思学科观念和不断理解学科对象之后的自然选择，对于它的讨论，需要深浸于民俗学表述史中，在对惯有见解的检视中实现对学科图景的重新构拟。

20世纪90年代以来，多位学者基于哲学沉思，对中国民俗学的可能之道进行着言说。高丙中将现象学意义上的"生活世界"视为民俗

* 黄静华，女，云南大学文学院教授，哈佛大学南亚系访问学者，博士生导师，国际比较神话学会会员。主要研究方向：少数民族民间文学、比较神话学。

学研究的基本领域，明确阐明与科学世界相对应的生活世界是人的日常活动的世界，对人而言具有最基本的意义，对这一世界的直面乃是生活取向的民俗研究。[①] 吕微在哲学基点上肯定民俗学的整体研究以生活过程为取向，而这里的整体性是“包含了人的存在（生活实践）的先验维度的整体性……只有通过这样一个包括了经验和先验两个不同角度的整体性研究，普通人——老百姓日常生活的理所当然才是可以被确立的”。[②] 在户晓辉的观念中，“学科本源主要不是时间意义而是逻辑意义上的基本出发点和立足点”[③]，“民间文学或民俗学的研究本质上是对生活世界（即作为生活世界的日常生活）的一种现象学描述的方法”[④]。与之同时，许多研究实例也开始呈现出对“日常生活”一词的多样诠释。[⑤] 尽管理解各有不同层面，但“日常生活”一词的重新发现已然成为重要的当代民俗学话题。

此处理解的“日常生活”之语词意义便不能简化为民俗的活动语境或背景。作为民俗学表述，“日常生活”是个体和群体得以生长、建立各种关联，并实现各种创造力的基础性领域，由物、行为、语言、情感所构就，具有在多元主体的协商和共享中确证和生长的理所当然性。“日常生活”是一个并不止步于所谓历时与共时、内在与外

① “民俗发生于其中的日常生活应该是整个社会科学的知识兴趣的出发点和立足点，民俗学与日常生活最直接、最密切的联系内在地注定了它在社会科学中应有的位置。”参见高丙中《日常生活的现代与后现代遭遇：中国民俗学发展的机遇与路向》，《民间文化论坛》2006年第3期。《中国民俗学的新时代：开创公民日常生活的文化科学》（《民俗研究》2015年第1期）直接指出：“把民俗学作为公民日常生活研究的文化科学，不是一个已经完成的结果，而是一个尚需要同仁去努力的倡导。”

② 吕微、高丙中、户晓辉、王杰文、宣炳善、彭牧、韩成艳：《定位于现代社会日常生活的民俗学——“国际比较视野下的民俗学前景”笔谈》，《民俗研究》2013年第4期。

③ 户晓辉：《返回爱与自由的生活世界：纯粹民间文学关键词的哲学阐释》，江苏人民出版社2009年版，第15页。

④ 户晓辉：《民俗与生活世界》，《文化遗产》2008年第1期。

⑤ 如刘晓春《从“民俗”到“语境中的民俗”——中国民俗学研究的范式转换》一文的总结：“‘日常生活’进入民俗学者的研究视野，主要有两种方式。首先，将日常生活作为描述性的概念。研究者主张将所研究的民俗事象置于日常生活的语境之中，在日常生活的语境中考察民俗的传承。这是民俗学论文中比较常见的一种研究方式。其次，将日常生活作为反思性的概念。在这种研究方式中，日常生活世界中的民俗知识、地方性知识，成为民俗学学科概念体系的反思对象。”《民俗研究》2009年第2期。

在、主观与客观的言说，其还是个体间行为、知识、观念和情感之整体性互动的直接显现，是一种“我们关系”的建构。民俗学直面的日常生活固然是日复一日的司空见惯，但此种模式化所暗示的乃是民众在个体间互动中与传统、模式的相互融入，在当中，个体的习俗实践是自然和自由的。

主体性的释放中，“日常生活”一词还包容着对“集体”“模式”的再认知：个体和集体互为彼此的内在性，集体性的核心在于多个体之间的协商和共享，模式或传统无疑来自这一意义上的生产和再生产。在民众的塑造里，日常生活从来都不是对象，而是民众自身，身为“俗人”的民众，其个体再生产是内含着本质的单数。日常生活的常正是其不常之处，之所以不常，是因为在个体和集体如何互为彼此的张力牵扯中，能够最大限度地望见人的自然和自由。

作为再思民俗学的概念用语，“日常生活”自身蕴含着方法论的启示，其视域指向是民俗的过程性、感受性和自由性。当民俗显现于民众个体间的平时交汇中时，需要的便是“我们一直是在与人合作，从来没有把人单纯地看作研究对象”。① 这一朝向的核心是“如何让我们的研究对象——民俗中的人不再仅仅是自上而下被规定、被给予的‘俗民’，而是作为具体的个体和主体所自我筹划、自我规定的自由存在的个人”。② 这种写作需要将研究目光聚焦于人的生活实践，而研究者亦需将自身也投诸这种交互关系之中。

接下来的行文将进入两个叙事案例的呈现，以奠定相关讨论的切实性。

二 案例：毕摩间的断裂事件

在云南省弥勒县H村，关于阿细人民俗传统的实践故事，有桩大约

① ［美］鲍辛格等：《日常生活的启蒙者》，吴秀杰译，广西师范大学出版社2014年版，第167页。

② 吕微：《从经验实证的民俗志到纯粹观念的民俗学》，《民间文化论坛》2007年第1期。

10 年前发生于两位毕摩——何 Y 和何 R 间的事件多次被当事人和第三方提及，可将其简要描述为毕摩间亲缘和业缘的断裂。作为具有亲缘关系和业缘联系的 H 村长者，何 Y 主持相关祭祀仪式长达十余年，何 R 是前者的家族堂兄，曾师从前者学念指路经，学唱“先基”，学习祭密枝、祭火等的规仪。断裂事件的起点源于“阿细祭火节”这一节日空间中两位主体在角色行为权上的非常态更迭：作为徒弟的何 R 取代何 Y 成为祭火节的主持。

在“祭火节”越来越被外界熟知后，H 村人开始找寻民俗传统的可持续之路。经共同商议，他们决定尝试由何 Y 的众徒弟轮流主持祭仪，另一老毕摩与何 Y 行指导之任。首先主持仪式的是何 R，他的能力得到认可，担任村老年协会会长。次年，本该按既定方案由第二位徒弟主持仪式，但事与愿违，因老年协会是当地文化部门设立的民族民间文化传习点，在外力介入和主导之下，祭火节仪式主持被指定由协会会长何 R 担任。H 村在民俗主体培育上的自我调整被迫中断，何 Y 与何 R 的罅隙也由此滋生：何 Y 常对他者提及何 R 的背弃（譬如，一次下雨时和调查者[①]在树下避雨，会触景生情：“大树还会感恩，有的人却不会!”），而何 R 在面对访谈时则更多提及自己师承于另一位毕摩。[②]

与这一事件相随而生的是何 Y 与何 R 社区或社会角色的转化、增加，从中也可看到 H 村民俗传统体系中，毕摩这一民俗角色所经历的重新选择及后续影响。何 R 由徒弟升级为毕摩，同时担任社区老年协会会长，入选弥勒市非遗传承人名录——这是三重社区身份的叠加。何 Y 的毕摩身份依存，却需要来自他者或上一级的角色命名——国家级非遗传承人（传承项目：《阿细的先基》），才能增强角色行为的权威感，国家层面的“命名”成为其角色行为的委任状或许可证。2013 年 3 月祭火节晚上，当问及参与此事操作的 C 老师为什么要将何 Y 推选为国家级传承人，其回答耐人寻味：除了何 Y 是毕摩，对传统文化比较了解，主要因为 H 村搞了个旅游节，是对外宣传阿细文化的重镇，所以，“阿

---

① 苟正霞，云南大学人文学院中文系 2011 级硕士研究生，学位论文为《彝族阿细人“先基”的传承者研究》，2014 年。

② 具体参见杨喻尹《阿细人密枝节传说讲述现状的研究》，硕士学位论文，云南大学，2012 年。

细的先基”的国家级传承人也要从中选取。这个选择已经不是取决于会不会或会多少“先基”了（何 Y 肯定也不是阿细人群所有在世歌手中最擅长“先基”的），这是个杂陈着上与下、内与外之间协商或互动的策略性选择。

在诸种转化和增加之中，H 村呈现为二何并行的双毕摩制。[①] 2013 年的祭火节上，他们被安排同时登上祭火台，何 R 主持祭火，何 Y 吟唱“阿细的先基”。在第一日的“祭密枝”时，当何 R 作为主祭在密枝林里祭龙树的时候，何 Y 就在密枝林外面一块空地由县里工作人员指挥和一些村民排练第二天的先基表演，这显然是其入选国家级非物质文化遗产传承人名录的应景。回想 2011 年祭火节，无论祭密枝或是祭火，站在公共舞台上的都是何 R，当时的何 Y 在节庆的喧嚣中表现出深深的落寞。主体自身的原因和外来行政命令的干预是形成此种景象的主要缘由，而让二人的罅隙演变至难以弥补之境的恐怕还有部分 H 村民众的参与：在 2013 年 10 月的一次丧葬仪式上，事主所邀请的主持人便是何 R。在一些 H 村人看来，新晋毕摩何 R 配偶在世，儿孙满堂，而何 Y 的两个孩子均是抱养。多年来，村民接受何 Y 在毕摩资格上的不完满[②]，当一旦出现有能力主持祭仪，在家庭层面上条件更优越的何 R 时，对于仪式效果的完美追求使得一些村民主动接受主持权的变化，愿意二何并行局面的持续。

这场文化表演中，二何是在 H 村社会结构中占有一定地位的“人”，是作为地位和作用之载体的“人”，但他们同时也是拥有复杂情绪和情感的人。无法猜度再次靠近密枝林和登上祭火台的何 Y 怀持何种心境，也难以揣测何 R 如何面对与何 Y 的同场，原本亲密协作的民俗个体演变至彼此竞争和互有诋毁的社会对手，这一令人感慨之剧情的走向不在他们的预设之中，却依赖于他们的编排和控制。这样的事件张力，是 H 村民俗传统作为活态文化的一种显现，其在民俗个体的交往

---

① 双毕摩制度是 H 村民俗角色设定的惯例，但现下的情景显然不是以固有方式所实现的。

② H 村对毕摩传承人的要求：毕摩及毕摩传承人都须有配偶，而且须要有子孙后代，家族兴旺。参见杨喻尹《阿细人密枝节传说讲述现状的研究》，硕士学位论文，云南大学，2012 年。

事件中尤为鲜明。

三 案例：老木匠的“格子窗”

Y大爷是云南省剑川县S村的白族木匠，在2008年至2010年的认识和相处中，我们曾有关于木雕往事的多次讨论。在大爷的话语中，他将那时自己的手艺人生之选择和时代的社会背景紧密相连，这是一种具体落实到个体的民俗角色如何践行的叙述。叙述中，S村毫无例外地被纳入了国家现代化的行进轨道中，而此种转变扎扎实实地体现到了民俗个体的生活之中。譬如，关于离开村庄到异地寻找木工活计的民俗行为是事件系列的连缀，他在一系列事件中实施着“木匠”身份的塑造。

> 像我们这一辈也有遇着困难的时候，我讲给你一个伤心事：那年我刚刚十九岁，十八岁的时候我基本上就可以画墨了。洱源那边的有个叫太平村的，有一家要盖楼，就来喊我老岳父，我老岳父他去不成，去不成他又不说，还说“是啦、是啦！”答应了。隔了几天，他对我说：“我们两个人下去，我领你下去，你帮他们盖。”我说：“好。”所以他把我领去太平，去那家，我老岳父和我到了之后，第二天就开始做。
>
> 老岳父在的时候，有早点，早点吃了吃早饭，早饭之后还要吃小稍午[①]，小稍午吃了还有正稍午这种吃。两天后，我老岳父回剑川了，他家就认为我岳父不回来我做不下了嘛，从第三天开始是早点也没有了，小稍午也没有了，茶水也不端来了，伙食也不像我老岳父在的时候那么好吃了。我心里面想着就是他们看不起我了：“好，既然你们看不起我，我就做给你们看！”
>
> 原来我老岳父说给他们是，楼上的窗子做成豆腐窗，豆腐窗就是四方一格一格的嘛。最后他们看不起我，我就说我要争一口气了嘛，我就说给主人家那个老倌说：“我老岳父说做给你们的豆腐窗

① 当地说法，午饭的意思。

不好瞧，场心[①]里面望上去豆腐窗最不好瞧。”他问：“你意思是要做成什么?”我说：“我的想法是做梅花窗，场心里边望上去像梅花开了一样，最好看!”他说：“好嘛好嘛，那就按照你的意思做嘛。”本来应当是两扇一起做，但因为他们看不起我，我就先做给他们看一扇，我做了四个工就把这边的那一扇窗子做好，做好以后，我还钉了一个三角架，人家窗子开开是要用棍子顶着，我做给他一个三角架，窗子一掀，三角架一挡进来，就不消[②]用棍子了。

等到我那扇窗子一做好，喔，第二天早上又有早点了，又有小稍午了，那一天我说：“对不起，老大爷，我忙不赢[③]了，我要到北边帮他们去了。”他说：“不得不得，要做两件一起做好。”我说:“真的做不成了，另外这个等我老岳父下来喊他整，我到北边去了。”我就走了，因为内心里面过不去了嘛，因为本来我技术比我老岳父好嘛，但是我年纪轻他们就看不起我，既然你们看不起我，我就做给你这个，那个喊我老岳父来做。隔了三年，还是我去做。呵呵。

“豆腐窗和梅花窗”事件是Y大爷木匠身份塑造的起点。初次以木匠身份离家，在不尚自知的情况下前往异地谋求发展，在面对随之发生的不信任和质疑时，他的心理挫折感是自然而生的。木匠身份的确立恰恰是在所处之周边环境的他人、观念等有意义的互动中逐步完成的。在此事件中，工艺民俗并非抽象范畴或模糊描述，政治、经济、文化、人伦等话语充实于内。在此之中，Y大爷现身，构建，成其为一名真正的木匠。当这一段故事真切地参与关于“工艺”这个民俗类别的写作时，它也真诚地提醒我们需要在不断调整中去描写和理解活着的工艺民俗和工艺民俗的活着。

① 当地说法，就是院子中央的意思。
② 当地说法，不需要的意思。
③ 当地说法，忙不过来的意思。

四 个体的民俗叙事：视角和意义

上述两个案例中，有说与被说的意义交织，显现了“个体的民俗叙事”所可包含的两个维度。其一，以事件来关涉民俗传统与个体经验，即便只是“他说”的叙事，也是研究对象的扩容。其二，以个体言说来聚焦于作为主体间交往的民俗传统，在扩容之余开始考虑有方法转向的意义。在生活故事的个体叙述中直观民俗基质，在对个体情感、反思的描述中通达对日常生活的理解。如此，民俗学思考不是对被设定或给定的民俗的旁观行为，而是内化于将被写作的民俗之中，或可说，民俗研究属于民俗的存在。

民俗叙事无疑首要地指向个体民俗经历、经验的回忆和述说。这里的个体具有纯粹的民俗意义，即指滤除了外在附属条件或预设前提。没有所谓的典型化，或谁都是典型——谁都内含并在举手投足中显现着民俗本质。既然如此，生活叙事的“个体”不存在谁比谁更具有代表性的问题，是否有头衔（如国家级或传承人、各种职务等）不成为选择的唯一有效准则，诉诸笔端的个体究竟为谁，在较大程度上来自双方的交往——相遇的机缘、沟通的程度、情谊的建立等。这样一来，一种以往被摒弃的平等也有可能随之重拾。

个体的民俗叙事是情境、细节、观念、情感的复合体。在事件的回忆和叙述中，民俗个体的行为、知识和观念无疑是叙述文本的核心，但“个体”的有名有姓、有样有貌、有声有形、有情有思并不意味着对民俗集体性、模式性等既有认知的抛弃，而是在容纳之中的超越性理解。个体实践和群体力量的关系张力中，民俗叙事是“以访谈、对话、自我故事和个人经历故事为基础，对某个人的生活经历进行重构”。[①] 在生活事实或事件叙述里，个体经历、经验、情感、观念总是深嵌于与他者的交往情境中，钩沉着民俗主体生活与历史、社会等各种场域的内在

---

① ［美］诺曼·K. 邓金：《解释性交往行动主义：个人经历的叙事、倾听与理解》，周勇译，第168页。

关系。

作为主体间相遇、交往、协商和共享的呈现，个体的民俗叙事是包蕴着协商性的文本：记忆开启时“倾听者和叙述者”的协商，讲述者所叙中“故事主角和他人”的协商，组织情节时“讲述者和自己”的协商，记录者倾听过程中“记录者和自己”的协商，写作之中和之后“研究者和阅读者”的协商。因之，个体的民俗叙事所指乃是民俗传统“为何和如何被塑造”、个体“如何在传统或模式中存在”以及“传统塑造和个体存在如何被表达”等系列关联性话题。这是对日常生活的细致凝视，既有真切事象的生动，也有真情实感的充盈。

严密紧致的演绎和归纳已然不是民俗研究的唯一和主导。作为民俗写作的可能性之一，个体的民俗叙事不是在宣讲，也不单纯是在讲述，而是在讲述中期望呈现多重个体的细看和深想、协商和共享。对个体来说，自身的故事、私人的体验，裹挟着时代洪流，看见世界，也在呈现自己。在事件、情感及观念的多重显现中，民俗叙事既朝向个体生活如何于广域的社会历史传统中能建构和被建构，更直达个体于生活实践中的本原存在，而这显然就不是一个简单的涉及所谓个体、集体的单数、复数问题。

走进生活之河来感受和体悟，概念的驻留之外，在可观、可想象和可经验的图景中抵达对民俗世界的理解。在此之中，“描述”或是值得尝试的写作选择。描述包括自我描述与他人描述，自我描述所呈现的是民俗个体对自身民俗经历的回忆和讲述，其间充满着个体的自我感受和思考。他人描述是他者作为旁观者或从旁参与者对特定个体所述之事件的回忆和讲述，其间也包含着相应的解释。作为对同一事件的多主体描述，自我描述和他人描述并不因谁是事件主体而具有主次性，二者在一定程度上具互文性这样的写作，实是多种话语的汇集，参与式或合作式的特点显露无遗。在民俗叙事写作中，个体的反思是指其从自身角度出发来解释所经历之生活事件的意义，这种解释往往在其叙述的语调、情绪、语词中直接呈现。研究者的反思性话语可能是对方话语的转释，也可能是差异性想法的表达。双方的表述不仅是独白，还是对话性或“复调”式的，双方对话或交流过程本身就是反思的呈现。没有融入民俗个体的日常生活，想要构建多重性的话语文本，恐怕并非易事，何况期望行文中流淌着彼此沟通的涓涓溪水。在不抛弃学科知识结晶的同时，民俗叙事写作需要思考还要建构或呈现什么。日常生活视域给予的重要规定中，情感建构或许不能缺失。在这样的抵达之路上，描述将是“一种涉及经验分享的情感交融过程”。[①] 作为具有共情意义的写作，描述不仅能够在研究者的日常生活体会中分享民俗个体的生活经验，还能将个体的生活经验置入更多元的情感及认知范畴中来加以体会和反思，充溢着主体之间的交流质感。

结 语

写作作为生活实践的民俗叙事，需要写作者在知识积累和生活经验中找到契合，也须确证到自身和叙事者间的共通性，所谓的“直观”、“还原”或“不预设任何形而上学前提的、在生存处境——即日常生活的有限历史文化情境——中研究人与社会的认知向度”[②] 等才有抵达预期之想的可能。具体写作过程也绝不是将零碎事象进行所谓的逻辑梳理，而是在融入生活世界之后，逐渐地参与、逐步地理解呈现于前的生活整体，使其在文字上显露为细节上可见、情感上可知和逻辑上可说。

个体的民俗叙事写作是沉浸于生活的生活文化研究，它以不脱离或不远离日常性的方式凝视、倾听在那里或在这里的民俗生活。这样的“无为而为”是“‘让……自我显现’的能力，即让‘他我’向‘自我’充满信任地倾诉自己内心世界的能力”。[③]“让……自我显现”的写作不是高高在上的遮蔽，也不是隔岸观景的冷静，而是交往过程中的彼此融入和显现。这是人的生命、生活的敞开过程，在这样的敞开中，作为人的诸种感受也会一并汇入其间。这种写作并不志在创造出有关民众

① ［美］诺曼·K. 邓金：《解释性交往行动主义：个人经历的叙事、倾听与理解》，周勇译，第168页。

② 周福岩：《日常此在的民俗视域——海德格尔的“在之中”理论及其他》，中国民俗学会第八届代表大会暨2014年年会。

③ 吕微：《民间文学—民俗学研究中的“性质世界”、“意义世界”与“生活世界”——重新解读〈歌谣〉周刊的“两个目的”》，《民间文化论坛》2006年第3期。

生活过程的种种理念或学说，即便有创造，也绝不就此凌驾于生活过程之上。"个体的民俗叙事"所开启的，或许便是返回到被现实身份所遮蔽的、作为人的共同所在。

民间叙事研究的对象、方法和路径

张　多*

"民间叙事"是民俗学、民间文学研究的核心领域。狭义的"民间叙事"概念主要是指基于口头传统（oral tradition）的散体叙事。当然，民间叙事也基本包含在文学叙事的范畴内。如果用罗列式的文类（genre）来界说民间叙事，它主要包括神话、民间故事、民间传说三大文类；当然，一些民间小戏、曲艺以及民间叙事长诗、史诗中的叙事成分也属于民间叙事。与民间叙事相对的概念是韵文体民间文学，比如史诗、长诗、歌谣、说唱曲艺等。

民间叙事作为一个专门的研究领域，尚缺乏系统性的理论探讨。目前所见的研究中，美国民俗学家威廉·巴斯科姆（William Bascom）的《口头传承的形式：散体叙事》① 一文是重要的经典研究。巴斯科姆详细区分了神话、故事、传说的基本边界，为分析民间散体叙事提供了重要依据。目前，有关中国民间叙事的研究也有不少专题探究，比如，丁乃通、刘守华、吕微、陈建宪、户晓辉等对母题、类型的讨论，再如刘魁立、江帆、万建中、陈泳超等对叙事结构分析方式的探讨，又如巴莫曲布嫫、杨利慧、西村真志叶等对叙事语境和文类的研究。本文将就民间叙事的研究对象、方法论和生活文化的研究取向等几个方面，简要探

---

* 张多，北京师范大学中国民间文学专业博士，云南大学文学院副教授、硕士生导师，云南大学神话研究所所长助理，主要从事民间文学、少数民族文学、民俗学、神话学研究。

① ［美］威廉·巴斯科姆：《口头传承的形式：散体叙事》，［美］阿兰·邓迪斯编《西方神话学读本》，朝戈金等译，广西师范大学出版社 2006 年版，第 5—37 页。

讨民间叙事的基本理论问题。

一 对象：叙事结构、叙事学与口头传统

在民俗学学科草创之初，无论是欧洲还是中国，前辈学者都将民间文学作为研究的最重要内容。例如，德国民俗学鼻祖赫尔德（Johann Gottfried Herder）研究“民歌”（Volkslieder），认为人民之歌才是人自由意志的呈现；中国早期的“歌谣运动”，依托《歌谣》周刊试图发掘民族文化的根谱。民间文学的本质特征与几代学者们对“民”（folk）和“俗”（lore）的探寻息息相关，前者是后者在语言层面上的显现，也是人的先验经验世界的最佳体现。

可以说，人类语言的主要功能之一就是叙事。这里的“叙事”除了narrative意义上的组织，还有思维和哲学上的开显。从索绪尔（Ferdinand Saussure）到乔姆斯基（Noam Chomsky），语言学家通过研究语言的结构，在人文社会科学界掀起了一场“语言学转向”和“结构主义革命”。尤其是乔姆斯基的“语言运用”（performance）直接启发了表演理论（performance theory）的形成。从普通文学理论的角度看，语言结构主义直接启发了西方现代哲学的结构主义思潮，结构主义又直接影响结构主义文论的叙事学的兴起。在民间文学领域，受到结构主义思潮的影响，结构主义神话学、结构人类学、解释民俗学、故事形态学、口头程式理论、原型批评等纷至沓来。

叙事学（narratology）一直以来主要致力于文人小说和现代叙事作品的研究，尽管普洛普（Vladimir Propp）的《故事形态学》也被叙事学家奉为经典，但经典叙事学总体上鲜有对民间文学的专门研究。与此同时，民间文学家们尽管打出“民间叙事”的旗号，但也鲜有运用经典叙事学理论去研究“民间叙事”的。同样有结构主义的渊源，叙事学和民间文学研究却分别发展，这主要是因为“民间叙事”的研究对象并未得到很好的澄清，也就难以搭建通向叙事学的桥梁。

荷兰叙事学家米克·巴尔（Mieke Bal）在其《叙述学：叙事理论导论》中，简明扼要地界定了叙事学的定义，她说narratology就是“关

于叙述、叙述文本、形象、事象、事件以及‘讲述故事’的文化产品的理论”。[①] 其中“叙述文本”就包括民间文学的叙事文本，例如神话、民间故事、民间传说等；事象就包括仪式、民间信仰、服饰民俗、建筑民俗等民俗事象；文化产品就包括民间文学的搜集整理作品、非物质文化遗产清单等。因此，民俗学或民间文学事实上与叙事学有天然的关联，并且这种关联通过结构主义的研究得以明确。

民间叙事的研究对象，正如米克·巴尔所言，就是“叙事”本身。但是民间叙事的“叙事”如何区别于文人书写的叙事呢？事实上，民间叙事存在的重要基础就是“口头”（oral），民间叙事不仅是出自口语，还通过口头传承，在口头传承和传播过程中变异和生长。并且即便是与书写传统交织，民间叙事的口头性特征也非常明显。例如，巴莫曲布嫫对彝族经籍诗学与口头诗歌的研究，揭示了“口头—书写”之间复杂的互动关系。“时至今日，在彝族山地社会，书写实践也依然没有脱离其口头文化的传播语境。”[②] 有学者直接用“口头叙事”代替民间叙事的提法，正是试图明确民间叙事的口头性本体特征。

口头传统依赖口语的演述，而书面创作可以直接运用文字规则。两者对叙事的要求有很大差异，例如，口头叙事需要即兴创编，书面创作可以反复打磨；口头叙事需要互动场域，书面创作则要经得起读者咀嚼；口头叙事的叙事技巧服务于现场受众的感受，书面创作则完全不受读者制约。处在这二者之间的文本类型，就是戏剧表演活动，剧本不可不依，表演各有千秋。因此，民间叙事研究应当充分注意“口头”不是随意的，也是有一套复杂的规则的，也应当纳入叙事研究的视野。

法国结构主义大师罗兰·巴特（Roland Barthes）在《叙事结构分析导论》中言道：“支撑故事的可以是口头的或书写的分节语言，固定的或流动的形象、姿态，以及包含所有这些内容的有组织的混合体。”[③] 民间叙事的首要任务就是对口头叙事的研究，它虽然不排斥其他载体的

① ［荷］米克·巴尔：《叙述学：叙事理论导论》（第二版），谭君强译，中国社会科学出版社 2003 年版，第 1 页。本文涉及 narrative 的汉译，通用“叙述”和“叙事”两个译法。

② 巴莫曲布嫫：《口头传统与书写传统》，《读书》2003 年第 10 期。

③ ［法］罗兰·巴尔特：《符号学历险》，李幼蒸译，中国人民大学出版社 2008 年版，第 79 页。

叙事，但无疑口头叙事是最接生活世界的语言直观。

二 方法：叙事研究的理论工具

民间叙事通常借助“母题”（motif）、“类型”、“原型”、“形态”等理论工具来分析叙事文本的叙事特征。例如故事学就是一个将“母题”和“类型学”工具发挥得淋漓尽致的领域。并且，民间叙事研究的母题类型方法，也影响到了文人小说的母题研究。2012 年诺贝尔文学奖获得者莫言在颁奖仪式上自称“讲故事”的人，这充分表明作家创作和民间故事一样，都十分注重“讲故事”的技术。“讲故事”作为一种语言行为活动，必然蕴含语言学的结构规则。如果借助“表层结构”和“深层结构”的工具，就会发现事实上，叙事学所使用的“故事”“素材”“事件”正是母题和类型在另一层面的表述形式。叙事学和民间叙事研究是从不同层次对“叙事”（故事）进行切分和透视。

表 1　　叙事研究工具对照表

叙事的深层结构	叙事的表层结构
功能：叙事序列的观念存在形式	事件：一种状况转变为另一种状况
母题：跨文本动态重复的叙事成分	素材：一系列由行为者经验的事件
类型：相对稳定的系列母题或情节类别	故事：以特定方式表现出来的素材

需要说明的是，这样的对应关系并非严密的一一对应，只是一个比较。基于相同的结构主义语言划分，两套概念体系实际上都是对文本进行“描述层次”的划分，即罗兰·巴特所言的：“因为直接考虑到在全体意义系统中重要的组织概念，我们得以即能判断一个叙事不是诸句子的简单聚合，也能够对大量参与一个叙事之组合的众多成分进行分类。”①

口头叙事相较书面创作和文化产品而言更富于变异特点和不确定

① ［法］罗兰·巴尔特：《符号学历险》，李幼蒸译，第 84 页。

性，语言只有在口语语境中才得以全面显示其生成能力，因此对口语叙事的研究面临材料的灵活性难题。所以采用母题和类型的划分能够为研究者提供一个工具，尽管“母题”分析有诸多局限。显然母题、类型方法也许难以顾及语料表层结构的叙事运作之分析。在这一点上，西村真志叶运用常人方法论、会话分析和民族志方法对北京燕家台村的日常叙事“拉家”所做的研究，可谓一大进步。她敏锐地察觉到：

> 我们往往以为，个别案例有着太多不纯洁的因素，只有摒弃每个案例特有的因素并抽取“背后”的共同特性，才能把握其本质。其实，抽去每个案例特有的因素，反而可能摒弃行为互动赖以成立的东西。①

西村通过对传统体裁学的反思，认为在日常生活中民众可以毫无障碍地组织生活，说明日常叙事的体裁概念完全可以不证自明地为人运用，尽管他们并不知道自己的“拉家”有什么样的规则。西村的叙事体裁田野研究，正是在这样的问题域中，同时把握“拉家”的表层叙事规则和深层叙事类型（体裁）。

无论是日常叙事“拉家”，还是审美叙事“故事”，都遵循人类语言的语法规则。但叙事语言毕竟不同于符号语言，叙事不能脱离其文学的属性。如果说文学是人学，那么这里是说文学在最大限度地接近人的本源自由世界。民间文学更是一种开显人的自由意志、先验直观、生活世界的语言运用现象。民间文学中的散体叙事，既可以充分展现人类经验结构的符号编排法则，又能深入人类审美体验的内部肌理。

叙事学致力于看清叙事力量的动力法则，如罗兰·巴特所言：“叙事形式基本上以两种力量为标志：沿着故事路线扩张其记号的力量，以及在这些变异中纳入不可预见的扩展的力量。”② 民间叙事特别是口头叙事将叙事系统的“变异”（distorsion）和“扩展”（expansion）能力

---

① ［日］西村真志叶：《日常叙事的体裁研究：以京西燕家台村的“拉家”为个案》，中国社会科学出版社 2011 年版，第 19 页。

② ［法］罗兰·巴尔特：《符号学历险》，李幼蒸译，第 108 页。

发挥到极致。例如“狗耕田”类型的故事，体现这一民间故事类型叙事生命力的不是众多异文，恰恰是母题的切分。日本民间文学家稻田浩二在2001年1月30日给中国民间文学家刘魁立的信函中，针对他们此前对“狗耕田”故事的讨论，对母题进行划分：

> 母题——故事中心人物的一个行为。
>
> A. 核心母题——故事主角（狗耕田故事里的狗）的一个行为。
>
> B. 结构母题——其他故事人物的一个行为。
>
> 一个类型是以一个核心母体为中心构成的故事。[①]

刘魁立通过对浙江现代“狗耕田”故事异文的比较，梳理出9种母题组合方式，即故事类型变体。他认为“狗耕田”故事的两个母题链组成了其情节基干，“这两个母题链分别以‘狗耕田’‘狗坟上长出有神异能力的植物’作为内核，它们同时也构成这个故事类型的两个中心母题”。[②] 民间叙事的生命力就在于它是一棵不断生长的“生命树”，其叙事结构并非白纸黑字一成不变，而是在口头传承中不断显示出叙述的力量。后来，陈泳超将这种“民间叙事生命树”的分析方法运用于对山西尧舜传说的分析中，别开生面。[③]

三　路径：日常生活与民间叙事

20世纪60年代，西方学界受到现象学的影响，展开“质性研究”（qualitative research）的讨论。受到这一时期哲学思潮变革的推动，研

① 刘魁立等著：《民间叙事的生命树》，中国社会出版社2010年版，第22页。

② 刘魁立：《民间叙事的生命树：浙江当代“狗耕田”故事类型文本的形态结构分析》，《民族艺术》2001年第1期。

③ 陈泳超：《背过身去的大娘娘——地方民间传说生息的动力学研究》，北京大学出版社2015年版。

究者越来越意识到自己与被研究者之间的“主体间性”关系。[①] 叙事学从经典叙事学到后经典叙事学的转向，正是将结构主义的理论基础嫁接到质性研究的枝干上，试图扩展基于语言意义构成单位的研究。正如中国叙事学家谭君强所观察到的那样：

> 人们已经倾向于摒弃传统叙事学研究中将叙事文本视作一个封闭体系的模式，而按照认识论的标准重新界定叙述性，并超越形式叙事学而进入语用学、接受理论的领域，强调读者和语境的重要作用，以及读者的接受所具有的重要意义，试图构建出一种有机的阅读状况。[②]

在这样的大背景下，20 世纪 60—70 年代的民俗学、民间文学也开始关注民间文学的主体和语境。这其中，德国哲学家胡塞尔（Edmund Husserl）的“生活世界”概念对民俗学颇有影响。“生活文化是大众现象、经验现象，归入生活世界；经典文化是专家现象、理论现象，归入意识形态。”[③] 用解释性交往行动主义（interpretive interactionism）的观点来看，经验只存在于它的再现之中，它不会溢出记忆或想象之外，“事实”的意义在讲述过程中常常被重构。[④] 人的经验世界是一个需要不断再现的世界，也是一个不断重构的世界。而客观的日常生活是包括最初事实的，它只是生活世界的事实基础和逻辑起点。民间叙事的研究也应当着眼于人的经验的叙事，立足于人的意义世界。

米克·巴尔说：“到处都有叙事，但它并不总是十分重要的。”[⑤] 这就是说叙事学不能局限于叙事文本本身。“叙事是一种文化理解方式，因此，叙

---

① 参见陈向明《在参与和对话中理解和解释》，“质性研究方法译丛”总序，重庆大学出版社 2007 年版，第Ⅲ页。

② 谭君强：《叙事学导论——从经典叙事学到后经典叙事学》，高等教育出版社 2008 年版，第 184—185 页。

③ 高丙中：《民俗文化与民俗生活》，中国社会科学出版社 1994 年版，第 129 页。

④ ［美］诺曼·K. 邓金：《解释性交往行动主义：个人经历的叙事、倾听与理解》，周勇译，重庆大学出版社 2004 年版，第 20 页。

⑤ ［荷］米克·巴尔：《叙述学：叙事理论导论》（第二版），谭君强译，第 263 页。

述学是对于文化的透视。"[①] 叙事学向文化研究的延伸，某种意义上就是向民间文学的民俗文化研究靠拢。"文化" 是一个大而无当的概念，如果对应其在民间叙事的研究领域，就是生活世界（lebenswelt/lifeworld）。

生活世界的自由属性决定了这是一个充满各种可能的世界，即人在这个世界是充满可能性的人。而人类的语言和语言的叙事正是这种 "可能性" 的绝妙显示。人只有在叙事的生活世界里才得以淋漓尽致地表达自身的可能性。正如中国民间文学家户晓辉所言："只有人才觉悟到：人和事物同处于自由的世界和不自由的世界。人可以先行于一个不自由的世界而领会到一个自由的世界，从而打开一个未来的可能世界和希望世界。"[②] 在叙事学理论里也有一个概念 "可能世界" （possible world）。美国叙事学家杰拉德·普林斯（Gerald Prince）在其 *A Dictionary of Narratology* 中解释可能世界是："事情的完整状态；一组个体（如人类和物体）及其特性（包括他们的所作所为或含有他们的情境）。"[③] 这种 "完整状态" 就是人类生活世界的完整整体，民俗学或民间文学很难说能够把握这个 "整体"，但是可以把握整体中的 "个体" 及其 "特性"。叙事是通向活生生的生活世界的绝佳途径，这条途径也就是民间叙事研究应当铺设的路径。

面向日常生活的叙事研究，对民间叙事而言，就是要开显人的话语世界的自由维度。户晓辉认为："民间文学或民俗学与生俱来的那种挥之不去的乡愁不是向着已逝的过去，而是向着人的自由自在的本源存在的回归而返回，也就是向着生活世界回归和返回。"[④] 民间叙事的研究路径除了忠实于文本结构的基础研究，还应当向民间文学的学科本源靠拢，在口头叙事的多样世界里寻找生活、领悟生活、直观生活。这也就是 2000 年前后中国民俗学、民间文学界发生了 "语境转向" 的根本原因所在，民间叙事必须重视对生活中的主体及其感受的文化深描。

---

① ［荷］米克·巴尔：《叙述学：叙事理论导论》（第二版），谭君强译，第 266 页。

② 户晓辉：《返回爱与自由的生活世界：纯粹民间文学关键词的哲学阐释》，江苏人民出版社 2009 年版，第 21—22 页。

③ ［美］杰拉德·普林斯：《叙述学词典》，乔国强、李孝弟译，上海译文出版社 2011 年版，第 178 页。

④ 户晓辉：《返回爱与自由的生活世界：纯粹民间文学关键词的哲学阐释》，第 38 页。

跨媒介叙事研究

21 世纪以来主旋律基调下中国电影底层叙事探析

林进桃*

1990 年代以来，随着社会转型的到来以及阶层分化的加剧，第六代电影人的边缘探索与第五代电影人的现实转向，使得中国电影中的底层影像为更多人所关注。① 关于“底层”概念的界定，目前国内学界主要参考陆学艺主编的《当代中国社会阶层研究报告》②，该书以职业分化和三种资源（组织资源、经济资源和文化资源）占有状况为标准，划分出“十大阶层”并区分为五大社会经济等级，把底层定义为“生活处于贫困状态并缺乏就业保障的工人、农民和无业、失业、半失业者”，包括只拥有很少量资源的部分商业服务业员工阶层、产业工人阶层、农业劳动者阶层及基本没有资源的城乡无业、失业、半失业者阶层。随着底层影像在新世纪的崛起，特别是当第六代导演在海外国际电影节频频获奖并作为一股不容小觑的力量出现在世界舞台，加强对底层影像的改造与利用，将之纳入“主旋律”的基调下，使之较好的符合主流意识形态的要求，便是自然而然的事情了。

电影创作的“主旋律”口号最早可追溯到 1987 年 3 月召开的全国

---

* 林进桃，电影学博士，云南大学新闻学院副教授，硕士生导师，研究方向为影视文化与批评，中国高等院校影视学会影视评论专委会理事。

① 可参看林进桃《从统一到多元：中国电影中底层叙事的分化与嬗变》，《艺术百家》2019 年第 3 期。

② 可参看陆学艺主编《当代中国社会阶层研究报告》，社会科学文献出版社 2002 年版。

故事片制片厂厂长会议，由时任峨眉电影制片厂厂长的滕进贤提出。1996 年 3 月全国电影工作会议及其所提出的“9550”工程，使得主旋律电影创作再一次被加以强调。21 世纪以来，涌现了一批主旋律基调下的底层叙事作品，它们大多以各种周年献礼、模范人物等为创作契机。如《农民工》片头写着“谨以此片献给在改革开放 30 年中默默奉献的农民工兄弟姐妹”；《梦想就在身边》也标明“谨以此片献给两亿六千万中国农民工兄弟”；《幸存日》则表示“谨以此片向中国 1000 万煤矿工人致敬”；《所有梦想都开花》以全国人大第一位农民工代表胡小燕为原型创作而成；《香巴拉信使》《嫁给大山的女人》则根据年度“新闻人物”“感动人物”的小人物故事改编……如何有效地讲述底层经验、构建底层意识、塑造底层形象，使之符合主流意识形态所倡导的社会秩序与价值观念，成为主旋律基调下的底层叙事不得不直面的一个问题。

一 底层的道德叙事及其文化表征

正如有研究者指出，“在中国电影打动人心的因素中，道德伦理传统是重要的方面。遵守人伦常情构筑情感世界和借助人伦情感来褒贬判断，成为中国电影常见的情感支撑点”。① 为了使主旋律基调下的底层叙事能够有效弘扬社会主义核心价值观，服务于现有的主流社会秩序，引起观众的情感共鸣，一个简捷而奏效的方法就是通过人伦常情来进行道德叙事。

这类道德叙事往往从底层人物“小我”故事开始，人物的成长有着向集体话语与宏大叙事靠拢的清晰脉络。而无论在“小我”还是“大我”表述中，始终注重对底层人物所拥有的，诸如“仁义”“孝道”“诚信”“互助”“友爱”“善良”“奉献”“吃苦耐劳”等传统文化和传统伦理中的美好品质的书写与言说。主旋律基调下的底层叙事尽管服务于现有社会秩序，却一直注重对大多数人所认可与遵循的传统道德体

① 周星：《论中国电影教化传统与道德表述特点》，《宁夏社会科学》2004 年第 4 期。

系的征用。尽管身处底层，影片主人公却无不具有嘉言懿行，恪守中国传统文化中的人伦准则。他们或坚守道义、乐于助人，如《农民工》的陈大成、《天堂凹》的龚德宝；或具有牺牲奉献的精神、吃苦耐劳的品格，如《碗儿》的碗儿、《所有梦想都开花》的林芳；或诚信守诺、仗义轻利，如《梦想就在身边》的谭大东……主旋律基调下底层道德叙事与中国传统文艺“教化”观一脉相承，但对主人公优秀品格的片面强调，却容易使人物沦为“扁平人物”，从而难以有效洞察人性的驳杂。具有“神圣化”倾向的底层人物形象，由于其灵魂高度，能够有效涤荡普通个体庸常的灵魂；却由于其高高在上，割裂了与底层日常生活的勾连而缺乏足够的合理性与说服力。

在所有伦理品格的坚守中，以“孝”为核心的家庭伦理观在影片中得到了浓墨渲染。“孝”在中国传统文化中居于首德地位，有“百善孝为先”之说。正如梁漱溟先生所言，“说中国文化是‘孝的文化’，自是没错。”①《所有梦想都开花》的林芳屡次帮助外出打工的乡亲，便是出自对父亲的“孝”。《梦想就在身边》的谭大东把不能为母亲尽孝看作平生最大的遗憾，影片多次利用闪回镜头，呈现谭大东背着母亲走在回家路上的场景。主旋律基调下底层的道德叙事，把为中国观众所普遍接受的“孝”文化有机融进剧情。也正因为对“孝”的彰显，底层人物的故乡尽管贫瘠落后，却往往成为温馨、美好的心灵栖居之所。《农民工》中，事业有成的陈大成携带妻女返乡，家乡被呈现得如田园般安详美好；《梦想就在身边》中，面临事业低谷的谭大东在最落魄、最迷惘的时候选择返乡，寻找坚守下去的勇气与力量。对故乡的诗意处理，既能为底层人物的奋斗提供动力依据，也起到以人伦常情对抗工业化、现代化给人类身心带来扭曲与异化的作用。

有所倡导就有所贬斥，主旋律基调下的底层叙事，正是通过设置对比共构的人物形象，通过反衬、对比等艺术手法，完成主流意识形态的传达与核心价值观的宣扬。影片中作为道德承载者的底层形象主要分为两类。一类是拥有乐于助人、任劳任怨、吃苦耐劳等美好品性者，他们皆通过自身的努力而梦想成真，影片通过对他们成功故事的诗意讲述，

① 梁漱溟：《中国文化要义》，学林出版社 1987 年版，第 307 页。

服务和谐社会的构建。与之形成强烈对比的是，另一类底层形象则被塑造为企图走捷径、妄想不劳而获者，他们的失败往往归因于自身的品性缺陷。正是通过塑造个性鲜明、命运迥异的底层形象，底层道德叙事建构了一套符合主流意识形态的逻辑体系。

主旋律基调下的道德叙事须辩证看待。一方面，它对传统伦理价值的肯定，对真、善、美的弘扬，在一个价值观多元乃至稍显混乱的年代，将有助于社会主义核心价值观的建构。道德叙事中所树立的人格偶像，在现实社会中不但有着生活基础，更有着心理根基。“好人有好报”观念包含着社会正能量，召唤着每一个人内心的良善。另一方面，这种道德叙事，把底层人物简单划分为“好”“坏”两种类型，忽视了现实中底层个体的丰富性与复杂性，有把复杂问题简单化之嫌。

二　底层成功的独特讲述方式

除了通过道德叙事实现对社会主流价值观的正面引导外，如何通过巧妙的叙事修辞，使和谐社会视域下的底层成功故事更具说服力，这就涉及故事的讲述方式与叙事策略问题。

（一）底层成功者的回顾式自述

“底层成功者”的自我追述，至少包含以下两层含义：首先，叙述者身份具有双重属性，即当下的成功者身份与曾有的底层身份；其次，所谓的自我追述，指的是当下成功者使用第一人称叙述的方式回顾自己昔日的底层奋斗历程。“在第一人称回顾往事的叙述中，可以有两种不同的叙事眼光。一为叙述者‘我’目前追忆往事的眼光，另一为被追忆的‘我’过去正在经历事件时的眼光。”① 主旋律基调下的底层叙事主要采用的是第二种叙事眼光。而当过去的底层眼光与现有的成功者叙述有机统一，其内在张力便能产生强烈的感召力。这是因为，用过去经历事件时的眼光来呈现底层往事，更容易赢得观众，特别是底层观众的认同；而用现在的声音进行叙述，加入叙述者当前的见解与反思，其成

① 申丹：《叙述学与小说文体学研究》，北京大学出版社 1998 年版，第 187 页。

功者的身份与见识又能给渴望成功，特别是渴望晋升为成功者的底层观众以启发。

无疑，底层成功故事的讲述，最重要的是要引发观众的共鸣获取观众的认同。而共鸣与认同的建立则有赖于影片真实感的营造。与第三人称叙述相比，“采用第一人称‘我’进行叙述的最大好处，首先在于真实感强……有一种仿佛是某人真实的生活经历的如实写照而不是一篇虚构故事的幻觉”。[①] 这是因为，作为第一人称主人公叙述者，他们讲述的是关涉自身的故事，作为自我故事的亲历者，这种“叙述的我”与“经验的我”身份的统一，无疑使其叙述更具说服力。《农民工》以主人公陈大成为第一人称叙述者，讲述其于改革开放初期进城务工，历经多年奋斗，从底层民工成长为集团负责人的故事。其叙事与左翼乃至“十七年”电影中所出示的“旧时代”底层的受苦受难及难以翻身有着根本的不同。现在时空中作为集团负责人的“我”参与“凤还巢”工程反哺故里，与过去时空中作为底层打工者的“我”他乡奋斗的故事，正是在事件亲历者“我”的旁白介入下交织展开。“第一人称的优势同样还表现在结构上的开合自如，能给叙述者在叙述时间上的转换提供更大的方便，和对叙述手段的更自由的调度。”[②] 对于试图通过底层成功者寓言反映改革开放伟大历史进程的影片来说，第一人称在处理历史跨度较大的故事时尤其具有优势。《梦想就在身边》同样以主人公谭大东为第一人称叙述者。紧接片头“导演手记”后，成年谭大东[③]在鸟巢边从容踱步，并以第一人称旁白方式讲述，“又回到了熟悉的这个地方，这么多年过去了，我和这个城市一起共同见证了彼此的成长”。正如有学者指出，“尽管在所有的人称背后都存在着一个叙事主体，但当叙述者以‘我’的姿态出现时，很容易成为叙事主体的替身。而当叙事主体的‘我’与作为作品中人物的那个‘我’合二为一重叠在一起时，只要不违反性格轨迹人们是很难察觉的”。[④] 特别是当观众把虚构世界

① 徐岱：《小说叙事学》，中国社会科学出版社 1992 年版，第 275 页。

② 徐岱：《小说叙事学》，第 276 页。

③ 为了凸显影片的真实感，片中启用现实中的人物原型谭双剑来出演成年谭大东这一人物角色。

④ 徐岱：《小说叙事学》，第 276 页。

中的角色等同于现实生活中的亲历者时，便能轻易地逾越虚构世界和现实世界的距离，从而在观影过程中获得强烈的真实性和认同感。作为获得创作者部分权力让渡的第一人称叙述者，无论是陈大成还是谭大东，都使观众有亲切的代入感，他们昔日作为底层所遭受的种种痛苦与不幸、无奈与屈辱、犹豫与彷徨，也就越能打动人；而他们今日作为成功者的收获与喜悦也便越能感染人。与此同时，第一人称叙述者又是一个“干预叙事者”。他们在讲述故事的同时承担起对人物和事件的解释和评价功能，可以相对自由地抒发主观感受和表达个人评价而没有太多突兀感。正是在对底层奋斗往事的追忆中，底层昔日所遭受的苦难与挫折被重新解读并赋予全新的意义。

（二）底层奋斗与底层苦难的诗性讲述

为了更好地抒写底层成功寓言，对底层奋斗与底层苦难进行诗化处理也是常见的叙事策略。影片《所有梦想都开花》《梦想就在身边》《碗儿》等都有对底层不同程度的诗性讲述。其共同之处便是强调主人公除“挣钱”之外的其他爱好与梦想。如《所有梦想都开花》的林芳爱好诗歌；《梦想就在身边》的谭大东对“足球”情有独钟；《碗儿》的碗儿放弃挣大钱机会而选择圆“上学梦”等。这种把诗意理想置于庸常物质追求之上的做法，不但有效地确立了主人公思想境界的高度，也为整个影片奠定了诗意的基调。

《所有梦想都开花》通过领养患病的小燕子，帮助前来投靠的老乡，挽救童工小妹，坚强面对失业与再就业等，塑造了林芳这一善良、坚韧不拔的女工形象，表达了“所有梦想都开花”的乐观精神与诗意主题。影片在象征“出征”“启航”等的现代交通工具，包括码头边的轮渡与公路上的汽车，以及飘动着的写意化水晶球中拉开序幕；影片结尾，当林芳克服困难收获幸福后，隐喻美好梦想的水晶球再次出现，一段象征和谐幸福的广场舞后，与影片开头旁白相呼应的画外音再次响起：“我们离开家乡，漂泊在不同的城市寻找梦想，大家聚在一起，互相关注互相取暖，在这，每个人都希望自己的梦想能开出花来。”与同类题材电影相比，《所有梦想都开花》最为独特的是它对底层奋斗故事的诗性讲述。影片把林芳塑造成“女工诗人”，片中多处重要段落均摘录、穿插着林芳以笔名“紫薇”创作的诗歌。这些来自林芳灵魂深处、充满哲理的诗句不但使影片洋溢着浓郁的诗意，还直接推动剧情发展，深化影片主旨。

主旋律基调下底层故事的诗性讲述，丰富了底层叙事的表现形式，使影片呈现出温馨、美好的一面，但其局限性也显而易见。如《所有梦想都开花》中，东莞这一处于改革大潮激荡下驳杂的城市空间被简化甚至置换成单纯美好的所在，孤身闯荡东莞的童工“小妹”总能够碰到各种好心人。就连小娟老师由于“假造文凭”被张主任“要挟”并欲图谋不轨一事，也因对方打着“爱”的旗号不了了之。这种过于光明过于诗化的处理，使底层所遭受的苦难淡化，底层的生活际遇难以有效呈显出来。《梦想就在身边》中，逆光仰拍镜头下，上身赤裸着的农民工健康躯体的诗意呈现，其对身体的过度礼赞反而消减了底层民工超负荷劳作的苦痛。《碗儿》中，童年碗儿坐在芳草萋萋、流水潺潺、白鹅嬉戏的小溪边做着上学梦，其写意慢镜头在一定程度上消弭了底层儿童无法上学的心酸与无奈。底层的创伤和苦难，正是在这样的诗性讲述中被稀释与淡化。

三 底层代言者与拯救者的设定

底层，向来被认为是沉默的群体。主旋律基调下的底层叙事，其惯用的一个修辞策略便是把底层塑造成被代言及被拯救者。而担当代言及拯救角色的，往往是代表正义力量的媒体记者与代表国家形象的政府官员。煤窑中的矿工以及讨薪的农民工一度成为主旋律基调下电影底层叙事聚焦的所在。

（一）煤窑中的拯救故事与亟待拯救的人

影片《谁是卧底》据刘庆邦中篇小说《卧底》改编，讲述实习记者周水明冒着生命危险深入黑煤窑解救煤矿工人的故事，原著拷问人性的主题被演绎成一曲主旋律色彩浓郁的底层拯救之歌。

周水明的言行洋溢着知识分子代言与拯救的自觉性，有着强烈的精英意识。他意欲到小煤窑体验生活以便创作反映非法小煤窑和黑矿主的报告文学，并大义凛然道“我不下地狱谁下地狱？”面对妻子的质疑，他振振有词，“你别忘了记者可是无冕之王”。正如有研究者指出，“像许多自以为是的知识分子一样，在他的眼中，底层是受苦受难的，是蒙昧无知的，但也是善良纯朴的，是等待拯救的。……他带着一种知识分子的优越感与一种冠冕堂皇的正义感和责任感进入了煤窑”。[①] 满口“对不起”“谢谢”“法律”“权利”的周水明在充满粗俗、暴戾气息的黑煤窑中有如异类。亮明记者身份后，周水明更是直接对矿工们说，“弟兄们，这里简直太残忍了。我是《西北工人报》的记者，有什么冤屈，你们都可以跟我讲”。在朝夕相处、患难与共中，周水明逐渐赢得老毕等矿工们的信任与尊重。与前几次的三缄其口迥异，对周水明去除戒备之后的老毕感激地连声回应：“兄弟你好好写吧，也替我们这些农民工出口气。”在这里，代言者与被代言者的意愿达成了一致。

影片结尾也即影片高潮部分，王副县长被捕、黑煤窑遭清算，周水明发表了近6分钟义正词严的“演讲”以揭露黑心煤窑主的丑陋面目，把底层矿工被代言被拯救这一寓言高度具象化和视觉化。“你”“我”“我们”“他们”，周水明自由地游走于各种人称代词中，慷慨激昂地继续着他为底层矿工血泪苦难史的代言。颇富意味的是，与周水明的义愤填膺不同，除了偶尔附和几声，众矿工却始终是沉默不语甚至是麻木的。如果说周水明主要充当底层代言人的角色，那么真正把众人从苦难之中拯救出来的则是市纪检委及其卧底李振东。与周水明的冲动不同，李振东老谋深算，他小心隐瞒着自己的真实身份并成功骗取黑煤窑老板们的信任，在紧急关头抓住时机向外通风报信。

除了《谁是卧底》外，底层的拯救故事还体现在部分矿难题材电影上，如《幸存日》《掘井》《人命如天》等。此类“拯救”故事一般围绕着矿难的发生，展开“井上救援”与“井下互助”双线叙事，前者主要讲述官方对受困矿工的生死“营救”；后者则主要呈现受困矿工的互救互助。《幸存日》井上救援的叙述无甚新意，但井下叙事却通过被困师徒五人于生死考验之际道出各自深埋心底的秘密故事，呈现了底层生存境况与底层内心世界的多样性与驳杂性。然而，影片让“好人”

---

① 余翔：《精英的少数和沉默的大多数——读刘庆邦的〈卧底〉》，《电影评介》2007年第13期。

被营救且重获幸福，“有罪者”以死谢罪完成自我救赎，这种“因果报应”式叙事却限制了影片主旨进一步深化的可能。

（二）艰难的讨薪路与代言者角色

新世纪以来，直接关涉农民工切身利益的讨薪成为颇受关注的话题。《工地上的女人》《回家》《一年到头》《我叫刘跃进》《不许抢劫》《人在囧途》等都不同程度涉及讨薪问题。

《回家》开篇，破败的乡村、低矮的土房与繁华的都市、高耸的大厦交叉剪辑，既暗示着农民、农民工等的弱势群体地位，也隐喻着城乡之间水乳交融的关系。以刘乡礼为代表的底层民工更多时候是作为亟待拯救的文化符号出现，政治精英对底层的拯救与代言段落贯穿整部影片。影片通过“排队挂号候医”“不派私车挤公交”“提前上班了解情况”“舍身救助遇险民工”“为民工垫付工钱”“无私帮助病重民工”等一连串细节，塑造了市委书记陈正名这一“正义”“公正”的“好官”形象。从农民工讨要工薪的艰辛与不易，到市委书记为民代言的努力与体恤，底层艰难的讨薪历程最终被纳入和谐社会建设这一主流意识形态始终关注的命题。影片中，以刘乡礼为代表的底层农民工被代言的现象比比皆是。作为代言者的陈正名在民工宿舍里、在市委会议上甚至在家中，其为民工代言的大段讲话俯拾皆是。而作为对“人民公仆”陈正名的报答，影片设置了刘乡礼弥留之际主动把眼角膜捐献给陈正名女儿这一情节，作为对陈正名的认可与嘉奖。

无论是聚焦煤窑中拯救故事的《谁是卧底》，还是侧重农民工讨薪难题的《回家》，无论是通过记者周水明的视点还是透过市委书记陈正名的目光，主旋律基调下中国底层影像所出示的被代言与被拯救的底层，与主流意识形态所呼吁的关注“社会弱势群体”，表现“党与群众血肉联系”① 的主旨是分不开的。

① 英石：《共盼〈回家〉》，《北京支部生活》2004 年第 5 期。

四 主流意识形态在底层叙事中的呈现及其裂隙

主旋律基调下的底层叙事，总是努力通过巧妙的修辞策略把主流意识形态编织进底层影像中，通过对观众的规约、询唤，唤起观众，特别是底层民众的认同，其成功之处毋庸置疑，但也呈现出诸多裂隙。

（一）从“小我”到“大我”：底层的宏大叙事

底层叙事中主流意识形态的表达，常见的叙事策略之一便是从人物的“小我”，即关乎个体的、自我的、个人的私欲故事开始，到“大我”，即关乎集体的、社会的、国家的利益故事结束，剧情发展有着向宏大叙事靠拢的清晰印记。

以农民工题材电影为例。底层农民入城的初衷无不是为了自己及家人，为了“挣钱”。而随着剧情的推进，这些原本只是谋求个人私利者经过精神洗礼，无不逐渐接受并融入“大我”当中。《农民工》的陈大成等，在成功后毫无例外选择了回乡创业造福百姓，从而完成从个人私欲追求到社会职责担当的宏大叙事。《梦想就在身边》的谭大东从入城之初以挣钱为第一要义的底层打工仔成长为一位知晓大义的爱国人士，个体被有效整合到国家与民族利益的宏大话语当中。“这种电影的社会学，试图在国家历史的宏大话语下面对个人成长的丰富细节，并将动人的个人梦想逐渐汇入伟大的国家意愿。”① 这一评论《农民工》的观点，同样适用于《梦想就在身边》以及大多数主旋律基调下的底层叙事。

无论是把“小我”整合到“大我”之中，如《农民工》《天堂凹》等，还是舍弃“小我”成就“大我”，如《梦想就在身边》《谁是卧底》等，主旋律基调下底层叙事对“大我”的强调，有着鲜明的主流意识形态导向。通过宏大叙事，在“大我”的统摄中把个人利益与集体利益结合起来，把个人梦想整合到国家意愿之中。主旋律基调下底层影像对宏大叙事的重建，在个人主义过分宣扬的当下有其重要现实

① 李道新：《阶层的寓言与电影的社会学——影片〈农民工〉里的个人梦想与国家意愿》，《当代电影》2009年第2期。

意义。

然而，从“小我”到“大我”叙事转变中，主旋律基调下的底层叙事却存在难以缝合的裂隙。如《梦想就在身边》中少年谭大东始终难以在城市谋求一份工作，《农民工》中秀清由于没有暂住证面临拘留遣送，《谁是卧底》中底层矿工遭受种种非人虐待等，底层生存的种种际遇，使得底层影像所出示的光明前景和美好结局难免显得有些牵强。

（二）巧合叙事、外力植入或天赋异禀：强行设置解决方式

主旋律基调下的底层叙事偏好两个常见的叙述套路，即底层奋斗者通过努力取得成功，或底层受压迫者获得正义力量的拯救。然而，正如底层相关问题的有效解决不可能一蹴而就，要在电影中解决底层困境自然不是一件容易的事情。借助巧合叙事，依靠外在力量的帮助或外来因素的植入，强行设置困境的解决方式，成为主旋律基调下底层叙事常见的策略。

《回家》大量借助“巧合”叙事，设置戏剧化情节。多次讨要工钱未果的刘乡礼，“恰巧”遇到新任市委书记陈正名，两人又“恰巧”共同被困于失火大楼电梯中。接下来仍是一连串“巧合”：刘乡礼“恰巧”与陈正名需要进行眼角膜移植的女儿在同一所医院治疗，刘乡礼的癌症“恰巧”处于晚期无法医治而主动捐献眼角膜，接受捐献的“恰巧”是给他送花的女孩，而女孩又“恰巧”是陈正名女儿……适当运用“巧合”叙事推动剧情发展本无可厚非，但过多依赖“偶然事件”来扭转剧情，却有损故事的合理性。也就是说，“无论现实生活中实际发生的‘巧合’或是艺术作品中人工虚构的‘巧合’，都具有某种概率因素，概率越小，越令人难以置信”①，“把故事的发展完全建构在巧合偶然的基础上，会致使人物性格不能充分地展开，故事情节不能合理地发展，巧合就会因不真实而削弱社会意义”②，主旋律基调下底层叙事频频借助“巧合”推动剧情发展，使问题得以象征性圆满解决，折射出的正是现实中底层困境的棘手性。

---

① 李亦中：《“巧合”备忘录——论中国电影情节与人物关系的一种常见模式》，《电影艺术》1991 年第 4 期。

② 陈广兴：《论文学中的巧合》，《英美文学研究论丛》2009 年第 1 期。

主旋律基调下底层叙事还常常依赖外在力量的介入或外来因素的植入摆脱困境。《谁是卧底》中，剧情的逆转正源于深藏不露的卧底李振东巧妙向外成功传递信息；《梦想就在身边》中，走投无路的谭大东在有如天神般降临的上官父女帮助下轻松度过危机；《农民工》中，原本要吃官司的陈大成在身怀六甲妻子的努力下顺利解除危难，即“最后冲突的解决不是依靠人物性格支配下的必然行动，而是以某种外在或人为的偶然因素将冲突纳入既定轨道，并确保最终依照预定规划完满解决”①。此外，主旋律基调下的底层叙事亦常常赋予底层人物“超常技能”。《碗儿》中，没有文化的碗儿天资聪颖，没有接受过任何训练的她画菜谱神似，深受老板及顾客的喜爱与青睐。尽管影片结尾时借助“知识温暖命运，梦想照耀生存”等字幕阐释主旨，但事实上，对于碗儿来说，她命运的改变更多是得益于“画菜谱”的天赋。总之，在影片中强行设置底层困境的想象性解决方式，在一定程度上使得某些矛盾与冲突被模糊化，电影的社会审视功能也随之陷入浅表化与平面化。

（三）意识形态“腹语术”的不成功

纵观主旋律基调下底层叙事及其意识形态表达，较为突出的一个问题便是部分影片存在主题先行，说教僵化的现象。事实上，能否成功传达主流意识形态，使观众心悦诚服地接受影片所意欲传达的官方话语与主流思想，这涉及意识形态的“腹语术”问题。“所谓‘意识形态腹语术’，是指意识形态似乎并不直接言说或强制，但它事实上是在不断地讲述和言说，只不过是成功地隐藏起了言说的机制和行为，成为某种不被感知的言说。”② 对于主旋律基调下的底层叙事来说，能否成功运用“腹语术”，直接关系到主流意识形态传达是否有效。

腹语术是意识形态的基本规则，正如路易·阿尔都塞指出：“意识形态的效用之一就是，凭借意识形态对意识形态的意识形态特性实际的否定：意识形态从来也不说‘我是意识形态的’。”③ 一些主旋律基调下的底层叙事并没有很好的利用自身影像叙事的优势，而是大量借助人物

① 穆海亮：《论主旋律戏剧的结局处理》，《艺术广角》2010 年第 6 期。

② 戴锦华：《电影批评》，北京大学出版社 2004 年版，第 188 页。

③ 斯拉沃热·齐泽克、泰奥德·阿尔多诺等：《图绘意识形态》，方杰译，南京大学出版社 2006 年版，第 125 页。

之口发表大段讲话，直接阐明创作者的意识形态意图。《天堂凹》为了彰显主旨，特意安排高空作业的德宝与前来视察的首长对话，通过首长之口道出“你看深圳的圳字写得多好啊。有土有川，大有可为啊”；《所有梦想都开花》大量摘选林芳的诗句作为励志警言；《留守孩子》则借助以“给家长的一封信”为题的作文课，让孩子们声泪俱下念信，课堂俨然成了“诉苦大会”；《梦想就在身边》更是如此，或直接利用第一人称旁白进行“教化”，或直接依赖谭大东现身说法。这种缺乏情境再现和细节交代的叙述，仅简单通过人物之口直抒胸臆，在煽情的同时却失之轻飘，大大削弱了故事的感染力。过于浅显直白的意识形态诉求，使得影片难以借助形象鲜活的影像进行有效叙事，从而陷入“说教”的泥潭。“主旋律电影因体制的原因，更多地承袭意识形态化的意义表达，因而其意义表达中，暴露的修辞是它最大的特点，它要倡扬国家意志，颁布社会禁忌。”① 倡扬国家意志，颁布社会禁忌是主旋律基调电影应有之义，但如果仅止步于直露的道德批判与简单的价值取舍，则容易导致思想大于形象，也难以获得观众的认可与认同。主旋律基调下的底层叙事，不应该只是社会政治概念和社会政策制度的简单图解和视觉变体，还应遵循文艺创作的内在规律，建构具有形象感染力与独立审美价值的底层影像。

（原文发表于《广西社会科学》2019 年第 11 期）

① 胡谱忠：《主旋律电影与商业片的互动渐变规则》，《贵州大学学报》2002 年第 1 期。

《黑镜》与西方自反性现代化社会中的媒介政治*

金晓聚**

20 世纪 80 年代，弗雷德里克·杰姆逊在他的《处于跨国资本主义时代中的第三世界文学》中断言："第三世界的本文，甚至那些看起来好像是关于个人和力比多趋力的本文，总是以民族寓言的形式来投射一种政治：关于个人命运的故事包含着第三世界的大众文化和社会受到冲击的寓言。"① 而作为其比较项的"第一世界"文学本文则不具有明显的政治性："资本主义文化的决定因素之一是西方现实主义的文化和现代主义的小说，它们在公与私之间、诗学与政治之间、性欲和潜意识领域与阶级、经济、世俗政治权力的公共世界之间产生严重的分裂。"② 应该说，杰姆逊的洞见是符合当时的时代的，且鉴于影视媒介具有显而易见的大众文化属性，如果我们将这个论述中的"文学本文"置换为"影视文本"，大致在总体上也不会影响其结论。

然而，20 世纪 90 年代以降世界的面貌发生了深刻而剧烈的变化，

---

* 本文为 2018 年国家社会科学基金项目"21 世纪美国科幻电视剧叙事研究"（批准号：18BWW077）成果。

** 金晓聚，北京大学艺术学院博士，云南大学新闻学院硕士生导师。主要研究方向为电视剧研究、影视批评和大众文化研究。

① ［美］弗雷德里克·詹姆森：《处于跨国资本主义时代中的第三世界文学》，张京媛主编《新历史主义与文学批评》，北京大学出版 1993 年版，第 235 页。

② ［美］弗雷德里克·詹姆森：《处于跨国资本主义时代中的第三世界文学》，张京媛主编《新历史主义与文学批评》，第 235 页。

发达资本主义社会亦由其简单现代化阶段过渡到自反性现代化阶段。在这个历史时期内，“第一世界”的媒介文本呈现出鲜明的政治性，如《黑镜》（*Black Mirror*）这样兼具英国电视剧和美国电视剧跨文化双重身份的文本就是媒介政治的表意实践。

在分析《黑镜》文本相关的政治自反性与媒介自反性之前，我们有必要对自反性现代化社会及其特征和作为媒介政治文本的《黑镜》给予简要的界定和概述。

一 自反性现代化社会与英（美）国电视剧《黑镜》

自反性现代化（Reflexive Modernization）社会是现代化社会的一个阶段，那什么又是现代化或现代性社会呢？乌尔里希·贝克认为，“现代性只有一种形式，即工业社会，其强迫性一度产生消费社会和民主的混合体，接着便加速了总体的衰落”。[①] 他将现代化社会划分为两个历史时期：简单（或正统）现代化阶段和自反性现代化阶段，前者始于工业革命终于20世纪80年代末，后者从20世纪90年代初直到当下，“如果说简单（或正统）现代化归根结底意味着由工业社会形态对传统社会形态首先进行抽离、接着进行重新嵌合，那么自反性现代化意味着由另一种现代性对工业社会形态首先进行抽离、接着进行重新嵌合”。[②] 可见，自反性现代化社会是现代化社会的晚期阶段，具有与简单现代化社会十分不同的特征，下面我们将从“自反性”入手开始我们的阐释。

（一）自反性现代化社会的特征及其中的媒介政治

首先，自反性现代化社会的“自反性”概念的内涵需要予以特别强调，“这个概念并不是（如其形容词‘reflexive’所暗示的那样）指反

① ［德］乌尔里希·贝克、［英］安东尼·吉登斯、［英］斯科特·拉什：《自反性现代化：现代社会秩序中的政治、传统与美学》，赵文书译，商务印书馆2014年版，第31页。

② ［德］乌尔里希·贝克、［英］安东尼·吉登斯、［英］斯科特·拉什：《自反性现代化：现代社会秩序中的政治、传统与美学》，赵文书译，第5页。

思（reflection），而是（首先）指自我对抗（self-confrontation）”[①]，而这种自我对抗、自我否定或自我破坏发生的前提并非现代性本身的发展受阻，恰恰相反，它是简单现代化社会成功地推进自身发展逻辑的自然而然的产物，无论是社会组织还是个人对这种后果均毫无预见和觉察。其实，最早意识到这个问题的也许是福柯，在他晚年的重要论文《何为启蒙?》中曾明确拒绝使用“后现代”的概念，而关注内在于现代性立场的反现代性（countermodernity）。[②] 在自反性现代化社会的现实中，表现为“自反性”的现象在文化和社会生活的各个层面以各种形式得以展现，其间有着复杂的因果联系或相关性，我们在本文第三、第四部分着重论述的《黑镜》文本的政治自反性和其根源现代媒介的自反性皆有本于此。

具体到政治层面，自反性现代化社会具有以下三个特征：首先，“工业社会的政治格局正在变为非政治性的，而工业社会中非政治性的东西正在变为政治性的”[③]，即区别于正统政治的亚政治出现了，自反性体现在后者让前者在很大程度上失去了有效性；其次，在亚政治时代，一反弗雷德里克·杰姆逊曾经的论断，私人生活也成为政治性的，“私密是全球风险社会中可以想见的最小的政治单元”[④]；最后，在上述前提下，对私人生活的媒介再现文本也经常是政治性的，尤其是那些在简单现代化社会中通常被认为不具有政治性的文本。这样，我们就得到了自反性现代社会中“媒介政治”的定义，它用来描述原本不应该具备显著政治性的媒介文本演变为政治实践的过程，换言之，“媒介政治”就是亚政治在媒介领域的体现，本文探讨的《黑镜》就是这种媒介政治的一个例证。

---

① ［德］乌尔里希·贝克、［英］安东尼·吉登斯、［英］斯科特·拉什：《自反性现代化：现代社会秩序中的政治、传统与美学》，赵文书译，第9页。

② Foucault. “What is Enlightenment?” In Michel Foucault, *The Essential Works*, *Vol. 1*: *Ethics*. London: Allen Lane, 1997, pp. 309 – 310.

③ ［德］乌尔里希·贝克、［英］安东尼·吉登斯、［英］斯科特·拉什：《自反性现代化：现代社会秩序中的政治、传统与美学》，赵文书译，第24页。

④ ［德］乌尔里希·贝克、［英］安东尼·吉登斯、［英］斯科特·拉什：《自反性现代化：现代社会秩序中的政治、传统与美学》，赵文书译，第58页。

（二）《黑镜》：英美左翼政治意志的视听媒介表象

《黑镜》第1季于2011年12月在英国的“第四频道”（Channel 4）电视网播出，它原属于英国电视剧中的“迷你剧”，科幻类型，前两季各仅3集，每集约60分钟；2015年节目所有权被流媒体起家的美国网络影视公司网飞（Netflix）买下，因此具有了美国电视剧的身份，此后每季增加到6集，加上2014年圣诞期间放出的超长版《圣诞特辑》，目前共19集。在英美电视剧序列中，《黑镜》以雄奇的想象力和卓越的视听语言技巧著称，绝大部分故事给观众以哀伤荒诞、残酷冷冽的观感，每季都能引起大众文化现象式的收视和讨论热潮。另外，虽然知识产权中途有所变更，但《黑镜》的主创一直是英国电视产业出身的查理·布鲁克（Charlie Brooker），所以我们能够把4季的所有文本看成一个持续没有断裂的视听媒介意义系统。

叔本华在《作为意志和表象的世界》里认为，世界的本质是意志，而纷繁复杂的物质形态不过是其表象，用这种哲学观念来解释世界显然是唯心主义的，但是用之来阐释自反性现代化社会中的媒介政治则是合适的，即如果设定政治信仰为意志本体，那么作为纯粹由人类创造的、作为意义载体的媒介文本则是其表象，这在逻辑上是自洽的。在此意义上，《黑镜》是英美左翼政治意志的视听媒介表象，而且，我们在此将英美两国的媒介政治当作一个范畴来观察，并不做机械式对应和区分。

那么《黑镜》中左翼政治意志的具体取向又是什么？西方政治话语中用“左”和“右”来指代政治光谱中对立两极的传统来自塑造了政治现代性的法国大革命，当1789年国民大会召开时，“共和派和激进派坐在大会主席的左侧，而保皇派和保守派则坐在右侧”①，今天英美政治中的“左翼”和“右翼”的内涵和外延与法国大革命时代自然不可同日而语，但是如果滤掉政治实践层面的冗杂多样，我们可以将左翼政治意志诉求界定为在社会权力与资源分配中优先关注“平等”这一原则，右翼则与之相反优先关注“自由”这一原则，而《黑镜》恰恰是

① ［美］苏珊·桑塔格：《疾病的隐喻》，程巍译，上海译文出版社2018年版，第89—90页。

利用视听语言贯彻前者诉求的自觉性文本，下面我们将从左翼政治的维度对之展开文本细读。

二 作为视听媒介文本的《黑镜》中的左翼政治叙事维度

如上所述，我们将《黑镜》指认为英美政治谱系中的左翼政治意志的媒介表象，既然媒介文本内部的表意系统是相对自洽的，那么如何在《黑镜》文本叙事层面搜寻这种倾向的明证？下面我们先从宏观政治维度做一番详细考量，在这个基础上才能进入对其政治自反性的揭示。在英美政治话语中，左派的“政治正确”指的是对社会生活中作为既成事实的结构性不平等的警觉意识和自觉为克服这些不平等在行动、语言和思想上所做的持续的努力。这种“政治正确”内化于视听媒介文本的时候必然需要其得以展开的叙事维度，其中最根本性的三个方面应该是阶级、种族与性别，以及由最后一项衍生而出的性取向和身份认同的问题。以下我们将依次从这几个维度来阅读《黑镜》文本。

（一）阶级与种族维度下的叙事

任何流畅连贯的叙事本身都会预设一个相对稳定的文本默认立场，就像大多数英美大众文化文本一样，《黑镜》中政治话语的阶级标尺的默认值是发达资本主义国家现代社会中的中产阶级。这当然不是说《黑镜》里的故事都以这个阶级的人为主角，实际上英美中产阶级的现实生活一般相当乏味，根本不能满足这部贴着科幻标签的电视剧的戏剧性需求，下面我们将结合具体的剧集情节例证来探讨文本默认立场的以下三层意味。

首先，是以欧美主流中产阶级的价值观和道德标准结构故事、推进情节。例如《黑镜》第 1 季第 3 集《你的人生》和第 2 季第 1 集《马上回来》，其剧情的张力都来源于作为中产阶级核心家庭观架构的、建立在完美爱情神话上的“一夫一妻”秩序的失衡，在前者中男主角因为记忆芯片植入技术放大了妻子出轨带来的痛苦，在后者中女主角利用人工智能和仿生机器人技术试图寻找一个死去男友的替代品。其次，是故事的时空架构和典型场域必然符合欧美中产阶级的经验和想象框架。例如，第 4 季第 5 集《金属头》算是《黑镜》中最无现实气息的一集，它讲的是女主角在人类社会的末世浩劫中被凶残的智能机械恶犬追杀的故事，然而其主要发生场域是在一栋被废弃的典型美国中产阶级中高层的独栋小别墅中，除了各种彰显中产生活细节的室内设计，主卧室中死亡多时已成枯骨的房主夫妇仍然保持着最后的体面和尊严，令人印象深刻。最后，是以中产阶级的文化品味和社群偏好来打造剧中的人物。例如，第 3 季第 1 集《急剧下跌》中的女主角在如梦似幻的淡彩色影调中卖力地为在社交媒体发布自拍而表演着晨跑、去写字楼上班、在咖啡厅休闲……最后为博得更高的评价值不顾一切地去参加前好友的婚礼的跋涉成为她社交梦碎的滑铁卢。剧情对中产阶级骨子里的焦虑、徒劳的挣扎和社群的虚伪性给予辛辣的讽刺，但其立论点仍然逃不出中产阶级鼓吹个性化价值观的窠臼。

更加重要的是，文本默认立场的中产阶级化也意味着当故事中出现上层权贵和底层人物的时候，《黑镜》叙事要么呈现粗糙的卡通化，要么流于幼稚的想象。例如，第 1 季第 1 集《国歌》中令人震惊的情节：英国首相为了迎合所谓民主社会的主流民意而甘愿屈从绑架公主的犯罪嫌疑人，在其威胁下与猪发生关系并通过电视向全国直播，这种剧情走向固然是对媒介暴民的讽刺，但也在很大程度上流露出中产阶级对权贵阶层的臆想和嫉妒，以及在此基础上对其形象的卡通化诋毁。涉及底层人物生活背景的典型例子当属第 3 季第 5 集，年轻的黑人士兵终于发现自己被植入电子眼从而篡改感官屠杀同类的事实，然而更残酷的真相是当年的他是一个生活无望愤世嫉俗的小混混，颟顸地自愿抹去记忆充当杀人工具。但难以解释的是，一个原本并无良知的人何以在封闭体系中作恶几年后突然良心发现？这种人物性格塑造上的断裂透露出编剧在用中产白人的想象来弥补底层黑人生活经验的匮乏。不过，《黑镜》叙事中对上层和底层的态度显然不同，上述例子中皆可推出前者可鄙可恨，需要消灭或变革，后者可悲可悯，需要教育或救赎，不能不说这是对“平等”价值取向更敏感的左翼中产的政治本能。在此基础上，我们如果把种族和阶级问题勾连起来讨论，结论将更富有立体性。

在《黑镜》总共 19 集的独立故事中，以白人为第一主角的占 14

集，黑人为第一主角的占 3 集，另外有 2 集是白人和黑人双主角故事，其他英美政治谱系中的少数族裔时而作为配角出现，但是没有主角戏份。这种分配直接对应着英美现实政治中的少数族裔平权问题，例如，第 4 季第 6 集《黑色博物馆》中，利欲熏心的白人市侩为了盈利收买了被误判的黑人死刑犯的意识，将之监禁供变态游客电击折磨，这直接针对美国奴隶制黑暗历史，而全集故事的主线是勇敢干练的黑人少女为父报仇的故事。不过需要明了的是，黑人在媒介政治秩序中具有较高权重的首要因素并非单纯因其种族人口众多，而是其平权运动开始早而形成了强大的政治力量和影响，其他族裔在身份政治上的自觉行动开始晚、权重低也体现在《黑镜》中，例如，2016 年的《圣诞特辑》。这一集其实是用一条刑侦线索串起三个彼此独立的故事，在核心故事中，东亚裔男子是男主角妻子出轨的对象，而作为通奸后果的混血私生女也具有明显的白人刻板印象中的亚裔面部特征并最终因男主角的过失悲惨死去，这里的情节安排体现着一种十分微妙的对亚裔的轻蔑和嫌恶。对白人种族身份的自我反思和批判也是左翼政治思潮的题中应有之义，在第 4 季第 3 集《鳄鱼效应》中，配角保险公司车祸调查员是一个戴头巾的印度裔穆斯林少妇，在调查过程里无意中读取到白人女主角杀人的影像，致使她自己、她丈夫和幼儿都被女主角无情灭口，在这里，事业有成的白人建筑师是行凶者，温良恭俭的少数族裔是受害者，可以解读为典型的批判殖民史式的陈述。

由上述分析可知，《黑镜》中关于阶级的叙事虽囿于中产阶级的眼界和自我纠缠，但基调是以中产价值为衡量准绳，向上贬抑权贵，向下同情底层；在种族问题上，《黑镜》善于通过假设的未来回溯过去，反思和批判不平等的种族和殖民历史，有选择地尊重西方社会中的少数族裔，尤其偏爱通过黑人形象给黑人群体赋权，这也符合西方左派的“政治正确”，是其政治利益所在。笼统说来，这是关注“平等”胜过“自由”的西方左翼价值观。

（二）性别与性取向维度下的叙事

性别不平等的历史远比种族不平等的历史漫长得多，但是在美国历史上妇女解放运动总是在黑人解放运动之后发生的，这大概是由父权制度结构性压迫的隐蔽性和性别解放的复杂性两方面原因造成的，毕竟性别议题在古今中外都容易被打入私人生活领域，从而丧失成为（由男性主导的）社会公共政治议题的资格。因此，“妇女的反抗是一场潜行的革命”①，西方女性主义运动“第一浪潮”的抗争和“第二浪潮”的暴风骤雨固然重要，但是千千万万杰出或普通的女性或男性在世俗政治和日常生活中的不懈坚持和点滴推进同样功不可没，他们使曾经激进的性别平等观念和立场成为今日发达国家文明社会的基础共识，就算是英美政治中的右翼保守派也要在某种程度上承认这些共识，或者至少惮于公开直接否定它们。这场“潜行的革命”秉承的观念和立场融入如《黑镜》一样的大众传播文本，就是其获得社会普遍性成功的证明。

《黑镜》故事文本大致能够通过女性主义“政治正确”的检验，是因为其对女性角色的塑造至少能满足以下三个特征中的一项：第一，女主角作为“大写的人”具有独立存在的价值，这种价值来自她的事业或者其他社会性使命，而不是“某个男人的配偶”、“某个男人的母亲”或“某个男人的女儿”等生物属性。《黑镜》19 集中有约 7 集以女性角色为第一主角，哪怕如 2 季第 2 集《白熊》中有着绑架和杀害孩子的罪犯背景的黑人女主角，叙事的处理也是将她作为被暴民打着“行使正义”的旗号折磨的受难者来表现的，她的价值是代表所有被侮辱和被迫害的人类的价值。第二，在有关女性角色的私生活的情节中，对她来说最核心的关系应该是和同性的母女、姐妹、朋友、搭档等情谊，或者是和异性的亲情、友情，而绝不能是和男性的爱情。《黑镜》19 集中有约 3 部双女主故事，分别是第 3 季第 4 集《圣朱比诺》、第 3 季第 6 集《全网公敌》和第 4 季第 2 集《天使方舟》，分别探讨了女性之间的惺惺相惜的搭档、灵魂知己的爱侣和爱恨纠结的母女关系，最重要的是，《黑镜》故事中女性角色的故事线从不曾出现父权社会偏好的女性间为争夺男性配偶及其占有的社会资源而进行争斗的情节。第三，女性角色必须是一个靠自身的行动改变命运的主体，而不是等待被拯救的客体。最精彩的例子出在第 4 季第 1 集《卡利斯特号》，女主角只是存在于数字虚拟空间的意识克隆体，没有实体存在的她仍然能够带领团队打败监

① ［德］乌尔里希·贝克、［英］安东尼·吉登斯、［英］斯科特·拉什：《自反性现代化：现代社会秩序中的政治、传统与美学》，赵文书译，第 34 页。

禁他们的真人技术暴君，从而获得自由。

在性取向和认同方面，《黑镜》19 集中不管是主线还是复线，涉及爱情或者性关系的大部分是异性恋取向，仅有第 3 季第 4 集《圣朱比诺》对女同性恋关系进行完整饱满的表现、第 4 季第 4 集《绞死 DJ》将女主设定为双性恋，表达了对“同性婚姻”这个英美政治指标的支持态度。男同性恋仅在第 3 季第 1 集《急剧下跌》中作为辅助叙事的暗示背景出现，这一点揭示了《黑镜》迄今为止在性取向方面的文本默认立场：异性恋男性。原因在于异性恋霸权下对男性个体和群体有所谓“男性气质”的强迫性要求，所以就算是在理论上接受和支持同性婚姻法案的英美左派异性恋男子，在审美上也经常对男同性恋亚文化感到本能的尴尬、恐慌乃至回避。

总之，英美政治左翼在社会层面的诉求是尊重社会多样性、保护小众弱势群体的权利，《黑镜》文本在使少数群体的形象可见的同时将上述政治意识有选择地表像化，通过一系列考查，我们可以审慎地得出结论：《黑镜》中在阶级、种族、性别和性取向维度的刻画铺陈忠于英美政治谱系中左翼的底色。

三　作为左翼媒介政治文本的《黑镜》的政治自反性

我们在宏观政治维度分析的基础上更进一步，对《黑镜》采取阿尔都塞式的文本阅读，就能在其左翼政治话语体系中发现结构性的缺失和矛盾，即它的叙事症候，而产生症候的深层“病因”在于西方左翼在自反性现代化社会中发展出的政治自反性，下面分两部分论述。

（一）左翼政治叙事的话语症候

没人能否认，《黑镜》的 19 集除了第 3 季第 4 集外全都是反乌托邦故事，虽然每集依托的未来主义“黑科技”叙事噱头不同，但总结起来不过三种对人类现实（而不是未来）的担忧：技术对人性的异化、统治者的贪婪残暴和乌合之众的愚昧恶毒，这三者往往又是相辅相成的。然而技术从来都是中性的，关键在于什么人如何使用它，所以《黑镜》的人文主题中内置的左翼政治立场可以简化为两大方向："反暴君"和"反暴民"。这里需要重申一下现代政治文明的基础常识：反暴君的本质任务不是对抗某些大权在握的邪恶个人，而是消灭或者变革产生暴君的压迫性制度，因为非如此不能从根本上杜绝新暴君的产生，何况压迫性制度并不必然产生一个可供推翻的个体化暴君。至于"反暴民"就简单得多，就是对勒庞意义上的"乌合之众"的批判、对民粹主义崛起的对抗。

《黑镜》在全部文本构成的庞大意义体系中，对"暴民"的警惕和批判远远超过对"产生暴君的压迫性制度"的抵抗。一方面，"反暴君"的文本仅仅表现为针对邪恶个人而不是"产生暴君的压迫性制度"的控诉，例如，第3季第2集《游戏测评》、第4季第1集《卡利斯特号》和《黑色博物馆》中台前或幕后令人憎恨的大反派都是高级技术官僚一类人物，对这些邪恶个人背后的生产机制则完全不曾触及。唯有第1季第2集《一千五百万点》有体制性批判的苗头，但它最终将火力对准消费主义时代的媒介大众，真正的操纵者成了"无物之物"，仿佛罪责全在人性那深不可测的黑暗面。另一方面，"反暴民"主题的单集数量众多，计有第1季第1集《国歌》、第2季第2集《白熊》、第2季第3集《沃多时刻》、第3季第1集《急剧下跌》、第3季第3集《闭嘴跳舞》、第3季第5集《战火英雄》、第3季第6集《全网公敌》等，淋漓尽致地表现了乌合之众打着"正义"的旗号辅以媒介技术能够做出怎样的暴行，而隐匿在"人民"群体中的任何匿名个体都无辜且安全——他们不必为他们造成的后果负责，他们甚至绝不承认自己的罪错。

我们前面提到过，英美左翼政治的前提是优先追求社会平等，其中必然包含着"伟大人民"的假设，即对人类作为个体和群体所具有的向善潜力的信仰。那么，不折不扣的左翼媒介政治文本《黑镜》为什么显然丧失了这种信仰？为什么具有一种英美政治右翼似的道德焦虑内核？这构成了《黑镜》叙事意义体系内在的结构性矛盾，也即话语症候。

（二）话语症候中的政治自反性

现在我们要细究上述话语症候的反面，即《黑镜》叙事在"反暴君”问题上的“谜底”。其实，自反性现代化中掌控亿万普通人的生活资源、制定和维护严丝合缝的统治秩序的首要和主要的力量不再是政府，而是某种程度上独立于各民族国家控制力量之外的跨国资本主义大公司集团，这才是《黑镜》诸多反乌托邦文本从未指明的压迫性权力结构，是英美左翼本应与之殊死搏斗的“暴君”。《黑镜》对“暴君”真实态度是怎样的呢？我们选取《黑镜》文本序列中最为特殊的第3季第4集《圣朱比诺》来展开阐释。

前面提到过，《圣朱比诺》是《黑镜》迄今为止唯一的暖色调乌托邦故事，这个在视听语言和故事情节上都极其优美的爱情故事对媒介技术为人类带来的改变抱持着《黑镜》里绝无仅有的乐观态度，如此构成的“症候点”尤其值得我们分析。穿过叙事的经纬线，我们不难发现《圣朱比诺》情节成立的前提里包含着西方左翼在世俗政治中奋斗的三个主要标的：种族平权、同性婚姻和安乐死，证明着它左翼媒介政治文本的身份。这一集有着全部《黑镜》文本之中最诗意浪漫的结尾：两个女主角的灵魂转化为云盘上的数据翩翩起舞，在肉身寂灭之后，她们携手享受不老的青春和永恒的激情；现实世界中，海洋一般浩瀚的“圣朱比诺”服务器库房中，芯片的指示灯光芒闪烁如群星辉映，媒介科技给予的乌托邦取代了宗教的天堂。确切地说，如果没有大资本财团建立的先进医疗设施、服务完善的养老院和海市蜃楼一般的“圣朱比诺”系统，白人女主角的一生将是一个彻底的悲剧，而她作为一个各方面被剥夺的少数群体——严苛宗教家庭中被迫害的女同性恋者、20岁出头遭遇车祸全身瘫痪的残疾人——终于得到了美好的救赎。这种对跨国资本主义大公司集团的由衷赞美和肯定昭示出，《黑镜》不反真正的“暴君”：它对“暴君”顶礼膜拜！

正如乌尔里希·贝克所说指出的，在自反性现代化社会中政治自反性的表现就是“政治明晰性——左派和右派，保守主义和社会主义的，隐退与参与——已不再正确有效”。[①] 这样，我们就发现了《黑镜》叙事中的政治自反性：在一个纯粹的英美左翼媒介政治文本的成功表意实

---

① ［德］乌尔里希·贝克、［英］安东尼·吉登斯、［英］斯科特·拉什：《自反性现代化：现代社会秩序中的政治、传统与美学》，赵文书译，第28页。

践中，自然而然产生了摧毁左翼价值观根基的东西，这种东西就是对人民群众的戒备憎恶和对大资本主义寡头企业及其带来的权力秩序的认同崇拜。

四　作为《黑镜》叙事政治自反性根源的媒介自反性

指出《黑镜》叙事中的政治自反性是容易的，但是文本自反性仅是文化现象，它的本质又是什么？我们认为，《黑镜》的政治自反性源于媒介的自反性，并被它最终决定。这个问题相对复杂，我们需要从媒介决定论视角下的媒介发展进化、知识精英的人格养成和其群体的结构性重组入手。

（一）印刷媒介养成的知识精英媒介人格

将“媒介决定论”表述为“媒介技术决定论”是不恰当的，因为“技术”似乎仅仅是社会、文化这些宏大而边界模糊的机体里包含的一个具体而明确的工具性要素而已，至少在尼尔·波兹曼对媒介决定作用的论述里，起作用的不是任何一种或几种技术细节，而是媒介综合的美学呈现形式同人类心智潜能的交互决定了不同媒介时代的话语性质。尼尔·波兹曼认为每种媒介的特定形式决定了社会生活中哪些方面的内容能够被捕获再现为这种媒介上的信息，而不是相反；每种媒介形式促进特定类型的思维方式和公共话语的形成，例如，印刷媒介使用的是抽象的文字系统，“印刷术赋予智力一个新的定义，这个定义推崇客观和理性的思维，同时鼓励严肃、有序和具有逻辑性的公众话语”①，而电视则完全不同。不同的公话语性质和知识传承的思维方式培养不同的媒介人格，进一步说，人类个体和群体的媒介人格是由其成长过程中起主宰作用的信息传播媒介养成的，对于普通公民和知识精英来说莫不如此。

---

① ［美］尼尔·波兹曼：《娱乐至死》，章艳译，广西师范大学出版社2004年版，第68页。

我们只探讨与本文主题相关的知识精英群体，即特定社会中传承、发展和反思批判广义上社会知识体系的人群，他们对知识体系的传承、发展和反思批判都必然通过媒介实践而存在，在生产各种文化产品的过程中对其文本的意义体系有决定性影响。现代社会的学校教育体系是基于印刷文明而建立的，在这种文明中知识摄取的根本方式是阅读——个体孤独的破解抽象符码（文字）的过程，“简而言之，阅读成为反社会的行为”。[①] 印刷媒介当然会形成社会化大生产的出版产业，但其真正的意义生产过程是个人的，是和产业化的文本复制传播分离的。在此基础上，知识精英养成了与之相匹配的媒介人格：偏好抽象思维、基于理性的良知、对抗体制的个体勇气，等等。

这样，在印刷媒介主导社会话语的时代，知识精英的媒介人格由印刷媒介养成，他们之中从事媒介文本生产的群体也不可避免地直接或间接与印刷媒介行业相关，而他们的生产性媒介能力主要在于使用抽象符号系统生产印刷媒介文本。当电子媒介开始主导社会话语的时候，上述情况也发生了重大的变化。

（二）电子媒介对知识精英的自反性重构

电子媒介把人类带入一个共时性和瞬时性的世界，“把原来的理念世界改造成为光速一样快的画像和影像的世界”[②]，像电视这样的电子媒介使用运动的图像和流动的声音做符码，而这种符码直接刺激人的视觉和听觉感官，让观众重直觉、轻逻辑，反深度思考，不需要任何社会化的训练就能够具备其接受性媒介技能。在此前提下，社会话语的性质也产生了改变，“电视的思维方式和印刷术的思维方式是格格不入的；电视对话助长语无伦次和无聊琐碎；‘严肃的电视’这种表达方式是自相矛盾的；电视只有一种不变的声音——娱乐的声音”。[③] 显而易见，电子媒介的媒介人格养成结果与印刷媒介几乎相反：偏好碎片化思维、基于感性的冲动、对权力的内在认同等等。

---

① ［美］尼尔·波兹曼：《童年的消逝》，吴燕莛译，广西师范大学出版社2004年版，第40页。

② ［美］尼尔·波兹曼：《娱乐至死》，章艳译，第105页。

③ ［美］尼尔·波兹曼：《娱乐至死》，章艳译，第106页。

与此同时，我们不应当忘记人类社会发展的整体不均衡性，社会有机体内部复杂的各要素、层次和面相不是按部就班地按照理论家的划分来发展的，而是呈现时间上先后参差、空间上并置杂陈的面貌，无论电子媒体如何发达，基于印刷文明而建立的学校教育体系尤其是高等教育体系未曾改变，那么知识精英的媒介人格的养成机制和结果也与印刷时代一般无二。但是，电子媒介产业的壮大带来对媒介生产性人才的大量需求，知识精英群体分裂为两部分，一部分仍然生存于印刷媒介确立的知识等级制度下的产业链上，我们笼统称呼为“印刷媒介知识精英”，另一部分则加入了利润丰厚、强势传播的电子媒介产业周边，我们笼统称呼为“电子媒介知识精英”。电子媒介知识精英与印刷媒介知识精英的媒介人格都是同构的，但是在生产性媒介技能上，前者除了后者所掌握的“使用抽象符号系统生产印刷媒介文本”技能外，还需要掌握“操纵视听语言生产电子媒介文本”的技能，而这种生产性电子媒介技能不同于接受性电子媒介技能，是需要经过职业训练才能具备的（见下表）。问题在于，电子媒介与印刷媒介不同，它的意义生产和文本复制传播过程是一体不可分的，也即天生隶属于资本主义社会化大生产体制性协作，《黑镜》的每一帧画面、每一秒音效都是文化工业的产品，而在这个生产过程中，《黑镜》的生产者们像所有的电子媒介知识精英一样从属于媒介资本的权力建构机制，他们是权力分享者或至少是受益者。明确地说，不管是政治上的左翼还是右翼，他们早已与媒介资本运行的垄断性权力体制同构，哪怕其自身对此浑然不觉。

表1　　　　两种媒介知识精英的人格与技能区分表

群体	印刷媒介知识精英	电子媒介知识精英
人格	印刷媒介养成	印刷媒介养成
技能（生产性）	印刷媒介技能	印刷媒介技能 电子媒介技能

以上就是自反性现代化社会中的媒介自反性：在媒介接受效果方

面，“电视无法延伸或扩展文字文化，相反，电视只能攻击文字文化”①，即电视在媒介发展的内部程序中消解了印刷媒介的理性并以娱乐性取而代之；在媒介生产机制方面，电视的产业化扩张将由印刷媒介养成人格的知识精英中的一部分纳入传媒资本主义的统治权力阶层，权力的受益者通常会赞美生产了权力的体制，这就是《圣朱比诺》为垄断寡头大公司高唱颂歌的根本原因。

综上所述，本文选取了《黑镜》这部兼具英国电视剧和美国电视剧双重身份的视听媒介文本为研究对象，首先界定了生产《黑镜》的自反性现代化社会的“自反性”及其在政治方面的特征。其次通过细致的文本分析在阶级、种族、性别和性取向三个维度阐释《黑镜》的左翼媒介政治文本属性，在此基础上揭露出《黑镜》叙事的政治自反性——左翼媒介政治文本的成功表意实践中自发产生了摧毁左翼价值观根基的意象，并进一步论证媒介自反性是《黑镜》叙事政治自反性的根源。最后，《黑镜》昭示了自反性现代化社会阶段，媒介政治的普泛性及其与整体文化工业的同构性，在这个巨大的框架中，媒介政治的现象分析应当更多地从媒介（而不是正统政治）的特性、规律中去寻找。当然，我们必须指出的是，如果研究者幻想一劳永逸地从一种路径转向另一种路径，则是对自反性现代化社会的特性和媒介演进规律的复杂性的双重估计不足。

① ［美］尼尔·波兹曼：《娱乐至死》，章艳译，第110页。

威廉·霍加斯“生涯”系列绘画的图像叙事学研究

龙晓滢*

引言

“生涯”绘画，指的是英国绘画之父威廉·霍加斯分别创作于1731年的《妓女生涯》（*A Harlot's Progress*）和1733年的《浪子生涯》（*Rake's Progress*）两组系列绘画。《妓女生涯》系列由六幅绘画构成，讲述的是一名单纯的女子来到大都市之后误入歧途导致堕落的故事。《浪子生涯》系列则由八幅绘画构成，讲述男主人公偶然暴富却挥霍浪荡终致衰颓的人生。

目前对于霍加斯的“生涯”系列绘画，国外的研究较为丰富深入。既有研究以罗纳德·保尔森（Ronald Paulson）的系列著作为代表。罗纳德的《霍加斯的妓女：英格兰启蒙时期的神圣模仿》（*Hogarth's Harlot: Sacred Parody in Enlightenment England*）等，对霍加斯作品与西方艺术、文学、神学以及哲学经典之间的关系进行了详细的图像学脉络梳理。其中尤为值得一提的是，在《作为旅程与作为戏剧的生命》（“Life as Journey and as Theater: Two Eighteenth-Century Narrative Structures”）这

---

* 龙晓滢，女，中英联合培养博士，北京大学访问学者，云南大学艺术与设计学院硕士生导师，中国翻译协会会员，云南油画学会理事，研究方向为英国艺术与文化。

篇文章当中，罗纳德通过把霍加斯的"生涯"系列与文学作品《鲁滨逊漂流记》和《威克菲尔德的牧师》相对照，指出霍加斯作品中具有的类似戏剧作品的语词隐喻和思想隐喻。文章虽然提及霍加斯"生涯"系列作品的戏剧意味，却并未对此展开深入研究，更没有对"生涯"作品的剧场式叙事方式进行探讨。近年来，以法拉梅兹·达伯霍瓦拉（Faramerz Dabhoiwala）、戴维·孔兹（David Kunzle）、蒂莫西·克莱顿（Timothy Clayton）、马克·哈利特（Mark Hallet）等为代表的学者着眼于霍加斯"生涯"系列版画的复制品研究，借此反映18世纪英国大众传媒文化的面貌，其中法拉梅兹·达伯霍瓦拉在《霍加斯"生涯"系列的挪用》（"The Appropriation of Hogarth's Progress"）中认为，正是霍加斯"生涯"系列图像的不断被挪用，赋予了原作旺盛的生命力。该文注意到了霍加斯作品的跨媒介特质，但全文的主要着眼点在于大众传媒视角下的图像。另有学者杰瑞米·约翰·贝尔（Jeremy John Bell）在《共济会之妓：共济会视角下的威廉·霍加斯的〈妓女生涯〉》（"The Freemason's Harlot: William Hogarth's *Harlot's Progress* in a Masonic Light"）从霍加斯的宗教倾向入手，通过图像细读，来阐释《妓女生涯》的图像细节中所蕴藏的共济会思想。以上所述既有研究，均未从图像叙事学的角度论述"生涯"系列组画。本文从叙事情节、叙事视点、叙事人物等方面探讨"生涯"组画中蕴含的"情节叙事""剧场视点""图像世俗化"等叙事特征，以期在进行具体图像的叙事学探析的同时，深化对"生涯"组画的理解。

由于以下文字都基于"生涯"绘画图像，在进入具体论述之前，我们有必要先对《妓女生涯》和《浪子生涯》的绘画作品进行了解：

第一幅

第二幅

第三幅

第四幅

第五幅

第六幅

《妓女生涯》①

《妓女生涯》一共由六幅画面组成。

第一幅：故事的女主角莫尔刚刚从乡村来到伦敦。她手臂上挂着针垫，提示着我们她本来找的是一份做针线的活计。可是迎接她的却是脸上长着黑点的老鸨。老鸨身后的两名男子对莫尔垂涎欲滴。

第二幅：莫尔成为一名商人的姘妇。莫尔把茶几踢翻转移商人的注意力，以便让藏匿在后面的莫尔的姘头悄悄地溜走。

第三幅：莫尔沦为接客妓女，生活条件大不如前。右侧有几名巡捕走进屋子里，眼睛却盯着莫尔裸露的身体。

第四幅：莫尔在监狱里敲打大麻。身旁是偷她东西的妇人和苛责剥削她的狱警，还有不远处正在盘算打量她的人。

第五幅：莫尔死于梅毒，老鸨前来拿走可用的东西，莫尔的使女试

① 因《妓女生涯》原绘画作品已于1755年在火灾中烧毁，此处用版画图像来替代。

图阻止她。莫尔的儿子坐在右侧抓着头上的虱子。

第六幅：莫尔的棺材放在正中间。牧师、老鸨、其他妓女等人都来了，可他们各自蝇营狗苟，没有一个人真正为莫尔的离去感到难过。莫尔的儿子坐在棺材下面，他对自己因为遗传了梅毒而注定短命的命运一无所知。

第一幅

第二幅

第三幅

第四幅

第五幅

第六幅

第七幅

第八幅

《浪子生涯》

《浪子生涯》由八幅画面组成。

第一幅：男主人公汤姆（Tom）在吝啬的父亲去世之后，继承了遗产。当仆人还在怀念老主人的时候，汤姆就开始量制新衣。同时还抛弃了已与他形成事实婚姻的女仆莎拉（Sarah）。

第二幅：汤姆晨起，身边围绕着为他服务的乐师、舞者、保镖等人。

第三幅：妓院里的狂欢。有两个妓女合伙偷走了醉酒汤姆的手表。很多妓女脸上都有梅毒的黑点。

第四幅：汤姆坐着轿子要去参加聚会。因为汤姆欠债未还，他在路上被苏格兰法庭执行官拦住，面临拘捕。此时，被汤姆抛弃的莎拉出现了，她用自己做头饰生意的积蓄替汤姆还了债。

第五幅：汤姆和一个又老又丑的富婆结婚，眼睛却瞄着富婆的使女。画面背后，莎拉抱着她和汤姆的孩子，和她的妈妈一起愤愤地来到婚礼现场。

第六幅：汤姆在赌场里输光了所有财产之后，跪地祈求上帝的帮助。赌场里的人们突然注意到他们身后已经起火了。

第七幅：此时的汤姆被关在了欠债者监狱里，他对身旁愤怒的新婚妻子和忠诚的莎拉无动于衷。

第八幅：汤姆在精神病院度过了最后的日子。只有莎拉陪伴着他。

两组"生涯"绘画，既没有相同的人物，讲述的也是不同的故事，唯一的共同点是都在展现堕落的人生。然而，当我们联系史料细细分析，会发现在看似毫不相干的两组绘画之间，实则有着超乎想象的密切关系，而二者的联系和一桩案件息息相关。

叙事题材：轰动全英的案件

在现藏于大英图书馆的英国最古老的报纸《斯坦福德水星报》1732 年报道的 2 月 29 日的新闻里，有一则疑似“死讯”的消息。消息是这样写的：“从爱丁堡获悉，弗朗西斯·查特里斯（Francis Charteris）上校生命垂危。他大量服用安眠药，时而祈祷，时而咒骂。”① 消息很普通，但放在 1732 年那个报纸仍然属于新鲜事物，报道也惜墨如金的年代，这则消息却和王室成员的活动报道占有同样的版面。弗朗西斯·查特里斯才刚出现言行癫狂命在旦夕的状态，媒体就迫不及待地登出了消息。究其原因，这位弗朗西斯·查特里斯是 18 世纪英国一桩举国轰动案件的主犯。他曾于 1729 年 10 月授意中间人以雇佣女仆为名，将名为安·邦德的女子带入家中，实施强暴。随后，弗朗西斯·查特里斯声称安·邦德盗取钱财，没收了她的随身物品并将其赶出门外。不久以后，安·邦德在老雇主的帮助下向法庭起诉弗朗西斯·查特里斯。该事件经媒体披露之后，全英举国震动。弗朗西斯·查特里斯也成为人尽皆知的恶棍。1730 年 2 月 27 日，查特里斯被判处死刑。1732 年 2 月 29 日，被缓刑的查特里斯服用过量安眠药导致生命体征微弱，媒体于是迫不及待地报道了恶棍将死的消息。②

就是这样的一桩案件，被敏锐的威廉·霍加斯作为自己“生涯”系列绘画的创作素材。霍加斯于 1731 年创作了《妓女生涯》（*A Harlot's*

---

① *The Stamford Mercury*, March 02, 1732, p. 106.

② 1730 年 3 月 2 日，英国报纸 *Daily Journal* 率先报道了 Francis Charteris 因为强奸被判处死刑的消息。随后，*Daily Journal* 在 3 月 3 日、4 月 13 日、4 月 20 日、4 月 30 日对该案件进行了追踪报道。此外，*London Journal*, *Monthly Chronical*, *London Gazette*, *Daily Courant*, *London Evening Post*, *Daily Post*, *Universal Spectator and Weekly Journal*, *British Journal*, *Grub Street Journal*, *Daily Journal* 等多家报纸都在同年竞相报道该案件。Francis Charteris 一案毫无疑问地成为人们的话题热点。

Progress）系列绘画，第二年紧接着把这个系列作品制成了版画。版画的受众面更广，传播效应极好。1732 年，被缓刑的弗朗西斯·查特里斯去世后，霍加斯于 1733 年创作了《浪子生涯》（*Rake's Progress*）系列绘画，之后又制成版画。

一分为二的故事与重复出现的固定主角

霍加斯的两个“生涯”系列，实际上都取材于查特里斯案件。只不过，霍加斯对素材进行了切割——案件被一分为二，原告安·邦德和被告查特里斯分别作为《妓女生涯》的主人公妓女和《浪子生涯》的主人公浪子。这样一来，两组绘画都清晰地按照人物的生平经历进行叙述。《妓女生涯》讲述一名进城务工的乡下女子先是被老鸨诱导成为商人的姘妇，后又沦为接客妓女，然后被捕入狱，梅毒发病，继而命丧黄泉的故事；而《浪子生涯》则呈现了汤姆一夜暴富、抛弃旧爱，进而流连青楼，出现债务危机，然后为钱结婚、沉迷赌场，最终破产失意、精神失常的人生轨迹。两组“生涯”系列绘画分别围绕着妓女和浪子的生活经历展开叙述。这是“生涯”系列绘画叙事最显著的特征之一。

“生涯”系列绘画叙事的另一个特征，是固定主角的重复出现。霍加斯在讲述这两组故事时，都设置了每个单幅图像中固定主角的重复出现。这类固定主角的出现，确保了观者在看组画当中的不同场景时，能够快速识别出故事的主人公，以及主人公人生境遇的变迁。此外，固定主角在“生涯”组画当中，还起到把多幅图像串接在一起的作用。固定主角重复出现的图像叙事方式，其实古已有之。在已知最早的叙事图像之一“猎狮碑”（约公元前 3300—前 3000 年）当中，“乌鲁克王”的形象出现了两次，“碑的下方……描绘王先向狮子射箭……碑的上方，王的形象再次出现；只是这里他拿着矛，刺向另一头狮子”。① 王的服饰和体貌特征的一致性暗示了分别处于浮雕上下两端的形象是同一个人

① Joan Aruz with Ronald Wallenfels ed., *Art of the First Cities: The Third Millennium B. C. from the Mediterranean to the Indus*, New York: The Metropolitan Museum of Art, 2003, p. 23.

物。霍加斯"生涯"系列绘画，在承袭了古老的固定主角重复出现的方式之余，加上了一些微妙的人物变化。霍加斯在保持人物特征稳定的前提下，通过人物的一些细微差别来表现人物所处的状态并为观者提供厘清画面进展的线索，如《妓女生涯》中，莫尔脸上出现的黑点暗示着她已经感染了梅毒，生命危在旦夕。

顺叙的情节叙事

既然把一桩案件分为两个主角的两则故事来讲，那么紧接着的就是"怎么讲"的问题。对于讲述某人的故事，我们通常可以选择的叙述方式有，按照时间先后顺叙讲述的"顺叙"；先叙述在时间方面靠后的结局或片段，然后再按时间顺序讲述先前的事件经过的"倒叙"；以及在叙述过程中插入之前发生的事件的"插叙"。霍加斯为"生涯"系列绘画选择的叙述方式是，按照时间的先后顺序展开"情节叙述"。

德国学者迪特·施林洛甫（Dieter Schlingloff）曾指出"故事文学作品告知读者按时间顺序排列的情节；图像艺术作品则向欣赏者展示在事件上凝固的观察对象。故事素材的图像表现，它的问题就是如何调和这对矛盾。"[①] 霍加斯的"生涯"系列绘画仿佛就是如何调和这对矛盾的最佳答案。"生涯"系列绘画讲述的是一系列事件，而事件和事件之间有着明显的前因后果的连续因果关系。正是在时间先后顺序上有着处于之前的"因"，才导致了随后的"果"。"生涯"系列绘画均由多幅作品构成（《妓女生涯》是六幅，《浪子生涯》是八幅），"果"又成为后续画面的"因"，"因"再诱发随后画面中的"果"。因果相生，前后相继。如此一来，每组"生涯"系列绘画都按时间顺序以"因果相继"的方式呈现。顺叙的讲述方式也成为在时间上因果相继的情节叙事的内在要求。我们知道，福斯特在《小说面面观》里指出，"国王死了，后来王后也死了"，这样的叙述是在讲述故事，而"国王死了，王后死于

① ［德］迪特·施林洛甫：《叙事和图画——欧洲和印度艺术中的情节展现》，刘震、孟瑜译，兰州大学出版社2013年版，第1页。

心碎”，却是在叙述情节。[①] 霍加斯的“生涯”系列绘画，有前因后果，有完整的故事情节。我们不妨把它称为图像当中的“情节叙事”。这样因果相生、环环相扣的“情节叙事”，还有着把所有画面紧密联系到一起的作用。

曾有学者把霍加斯的系列组画归类为顺序艺术（sequential art）。[②] 的确，“生涯”组画紧密连续而没有太大跳跃性的情节，确保了画面叙述在被阅读的时候能够紧密联系在一起。如前所述，“因”在前，“果”在后，因果相继，果因相生的叙事模式，保证了情节的连贯和故事按时间先后的顺序呈现。每一个情节都促使观者思考，接下来主人公的命运会怎样？创作者与欣赏者的有效互动也得以在此过程当中完成。连续性的图像在艺术史上并非霍加斯独创，同样在前文提及的“乌鲁克王”射杀狮子的图像当中，王先用箭“射中”狮子，再用矛“杀死”狮子。在这类图像当中，同一人物形象的不同动作重复出现，这样的叙事方式被称为“连续叙事”（continuous narrative）。[③] 只不过，乌鲁克王射杀狮子的图像是表现两个连续的动作场面，更偏向于“事件”性的连贯动作，而非“情节”性的完整故事。相比之下，霍加斯“生涯”系列绘画则是按照时间顺序推进画面叙事，相邻画面有着一定的故事时间间隔，需要调动观者的想象力来完成前后画面因果关系建构的情节叙事。正如有学者指出的，“画面上的叙事犹如小说叙事对某个事件进行的定格，也像是影视艺术的特写镜头；故事事件仅仅是通过画面的空间性质被暂时悬置，而未曾在画面上显现的情节依然是连贯的”。[④]

---

① ［英］E. M. 福斯特：《小说面面观》，冯涛译，上海译文出版社 2016 年版，第 79 页。

② 参见 Thierry Smolderen, *The Origins of Comics: From William Hogarth to Winsor McCay*, University Press of Mississippi, 2014, p. 8。

③ 参见 Joan Aruz with Ronald Wallenfels ed., *Art of the First Cities: The Third Millennium B. C. from the Mediterranean to the Indus*, New York: The Metropolitan Museum of Art, 2003, p. 23。

④ 申丹、王丽亚：《西方叙事学：经典与后经典》，北京大学出版社 2010 年版，第 255 页。

剧场视点的戏剧性片段定格

早在“生涯”系列绘画之前，霍加斯就受到当时伦敦万人空巷的戏剧表演《乞丐歌剧》的启发，截取了其中最具戏剧冲突意味的场景，绘制了《〈乞丐歌剧〉之一景》。①

威廉·霍加斯《〈乞丐歌剧〉之一景》，
布面油画，47×53.4cm，1728年

正如谭君强教授所言：“在对叙事文本的情境、事件、人物等进行描述时，总有一个看待所有这一切的视角，或者说观察点，通过这一观

① 约翰·盖伊的《乞丐歌剧》于1728年1月29日首次在伦敦演出。霍加斯于1728—1731年间，绘制了《乞丐歌剧》当中同一个场景的多幅不同画作。霍加斯选取的是《乞丐歌剧》当中大盗麦奇斯不得不在两个深爱他的女子之间做出选择的场景。

察点将所看到的一切呈现出来。”① 当我们探究这幅画面的视点时，有意思的事情发生了：霍加斯的油画作品《〈乞丐歌剧〉之一景》当中，呈现出复合的视点——处于画面中心位置的五位演员，是以剧场当中观众的视点来呈现的；而画面背景中的观众们，却是以舞台之上演员们的视点来加以展现。

几年以后，霍加斯创作了《妓女生涯》（1731）和《浪子生涯》（1733）。当我们仔细观察“生涯”系列绘画的视平线位置、画面构图以及人和物的位置安排等因素，会发现“生涯”组画中的每一幅图像几乎都沿袭了《〈乞丐歌剧〉之一景》的创作经验——采取了中偏高的视平线，画面能够呈现俯视的效果，以便展现较为开阔的场面；画面前景留出的空白处，为具有不同神情和动作的主角和配角们留出足够的空间；所有人物几乎都面向观者，主角位于中间。霍加斯对“生涯”系列组画的画面安排，正是参照剧场场景来表现的。只不过，明显区别于《〈乞丐歌剧〉之一景》的是，“生涯”系列组画不再采用《〈乞丐歌剧〉之一景》中的复合视点，而是把作为背景的观众们请出了画面，只留下了戏剧表演中的舞台场景，并且，这些舞台场景是以剧场中观众的视点来加以表现的。

此外，“生涯”组画最为微妙之处在于它的“剧场视点”。组画中的每一幅画面都好比戏剧舞台的演出定格，观者观看时就仿佛是坐在略微高于舞台而又围绕着舞台专门设置的层级而上的观众席正中间。以《浪子生涯》第6幅为例，画面中虚线的交汇处是画面透视焦点所在（这让画面聚焦于浪子在赌场里孤注一掷的手势并进而联想他未来的命运）。实线交汇处是画面的中心点。正如我们所看到的那样，画面的透视焦点远远高于画面的中心点，而透视焦点却又和纵向的标示中心的实线相重合。这说明画面展现的观察视点处于正对着剧场舞台却又略微高于舞台的位置。这样的视点，事实上来自剧场观众席正中间的最佳观剧位置。也就是说，霍加斯是从坐在“最佳位置”的观众的视点来展现画面，他想呈现给观众的效果也是坐在观众席“最佳位置”的观剧体

① 谭君强：《叙事学导论——从经典叙事学到后经典叙事学》，高等教育出版社2014年版，第83页。

验。在画面中，被看见的与被感知到的，都源于这样的画面设定。当我们把目光从《浪子生涯》第6幅中抽离出来，仔细观察“生涯”系列组画的其他画面时，我们会发现，霍加斯“生涯”系列组画的每一幅画面，都是通过模拟从最佳观剧位置看到的舞台景象绘制而成的。这样的“剧场视角”，其功用恰似迪特·施林洛甫所说的“正确的视角”①，不仅便于展现舞台前方、中间，甚至是舞台靠后位置的人物和景物，而且还创造出了剧场观众席最佳位置的观剧效果。此外，霍加斯几乎在每幅作品当中都把众多人物设置为高低起伏的组合排列。人物之间的远近疏密与高低起伏，就仿佛是戏剧表演的起承转合，充满着变换。目光所及，皆可观可赏，宛若现实。

《浪子生涯》，第6幅。透视焦点明显高于画面中心。

确立了“剧场视点”的观看角度之后，接下来的问题是，如何把跌

① ［德］迪特·施林洛甫：《叙事和图画——欧洲和印度艺术中的情节展现》，刘震、孟瑜译，第118页。

宕曲折的人生故事尽然展现在画面上？对此，霍加斯的选择是，多个戏剧性片段叙事。霍加斯在多幅独立场景当中，选择的都是最具有戏剧冲突的代表性片段。相邻的两个场景之间，具有一定的时间跨度，人物所置身的场所也各个不同。这些戏剧性片段不仅按照时间先后具有情节连续性，而且分为六到八个独立的画面来讲述完整的故事。这些独立的戏剧性片段图像，即便不作为组画而单独展现，也是一幅完整的作品。在艺术史上，以多个场景来讲述故事的方式很早以前就已经出现——例如，在巴勒斯坦发现的一个腓尼基银盘上，以九个场景表现了一位国王或者王子的狩猎经历。[①] 但这九个场景并不独立存在，相互之间也没有任何分隔，所有场景共用一个空间，并且细节部分非常简略。相比之下，霍加斯的“生涯”系列绘画，每一幅图画都在独立的平面空间当中展现着完整的故事瞬间，在摄影技术尚未发明的那个年代，以极为丰富的细节呈现出生发故事的真实情境，创造出摄影一般的逼真效果。此外，霍加斯把故事切分为多个最具戏剧性的片段，这些片段模拟的是戏剧表演中最具有戏剧冲突的时刻。正如莱辛“包孕性的顷刻”，“这一顷刻既包含过去，也暗示未来，所以让想象有自由发挥的余地”。[②] 对过往的暗示以及对将来的预示，不动声色地调动了观者的想象力，衔接了在时间上处于前一个时间点的图像和处于后一个时间点的图像。更为重要的是，霍加斯的多场景叙事是多个“包孕性的顷刻”的组合，这样一个个场景接续组合讲述完整故事的方式，既拓展了绘画的空间表现，又对绘画的时间性展现提供了新的可能，同时还给观者带来了观看六幕戏剧、八幕戏剧的视觉体验。

叙事图像的世俗性

和同时代的英国美术作品相比，霍加斯“生涯”系列绘画最突出的

① 参见［德］迪特·施林洛甫《叙事和图画——欧洲和印度艺术中的情节展现》，刘震、孟瑜译，第29页。

② ［德］莱辛：《拉奥孔》，朱光潜译，安徽教育出版社2006年版，第92页。

特点之一是，图像的世俗性。当我们放眼世界艺术史，会发现，世界范围内叙事图像的存在有着很长的历史。然而，无论是乌鲁克王的“猎狮碑”，还是印度佛陀故事，讲述的都是英雄或神灵的故事。在这样的叙述当中，人物是神或是“类神”的，事件是超凡绝尘的“神迹”。相形之下，霍加斯“生涯”系列叙事图像，不仅人物是世俗的，事件也是世俗的。其素材完全来源于普通人的庸常生活，甚至可以说是油腻的、挣扎的，充满了盘算与交易的生活。霍加斯毫不避讳现实中肮脏污秽的画面：妓院、赌场、作为交易的婚礼、疯人院、情人私会等。用叙事图像揭示芜杂俗世的真实面目，甚至是它的阴暗面，这正是霍加斯的卓然之处。正如英国艺术史家威廉·沃恩指出的那样，汉诺威时代英国的艺术家们遵从着“将‘古代大师’的绘画和历史题材绘画奉为经典的传统艺术等级制度”。① 在森严的艺术等级制度中，以如此之多的篇幅去表现世俗的伦敦生活，实乃极具胆识的创举。

与上述叙事图像的世俗性紧密相关的，是暗藏于其后的叙事观念。在我看来，正是叙事观念的转变，不仅决定了“生涯”组画的世俗性，而且还直接引发了霍加斯对“剧场视点”的运用，以及对新闻案件进行的图像叙述改编。因此，叙事观念的转变，可谓“生涯”组画产生的决定性原因。然而，当同时代的英国画家们仍然笼罩在肖像画和历史画的庞大传统中时，霍加斯为什么会熟练运用如此领先于时代的叙事观念？我认为这是由霍加斯的个人境遇，他所选择的剧场叙事，以及他所处的社会环境这三个方面决定的。

首先，在霍加斯的青年时期，其父因为破产被关进欠债者监狱长达五年之久，作为当时的惯例，霍加斯也跟随其父在监狱生活。这样的经历使得霍加斯“非常了解赤裸裸的伦敦生活”②，也让他对生活的真实面目有了自己的看法。

其次，戏剧在很长时间以来，一直是英国人娱乐的重要方式。例如，“16 世纪末、17 世纪初……伦敦地区同时建有近 20 个剧场”。③ 虽

① ［英］威廉·沃恩：《英国美术的黄金时代》，龙晓滢译，北京大学出版社 2019 年版，第 16 页。

② ［英］威廉·沃恩：《英国美术的黄金时代》，龙晓滢译，第 31 页。

③ 刘意青主编：《英国 18 世纪文学史》，外语教学与研究出版社 2006 年版，第 29 页。

然此时伦敦的人口只有 20 万。[①] 到了霍加斯生活的 18 世纪，戏剧则更是成为一种风尚。那时"演出频繁，戏班子众多，演员……成为名流"。[②] 我们知道，戏剧表演因其商业性质，一直追求雅俗共赏的审美趣味。此外，在 18 世纪的英国，中产阶级当中的很多人文化层次较为有限，世俗性的图像也更能投合他们的审美趣味。因此，以最佳位置的视点模拟展现戏剧情景的图像，注定世俗。

最后，从社会环境来看，霍加斯所处的 18 世纪英国，正是社会处于急剧变革的时期，圈地运动导致大量农民失去土地而不得不到城市当中谋生[③]，同时，工业革命开始蓬勃发展，与此相应的是，约翰·洛克的"社会契约论"对被统治者赋予了前所未有的极高权利[④]。在这样的历史语境中，个体的生存境遇吁求着关注与表达。因此，霍加斯"生涯"组画的出现，正是英国社会剧烈变革时期的普通民众在图像领域最深层次的呼唤。与这样的吁求相呼应，霍加斯以平民作为主角的画作随即成为这一时代不可替代的图像。同时，从另一层面而言，面对着滚滚而来的工业化浪潮，霍加斯正是用这些画作来反思工业革命给普通人生活带来的巨大改变。可以说，霍加斯选择了用自己的方式对其所生活的时代做出回应。也正是在这个层面上，霍加斯的"生涯"系列有着高度的现实意义。

结 语

霍加斯在"生涯"系列绘画中，以一桩轰动全英的案件为素材，将其分为"女人（原告）的故事"（《妓女生涯》）和"男人（被告）的故事"（《浪子生涯》）来进行生动的图像叙事。在具体的图像叙述中，展现出"重复出现的固定主角"、"顺序的情节叙事"、"剧场视点的戏

① 参见 R. A. Butlin and R. A. Dodgshon, *An Historical Geography of England and Wales*, Pittsburgh: Academic Press Ltd., 1978, p. 191。

② 王佐良：《英国文学史》，商务印书馆 2017 年版，第 120 页。

③ 参见钱乘旦、许洁明《英国通史》，上海社会科学院出版社 2017 年版，第 209 页。

④ 参见钱乘旦、许洁明《英国通史》，第 191 页。

剧性片段定格”和“叙事图像的世俗性”的特征。不难发现，“生涯”系列绘画的这些图像叙事特征是互相联系的。当我们理解了画面隐含的剧场视点和届时的戏剧风尚之后，就会明白为什么霍加斯将新闻报道的案件一分为二之后，要在画面中设立重复出现的固定主角，并按照时间的先后顺序进行因果环环相扣的“情节叙事”。同样，我们也会明白为什么“生涯”组画的视平线会远远高于画面中心，而这样的视平线设置恒定地出现在组画的每一幅画面中。我们或许可以假设，霍加斯在创作时已经按照戏剧的叙事逻辑，把人物、场景和故事进行了剧场式的编排，然后再选取每一幕剧最具戏剧性的场景加以展现。这样一来，观众按顺序观看画作时，自行脑补各个画面场景之间的过渡情节，即可获得类似于坐在剧场最佳位置的观剧体验。可以说，霍加斯此举相当于在没有既定剧本的前提下，在18世纪的英国，以新闻报道的案件作为素材，以自编自导并自行绘制演员的方式，创作了一部戏剧连环画。这样的以女行为者（《妓女生涯》）和男行为者（《浪子生涯》）引起的一系列经历和事件变化的图像叙事，既丰富了图像的时间呈现，也延展了图像的空间显现，形成了一个自成体系的图像时空。至此，我们不得不承认，这些画作以自己特有的方式极为有效地拓展了绘画的张力。正是基于这样独特的绘画方式，霍加斯的“生涯”系列深入人心，并最终成为18世纪英国叙事图像的代表。也正是在此意义上，创作“生涯”系列组画的霍加斯的“重要性远远超越了他的时代”。[①]

（原文发表于《江汉学术》2021年第1期）

① ［英］威廉·沃恩：《英国美术的黄金时代》，龙晓滢译，第28页。